rororo

Isabel Wolff studierte in Cambridge Literatur und arbeitete lange Jahre als Journalistin für die BBC. Sie lebt mit ihrer Familie in London. Ihre Romane wurden in 29 Sprachen übersetzt. Im Rowohlt Taschenbuch Verlag erschien bereits «Der Stoff, aus dem die Liebe ist» (rororo 25286).

Über Isabel Wolffs Romane:

«Witzig, charmant und optimistisch. Kann man nicht aus der Hand legen!»
Marian Keyes

«Zum Eintauchen und Wohlfühlen. Perfekt.»
Sophie Kinsella

«Das ist der Lesestoff, aus dem die schönsten Winter-Sofaabende sind!»
Annabelle

Isabel Wolff

Dein Bild in meinem Herzen

ROMAN

Aus dem Englischen
von Elvira Willems

Rowohlt Taschenbuch Verlag

Die Originalausgabe erschien 2011 unter dem Titel
«The Very Picture of You» bei Harper/HarperCollins Publishers,
London.

Deutsche Erstausgabe
Veröffentlicht im Rowohlt Taschenbuch Verlag,
Reinbek bei Hamburg, Dezember 2012

Redaktion Kathrin Jurgenowski
Umschlaggestaltung HAUPTMANN & KOMPANIE
Werbeagentur, Zürich
(Foto: Thomas Szadziuk/Trevillion Images)
Satz Stempel Garamond PostSript (InDesign) bei
Pinkuin Satz und Datentechnik, Berlin
Druck und Bindung CPI – Clausen & Bosse, Leck
Printed in Germany
ISBN 978 3 499 25942 5

Für meine Schwiegereltern Eva und John

Malen wir, was sich auf dem Gesicht eines Menschen abspielt, darin oder dahinter?

Prolog

Richmond, 23. Juli 1986

«Ella …? *El*-la?» Die Stimme meiner Mutter weht die Treppe herauf, wo ich über meinem Skizzenblock sitze und meine Hand mit dem Bleistift flink über das Zeichenpapier huscht. «Wo *bist* du?» Ich umreiße die Nase etwas klarer und zeichne einen Schatten über die Augenbrauen. «Würdest du mir bitte antworten?» Jetzt zu den Haaren. Ponyfrisur? Aus dem Gesicht gekämmt? Ich erinnere mich nicht. «Gabri-*el*-la?» Und fragen kann ich nicht. «Bist du in deinem Zimmer, Schatz?» Als ich den leichten Schritt meiner Mutter auf der Treppe höre, streiche ich einen Pony über die Stirn, verschmiere ihn, um ihn dicker zu machen, und schattiere rasch das Kinn. Ich betrachte die Zeichnung und finde, dass sie recht ähnlich ist. Wenigstens glaube ich das. Woher soll ich es wissen? Sein Gesicht ist inzwischen so verschwommen, dass ich es womöglich nur im Traum gesehen habe. Ich schließe die Augen und weiß, es ist kein Traum. Ich kann ihn sehen. Es ist ein strahlender Tag, und ich spüre die Wärme, die vom Pflaster aufsteigt, die Sonne auf meinem Gesicht und seine große, trockene Hand, die meine umfasst. Ich höre das Flatschen meiner Sandalen, die Absätze meiner Mutter klappern, und ich sehe ihren weißen Rock mit den roten Blumen.

Er lächelt auf mich herab. «Bereit, Ella?» Seine Finger schließen sich fester um meine, und ich bin glücklich.

«Dann los: eins, zwei, drei …» Ich werde in die Luft gehoben, und mein Magen dreht sich. «Uiiiiiii …!», singen die beiden, als ich durch die Luft segele. «Eins, zwei, drei … und Ella fliegt hoooooch! Uiiiiiii …!» Ich höre sie lachen, als ich lande.

«Noch mal!» Ich stampfe mit dem Fuß auf. «Noch mal! *Noch mal!*»

«Okay. Noch ein Mal … gaaaanz hoch.» Er packt noch einmal meine Hand. «Bereit, Schatz?»

«Jaaaa!»

«Gut. Also: eins, zwei, drei und … hoooooch!»

Mein Kopf fliegt nach hinten, und das blaue Himmelsgewölbe schwebt über mir wie eine Glocke. Doch als ich wieder auf dem Boden lande, löst seine Hand sich, und als ich mich nach ihm umdrehe, ist er fort …

«Da bist du ja», sagt Mum vor der Schlafzimmertür. Ich schaue auf und schiebe rasch die Hand über die Zeichnung. «Würdest du bitte mit Chloë spielen? Sie ist im Spielhaus.»

«Ich … bin beschäftigt.»

«Bitte, Ella.»

«Ich bin zu *alt* für das Spielhaus … Ich bin elf.»

«Ich weiß, Schatz, aber es würde mir helfen, wenn du dich ein Weilchen mit deiner kleinen Schwester befassen würdest, und sie spielt so gern mit dir …» Meine Mutter schiebt sich eine Strähne ihres weißblonden Haars hinter das Ohr, und ich erschrecke, wie blass und zerbrechlich sie aussieht, wie Porzellan. «Und es wäre mir lieber, wenn du an so einem warmen Tag draußen wärst.» Sie soll wieder runtergehen, doch zu meinem Schrecken kommt sie auf mich zu, den Blick auf den Skizzenblock gerichtet. Ich blättere rasch zu einem leeren Blatt um. «Du zeichnest?» Meine Mutter spricht sanft und leise, wie immer. «Kann ich mal sehen?» Sie streckt die Hand aus.

«Nein … jetzt nicht.» Hätte ich doch die Zeichnung rausgerissen, bevor sie reinkam.

«Du zeigst mir nie deine Bilder. Lass mich doch mal schauen, Ella.» Sie greift nach dem Block.

«Das ist … persönlich, Mum … *nicht* …»

Doch sie blättert schon die spiralgebundenen Seiten um. «Was für ein hübscher Fingerhut», murmelt sie. «Und die Efeublätter sind perfekt … sie schimmern richtig. Das hier von der Kirche ist ausgezeichnet. Die Buntglasfenster waren bestimmt schwierig, aber das hast du toll hingekriegt.» Staunend schüttelt meine Mutter den Kopf und schenkt mir ein Lächeln, doch als sie zur nächsten Zeichnung umblättert, zieht ein Schatten über ihr Gesicht.

Durch das offene Fenster höre ich ein entferntes Flugzeug, das klingt, als würde ein Blatt Papier zerrissen.

«Das ist eine Studie», erkläre ich. «Für ein Porträt.» Mein Puls rast.

«Nun …» Mum nickt. «Sie ist … sehr gut.» Mit zitternder Hand schließt sie den Block. «Ich hatte keine Ahnung, dass du so gut zeichnen kannst.» Sie legt den Block zurück auf den Tisch. «Du kannst … Dinge wirklich gut einfangen», fügt sie leise hinzu. Ein Muskel an ihrem Mundwinkel zuckt, doch dann lächelt sie wieder. «Also …» Sie klatscht in die Hände. «Wenn du beschäftigt bist, spiele ich mit Chloë, und nachher sehen wir uns zusammen die königliche Hochzeit an. Ich habe den Fernseher schon eingeschaltet, damit wir den Anfang nicht verpassen. Du könntest Fergies Kleid zeichnen.»

Ich zucke die Achseln. «Vielleicht.»

«Wir können ein Sandwich zu Mittag essen, während wir zusehen. Käse und Schinken?» Ich nicke. «Ich könnte auch Coronation Chicken machen, das würde gut passen, nicht wahr?», fügt sie mit plötzlicher Munterkeit hinzu. «Ich rufe dich, wenn's anfängt.» Sie geht zur Tür.

Ich atme tief durch. «Habe ich *ihn* auch gut eingefangen?», wage ich mich vor. Meine Mutter scheint mich nicht gehört zu haben. «Ist es ihm ähnlich?», hake ich nach. Sie erstarrt. Das Dröhnen des Flugzeugs hat sich in der Stille aufgelöst. «Sieht meine Zeichnung aus wie mein Vater?»

Ich höre sie Luft holen, dann lässt sie die Schultern hängen, und ich sehe plötzlich, wie viel die Schultern eines Menschen ausdrücken können. «Ja», antwortet sie leise.

«Oh. Also ...», sage ich, und sie dreht sich zu mir um. «Das ist gut. Ich habe nämlich das Gefühl, mich nicht mehr besonders gut an ihn zu erinnern. Und ich besitze nicht mal ein Foto von ihm.» Ich höre die Spatzen im Blumenbeet zanken. «Gibt es Fotos von ihm, Mum?»

«Nein», sagt sie ausdruckslos.

«Aber ...» Mein Herz rast. «Warum nicht?»

«Weil ... es ... gibt einfach keine. Es tut mir leid, Ella. Ich weiß, dass das nicht leicht ist. Aber ...» Sie zuckt die Achseln, als wäre sie genauso enttäuscht darüber wie ich. «Ich fürchte, so ... so ist es eben.» Sie unterbricht sich einen Augenblick, wie um sich zu vergewissern, dass das Gespräch zu Ende ist. «Also, möchtest du Tomate in deinem Sandwich?»

«Du musst doch irgendein Foto von ihm haben?»

«Ella ...» Die Stimme meiner Mutter bleibt leise, doch sie hebt sie ohnehin nur selten. «Ich habe dir doch gesagt, dass ich keines habe. Es tut mir leid, Schatz. Jetzt muss ich aber wirklich …»

«Was ist mit eurer Hochzeit?» Ich stelle mir ein in weißes Leder gebundenes Album vor, in dem meine Eltern auf jedem Foto lächeln, mein Vater dunkel und gutaussehend in Grau, ihr Porzellanpuppengesicht von einem Schleier umflattert.

Sie blinzelt langsam. «Ja, ich *hatte* einige Fotos, aber … ich habe sie nicht mehr.»

«Aber es muss welche geben. Ich brauche doch nur eins.» Ich nehme meinen herzförmigen Radiergummi und biege ihn zwischen Daumen und Zeigefinger. «Ich würde gern ein Foto auf die Anrichte stellen. Da ist ein Silberrahmen, den ich dafür nehmen könnte.»

Sie reißt ihre großen blauen Augen auf. «Aber … das geht nicht.»

«Oh. Dann kaufe ich einen Rahmen: Ich habe Taschengeld. Ich könnte auch einen basteln. Oder du schenkst mir einen zum Geburtstag.»

«Es geht nicht um den Rahmen, Ella.» Plötzlich wirkt meine Mutter hilflos. «Ich *will* einfach kein Foto von ihm auf der Anrichte. Und auch sonst nirgends.»

Mein Herz pocht. «Warum nicht?»

«Weil …» Sie wirft die Hände in die Luft. «Weil er, wie du sehr wohl weißt, Ella, nichts mit unserem Leben zu tun hat, und zwar schon eine ganze Zeit lang, und es wäre sehr verwirrend, besonders für Chloë. Er ist nicht ihr Vater, und Roy gegenüber wäre es auch nicht besonders nett. Roy ist so gut zu dir», fährt sie eilig fort. «Er ist dir wie ein Vater, nicht wahr … ein wunderbarer Vater.»

«Ja, aber er ist nicht mein *richtiger* Vater.» Mein Gesicht ist ganz heiß geworden. «Ich habe einen richtigen Vater, Mum, und er heißt John, aber ich weiß nicht, wo er ist und warum ich ihn nie sehe, und auch nicht, warum du nie über ihn sprichst.» Sie hat die Lippen zu einem dünnen Strich zusammengekniffen, aber ich bin nicht mehr zu bremsen. «Ich habe ihn nicht mehr gesehen, seit ich … ich weiß nicht mal das. War ich da drei?»

Meine Mutter verschränkt ihre schlanken Arme, und das goldene Armband klimpert leise gegen ihre Uhr. «Du warst fast fünf», antwortet sie leise. «Aber weißt du, Ella, ich würde sagen, dass der, der sich wie ein Vater verhält, der Vater ist, und Roy tut alles, was ein Vater tut, wogegen … John … nun …» Sie lässt den Satz unvollendet.

«Aber ich möchte trotzdem ein Foto von ihm. Ich könnte es hier aufbewahren, in meinem Zimmer, dann müsste kein anderer es sehen, es wäre nur für mich. Gut», füge ich schnell hinzu. «Das wäre dann geklärt.»

Sie seufzt schmerzlich. «Die Fotos sind … verlorengegangen …» Sie sieht aus dem Fenster. «… als wir hergezogen sind.» Sie richtet den Blick wieder auf mich. «Wir haben nicht alles mitgenommen.»

Ich starre sie an. «Aber die Fotos hätten wir mitnehmen müssen. Das ist gemein», füge ich zornig hinzu. «Es ist gemein, dass du nicht mal eins für mich aufgehoben hast!» Ich bin aufgesprungen und habe eine Hand auf den Stuhl gelegt, als Stütze gegen den Tumult in meiner Brust. «Und warum sprichst du nicht über ihn? Nie sprichst du über ihn!»

Die blassen Wangen meiner Mutter sind plötzlich rot … als hätte ich mit einem Pinsel Krapprot daraufgestrichen. «Es … ist zu … *schwierig*, Ella.»

«*Warum?*» Ich will schlucken, doch in meiner Kehle steckt ein Messer. «Du sagst immer nur, er hätte nichts mit unserem Leben zu tun, und das wäre auch besser so, aber ich weiß nicht, was passiert ist …» Tränen der Enttäuschung brennen in meinen Augen. «Oder warum er uns verlassen hat …» Die Züge meiner Mutter verschwimmen. «Oder ob ich ihn je wiedersehe.» Eine Träne läuft mir über die Wange. «Deswegen … deswegen …» Ich werfe mich auf den Boden, greife unter das Bett und ziehe meine Schachtel raus. Sie trägt den Aufdruck *Ravel*, Mums beste Stiefel waren darin. Ich stehe auf und stelle sie aufs Bett. Meine Mutter betrachtet sie, setzt sich mit einem besorgten Blick auf mich daneben und nimmt den Deckel ab …

Die erste Zeichnung ist noch recht neu, Bleistift und Tusche mit weißer Pastellfarbe auf Nase, Haar und Wangenknochen. Ich bin zufrieden damit, denn ich habe gerade erst gelernt, wie man Lichtpunkte richtig setzt. Dann nimmt sie drei Bleistiftzeichnungen von ihm heraus, die ich im Frühling gemacht habe. Darauf ist es mir mit sorgfältigen Kreuzschraffierungen gelungen, seinen Augen Tiefe und Ausdruckskraft zu verleihen. Darunter liegen zehn oder zwölf ältere Zeichnungen, auf denen die Proportionen alle falsch sind – sein Mund zu klein oder seine Augenbrauen zu weit auseinander oder die Ohrmuschel zu hoch angesetzt. Dann kommen fünf, die keine Spur von Konturierung aufweisen, sein Gesicht ist darauf flach und rund wie ein Teller. Als Nächstes nimmt Mum ein paar Blätter heraus, auf denen ich meinen Vater mit Filzstiften gemalt habe, mit ihr und mir zusammen vor einem roten Backsteinhaus mit schwarzen Stufen, die zu der dunkelgrünen Haustür führen. Dann kommen einige bunte, mit Plakatfarben gemalte Bilder, auf denen er ein großes blaues Auto fährt. Als Nächstes kommt eine Bastelei, Pfeifenreiniger als Beine, malvenfarbener Filz als Hemd und Hose und Büschel brauner Wollhaare, die mit Klebstoff angeklebt sind. Auf den untersten Blättern ist mein Vater kaum mehr als ein Strichmännchen. Ich habe «dad» daruntergeschrieben, doch auf einem habe ich das erste «d» falsch herum geschrieben, und da steht «bad».

«So viele», murmelt meine Mutter. Sie legt die Bilder wieder in den Schuhkarton und nimmt meine Hand. Als ich mich neben sie setze, höre ich sie schlucken. «Ich hätte es dir erzählen sollen», sagt sie leise. «Aber ich wusste nicht, wie ...»

«Aber ... warum nicht? Und was?»

«Es ... es ... war so schrecklich.» Es quält sie so, dass sich in ihrem Kinn eine Falte bildet. «Ich hatte gehofft, ich könnte damit warten, bis du älter bist ... aber heute ... heute zwingst du mich dazu.» Sie drückt die Fingerspitzen an ihre Lippen und sieht mich an, aber irgendwie weiß ich, dass sie mich gar nicht sieht. «Also gut», flüstert sie, lässt die Hände in den Schoß sinken und atmet tief durch. Und während der Hochzeitsmarsch aus Westminster Abbey heraufdröhnt, spricht sie endlich mit mir über meinen Vater. Als sie mir erzählt, was er getan hat, gerät meine Welt ins Schlingern, als hätte etwas Großes, Schweres sie gerammt.

Wir bleiben eine Weile dort sitzen, und ich stelle ihr einige Fragen. Sie beantwortet sie, und dann stelle ich ihr dieselben Fragen noch einmal. Danach gehen wir runter. Ich hole Chloë aus dem Garten rein, und wir setzen uns vor den Fernseher und sind ganz aufgeregt über Sarah Fergusons bauschiges Seidenkleid mit der fünf Meter langen, mit

Bienen bestickten Schleppe. Und am nächsten Tag trage ich meinen Schuhkarton in die Küche, hole die Bilder raus und stopfe sie ganz tief in den Abfalleimer.

1

«Tut mir schrecklich leid», sagte die Rundfunkreporterin Clare am frühen Abend zu mir und fummelte an ihrem kleinen Aufnahmegerät herum. Sie strich sich eine knallrote Haarsträhne hinters Ohr. «Ich muss nur rasch überprüfen, ob ich auch alles drauf habe. Da scheint mir ein kleiner Kobold drin zu sein.»

«Keine Sorge.» Ich warf einen ängstlichen Blick auf die Uhr. Ich musste bald los.

«Ich bin Ihnen wirklich dankbar, dass Sie sich die Zeit nehmen.» Clares perfekt manikürte Finger nahmen die winzigen Batterien heraus. Ich schaute auf meine fleckigen Hände. «Aber für das Radio muss man sehr viel mitschneiden.»

«Natürlich.» Wie alt war sie? Am Anfang war ich unsicher gewesen, denn sie hatte sehr viel Make-up aufgelegt. Fünfunddreißig, entschied ich jetzt, mein Alter. «Ich freue mich, dass ich dabei bin», fügte ich hinzu, als sie die Batterien wieder einlegte und das Gerät schloss.

«Also, ich hatte schon von Ihnen gehört, und dann habe ich letzten Monat den Artikel über Sie in der *Times* gelesen …» Ich merkte, wie mein Magen sich verkrampfte. «Und ich fand, Sie wären perfekt für meine Sendung – falls ich das verdammte Ding noch mal ans Laufen kriege …» Selbst durch die Grundierung konnte ich sehen, wie Clares

Wangen rot wurden, als sie auf die Tasten eindrosch. *Und wann ist Ihnen klar geworden, dass Sie Malerin werden wollen?* «Puh …» Sie schlug die Hand vor die Brust. «Es ist noch da.» *Ich wusste, dass ich Malerin werden wollte, seit ich acht oder neun war …* Sie lächelte. «Ich hatte Sorge, ich hätte es gelöscht.» *Ich habe andauernd gezeichnet und gemalt …* Sie drückte auf schnellen Vorlauf, und meine Stimme wurde zu einem Minnie-Mouse-Quietschen, dann spielte sie es wieder mit normaler Geschwindigkeit ab. *Malen war in gewisser Weise immer mein … Trost.* «Toll», sagte sie, während ich einen Klecks eingetrocknetes Preußischblau von meiner Malschürze kratzte, die schon ganz steif war von Farbe. «Wir können weitermachen.» Sie schaute auf ihre Uhr. «Haben Sie noch zwanzig Minuten?»

Mich verließ der Mut. Sie war schon seit anderthalb Stunden hier – die hauptsächlich mit müßigem Geplauder und dem Herumhantieren an ihrem Aufnahmegerät vergangen waren. Doch ein Feature in Radio 4 konnte mir mit etwas Glück zu neuen Aufträgen verhelfen, also bezwang ich meine Ungeduld. «Das geht.»

Sie nahm ihr Mikrophon und sah sich im Atelier um. «Das ist bestimmt ein schöner Ort zum Arbeiten.»

«Ja … Deswegen habe ich das Haus gekauft, wegen dieses geräumigen Dachbodens. Und das Licht ist perfekt – die Fenster gehen nach Nordost.»

«Und die Aussicht ist phantastisch!» Clare lachte. Vor den beiden großen Mansardenfenstern ragte der gigantische rostfarbene Rundbau der Fulham's Imperial Gas Works auf. «Also, ich mag Industriearchitektur», fügte sie rasch hinzu, als hätte sie Sorge, sie könnte mich gekränkt haben.

«Ich auch. Ich finde, Gasometer haben etwas Erhabenes.

Auf der anderen Seite ist das alte Kohlekraftwerk an der Lots Road. Also, nein, es ist nicht gerade grün und freundlich, aber ich mag die Gegend, und es gibt viele Künstler und Designer hier, also fühle ich mich zu Hause.»

«Aber es ist fast ein wenig Niemandsland», bemerkte Clare. «Man muss die ganze King's Road runterfahren, um herzukommen.»

«Stimmt. Aber der Fulham Broadway ist nicht weit. Wie auch immer, ich fahre überall mit dem Fahrrad hin.»

«Sehr mutig. Jedenfalls ...» Sie blätterte in ihren Notizen, die auf dem niedrigen Glastisch lagen. «Wo waren wir?» Ich schob den Topf mit den Hyazinthen zur Seite, damit sie mehr Platz hatte. «Wir hatten mit Ihrer Vergangenheit angefangen», sagte sie. «Die Samstage, die Sie als Teenager in der National Gallery verbracht haben, um alte Meister zu kopieren, dann der Grundlagenkurs in der Slade School. Wir haben über die Maler gesprochen, die Sie am meisten bewundern – Rembrandt, Velázquez und Lucian Freud. Ich verehre Lucian Freud.» Sie schauderte leicht vor Bewunderung. «So schön und ... fleischig.»

«Sehr fleischig», pflichtete ich ihr bei.

«Dann kamen wir zu Ihrem großen Durchbruch mit dem BP Portrait Award vor vier Jahren ...»

«Den ich nicht gewonnen habe», unterbrach ich sie. «Ich wurde Zweite. Aber mein Bild wurde auf das Poster für den Wettbewerb gedruckt, und das hat zu mehreren neuen Aufträgen geführt. Was hieß, dass ich das Unterrichten aufgeben und mich ganz dem Malen widmen konnte. Also, ja, das war ein großer Schritt.»

«Und jetzt hat die Duchess of Cornwall Sie bekannt gemacht!»

«Ja, sieht ganz so aus. Ich war ganz begeistert, als die National Portrait Gallery mich gebeten hat, sie zu malen.»

«Und das hat Ihnen hübsche Publicity gebracht.» Ich zuckte zusammen. «Hatten Sie denn schon viele berühmte Modelle?»

Ich schüttelte den Kopf. «Die meisten sind ganz normale Menschen, die Freude daran haben, sich selbst oder jemanden, der ihnen am Herzen liegt, porträtieren zu lassen. Die Übrigen sind entweder Personen des öffentlichen Lebens oder sie haben eine bemerkenswerte Karriere gemacht, an die das Porträt erinnern soll.»

«Wir sprechen also über die Großen und Berühmten.»

Ich zuckte die Achseln. «So könnte man sie nennen ... Professoren und Politiker, Wirtschaftsgrößen, Sänger, Dirigenten, ein paar Schauspieler.»

Clare wies mit einem Nicken auf ein kleines ungerahmtes Bild, das an der Tür hing. «Ich liebe das Bild von David Walliams – wie sein Gesicht aus dem Dunkeln auftaucht.»

«Das ist nicht das fertige Porträt», erklärte ich. «Das hat natürlich er. Dies ist nur eine Vorarbeit, um sicherzugehen, dass die formatfüllende Komposition funktioniert.»

«Es erinnert mich an Caravaggio», sinnierte sie. Ich wünschte, sie käme zum Punkt. «Er sieht ein wenig aus wie der Bacchus ...»

«Es tut mir leid, Clare», unterbrach ich sie. «Aber können wir ...?» Ich nickte in Richtung Diktaphon.

«Oh, ich verplaudere mich, was? Lassen Sie uns weitermachen.» Sie setzte den Kopfhörer auf ihren kupferroten Bubikopf und hielt mir das Mikrophon hin. «Also», sie drückte auf Aufnahme, «warum malen Sie Porträts, Ella, statt, sagen wir, Landschaften?»

«Nun, Landschaftsmalerei ist ein einsames Geschäft», antwortete ich. «Man ist mit sich und der Aussicht allein. Doch beim Porträt hat man es mit einem Gegenüber zu tun, und das hat mich von Anfang an fasziniert.» Clare nickte und lächelte auffordernd. «Ich bin ganz aufgeregt, wenn ich einen Menschen das allererste Mal sehe. Wenn er oder sie vor mir sitzt, nehme ich die Person mit ihrem ganzen Sein in mich auf. Ich studiere die Farbe und die Form der Augen, die Linie der Nase, die Farbe und Textur der Haut, die Umrisse der Lippen. Und nicht zuletzt, wie die Person ist, körperlich.»

«Sie meinen die Körpersprache?»

«Ja. Ich schaue, wie sie den Kopf neigt und lächelt, ob sie mir in die Augen sieht oder den Blick abwendet, ich beobachte, wie sie die Arme oder Beine verschränkt, ob sie richtig auf dem Stuhl sitzt oder vorn auf der Kante hockt oder sich darauf lümmelt. Denn all das verrät mir, was ich über den Menschen wissen muss, um ihn richtig malen zu können.»

«Aber ...» Ein Motorrad bretterte die Straße runter, und Clare wartete, bis der Lärm verklungen war. «Was bedeutet ‹richtig› in diesem Zusammenhang? Dass das Porträt dem Menschen ähnlich sieht?»

«Es sollte aussehen wie der Mensch.» Ich rieb einen chromgrünen Fleck von meinem Handteller. «Aber ein gutes Porträt sollte auch etwas über den Charakter verraten. Es sollte eine äußere und eine *innere* Ähnlichkeit einfangen.»

«Sie meinen Körper und Seele?»

«Ja. Es sollte den ganzen Menschen zeigen, Körper und Seele.»

Clare warf noch einen Blick in ihre Notizen. «Arbeiten Sie auch mit Fotos?»

«Nein. Ich brauche unbedingt einen lebendigen Menschen vor mir. Ich möchte ihn aus jedem Winkel betrachten und die Beziehung zwischen den einzelnen Teilen des Gesichts ergründen können. Vor allem muss ich sehen, wie das Licht auf den Zügen reflektiert, denn das verrät mir etwas über Formen und Proportionen. Beim Malen geht es darum, das Licht zu sehen. Ich arbeite also nur mit Modellen, und ich brauche sechs Sitzungen à zwei Stunden.»

Clare riss ihre grünen Augen auf. «Das erfordert einiges an Engagement, von beiden Seiten.»

«Ja. Ein Porträt ist ein wichtiges Unterfangen, bei dem der Maler und das Modell zusammenarbeiten – es gibt eine Art von Komplizenschaft.»

Sie hielt das Mikrophon ein wenig näher. «Und öffnen sich Ihre Modelle Ihnen?» Ich antwortete nicht. «Ich meine, Sie sind viele Stunden allein mit einem Menschen. Vertrauen sie sich Ihnen an?»

«Nun ...» Ich wollte nicht sagen, dass meine Modelle mir sogar die außerordentlichsten Dinge anvertrauten. «Manchmal sprechen sie über ihre Ehe oder ihre Beziehung», antwortete ich vorsichtig. «Sie erzählen mir zuweilen sogar von Tragödien und Dingen, die sie bereuen. Aber das, was bei den Sitzungen geschieht, ist für mich nicht nur vertraulich, sondern geradezu heilig.»

«Fast wie eine Beichte?», meinte Clare scherzhaft.

«In gewisser Weise, ja. Eine Porträtsitzung schafft einen ganz besonderen Raum, dem eine gewisse ... Intimität innewohnt. Einen anderen Menschen zu malen ist ein intimer Akt.»

«Haben Sie sich je in eines Ihrer Modelle verliebt?»

Ich lächelte. «Also, einmal habe ich mich in einen Dackel verliebt, den jemand im Bild haben wollte, aber in einen Menschen, der mir Modell gesessen hat, habe ich mich noch nicht verliebt, nein.» Die meisten meiner männlichen Modelle waren verheiratet und kamen damit ohnehin nicht in Frage, doch das erwähnte ich nicht. Ich dachte an das Chaos, in das Chloë sich gestürzt hatte.

«Gibt es einen Typ Mensch, den Sie besonders gern porträtieren?», fragte Clare.

Ich schwieg einen Augenblick, während ich über die Frage nachdachte. «Vermutlich fühle ich mich zu Menschen mit Brüchen hingezogen, die nicht das typische glückliche Leben geführt haben. Ich male gern Menschen, bei denen ich das Gefühl habe, sie sind ... komplex.»

«Was glauben Sie, woran das liegt?»

«Ich ... finde es interessanter ... im Gesicht eines Menschen den Kampf zwischen einander widerstreitenden Persönlichkeitsanteilen zu sehen.» Ich schaute auf die Uhr. Es war halb sieben. Ich *musste* jetzt gehen. «Haben Sie jetzt genug Material?»

Clare nickte. «Ja, reichlich.» Sie setzte ihren Kopfhörer ab und strich sich die Haare glatt. «Könnte ich noch rasch einen Blick auf Ihre Arbeiten werfen?»

«Sicher.» Ich unterdrückte einen Seufzer. «Ich hole meine Mappe.»

Während ich von der anderen Seite des Ateliers die schwere schwarze Mappe holte, trat Clare vor meine große Staffelei und betrachtete die Leinwand, die daraufstand. «Wer ist das?»

«Meine Mutter.» Ich legte die Mappe auf den Tisch und

stellte mich neben Clare. «Sie hat heute Vormittag reingeschaut, da habe ich ein bisschen daran weitergearbeitet. Sie wird dieses Jahr sechzig.»

«Sie ist schön.»

Ich betrachtete die runden blauen Augen meiner Mutter mit den prominenten Lidern unter perfekt gebogenen Augenbrauen, ihre hohen Wangenknochen und die Adlernase, ihre linke Hand, die elegant auf dem Brustbein ruhte. Ihre Haut war faltig, doch ansonsten war die Zeit gnädig mit ihr umgegangen. «Es ist fast fertig.»

Clare neigte den Kopf zu einer Seite. «Sie besitzt ... Haltung.»

«Sie war Balletttänzerin.»

«Ah.» Sie nickte nachdenklich. «Ich erinnere mich jetzt, das hat auch in dem Artikel über Sie gestanden.» Sie sah mich an. «Und war sie erfolgreich?»

«Ja. Sie war beim English National Ballet und später beim Northern Ballet Theatre in Manchester – das war in den siebziger Jahren. Das da drüben an der Wand, das ist sie.»

Clares Blick folgte meinem auf ein gerahmtes Poster einer Ballerina in langem weißen Tutu und Brautschleier. «Giselle», murmelte Clare. «Wie hübsch. Eine anrührende Geschichte, nicht wahr? Betrogene Unschuld.»

«Die Lieblingsrolle meiner Mutter. Das war 79. Leider musste sie ihre Karriere schon wenige Monate später beenden.»

«Warum?», fragte Clare. «Weil sie Kinder bekam?»

«Nein. Ich war damals schon fast fünf. Sie hatte einen Unfall.»

«Beim Proben?»

Ich schüttelte den Kopf. «Zu Hause. Sie ist gestürzt und hat sich den Knöchel gebrochen.»

Clare zog mitfühlend die Stirn kraus. «Wie schrecklich.» Sie betrachtete noch einmal das Porträt, als suchte sie im Gesicht meiner Mutter nach Spuren der Enttäuschung.

«Es war hart …» Plötzlich überkam mich die Erinnerung an meine Mutter, wie sie in unserer alten Wohnung am Küchentisch saß, den Kopf in den Händen. So hatte sie immer sehr lange dagesessen.

«Was hat sie dann gemacht?», hörte ich Clare fragen.

«Wir sind nach London gezogen. Und bald fing sie eine neue Karriere als Ballettlehrerin an.» Clare sah mich neugierig an. «Das machen ältere Tänzerinnen und Tänzer oft, wenn sie nicht mehr auftreten können. Sie arbeiten mit einem Ensemble, frischen die Choreographie auf oder studieren bestimmte Rollen ein. Meine Mutter hat einige Jahre beim Festival Ballet gearbeitet und später beim Ballet Rambert.»

«Macht sie das noch?»

«Nein, sie ist mehr oder weniger im Ruhestand. Sie unterrichtet einen Tag in der Woche an der Ballettschule des English National Ballet, ansonsten engagiert sie sich hauptsächlich für Wohltätigkeitsarbeit. Für heute Abend hat sie zum Beispiel eine große Gala-Auktion für *Save the Children* organisiert, und deswegen stehe ich unter Zeitdruck, denn ich müsste schon dort sein, aber hier», ich ging zum Tisch und schlug die Mappe auf, «sind Fotos all meiner Porträts. Es sind rund fünfzig.»

«Ihr Facebook, sozusagen», meinte Clare mit einem Lächeln. Sie setzte sich wieder aufs Sofa und blätterte darin. *«Fisherman»*, murmelte sie. «Das hier ist auf Ihrer

Webseite, nicht wahr? *Ursula, schlafend. Emma. Pollys Gesicht ...*» Clare sah mich verdutzt an. «Warum haben Sie das hier *Pollys Gesicht* genannt – schließlich ist es ein Porträt?»

«Oh, Polly ist meine beste Freundin, wir kennen uns, seit wir sechs sind. Sie ist Hand- und Fußmodel und hat sich im Spaß mal darüber beschwert, dass niemand das geringste Interesse an ihrem Gesicht bekunde. Da habe ich gesagt, ich würde sie malen.»

«Aha.»

Ich zeigte auf das nächste Bild. «Das ist Baronin Hale – die erste weibliche Lordrichterin. Und dies ist Sir Philip Watts, ehemaliger Vorsitzender von Shell.»

Clare blätterte weiter. «Und hier ist die Duchess of Cornwall. Sie sieht recht lustig aus.»

«Das ist sie, und es ist die Eigenschaft, die ich den Menschen am ehesten zeigen wollte.»

«Und hat es dem Prinzen gefallen?»

Ich zuckte die Achseln. «Ich hatte den Eindruck. Er hat etwas Nettes darüber gesagt, als er letzten Monat bei der Enthüllung in der National Portrait Gallery war.»

Clare wandte sich dem nächsten Foto zu. «Und wer ist das Mädchen mit den kurzen Haaren?»

«Meine Schwester Chloë. Sie arbeitet bei einer Non-Profit-PR-Agentur namens Proud – alles, was mit fairem Handel, grüner Technologie, Bio-Lebensmitteln, Bio-Anbau und so zu tun hat.»

Clare nickte nachdenklich. «Sie sieht Ihrer Mutter sehr ähnlich.»

«Ja, sie hat ihre helle Haut und den Körperbau der Ballerina.» Wogegen ich dunkel und kräftig bin, sinnierte ich niedergeschlagen – eher Paula Rego als Degas.

Clare betrachtete das Bild genauer. «Aber sie sieht so ... traurig aus, geradezu unglücklich.»

Ich zögerte. «Sie hatte sich gerade getrennt, es war eine schwierige Zeit. Aber jetzt geht es ihr gut», fuhr ich entschlossen fort. Auch wenn ihr neuer Freund ein Scheusal ist, fügte ich nur in Gedanken hinzu.

Mein Telefon läutete. Ich ging ran.

«Wo bist du?», wollte Mum leise wissen. «Es ist zehn vor sieben, und es sind fast alle da.»

«Oh, tut mir leid, aber ich bin noch nicht ganz fertig.» Ich schaute zu Clare, die immer noch in der Mappe blätterte.

«Du hast gesagt, du würdest früh kommen.»

«Ich weiß. Ich bin in zwanzig Minuten da, versprochen.» Ich legte auf und schaute zu Clare. «Ich fürchte, ich muss jetzt wirklich gehen.» Ich trat an meinen Arbeitstisch und tauchte ein paar schmutzige Pinsel in das Glas mit Terpentin.

«Selbstverständlich», sagte sie, ohne aufzublicken. «Das ist die Sängerin Cecilia Bartoli.» Sie blätterte zum letzten Bild. «Und wer ist der freundliche Herr mit der Fliege?»

Ich zog die Pinsel durch ein gefaltetes Blatt Zeitungspapier und drückte die Farbe raus. «Mein Vater.»

«Ihr Vater?»

«Ja.» Ich tat mein Bestes, der Überraschung in ihrer Stimme keine Beachtung zu schenken. «Roy Graham. Er ist Orthopäde – im Vorruhestand.» Als ich zum Waschbecken ging, spürte ich Clares neugierigen Blick im Rücken.

«Aber in der *Times* ...»

«Er spielt sehr viel Golf», ich rieb Reinigungsmittel in die Borsten, «im Royal Mid-Surrey, nicht weit von da, wo meine Eltern wohnen, in Richmond.»

«In der *Times* stand, dass ...»

«Er spielt auch Bridge.» Ich drehte den Wasserhahn auf. «Ich habe noch nie Bridge gespielt, aber die Leute sagen, wenn man mal drin ist, macht es sehr viel Spaß.» Ich spülte die Pinsel aus, trocknete sie ab und legte sie für den nächsten Tag auf dem Arbeitstisch bereit. «Gut.» Ich richtete den Blick auf Clare. Sie sollte endlich gehen.

Sie steckte das Diktiergerät und ihre Notizen in die Tasche und stand auf. «Ich hoffe, Sie haben nichts dagegen, dass ich Sie das frage. Aber da es in der Zeitung gestanden hat, nehme ich an, dass es kein Geheimnis ist.»

Meine Finger zitterten, als ich eine Tube Titanweiß zuschraubte. «Worüber?»

«Nun, in dem Artikel heißt es, Sie seien adoptiert worden, als Sie acht waren.» Hitze schoss mir ins Gesicht. «Und dass Ihr Name geändert wurde.»

«Ich weiß nicht, woher Sie das haben.» Ich löste die Bänder meiner Schürze. «Jetzt muss ich aber wirklich ...»

«Es hieß, Ihr richtiger Vater habe die Familie verlassen, als Sie fünf waren.»

Inzwischen schlug mein Herz mit Wucht gegen meine Rippen. «Roy Graham ist mein richtiger Vater», erwiderte ich leise. «Und damit ist alles gesagt.» Ich hängte meine Schürze an den Haken. «Aber danke, dass Sie gekommen sind.» Ich öffnete die Tür zum Treppenhaus. «Sie finden allein raus, oder?»

Clare schenkte mir ein verdutztes Lächeln. «Natürlich.»

Sobald sie fort war, rieb ich energisch mit einem in Terpentin getränkten Lappen an meinen farbfleckigen Fingern herum, legte rasch etwas Make-up auf und richtete meine

Haare. Ich zog eine schwarze Hose und meinen grünen Samtmantel an und wollte gerade gehen, um mein Fahrrad aufzuschließen, da fiel mir ein, dass die Vorderlampe kaputt war. Ich stöhnte. Jetzt musste ich mit dem Bus fahren oder ein Taxi nehmen – was als Erstes auftauchte. Wenigstens war es nicht weit zur Chelsea Old Town Hall.

Ich lief die King's Road rauf und erreichte gerade die Haltestelle, als die Nummer 11 vorfuhr, die Fenster gelbe Rechtecke in der hereinbrechenden Abenddämmerung.

Als wir über die Brücke rollten, sinnierte ich bitter über Clares Aufdringlichkeit. Andererseits hatte sie nur wiederholt, was sie in der *Times* gelesen hatte. Von neuem stieg heißer Zorn in mir auf, dass so etwas durch und durch Privates jetzt im Netz stand.

«Würden Sie *bitte* diesen Absatz streichen», hatte ich den Journalisten Hamish Watt gebeten. Etwa eine Stunde hatte es gedauert, ihn aufzustöbern, nachdem ich den Artikel zu sehen bekommen hatte. Ich hielt den Telefonhörer so fest umklammert, dass meine Knöchel weiß hervortraten. «Ich war entsetzt, als ich ihn gelesen habe ... bitte, *streichen* Sie ihn.»

«Nein», erwiderte er. «Er gehört zu der Geschichte.»

«Aber Sie haben mich nicht danach *gefragt*», protestierte ich. «Wir haben nur über meine Arbeit gesprochen.»

«Ja, aber da hatte ich das Hintergrundmaterial über Sie schon gesammelt, zum Beispiel, dass Ihre Mutter Tänzerin war. Ich wusste zufällig auch ein bisschen was über Ihre Familienverhältnisse.»

«Woher?»

Er zögerte kurz. «Ich bin Journalist», antwortete er, als wäre das Erklärung genug.

«Bitte, streichen Sie diesen Absatz», flehte ich ihn noch einmal an.

«Ich kann nicht», beharrte er. «Und Sie haben sich doch gern interviewen lassen, oder?»

«Ja», antwortete ich matt. «Aber wenn ich gewusst hätte, was Sie schreiben, hätte ich mich geweigert. Sie haben gesagt, in dem Artikel ginge es um mein Bild, aber ein gutes Drittel ist persönlich, und damit fühle ich mich nicht wohl.»

«Na, tut mir leid, dass Sie unglücklich sind», sagte er salbungsvoll. «Doch da Publicity ohne Zweifel hilfreich für Künstler ist, schlage ich vor, dass Sie lernen, das Leben zu nehmen, wie es kommt.» Damit hatte er aufgelegt.

Das steht jetzt für alle Zeiten im Internet, dachte ich nun düster, und jeder kann es lesen. Jeder. Bei dem Gedanken wurde mir ganz übel. Ich muss einfach einen Weg finden, damit umzugehen, dachte ich, als wir am World's End Pub vorbeifuhren.

Mein Vater ist Roy Graham.

Mein Vater ist Roy Graham, und er ist ein wunderbarer Vater.

Danke, ich habe einen Vater. Sein Name ist Roy Graham.

Um mich abzulenken, dachte ich an die Arbeit. Am nächsten Morgen würde ich ein neues Porträt anfangen. Und am Donnerstag erwartete ich den Unterhausabgeordneten Mike Johns zu seiner vierten Sitzung. Seit dem letzten Mal war einige Zeit vergangen, er hatte gesagt, er habe zu viel zu tun. Und am Vortag hatte ich die Anfrage bekommen, eine Mrs. Carr zu malen – ihre Tochter Sophia hatte sich über meine Webseite an mich gewandt. Und dann noch der neue Auftrag von heute Abend. Nicht dass ich damit auch nur einen Cent verdienen werde, sinnierte ich mit Bedauern, als wir an Heal's vorbeifuhren. Ich stand auf und drückte auf den Halteknopf.

Ich stieg aus dem Bus, überquerte die Straße und folgte einigen elegant gekleideten Menschen die Stufen der Old Town Hall hinauf, ging den schwarzweiß gefliesten Korridor hinunter, zeigte meine Einladung und schob die Tür des Hauptsaals auf, neben der ein großes Schild stand: Save the Children – Gala-Auktion.

Der überladene, in Blau und Ocker gehaltene Raum war proppenvoll, und das Stimmengewirr überlagerte das Streichtrio, das auf einer Seite der Bühne mutig dagegenhielt, fast völlig. Beschürzte Kellner gingen mit Canapés und Getränken herum. In der Luft hing der schwere Duft verschiedenster Parfüms.

Ich nahm mir ein Programm und überflog die Einleitung. *Das Leben von fünf Millionen Kindern in Malawi … Hunger in Kenia … anhaltende Krise in Zimbabwe … brauchen dringend Hilfe …* Dann folgte die Liste der zu versteigernden Objekte – zwei Drittel davon wurden in einer stillen Auktion versteigert, während die «Starobjekte» live unter den Hammer kamen, darunter eine Woche in einem venezianischen Palazzo, ein Luxuswochenende im Ritz, Karten für die Premiere von *Schwanensee* im Covent Garden mit Carlos Acosta, eine Einkaufstour durch Harvey Nichols mit einem Stilberater, eine Dinnerparty für acht Personen, gekocht von Starkoch Gordon Ramsay, und ein von Maria Grachvogel entworfenes Abendkleid. Des Weiteren eine E-Gitarre mit dem Autogramm von Paul McCartney und ein Chelsea-FC-Trikot mit den Unterschriften der Spieler. Als Letztes versteigert wurde *ein Porträt von Gabriella Graham, eine freundliche Spende der Künstlerin.* Ich ließ den Blick über die Menschenmenge schweifen und überlegte, wen ich am Ende wohl malen würde.

Plötzlich entdeckte ich Roy. Winkend kam er auf mich zu. «Ella-Bella!» Er drückte mir einen väterlichen Kuss auf die Wange.

Verdammt, Clare, dachte ich. *Das* ist mein Vater.

«Hallo, Roy.» Ich wies mit dem Kinn auf seine Fliege mit Narzissenmuster. «Hübsche Fliege. Die habe ich noch nie gesehen, oder?»

«Sie ist neu. Ich dachte, ich weihe sie heute Abend zu Ehren des Frühlings ein. Du brauchst ein Glas Schampus …» Er sah sich nach einem Kellner um.

«Sehr gern. Es war ein langer Tag.»

Roy besorgte mir ein Glas Champagner und reichte es mir mit einem abschätzenden Blick. «Wie geht's unserer großen Tochter?»

Ich lächelte über die vertraute, liebevolle Anrede. «Mir geht's gut, danke. Tut mir leid, dass ich zu spät bin.»

«Deine Mutter war schon ein *wenig* nervös, aber dies ist schließlich auch ein wichtiger Abend. Ah, da kommt sie ja …»

Die schlanke Gestalt meiner Mutter schwebte durch die Menge auf uns zu, eingehüllt in violetten Chiffon, ihr aschblondes Haar zu einer perfekten Banane gedreht.

Sie streckte mir die Arme entgegen. «*El*-la.» Ihr Tonfall deutete eher einen Vorwurf an als einen Gruß. «Ich hatte es fast aufgegeben, Schatz.» Sie gab mir einen Kuss, und ich atmete den vertrauten Duft ihres Parfüms ein. «Ich brauche dich hier, um mit den Leuten über das Porträt zu reden. Wir haben die Staffelei da drüben hingestellt, schau, im Präsentationsbereich, und ich habe dir ein Namensschild gemacht, damit die Leute auch wissen, wer du bist.» Sie öffnete ihr Abendtäschchen aus malvenfarbenem Satin, holte ein laminiertes Namensschild heraus und hatte es schon an meinem Aufschlag befestigt, bevor ich – weil ich fürchtete, es könnte auf dem Samt einen Abdruck hinterlassen – protestieren konnte. «Ich hoffe, das Porträt erzielt einen hohen Preis. Wir wollen heute Abend fünfundsiebzigtausend Pfund aufbringen.»

«Na, da drücke ich mal die Daumen.» Ich rückte das Namensschild zurecht. «Aber du hast auch tolle Sachen zum Versteigern.»

«Und alles Spenden», sagte sie erstaunt. «Wir mussten gar nichts kaufen. Alle waren sehr großzügig.»

«Das liegt allein daran, dass du so überzeugend bist», sagte Roy. «Ich denke oft, du könntest den Himmel überreden, es nicht regnen zu lassen, Sue, ja wirklich.»

Mum bedachte ihn mit einem nachsichtigen Lächeln. «Ich bin nur zielstrebig und gut organisiert. Ich weiß, wie ich die Dinge haben will.»

«Du bist einfach formidabel», sagte Roy freundlich. Er erhob sein Glas. «Auf dich, Sue, und auf einen erfolgreichen Abend.»

Ich trank einen Schluck Champagner und wies dann mit einem Nicken zur Bühne. «Und wer schwingt den Hammer?»

Mum zupfte ihren Pashmina-Schal zurecht. «Tim Spiers. Er war bei Christie's und kann die Leute hervorragend beschwatzen, sich von ihrem Geld zu trennen – trotzdem habe ich die Kellner instruiert, großzügig nachzuschenken.»

Roy lachte. «So ist es recht. Versetz die Bieter in einen Rausch.»

«Nein, nur in gute Stimmung», korrigierte Mum ihn. «Dann sind sie viel spendabler», schloss sie trocken. «Aber wenn die Dinge zu langsam ins Rollen kommen», sie senkte die Stimme, «dann möchte ich, dass wir ein paar strategische Gebote abgeben.»

Mich verließ der Mut. «Lieber nicht.»

Mum bedachte mich mit einem enttäuschten Blick. «Nur, um es in Gang zu bringen. Du musst nichts ersteigern, Ella.»

«Aber wenn ich nicht überboten werde, kann es leicht passieren. Das sind lauter teure Sachen, Mum, und ich habe eine gigantische Hypothek abzuzahlen. Das ist mir zu riskant.»

«Sie hat schon ein Porträt gespendet», sagte Roy, «das ist mehr als genug.» *Allerdings*, dachte ich vergrätzt. «*Ich* biete mit, Sue», fügte er hinzu. «Natürlich nur bis zu einem bestimmten Limit.»

Mum legte ihm eine Hand an die Wange – eine ganz typische Geste. «Danke. Chloë bietet bestimmt auch mit.»

Ich sah mich im Saal um. «Wo ist Chloë?»

«Auf dem Weg», antwortete Roy. «Mit Nate.»

Mir entfuhr ein Stöhnen.

Mum schüttelte den Kopf. «Ich weiß nicht, warum du so bist, Ella. Nate ist entzückend.»

«Ehrlich?» Ich trank noch einen Schluck Champagner. «Ist mir noch nicht aufgefallen.»

«Du kennst ihn doch kaum», erwiderte sie leise.

«Stimmt. Ich bin ihm erst einmal begegnet.» Doch das eine Mal hatte mir mehr als gereicht. Es war auf einer Party gewesen, die Chloë im vergangenen November gegeben hatte …

«Irgendein besonderer Anlass?», hatte ich sie am Telefon gefragt, nachdem ich die elegante Einladung geöffnet hatte.

«Ich habe so lange keine Party gegeben … und meine Freunde vernachlässigt. Und weil ich im Augenblick sehr gut drauf bin, denn …» Sie holte tief Luft. «Ella, ich habe jemanden kennengelernt.»

Erleichterung durchflutete mich. «Toll. Und? Wie ist er?»

«Er ist sechsunddreißig», antwortete sie. «Groß, sehr kurze schwarze Haare und schöne grüne Augen.»

Zu meiner Überraschung musste ich einen Stich Neid unterdrücken. «Klingt toll.»

«Ja, das ist er … und unverheiratet.»

«Gut.»

«Oh, und er ist aus New York. Er ist seit ungefähr einem Jahr in London.»

«Und was macht dieses Prachtexemplar beruflich?»

«Er arbeitet für eine Private-Equity-Gesellschaft.»

«Dann kann er dich zum Essen einladen.»

«Ja, aber ich bezahle gern selbst.»

«Dann seid ihr … ein Paar?»

«Gewissermaßen. Wir waren fünfmal aus. Aber er hat gesagt, er freue sich auf die Party, und das ist ein gutes Zeichen. Ich weiß, dass du ihn lieben wirst», fügte sie glücklich hinzu.

Zwei Wochen später war ich also durch dichten Nebel nach Putney geradelt. Ich schloss gerade vor Chloës Haus am Ende des Askill Drive mein Fahrrad ab, da hörte ich an der Ecke Keswick Road ein Taxi vorfahren. Die Tür ging auf, und ich bemerkte, dass der Fahrgast mit dem Handy telefonierte. Obwohl er leise sprach, trug seine Stimme durch Nebel und Dunkelheit.

«Es tut mir leid, aber ich kann nicht», hörte ich ihn sagen. Er war Amerikaner. Als mir aufging, dass das Chloës neuer Freund sein könnte, spitzte ich die Ohren. «Ich kann wirklich nicht», wiederholte er, und die Tür zum Taxi flog zu. «Weil ich gerade nach Putney gefahren bin zu einer Party, deswegen.» Er war es tatsächlich. «Nein, ich habe keine große Lust.» Ich merkte, dass sich in mir alles verkrampfte. «Aber ich bin jetzt hier, Honey, und ... nur eine junge Frau», fügte er hinzu, als das Taxi wegfuhr. «Nein, nein, niemand Besonderes», sagte er leise. Inzwischen glühte mein Gesicht. «Ich *kann* nicht», protestierte er. «Weil ich es versprochen habe, und sie hat einen riesigen Wirbel darum gemacht.» Mit zitternden Händen nahm ich die Fahrradlampe ab. «Okay, Honey. Ich komme später vorbei. Ja, versprochen ... Nein, ich habe den Schlüssel dabei ... Du auch, Honey ...»

Voller Bestürzung stand ich da und rechnete damit, dass der Mistkerl jeden Augenblick um die Ecke kam und auf Chloës Haus zusteuerte. Ich überlegte schon, was ich dann tun würde, da ging mir auf, dass er die entgegengesetzte Richtung eingeschlagen hatte und seine Schritte auf dem Pflaster immer leiser wurden.

Dann war er es doch nicht. Mit einem erleichterten Ausatmen ging ich zur Haustür und läutete.

«Ella!», rief Chloë, als sie mir aufmachte. Sie sah wunderschön aus in einem Etuikleid aus schwarzem Crêpe, das einst Mum gehört hatte, mit einer kurzen Halskette aus übergroßen Perlen. «Ich bin froh, dass du die Erste bist», sagte sie rasch. «Ich habe gerade Champagner ausgeschenkt, aber du könntest mir mit den Häppchen zur Hand gehen, die …» Hinter mir hörte ich Schritte, und als Chloës Blick über meine Schulter huschte, erstrahlte ihr Gesicht wie ein Feuerwerk. «Nate!»

Ich drehte mich um und sah einen gutgekleideten Mann den Weg heraufkommen.

«Hi, Chloë.» Als ich seine Stimme erkannte, verließ mich der Mut. «Ich bin gerade in die völlig falsche Richtung gelaufen, und ich war schon halb die Keswick Road runter, bevor ich es gemerkt habe. Ich hätte das Navi benutzen sollen», fügte er mit einem Lachen hinzu.

«Na ja, der Nebel ist ja auch ganz schön dicht», erwiderte sie fröhlich. Ich trat an ihr vorbei ins Haus, damit sie mein Gesicht nicht sah. «Wie schön, dass du hier bist, Nate», hörte ich sie sagen.

«Oh, ich habe mich sehr auf deine Party gefreut.» Ich sah ihn an und hatte Mühe, meine Verachtung nicht allzu deutlich zu zeigen.

Chloë zog ihn an der Hand ins Haus und nahm dann auch meine Hand, sodass wir drei plötzlich verbunden waren und verlegen im Flur herumstanden. «Ella», sagte sie glücklich, «das ist Nate.» Sie wandte sich ihm zu. «Nate, das ist meine Schwester Ella.»

Er war genau, wie Chloë ihn beschrieben hatte. Sein sehr kurzes dunkles Haar wich leicht aus einer hohen Stirn zurück, die Augen waren von einem reinen Moosgrün. Die sinnlichen Lippen endeten an den Mundwinkeln in leichten Grübchen, und sein langer Nasenrücken war so schmal, als hätte jemand hineingekniffen.

«Freut mich, Sie kennenzulernen, Ella.» Er war sich eindeutig nicht bewusst, dass ich sein Telefongespräch mitbekommen hatte. Ich bedachte ihn mit einem kühlen Lächeln und sah, dass er die Kränkung bemerkte. «Ähm …» Er wies mit einem Nicken auf meinen Kopf. «Hübschen Helm haben Sie da.»

«Oh.» Ich war so abgelenkt gewesen, dass ich vergessen hatte, ihn abzusetzen. Ich öffnete ihn, während Chloë Nate den Mantel abnahm.

«Ich bringe ihn eben rasch hoch aufs Bett.» Sie legte eine Hand auf das Treppengeländer. «Nimm doch ein Glas Champagner, Nate. Die Küche ist da durch. Ella kann sie dir zeigen.»

«Nein, ich … muss auch mit rauf.» Ich wandte Nate den Rücken zu und folgte Chloë nach oben.

Wir betraten ihr Schlafzimmer. Sie schloss die Tür halb und legte den Finger auf die Lippen. «Und, was hältst du von ihm?» Sie warf Nates kohlengrauen Kaschmirmantel auf das Bett und drehte sich gespannt zu mir um. «Sieht er nicht gut aus?»

Ich zog meine Fahrradjacke aus. «Ja.»

«Und er ist richtig … anständig. Ich glaube, diesmal bin ich auf die Füße gefallen.»

Ich unterdrückte das Bedürfnis, Chloë zu sagen, dass sie mit großer Wahrscheinlichkeit eine Bauchlandung hingelegt hatte.

Stattdessen räumte ich Jacke und Helm beiseite, trat vor den großen vergoldeten Wandspiegel und öffnete meine Tasche. «Und wie hast du ihn kennengelernt?» Mit zitternder Hand zog ich einen Kamm durch meine nebelfeuchten Haare.

Chloë trat neben mich. «Beim Tennis.» Sie überprüfte ihr Make-up und ihre Frisur, und einen Augenblick ließ ich mich dadurch ablenken, wie verschieden wir aussahen – Chloë mit der Alabasterblässe meiner Mutter, ich mit meiner olivfarbenen Haut, den braunen Haaren und dunklen Augen. «Weißt du noch, dass du mir geraten hast, mehr unter Leute zu gehen ... vielleicht Tennis zu spielen?» Ich nickte. «Also, ich bin deinem Rat gefolgt und habe im Harbour Club ein paar Stunden genommen.» Chloë befeuchtete den Ringfinger mit der Zungenspitze und fuhr sich damit über die linke Augenbraue. «Nate hat auf dem Platz nebenan gespielt. Und ich musste meinen Ball ein paarmal hinter seiner Grundlinie holen gehen.»

Ich steckte den Kamm zurück in meine Tasche. «Ehrlich?»

«Natürlich habe ich mich entschuldigt. Und danach habe ich ihn im Café gesehen und mich noch mal entschuldigt ...»

Ich schloss meine Tasche.

«Dann haben wir einen Kaffee getrunken, und so hat es angefangen. Also muss ich mich bei dir bedanken», fügte sie glücklich hinzu. Mich verließ der Mut. «Es ist noch früh, aber er ist interessiert.»

Ich sah sie an. «Woher weißt du das?»

«Also, er ruft mich oft an und ...» Sie bedachte mich mit einem neugierigen Blick. «Warum fragst du?»

Es lag mir auf der Zunge, Chloë zu sagen, dass Nate in Wahrheit ein unaufrichtiger, treuloser Mistkerl war. Doch dann sah ich im Spiegel hinter uns an der Wand ihr Porträt – das Gesicht mager und schier im Schmerz erstarrt, die blauen Augen brennend vor Qual und Trauer.

«Warum fragst du?», wiederholte sie.

Ich sah Chloës glückliches, hoffnungsvolles Gesicht und

konnte es ihr einfach nicht sagen. «Aus keinem besonderen Grund», meinte ich. «Ich hab nur … überlegt.»

«*Ella?*» Chloë musterte mich. «Alles in Ordnung?»

«Ja, mir geht's gut.» Ich ging zu dem Waschbecken in der Ecke und wusch mir die Hände. «An der Brücke ist ein Lieferwagen bei Rot über die Ampel, der hätte mich beinahe vom Rad geworfen. Mir ist immer noch ein bisschen zittrig», log ich, während ich mir die Hände abtrocknete.

«Ich *wusste* doch, dass was nicht stimmt. Ich wünschte, du würdest nicht das Rad nehmen – und bei so einem Nebel ist es der helle Wahnsinn. Du musst vorsichtig sein.»

Ich legte Chloë die Hand auf den Arm. «Du auch.»

«Was meinst du damit?» Sie lachte ein wenig. «*Ich* fahre nicht mit dem Rad durch London!»

Ich schüttelte den Kopf. «Ich meine», ich tippte auf die linke Seite meiner Brust, «*hier*.»

«Oh.» Sie seufzte. «Verstehe. Mach dir keine Sorgen, Ella. Ich mache nicht noch einen … na ja, Fehler, wenn du das denkst. Bei Nate gibt es Gott sei Dank keinerlei Komplikationen.» Ich hatte ein mulmiges Gefühl im Magen. «Aber er wird sich fragen, was wir hier oben machen.» Sie öffnete die Tür. «Gehen wir runter zu ihm.»

Danach stand mir nun überhaupt nicht der Sinn, nicht zuletzt, weil ich mir nicht sicher war, ob ich meine Feindseligkeit würde verbergen können. Ich überlegte gerade, wie ich mich drücken könnte, da läutete es an der Tür, und ich erbot mich, sie zu öffnen. Dann wärmte ich die Canapés auf und ging mit einem Tablett mit Gläsern herum. Inzwischen herrschte hier so ein Gedränge, dass ich Nate gut aus dem Weg gehen konnte. Als ich mich unter dem Vorwand, am nächsten Tag früh aufstehen zu müssen, verabschiedete, unterhielt er sich gerade im Wohnzimmer. Ich hoffte, dass die Romanze mit Chloë nicht lange dauern würde. Nach dem zu urteilen, was ich mit angehört hatte, war das sehr wahrscheinlich. Der Typ war eindeutig ein Mistkerl.

Also erreichte meine Stimmung nicht gerade den Höhepunkt, als Chloë mich drei Tage später anrief, um mir zu erzählen, dass Nate sie für Anfang Dezember übers Wochenende nach Paris eingeladen hatte. Kurz vor Weihnachten gaben sie eine Dinnerparty in seiner Wohnung, zu der Chloë mich einlud, doch ich sagte, ich hätte zu viel zu tun. Im Januar wollten sie mit mir ins Theater gehen, doch ich erfand eine Ausrede. Und vor ein paar Wochen hatte Mum sie am Sonntag zum Mittagessen eingeladen, doch da erzählte ich Chloë, ich wäre verreist.

«Wie schade», hatte Chloë gesagt. «Das ist schon das dritte Mal, dass du dich nicht mit uns treffen kannst.» Und mit einem gutmütigen Lachen hinzugefügt: «Nate wird schon denken, du magst ihn nicht.»

«Oh, das stimmt nicht», hatte ich gelogen.

«Also, ich mag Nate», hörte ich Mum jetzt über das vor der Auktion herrschende Stimmengewirr hinweg sagen. «Nate ist attraktiv und charmant.» Sie senkte die Stimme zu einem Flüstern. «Und wir sollten alle dankbar sein, dass er Chloë so glücklich macht nach …» Sie schürzte die Lippen.

«Max», sagte Roy hilfsbereit.

Ich nickte. «Max war ein Fehler.»

«Max war eine *Katastrophe*», zischte Mum. «Ich habe es Chloë ja gesagt», fuhr sie leise fort. «Ich habe ihr gesagt, es würde niemals funktionieren, und ich hatte *recht*. Solche Konstellationen bringen nichts als Schmerz», fügte sie plötzlich mit großer Bitterkeit hinzu. Ich wusste, dass sie an ihren eigenen Schmerz vor drei Jahrzehnten dachte.

«Wie auch immer, Chloë geht es jetzt gut», sagte Roy ruhig. «Also lasst uns das Thema wechseln, ja? Wir sind hier auf einer Party.»

«Natürlich», murmelte Mum und sammelte sich. «Und ich muss mich unter die Leute mischen. Roy, würdest du mal schauen, wie die stille Auktion läuft? Ella, du musst dich in die Nähe der Staffelei stellen. Und bitte, verkauf den Leuten das Porträt als etwas Verlockendes, ja? Ich möchte für jedes Auktionslos den bestmöglichen Preis erzielen.»

«Sicher», antwortete ich müde, denn ich konnte aggressive Verkaufsmethoden nicht ausstehen – nicht einmal für einen guten Zweck. Ich schob mich durch die Menschenmenge.

Die Staffelei stand zwischen zwei langen Tischen, auf denen Informationen über die Star-Lose des Abends auslagen. Das Kleid von Maria Grachvogel wurde von einer silbernen Schaufensterpuppe präsentiert, daneben stand ein lebensgroßer Aufsteller von Gordon Ramsay. Auf eine mit grünem Wolltuch bezogene Wand waren große Fotos des venezianischen Palazzos und des Ritz gepinnt, und daneben hing ein Plakat des Royal Opera House für *Schwanensee*, flankiert von zwei pinkfarbenen Ballettschuhen. Die Gitarre stand auf einem Gitarrenständer, und daneben hing das Trikot des Chelsea FC mit den berühmten Autogrammen.

Als ich neben das Porträt trat, näherte sich mir eine dunkelhaarige Frau in einem türkisfarbenen Kleid. Sie schaute auf mein Namensschild. «Sie sind also die Künstlerin.» Ich nickte. Die Frau richtete den Blick auf das Porträt. «Und wer ist sie?»

«Meine Freundin Polly. Sie hat es für heute Abend als Beispiel für meine Arbeit zur Verfügung gestellt.»

«Ich wollte immer schon ein Porträt von mir malen lassen», sagte die Frau. «Aber als ich jung und hübsch war, hatte ich nicht das Geld, und jetzt, da ich das Geld habe, kommt es mir vor, als sei es zu spät.»

«Sie sind immer noch sehr schön», sagte ich. «Und es ist nie zu spät. Ich habe schon Menschen gemalt, die über siebzig oder achtzig waren.» Ich trank einen Schluck Champagner. «Wollen Sie heute Abend mitbieten?»

Sie saugte an ihrer Unterlippe. «Ich weiß nicht recht. Wie lange dauert so etwas?» Ich erklärte es ihr. «Zwei Stunden stillzusitzen ist eine lange Zeit.» Sie runzelte die Stirn.

«Wir machen eine Kaffeepause, um uns die Beine zu vertreten. Es ist nicht allzu anstrengend.»

«Schmeicheln Sie den Menschen?», fragte sie besorgt. «Ich hoffe doch, denn ich sehe …» Sie kniff in die lose Haut unter ihrem Kinn und hielt sie anmutig wie einen kleinen Leckerbissen. «Könnten Sie dagegen was machen?»

«Meine Porträts sind schon wahrheitsgetreu», antwortete ich vorsichtig. «Aber ich will auch, dass die Porträtierten damit glücklich sind, also würde ich Sie zum Beispiel aus einem möglichst schmeichelhaften Blickwinkel malen. Und ich würde vorher ein paar Skizzen anfertigen, um sicherzugehen, dass Ihnen die Komposition gefällt.»

«Nun», sie neigte den Kopf zur Seite und betrachtete Pollys Porträt noch einmal, «ich will darüber nachdenken. Vielen Dank.»

Sie ging davon, und eine Frau Mitte vierzig kam mit einem offenen Lächeln auf mich zu. «Ich werde auf jeden

Fall darauf bieten. Ich *liebe* Ihren Stil – realistisch, aber mit *Biss.*»

«Danke.» Ich sonnte mich einen Augenblick in dem Kompliment. «Und wen würden Sie gern malen lassen? Sich selbst?»

«Nein», antwortete sie. «Meinen Vater. Wissen Sie, wir haben nie ein Porträt von ihm malen lassen.»

«Mhm.»

«Und das bedauern wir jetzt.» Mir rutschte schon das Herz in die Hose, denn ich ahnte, was jetzt kam. «Er ist letztes Jahr gestorben», fuhr die Frau fort. «Aber wir haben viele Fotos, also können Sie danach malen.»

Ich schüttelte den Kopf. «Es tut mir leid, aber ich male keine posthumen Porträts.»

«Oh.» Die Frau wirkte gekränkt. «Warum nicht?»

«Weil es für mich bei einem Porträt darum geht, das Wesen und den Geist eines lebendigen Menschen zu erfassen.»

«Oh», sagte sie noch einmal niedergeschlagen. «Verstehe.» Sie zögerte. «Würden Sie vielleicht eine Ausnahme machen?»

«Ich fürchte nein. Es tut mir leid», fügte ich kraftlos hinzu.

«Tja ...» Sie zuckte die Achseln. «Da kann man nichts machen.»

Als die Frau sich entfernte, sah ich, dass meine Mutter die Stufen zur Bühne hochging. Sie wartete, bis die Streicher ihre Mozartsonate beendet hatten, trat dann ans Rednerpult und tippte an das Mikrophon. Das Stimmengewirr wurde leiser. Lächelnd blickte sie über die Anwesenden und dankte mit ihrer sanften, leisen Stimme allen für ihr Kommen, bevor sie die Anwesenden ermahnte, sich großzügig zu erweisen. Als sie uns daran erinnerte, dass unsere Gebote Kindern das Leben retten würden, fiel meine leichte Gereiztheit ihr gegenüber plötzlich ab und wurde von einem Gefühl des Stolzes abgelöst. Jetzt dankte sie den Spendern und den anderen Mitgliedern des Komitees, um dann Tim Spiers vorzustellen, der ihren Platz einnahm. Mit eleganten Schritten ging sie rechts von der Bühne ab.

Der Auktionator stützte einen Arm auf das Rednerpult und betrachtete uns gütig über den Rand seiner Lesebrille. «Heute Abend stehen einige wunderbare Dinge zur Versteigerung – und vergessen Sie nicht, heute wird kein Aufgeld fällig, das macht alles *sehr* erschwinglich. Lassen Sie uns also ohne weitere Umstände mit der Woche in dem legendären Palazzo Barbargio in Venedig beginnen.»

Anerkennendes Murmeln erhob sich, als ein Foto des Palazzo auf die großen Bildschirme projiziert wurde, die auf beiden Seiten der Bühne standen. «Der Palazzo liegt direkt am Canal Grande», erklärte Spiers, und auf der Leinwand tauchte das Bild eines Innenraumes auf. «Es handelt sich um einen der prächtigsten Palazzi von Venedig mit einer, wie Sie hier sehen können, hinreißenden Beletage. Der Palazzo bietet Platz für acht Personen, verfügt über ausreichend Personal, und in der Hauptsaison kostet eine Woche dort zehntausend Pfund. Ich werde die Auktion jetzt bei einem unglaublich niedrigen Gebot von dreitausend Pfund eröffnen.» Er gab sich erstaunt. «Für nur dreitausend Pfund, meine Damen und Herren, könnten Sie eine Woche in einem der prächtigsten privaten Paläste Venedigs verbringen – ein einmaliges Erlebnis. Also, höre ich dreitausend?» Sein Blick glitt suchend durch den Saal. «Bietet jemand dreitausend Pfund? Ah, vielen Dank, Sir. Und dreitausendfünfhundert ... viertausend ... vielen Dank, dort hinten ... fünftausend ...»

Während das Bieten weiterging, kam eine junge Frau Anfang zwanzig zu mir und betrachtete Pollys Porträt. «Sie ist sehr hübsch», flüsterte sie.

Ich sah Pollys herzförmiges Gesicht an, gerahmt von einem Helm rötlich blonder Haare. «Ja.»

«Bietet jemand sechstausend?»

«Was ist, wenn Sie jemanden malen müssen, der reizlos ist?», fragte die junge Frau. «Oder sogar hässlich? Ist das schwierig?»

«Es ist tatsächlich leichter, jemanden zu malen, der nach allgemeinen Maßstäben gut aussieht», antwortete ich leise, «weil seine Züge in der Regel klarer definiert sind.»

«Siebentausend ... höre ich irgendwo siebentausend Pfund? Wer ist dabei?»

Die junge Frau trank einen Schluck Champagner. «Und was ist, wenn Sie denjenigen, den Sie malen, nicht mögen? Könnten Sie so jemanden trotzdem malen?»

«Ja», antwortete ich flüsternd. «Auch wenn ich vermutlich nicht besonders viel Freude an den Sitzungen hätte.» Plötzlich bemerkte ich, dass die Türen aufschwangen und Chloë in ihrem roten Vintage-Trenchcoat hereinkam, Nate im Schlepptau. «Zum Glück musste ich noch niemanden malen, den ich nicht mochte.»

«Zum Ersten», hörten wir den Auktionator sagen. «Für achttausend Pfund. Zum Zweiten ...» Sein Blick strich über den Saal, und mit einer raschen Handbewegung ließ er den Hammer niedersausen. «Verkauft an die Dame in dem schwarzen Kleid dort.» Ich schaute zu Mum hinüber. Sie wirkte recht zufrieden mit dem Ergebnis. «Nun zu Auktionslos Nummer zwei», sagte Spiers. «Ein Abendkleid von Maria Grachvogel, die für einige der bezauberndsten Frauen der Welt entwirft – zum Beispiel Cate Blanchett und Angelina Jolie. Wer auch immer dieses Los ersteigert, kommt in den Genuss einer individuellen Beratung und Anprobe mit Maria Grachvogel persönlich. Ich eröffne die Auktion mit sehr bescheidenen fünfhundert Pfund. Vielen Dank, Madam – die Dame in Hellblau dort – und siebenhundertfünfzig?» Sein Blick fuhr musternd über die Menge. «Siebenhundertfünfzig Pfund sind immer noch ein Schnäppchen ... vielen Dank, Sir. Höre ich eintausend?» Er zeigte auf eine Frau in Hellgrün, die die Hand hob. «Das Gebot liegt bei Ihnen, Madam. Eintausendzweihundertfünfzig? Ja ... und eintausendfünfhundert ... vielen Dank. Bietet jemand zweitausend?»

Ich schaute nach rechts. Chloë ging an der Wand des Saals entlang und zog Nate an der Hand hinter sich her.

Ich weiß, dass du ihn lieben wirst, Ella ...

Da hatte sie sich getäuscht. Ich verachtete den Mann. Ich sah, wie ihr Blick auf Roy fiel und sie ihm winkte.

«Sind das zweitausend Pfund da drüben?» Der Auktionator zeigte auf Chloë. «Die junge Frau ganz hinten in dem scharlachroten Regenmantel?»

Chloë erstarrte und schüttelte mit Verzweiflung in den Augen den Kopf, sagte stumm «Tut mir leid» zu Spiers und blickte dann Nate in einer Mischung aus Entsetzen und Amüsement an.

«Wir sind also noch bei eintausendfünfhundert ... höre ich zweitausend?» Nach einer Pause sah ich meine Mutter die Hand heben. «Vielen Dank, Sue», sagte der Auktionator. «Das Gebot liegt bei unserer Organisatorin, Sue

Graham, jetzt bei zweitausend Pfund.» Mums Miene war angespannt. «Bietet jemand zweitausendzweihundert? Vielen Dank, die Dame in dem pinkfarbenen Kleid.» Mums Züge entspannten sich, als sie überboten wurde. «Dann für zweitausendzweihundert Pfund ... zum Ersten ... Zweiten und ...» Der Hammer landete mit einem lauten Knall. «Verkauft an die Dame in Pink hier ... Vielen Dank, Ihnen allen», fügte er vergnügt hinzu. «Kommen wir zu Auktionslos Nummer drei.»

Während die Auktion um das Wochenende im Ritz in Gang kam, sah ich, wie Chloë Mum und Roy begrüßte. Mum schenkte Nate ein warmes Lächeln. Als Chloë sich vorbeugte und etwas zu ihr sagte, klatschte Mum erfreut in die Hände, wandte sich um und flüsterte Roy etwas ins Ohr. Ich fragte mich, worüber sie sprachen.

«Für dreitausend Pfund ...», sagte Tim Spiers gerade. «Ein Wochenende im Ritz in einer Luxussuite ... Vielen Dank, Sir – das Gebot liegt bei dem Herrn mit der gelben Krawatte dort. Zum Ersten ... Zweiten ... und ...» Er ließ den Hammer sausen. «Verkauft! Sie haben ein Schnäppchen gemacht», sagte Spiers freundlich zu dem Mann. «Wenn Sie bitte zum Anmeldetisch gehen, um Ihre Zahlung zu leisten, vielen Dank. Jetzt zu der Dinnerparty für acht Personen, gekocht von Gordon Ramsay persönlich – das ist das ganze Rumbrüllen und Fluchen doch wert. Fangen wir mit sehr bescheidenen achthundert Pfund an ... übrigens inklusive Wein.»

Der Lärm drang kaum noch an meine Ohren, während ich Chloë und Nate beobachtete. Chloë schien den Hauptteil des Gesprächs zu bestreiten, während Nate nur ab und zu nickte, aufnahm, was sie sagte, aber kaum darauf antwortete. Ich sah, dass er auf sein Telefon schaute, und überlegte, ob die Frau, der er in jener Nacht versprochen hatte, noch bei ihr vorbeizukommen, weiterhin eine Rolle in seinem Leben spielte.

«Und jetzt zu dem Porträt», hörte ich den Auktionator sagen. Mein Gemälde von Polly erschien auf den Monitoren, und er wies mit einer ausholenden Handbewegung auf mich. «Meine Damen und Herren, Gabriella Graham ist eine bemerkenswerte junge Künstlerin.» Ich merkte, wie mir die Hitze in die Wangen stieg. «Sie haben wahrscheinlich in den Medien Bilder des wunderbaren Gemäldes gesehen, das sie im Auftrag der National Portrait Gallery für deren Dauerausstellung von der Duchess of Cornwall gemalt hat. Jetzt haben auch Sie die Gelegenheit, von Ella verewigt zu werden. Ich eröffne die Auktion mit jämmerlich bescheidenen ... zweitausend Pfund. Höre ich zweitausend?» Spiers ließ den Blick über den Rand seiner Brille schweifen. «Nein? Nun, Sie sollten wissen, dass Ellas Porträts je nach Größe und Komposition normalerweise zwischen sechs- und zwölftausend Pfund kosten. Also, wer bietet unbedeutende zweitausend Pfund? Vielen Dank, Madam!» Er strahlte die Frau in dem türkisfarbenen Kleid an, die vorhin mit mir gesprochen hatte. «Zweitausendfünfhundert?», hörte ich Spiers sagen. «Nur zweitausendfünfhundert ...?» Er lächelte nachsichtig. «Kommen Sie, meine Damen und Herren. Bieten Sie! Vielen Dank, Sue.» Die Hand meiner Mutter war hochgegangen. «Dann liegt das Gebot jetzt bei Sue Graham bei zweitausendfünfhundert Pfund ... und dreitausend – die Dame in Türkis noch einmal. Wer bietet viertausend?» Ich war verdutzt. Das war ein großer Schritt. «Viertausend Pfund?» Schweigen. «Nimmt etwa niemand das Angebot an?», fragte er in gespieltem Unglauben. Ich fühlte einen Stich der Enttäuschung, in den sich ein Anflug von Peinlichkeit mischte, dass niemand es für so viel wert hielt. Plötzlich strahlte Spiers übers ganze Gesicht. «Vielen Dank, junge Dame!» Er grinste. «Ich hoffe, Sie meinen es diesmal ernst!»

Ich folgte seinem Blick und sah zu meiner Überraschung, dass seine Bemerkung auf Chloë gemünzt war, die begeistert nickte. Sie bot also mit, um Mum zu helfen. «Höre ich viertausendfünfhundert?», wollte Spiers wissen. «Ja, Madam.» Die Frau in Türkis war wieder im Spiel. «Und wer bietet fünftausend Pfund für die Gelegenheit, von Ella Graham gemalt zu werden? Sie bekommen nicht nur ein Porträt, sondern ein Familienerbstück. Vielen Dank! Und wieder die junge Frau in dem roten Regenmantel.» Ich blickte zu Chloë. Warum bot sie noch mit? «Das Gebot ist jetzt bei Ihnen bei fünftausend Pfund.» Ich hielt die Luft an. «Fünftausendfünfhundert? Ja? Das Gebot ist jetzt wieder bei der Dame in Türkis.» Chloë war noch einmal davongekommen – Gott sei Dank. «Dann also fünftausendfünfhundert Pfund – an die Dame in dem türkisfarbenen Kleid dort ... zum Ersten ... Zweiten ... und ... SECHStausend!», rief Spiers. Er strahlte Chloë an und zeigte mit der rechten Hand auf sie. «Das Gebot liegt bei der Dame im roten Mantel bei *sechs*tausend Pfund! Bietet jemand mehr als sechstausend?» Das war *verrückt*. Chloë konnte sich kein Porträt für sechstausend Pfund leisten – ja, wahrscheinlich besaß sie nicht mal sechstausend Pfund. Jetzt war ich sauer auf Mum. Bestimmt hatte sie sie gebeten mitzubieten. «Dann also für sechstausend Pfund ... immer noch bei der jungen Frau in Rot», fuhr Spiers fort. «Zum Ersten ... Zweiten ...» Er sah die Frau in dem türkisfarbenen Kleid fragend an, doch zu meiner Bestürzung schüttelte sie den Kopf. Der Hammer dröhnte wie ein Schuss in meinen Ohren. *«Verkauft!»*

Ich erwartete, dass Chloë ein entsetztes Gesicht machen würde, doch sie wirkte begeistert. Sie kam durch die Menge auf mich zu und ließ Nate bei Mum und Roy zurück.

«Und, was meinst du?» Sie lächelte triumphierend.

«Was ich meine? Ich meine, du bist verrückt. Warum hast du nicht aufgehört, als du noch konntest?»

«Ich *wollte* nicht!», widersprach sie. «Ich wollte den Zuschlag kriegen. Und ich *habe* ihn gekriegt!»

Ich starrte sie an. «Chloë, wie viel Champagner hast du getrunken?»

Sie lachte. «Ein Glas beim Mittagessen, aber ich bin nicht betrunken. Warum denkst du, ich wäre betrunken?»

«Weil du gerade sechstausend Pfund für etwas bezahlt hast, was du *umsonst* haben könntest. Was um alles in der Welt hast du *getan*?»

«Nun, ich wurde heute in die Geschäftsführung von Proud berufen, mit einer Gehaltserhöhung von dreißig Prozent.» Deswegen war Mum so aufgeregt gewesen. «Zudem habe ich gerade eine Steuerrückerstattung bekommen, und ich wollte die Wohltätigkeitsorganisation unterstützen.»

«Das ist sehr großzügig von dir», sagte ich. «Aber das Gebot stand bei fünfeinhalbtausend. Das *war* schon ein guter Preis. Außerdem habe ich dich bereits porträtiert, schon vergessen?»

«Selbstverständlich nicht, red keinen Unsinn, Ella, aber die Sache ist die …»

Plötzlich ging mir ein Licht auf. «Du willst, dass ich dich noch einmal male.» Ich dachte daran, wie unglücklich

Chloë damals gewesen war. Sie hatte sich, kurz nachdem ich mit dem Porträt angefangen hatte, von Max getrennt. Ich hatte sie gedrängt, damit zu warten, doch sie wollte nicht. Sie hatte darauf bestanden, dass ich sie in dieser Verfassung malte, damit sie niemals vergaß, wie sehr sie ihn geliebt hatte. «Weißt du, Chloë», sagte ich, «es ist vielleicht gar keine schlechte Idee, ein neues Porträt von dir zu malen, jetzt, da du …»

«Ella», unterbrach sie mich. «Deswegen habe ich nicht geboten. Du sollst nicht mich malen.»

«Nicht?»

«Nein. Nate.»

Mir sank das Herz in die Hose. Und da kam er auch schon. Ich bedachte ihn mit einem fadenscheinigen Lächeln. «Ähm, sieht so aus, als sollte ich Sie malen, Nate.»

Er sah Chloë verdutzt an.

«Ja, dich», bestätigte sie glücklich.

«Oh, nun …» Er war eindeutig genauso wenig begeistert wie ich. «Ich weiß nicht, ob ich will, dass Ella mich malt. Also, nein, eigentlich will ich das nicht. Ich meine, ich will nicht, dass mich *irgendjemand* malt.» Er schüttelte den Kopf. «Tut mir leid, Chloë, aber das ist nicht mein Ding, also sage ich danke – das ist ganz süß –, aber nein, danke.»

Chloë schenkte ihm ein spöttisches Lächeln. «Es tut mir leid, aber du kannst dich nicht weigern, denn das Porträt ist ein Geschenk von mir an dich, ein ganz besonderes Geschenk.»

«Ein Geburtstagsgeschenk?», fragte ich.

«Nein.» Chloë lächelte überglücklich. «Sein Hochzeitsgeschenk.» Sie hakte sich bei Nate unter. «Wir haben uns verlobt!»

2

«Ich beschränke die Sitzungen auf ein absolutes *Minimum*», sagte ich am nächsten Vormittag grimmig zu Polly, als wir in ihrem Schlafzimmer saßen, dessen Fenster zum Parsons Green Park hinausgingen. Ich hatte ihr das Porträt zurückgebracht, sorgfältig in Noppenfolie eingewickelt. «Ich bin nicht begeistert bei der Aussicht, zwölf Stunden mit diesem Idioten zu verbringen, um sein Gesicht zu malen … besser gesagt, seine zwei Gesichter. Ich weiß, ich male ihn als Janus», fügte ich finster hinzu.

Pollys Nagelfeile hielt mitten in der Bewegung inne. «Hört sich an, als könntest du ihn immer noch nicht leiden?»

Mich schauderte. «Ich mag ihn überhaupt nicht, und ich traue ihm nicht über den Weg.» Ich stand auf und setzte mich auf die Fensterbank. «Ich habe dir doch erzählt, was er vor ihrer Party gemacht hat.»

«Hmm.» Polly begutachtete die Spitze ihres linken Zeigefingers und feilte weiter daran herum. Das Raspeln des Sandblatts übertönte das Dröhnen des morgendlichen Verkehrs.

«Er hat sich Chloë gegenüber sehr herabsetzend verhalten. Außerdem war es offensichtlich, dass er schon eine Beziehung mit der Frau hat, mit der er telefonierte. Das sind zwei sehr gute Gründe, um eine Abneigung gegen ihn zu fassen, Pol.»

Polly veränderte ihre Position auf dem Bett. «Meinetwegen, obwohl … nehmen wir mal an, er hatte tatsächlich eine Beziehung zu einer anderen Frau …»

«Hatte er.»

«Aber damals kannte er Chloë noch nicht lange und ist womöglich auf Nummer sicher gegangen.» Sie zuckte die Achseln. «Das machen viele Männer so.»

«Also, okay. Auch wenn es keine Entschuldigung ist.»

«Vielleicht hat er auch nur so getan, als wäre er nicht scharf auf Chloë, um die andere Frau nicht zu kränken.» Polly blies auf ihre Fingerspitzen. «Dafür würde ich ihn kaum verurteilen.»

«Wenn er die Gefühle der anderen Frau schonen wollte, hätte er ihr nichts von Chloës Party erzählen sollen.»

Polly sah mich an. «Du meinst also, du vertraust ihm nicht, weil er nicht gelogen hat?»

«Ja. Nein. Aber was ist, wenn die andere Frau nicht von der Bildfläche verschwunden ist?»

Sie machte sich an ihren Daumennagel. «Da er und Chloë verlobt sind, bezweifle ich das.»

«Aber es ist noch nicht lange her, also *könnte* es sein. Er spielt eindeutig ein falsches Spiel. Ich möchte nicht, dass schon wieder ein Mann Chloë das Herz bricht. Das letzte Mal war schlimm genug.»

Polly nahm die Handcreme vom Nachttisch. «Ella … wie alt ist Chloë jetzt?»

«Fast neunundzwanzig.»

«Genau. Oh …» Sie versuchte, den Deckel abzuschrauben, und verzog das Gesicht. «Mach das mal für mich auf, ja?» Sie reichte mir den Topf. «Ich habe Angst, mir einen Nagel zu beschädigen. Ich arbeite morgen.»

«Was machst du?», fragte ich, während ich ihn aufschraubte.

«Ein ganztägiges Shooting für einen Spielfilm. Ich bin das Handdouble von Keira Knightley. Ich muss die Hände an ihr Gesicht heben, so etwa.» Polly hielt sich die Hände an die Wangen. «Dabei knie ich hinter ihr und kann nichts sehen. Hoffentlich stecke ich ihr nicht den Finger in die Nase. Das ist mir einmal bei Liz Hurley passiert. War das peinlich.»

«Kann ich mir vorstellen.» Ich reichte Polly den offenen Cremetopf.

Sie nahm sich Creme heraus und rieb ihre Fingerknöchel damit ein. «Chloë muss ihre eigenen Fehler machen.»

«Natürlich. Das Problem ist nur, dass sie immer gleich solche Megafehler macht … wie, sich auf einen verheirateten Mann einzulassen. Das Erste, was sie über Max wusste, war, dass er gebunden war.»

«Wie hat sie ihn noch mal kennengelernt?»

«Chloë und ich waren bei Waterstones in der King's Road. Sylvia Shaw signierte dort gerade ihr neues Buch, und da Chloë die ersten beiden gefallen hatten, beschlossen wir zu bleiben. Während Chloë sich anstellte, um sich ein Exemplar signieren zu lassen, fing sie ein Gespräch mit diesem Mann an – ich konnte sofort sehen, dass sie ihn wirklich mochte –, und er sagte, er sei Sylvia Shaws Mann. So hat es angefangen, direkt unter der Nase seiner Frau.»

«Und seine Frau hat es nie erfahren?»

«Nein. Chloë sagte, sie sei zu sehr mit dem Schreiben beschäftigt, um irgendwas mitzukriegen. Chloë war verrückt nach ihm. Weißt du noch, in welchem Zustand sie war, als es aus war?» Polly nickte grimmig. «Sie ist auf fünfundvierzig Kilo abgemagert. Und was sie mit ihren Haaren gemacht hat?»

«Es war schon ein bisschen … heftig.»

«Es war wüst. Sie sah aus, als wäre sie … im Krieg gewesen.»

Polly cremte sich die andere Hand ein. «Das war vor anderthalb Jahren», meinte sie. «Chloë hat wieder Tritt gefasst.»

«Ich hoffe es. Aber sie war immer schon zerbrechlich. Sie ist nicht wie Mum, die einen Kern aus Stahl hat.»

«So ist das bei Ballerinen», sagte Polly schlicht. «Sie müssen lernen, durch den Schmerz zu tanzen, ob sie einen eingerissenen Zehennagel haben oder ein gebrochenes Herz. *Verdammt …*» Sie fixierte ihre linke Hand, nahm das Vergrößerungsglas vom Nachttisch und äugte hindurch. «Ich habe eine Sommersprosse. Wie konnte das passieren?», jammerte sie. «Ich creme mir die Hände das ganze Jahr über mit Lichtschutzfaktor 50 ein. Selbst mein Hintern bekommt mehr UV-Strahlen ab als meine Hände. Wo ist der Aufheller?»

Polly ging zu ihrem Frisiertisch und kramte zwischen Handcremes, Nagellacken und Behältern mit Wattebäuschen herum. «Ich kann mir nicht den geringsten Makel leisten», murmelte sie und schob ein gerahmtes Foto ihrer Tochter Lola – meiner Patentochter – zur Seite. «Hier …» Sie setzte sich wieder aufs Bett und hielt mir die Dose hin, damit ich sie öffnete. «Ich weiß, dass du dich immer um Chloë gekümmert hast.»

Ich drehte den Deckel ab und hielt ihr die offene Dose hin. «Nun, sie ist viel jünger als ich, und deswegen … ja.»

«Das ist nett, aber jetzt solltest du sie … loslassen.» Polly sah mich an. «Ich kenne dich immerhin, seit wir sechs sind, und habe das Gefühl, so etwas sagen zu können.» Sie trug die Creme auf die anstößige braune Stelle. «Chloë ist so weit über Max hinweg, dass sie Nate heiraten kann. Freu dich doch einfach für sie.»

«Ich würde mich ja freuen, wenn ich Nate mögen würde.» Ich stöhnte. «Und warum muss sie ihm unbedingt ein Porträt schenken? Wenn sie schon so viel Geld ausgeben will, könnte sie ihm doch auch was Normales schenken, oder? Eine goldene Uhr oder diamantbesetzte Manschettenknöpfe oder so?»

Polly musterte mit zusammengekniffenen Augen ihre Hand. «Warum malst du sie nicht zusammen?»

«Das habe ich auch vorgeschlagen, aber Chloë will ein Bild von Nate allein. Sie will es ihm am Tag vor der Hochzeit geben.»

«Und die ist wann?»

«Am dritten Juli, an ihrem Geburtstag.»

«Also, sie wollte immer schon heiraten, bevor sie dreißig wird.»

«Ja, das erklärt vielleicht auch die schnelle Verlobung. Als würde es irgendjemanden wirklich interessieren, wie alt eine Frau ist, wenn sie heiratet, oder ob sie überhaupt heiratet. Ich meine, ich bin fünfunddreißig und Single, aber ich habe keine ...» Ich ließ den Satz unvollendet.

«Und ich bin fünfunddreißig», versetzte Polly, «und geschieden.» Sie schob sich eine rotblonde Strähne hinters Ohr. «Aber es stört mich nicht. Lola hat eine gute Beziehung zu Ben, das ist das Wichtigste. Aber er macht Zicken wegen des Unterhalts», fügte sie müde hinzu. «Lolas Schulgeld beträgt inzwischen mit allen Extras fünfzehntausend, also danke ich Gott, dass meine Finger mir ein Einkommen sichern.»

Ich betrachtete Pollys Hände mit den langen, schlanken Fingern und schimmernden Nagelbetten. «Sie sind aber auch wunderschön. Deine Daumen sind einfach *phantastisch*.»

«Oh, danke. Aber es geht nicht nur ums Aussehen, meine Hände können auch schauspielern. Sie können traurig oder fröhlich sein.» Sie wackelte mit den Fingern. «Sie können wütend sein.» Sie ballte die Hände zu Fäusten. «Oder verspielt.» Sie spazierte mit den Fingern durch die Luft. «Sie können neugierig sein», sie drehte die Handflächen nach oben, «oder flehentlich.» Sie verschränkte sie demütig. «Die ganze Gefühlsskala.»

«Es sollte bei den Oscars eine eigene Kategorie dafür geben.»

«Finde ich auch. Egal.» Sie musterte sie noch einmal. «Sie sind fertig. Jetzt ist es Zeit für meine Zehen.»

«Haben sie auch eine Rolle im Film?»

«Nein. Aber nächste Woche habe ich einen Dreh für Birkenstock, also müssen sie tiptop sein.»

Polly entledigte sich ihrer übergroßen Schafwollpantoffeln und musterte ihre schlanken Füße Größe 39 mit den vollkommen geraden Zehen, perlmuttrosa Nägeln, eleganten hohen Fußgewölben und glatten rosigen Fersen. Zufrieden, dass sie keinerlei Unvollkommenheiten aufwiesen, tauchte sie sie in das vorbereitete Fußbad und schaltete das Gerät ein.

«Oh, das tut gut», seufzte sie wohlig, als das Wasser anfing zu blubbern. «Und was hält deine Mutter von Chloës Verlobung?»

«Sie ist begeistert. Aber sie konnte Max ja auch nicht ausstehen.»

«Na ja, er war verheiratet. Was erwartest du?»

«Stimmt. Aber irgendwie ging ihre Abneigung tiefer. Meine Mutter ist Max nur einmal begegnet, doch sie schien ihn zu verachten – als wäre es etwas Persönliches. Ich bin überzeugt, das lag daran, dass ... na ja, du kennst die Geschichte.»

Polly nickte. «Ich weiß noch gut, wie du sie mir erzählt hast. Da waren wir elf.»

Das Fenster war ganz beschlagen. Ich rieb einen Fleck frei und seufzte. «Bis dahin hatte ich es auch nicht gewusst.»

«Deine Mutter hat es ganz schön lange für sich behalten», bemerkte Polly leise.

Ich zuckte die Achseln. «Ich mache ihr keinen Vorwurf. Sie war sehr verletzt. Sie hatte ein neues Leben angefangen und wollte wohl nicht mehr daran denken, wie schrecklich ihr altes geendet hatte.»

Dein Vater hatte etwas mit einer anderen, Ella. Ich wusste es, und es hat mich sehr unglücklich gemacht – nicht zuletzt, weil ich ihn so sehr geliebt habe. Doch eines Tages habe ich ihn mit dieser ... anderen Frau gesehen. Ich bin ihnen über den Weg gelaufen. Es war ein schrecklicher Schock. Ich habe ihn angefleht, uns nicht zu verlassen, aber er hat uns den Rücken gekehrt und ist ganz weit fortgegangen.

«Denkst du ab und zu an ihn?», hörte ich Polly fragen.

«Hm?»

Sie schaltete das Fußbad aus. «Denkst du viel an ihn? An deinen Vater.»

«Nein.» Ich bemerkte die Überraschung in ihren Augen.

«Warum sollte ich, wo ich ihn zuletzt gesehen habe, als ich fünf war, und mich kaum an ihn erinnern kann?»

Eins, zwei, drei ... hoooоch fliegt sie in die Luft.

«Du musst aber doch irgendwelche Erinnerungen haben.»

Fertig, Schatz? Lass jetzt nicht los!

Ich schüttelte den Kopf. «Hatte ich mal, aber sie sind fort.»

Durch das verschmierte Fenster beobachtete ich die Kinder, die unten im Park spielten.

Noch mal, Daddy! Noch mal! Noch mal!

Polly nahm das Handtuch vom Bettende und tupfte ihre Füße ab. «Und wo in Australien ist er hingegangen?»

«Ich weiß nicht. Ich weiß nur, dass es irgendwo in Westaustralien war. Aber ob Perth oder Fremantle oder Rockingham oder Broome, Geraldton oder Esperance oder Bunbury oder Kalgoorlie – ich habe keine Ahnung, und es interessiert mich auch nicht.»

Polly hatte den Blick wieder auf mich gerichtet. «Und er hat *keinen* Versuch unternommen, in Kontakt zu bleiben?»

Ich kniff die Lippen zusammen. «Als hätte es uns nie gegeben.»

«Aber was wäre, wenn er dich suchen würde?»

Ich seufzte. «Das wäre schwer ...»

«Vermutlich», unterbrach Polly mich. «Aber weißt du, Ella, ich war ja immer schon der Meinung, dass du wenigstens versuchen solltest ...»

Ich schüttelte den Kopf. «Es wäre schwer für ihn, weil er nicht einmal meinen Nachnamen kennt.»

«Oh.» Sie wirkte enttäuscht. «Verstehe. Ich dachte, du meintest ...» Sie schwang die Beine vom Bett. «Ich weiß noch, wie dein Name geändert wurde. Eines Morgens bei der Anwesenheitsüberprüfung hat Miss Drake uns erklärt, von heute an seiest du Ella *Graham*. Ganz schön verwirrend.»

«Ja. Aber sie haben es getan, damit Chloë und ich gleich sind – und inzwischen hatte Roy mich adoptiert, ich verstehe also ihre Beweggründe.»

Ich erinnerte mich plötzlich, wie meine Mutter die alten Namensschildchen aus meiner Schuluniform trennte, neue reinnähte und den Faden mit einem energischen Ruck festzurrte.

Du bist nicht mehr Ella Sharp.

Meine Gedanken schweiften zu Ginny Parks, die hinter mir saß und mich unablässig fragte, warum mein Name geändert worden sei und wo eigentlich mein richtiger Vater sei. Als ich meiner Mutter unter Tränen davon erzählte, sagte sie, Ginny sei ein vorwitziges kleines Mädchen und ich müsse ihre Fragen nicht beantworten.

Du bist jetzt Ella Graham, Schatz.

Aber …

Mehr gibt's dazu nicht zu sagen.

«Was wäre, wenn er sich melden würde?», wagte Polly sich noch einmal vor. «Was würdest du dann machen?»

Ich sah sie an. «Ich … nichts. Ich würde gar nicht antworten.»

Polly senkte den Blick. «Nicht mal aus … Neugier?»

Ich zuckte die Achseln. «Ich bin nicht neugierig auf ihn. Ich war es, bis meine Mutter mir erzählte, was er getan hat. Danach habe ich aufgehört, an ihn zu denken. Er wäre jetzt sechsundsechzig, vielleicht lebt er auch gar nicht mehr, vielleicht ist er … nicht …» Ein Schauder überkam mich.

Ich richtete den Blick noch einmal aus dem Fenster und beobachtete die Menschen unten auf der Straße, als bildete ich mir ein, ich könnte ihn darunter ausmachen.

«Ich finde das traurig», hörte ich Polly sagen.

«Vermutlich. Aber wenn dein Vater sich benommen hätte wie meiner, würdest du vielleicht dasselbe empfinden.»

«Ich weiß nicht, wie ich mich fühlen würde», sagte sie leise.

«Außerdem möchte ich Mum nicht aufregen.»

«Meinst du, es würde sie immer noch aufregen? Nach so langer Zeit?»

«Davon bin ich überzeugt, denn sie spricht nie von ihm. Er hat ihr das Herz gebrochen. Ich bin überzeugt, dass sie nur etwas gegen Max hatte, weil die Affäre sie an den Betrug meines Vaters erinnert hat. Sie und Chloë haben sich ewig darüber gestritten, das habe ich dir ja erzählt.»

Polly nickte. «Vermutlich wollte deine Mutter Chloë nur davor bewahren, verletzt zu werden.»

«Ja. Sie hat ihr immer wieder gesagt, Max würde seine Frau niemals verlassen, und sie hatte recht. Also hat Chloë schließlich auf Mums Rat gehört und die Sache beendet.» Ich zuckte die Achseln. «Und jetzt ist sie mit Nate zusammen. Ich hoffe wirklich, er tut ihr nicht weh, aber ich habe das schreckliche Gefühl, dass er es doch tun wird.»

Polly schlüpfte wieder in ihre Pantoffeln und stand auf. «Und wann haben sie entschieden, den Bund fürs Leben zu schließen?»

«Gestern, beim Mittagessen. Sie waren im Quaglino's, um Chloës Beförderung zu feiern, und da haben sie sich verlobt. Sie haben es Mum und Roy auf der Auktion erzählt. Mum ist so begeistert, dass sie sofort angeboten hat, die Hochzeit für sie zu planen.»

«Sie hat nicht viel Zeit. Nur, hmm? Dreieinhalb Monate?»

«Stimmt. Aber sie besitzt ein enormes Organisationstalent. Wahrscheinlich wegen der vielen Choreographien, die sie gemacht hat.» Ich schaute auf meine Uhr. «Himmel! Ich muss los.» Ich sprang auf. «Zu einer Porträtsitzung nach Barnes.»

«Jemand Bekanntes?», fragte Polly, als wir auf den Treppenabsatz traten.

«Eher nicht, eine Französin, die mit einem Briten verheiratet ist. Ihr Mann hat mich beauftragt, sie zu ihrem vierzigsten Geburtstag zu malen. Er klang, als wäre er um einiges älter, und er redete ununterbrochen darüber, wie schön sie sei. Ich bin ihn am Telefon kaum wieder losgeworden.»

Polly stieß einen tiefen, sehnsüchtigen Seufzer aus. «Ich wünschte, ich hätte jemanden, der mich so liebt.»

«Irgendein Fortschritt auf dem Gebiet?», fragte ich, als wir nach unten gingen.

«Ich fand den Fotografen bei dem Shooting für Toilet Duck letzte Woche ganz interessant. Er hat meine Visitenkarte. Nicht dass er angerufen hätte», fügte sie niedergeschlagen hinzu, als ich den Schrank öffnete und meinen Parka rausholte. «Und bei dir?»

Ich schlüpfte in die Ärmel. «*Nada* … bis auf ein bisschen Flirten beim Einrahmer.» Ich schaute auf den leeren Fleck, wo Pollys Porträt normalerweise hing. «Soll ich dich wieder aufhängen, bevor ich gehe?»

Sie nickte. «Bitte. Ich wage nicht, irgendetwas anzufassen, bevor das Shooting vorbei ist. Der winzigste Kratzer, und ich bin den Job los. Da stehen zwei Mille auf dem Spiel, und gerade bin ich wirklich knapp bei Kasse.»

Ich schälte das Bild aus der Noppenfolie. «Ich auch.»

Polly lehnte sich an die Wand. «Aber du scheinst viel zu tun zu haben.»

Ich hob das Porträt hoch und hängte es an den Haken. «Nicht genug. Meine Hypothek ist gigantisch.» Ich richtete den Rahmen aus. «Vielleicht könnte ich dem Direktor der Halifax-Bank anbieten, ihn zu porträtieren, wenn er mir für ein Jahr die Raten erlässt.»

«Vielleicht beauftragt dich ja jemand aus dem Freundeskreis von Camilla Parker Bowles.»

Ich nahm meine Tasche. «Das wäre toll. Ich bin gerade der Royal Society of Portrait Painters beigetreten, also bin ich jetzt auch auf deren Website vertreten – und inzwischen habe ich sogar eine Seite bei Facebook ...»

«Sehr gut. Und dann noch der Artikel in der *Times*. Ich weiß, dass du ihn nicht mochtest», fügte Polly hastig hinzu, «aber es ist tolle Publicity, und er steht im Netz. Also», sie öffnete mir die Tür, «wer weiß, was sich daraus noch ergibt?»

In meinem Bauch flatterte es. «Ja, wer weiß?»

Auf dem Heimweg blies ein scharfer Wind. Ich setzte die Kapuze auf und schob die Hände in die Taschen. Als ich den Eel Brook Common mit seinem leuchtenden Streifen Narzissen durchquerte, rief meine Mutter an.

«*El*-la?» Es klang, als wäre sie in Hochstimmung. «Ich habe gerade die endgültigen Zahlen von gestern Abend bekommen. Wir haben achtzigtausend Pfund eingenommen –

fünftausend Pfund mehr, als wir gehofft hatten, und ein Rekord für unsere Bezirksgruppe in Richmond.»

«Wie wundervoll, Mum … Gratuliere.»

«Ich wollte dir noch einmal für das Porträt danken.» Ich widerstand der Versuchung, ihr zu erklären, dass ich von der Spende abgesehen hätte, wenn ich gewusst hätte, wen ich am Ende porträtieren müsste. «Aber wie witzig, dass du Nate malen wirst.»

«Ja … sehr amüsant.»

«Es gibt dir die Gelegenheit, ihn vor der Hochzeit ein wenig besser kennenzulernen. Ich habe übrigens gerade den Termin in der Kirche gebucht.»

«Mum … sie sind noch keine vierundzwanzig Stunden verlobt.»

«Ich weiß, aber bis zum dritten Juli ist es nicht mehr lange! Also habe ich als Erstes den Pfarrer von St. Matthew's angerufen, und wie durch ein Wunder war der Zwei-Uhr-Termin an diesem Tag gerade frei geworden. Anscheinend hat der Bräutigam kalte Füße bekommen.»

«Ach je.»

Auf der anderen Seite herrschte verdutztes Schweigen. «Nein, nicht ‹ach je›, Ella, sondern ‹oh, toll!›. Ich hätte nicht gedacht, dass wir so kurzfristig *irgendeine* freie Kirche in der Gegend finden würden, geschweige denn unsere eigene.»

«Und wo soll der Empfang stattfinden?»

«Zu Hause. Wir kommen aus der Kirche und schlendern durch ein Meer von Margeriten die Straße zu unserem Haus hinunter.»

«Es gibt keine Margeriten mehr in der Straße, Mum.»

«Nein, aber im Juli wird es welche geben, denn ich werde

sie pflanzen. Jetzt brauchen wir nur noch ein großes Zelt», fuhr sie fort. «Fünfundzwanzig auf zehn Meter, mindestens. Der Garten ist gerade groß genug, ich bin ihn heute Morgen abgeschritten. Ich finde, wir sollten ein traditionelles mit Zeltstangen und Schnüren nehmen, nicht eins mit Alurahmen – das ist viel schöner –, und ich greife wahrscheinlich auf den Partyservice von gestern Abend zurück, obwohl ich natürlich noch ein paar andere Angebote einholen werde …»

«Du hast dich also schon festgebissen.»

«Allerdings. Schließlich erfordern die meisten Hochzeiten mindestens ein Jahr Planung, und ich habe keine vier Monate, um Chloës zu organisieren!»

«Will sie es nicht selbst machen?»

«Nein, sie wird jetzt, da sie befördert wurde, auf der Arbeit alle Hände voll zu tun haben. Außerdem kann sie die Zeit vor dem großen Tag so stressfrei genießen. Sie trifft natürlich alle wichtigen Entscheidungen, aber die Lauferei nehme ich ihr ab.»

«Kann ich was tun?»

«Nein, danke, Schatz. Obwohl, da wäre doch eine Sache. Chloë möchte ein Vintage-Hochzeitskleid. Könntest du ihr beim Suchen helfen? Ich weiß nicht mal, wer so was verkauft.»

«Klar. Steinberg & Tolkien gibt es nicht mehr, aber wir können bei Circa oder Dolly Diamond schauen, und ich glaube, in Blackheath ist auch ein guter Laden für Vintage-Kleidung. Warte mal, wie wäre es denn mit …?»

«Ja?»

«Also …» Ich biss mir auf die Lippe. «Was ist denn mit deinem?»

«Aber … Roy und ich haben im Standesamt geheiratet, Ella. Ich habe einen Hosenanzug aus hellblauer Seide getragen.»

«Ich weiß, aber was war mit deiner ersten Hochzeit?» In der darauf folgenden Stille versuchte ich mir vorzustellen, was meine Mutter bei der Heirat mit meinem Vater Anfang der 1970er Jahre getragen hatte. Ein süßes Kleid mit Biesen vielleicht, im Stil von Laura Ashley, und dazu ein weißes Samtkropfband. Oder vielleicht etwas Wallendes, Bohemehaftes von Ossie Clark. «Könnte doch sein, dass es Chloë passt», fuhr ich fort. «Aber … vielleicht hast du es ja auch gar nicht aufgehoben», fügte ich verzagt hinzu, als das Schweigen sich fortsetzte. Warum hätte sie es auch aufbewahren sollen, überlegte ich, wo sie nicht mal die Hochzeitsfotos verwahrt hat? Plötzlich hatte ich ein Bild von einem Hochzeitskleid vor Augen, das aus einem Mülleimer quillt. «Tut mir leid», sagte ich, als sie immer noch nicht reagierte. «Offensichtlich keine gute Idee. Vergiss, dass ich es vorgeschlagen habe.»

«Ich muss», sagte Mum ruhig. «Da klopft ein Anruf an, das ist vermutlich Top Tents. Wir sprechen uns bald, Schatz.»

Sie beendete das Gespräch, und ich staunte wieder einmal über die Fähigkeit meiner Mutter, Dinge, von denen sie nichts hören will, einfach auszublenden. Während ich ein Gespräch von einem heiklen Thema fortsteuere, tut meine Mutter einfach so, als würde es gar nicht stattfinden.

Zu Hause bestellte ich ein Taxi nach Barnes, dann packte ich rasch Farben, Palette und tragbare Staffelei zusammen. Ich holte drei neue Leinwände aus dem Gestell, nahm meine Schürze vom Haken und legte alles an der Haustür bereit.

Während ich auf das Taxi wartete, ging ich an den Computer und schaute nach meinen E-Mails. Der Unterhausabgeordnete Mike Johns hatte geschrieben, um seinen Termin bei mir um neun Uhr am Donnerstagmorgen zu bestätigen – seine erste Sitzung seit zwei Monaten. Ich freute mich darauf, ihn zu sehen, denn mit ihm war es immer lustig. Es gab einige Spams, die ich sofort löschte, und eine wöchentliche Aktualisierung der Besucherzahlen auf meiner offiziellen Facebook-Seite. Die letzte E-Mail war von Mrs. Carrs Tochter. Sie bestätigte mir, dass die erste Sitzung mit ihrer Mutter am Montag war, in Mrs. Carrs Wohnung in Notting Hill.

Draußen hupte es, und ich hob die Lamellen der Jalousie und sah, dass ein roter Volvo von Fulham Cars vorgefahren war. Ich sammelte meine Sachen zusammen und ging nach draußen.

«Ich habe Sie schon mal gefahren, nicht wahr?», fragte der Fahrer, als er meine Sachen im Kofferraum verstaute.

«Stimmt. Ich rufe Ihr Taxiunternehmen ziemlich oft.»

«Können Sie nicht fahren?»

«Doch. Aber ich besitze kein Auto.»

Als wir die Waterford Road hinunterfuhren, kamen wir an dem Wedding Shop vorbei. Beim Anblick des Porzellans und Kristallglases in den Schaufenstern fragte ich mich, mit wie vielen Gästen Chloë und Nate feiern und wohin sie wohl in die Flitterwochen fahren würden. Doch dann musste ich wieder an die Frau denken, die Nate «Honey» genannt hatte. Da konzentrierte ich mich lieber auf die Frage, wo die beiden leben würden. Doch plötzlich ging mir auf, dass sie nach New York ziehen könnten, und der Gedanke trübte meine Stimmung noch mehr.

«Schande», hörte ich den Fahrer sagen, während wir an der Ampel auf dem Fulham Broadway warteten.

«Verzeihung?»

«Eine Schande.» Mit einem Nicken wies er nach rechts.

«Oh. Ja», sagte ich mitfühlend.

Die Geländer an der Kreuzung waren mit Blumen geschmückt. Rund zwanzig Sträuße waren daran gebunden, das Zellophan glitzerte im Sonnenschein wie Eis. Einige waren frisch, doch die meisten sahen schlaff und leblos aus, die Blätter braun, die Bänder flatterten im Wind.

«Das arme Mädchen», murmelte er.

An der obersten Stange war ein großes laminiertes Foto einer sehr hübschen jungen Frau befestigt, ein wenig jünger als ich, mit kurzem, blondem Haar und einem strahlenden Lächeln. *Grace*, stand darunter.

«Es werden immer neue Blumen gebracht», bemerkte ich leise.

Der Fahrer nickte. «Es gibt immer frische.» Mein Blick fiel auf einen großen Teddybär auf einem Fahrrad. Er trug eine blaue Fahrradhose, einen silbernen Helm und eine Sicherheitsschärpe mit Reflektoren.

Nach zwei Monaten war das große gelbe Schild immer noch da.

Zeugenaufruf. Tödlicher Unfall, 20. Jan. 06.15. Können Sie helfen?

«Man weiß also immer noch nicht, was passiert ist?», murmelte ich.

«Nein», antwortete der Fahrer. «Es war sehr früh – im Dunkeln. Ein Kollege von mir hat erzählt, er habe einen schwarzen BMW sehr schnell davonfahren sehen, aber er hat die Nummer nicht erkannt, und die Überwachungskameras waren kaputt – typisch.» Er schüttelte wieder den Kopf. «Eine Schande.» Die Ampel sprang um, und wir fuhren weiter.

Die restliche Fahrt verlief ruhig, abgesehen von den gestelzten Anweisungen, mit denen das Navi uns über die Hammersmith Bridge in Richtung Barnes leitete.

Mrs. Burke lebte auf halbem Weg die Castelnau runter, in einem der imposanten viktorianischen Häuser, die die Straße säumten. Das Taxi kurvte durch die von Löwen gekrönten Torpfosten. Dann stieg der Fahrer aus und öffnete den Kofferraum.

Er reichte mir die Staffelei. «Malen Sie mich auch eines Tages?»

Ich lächelte. «Vielleicht.»

Ich läutete, und eine Frau Ende fünfzig, die sich als die Haushälterin vorstellte, öffnete mir die Tür.

«Mrs. Burke kommt gleich herunter», sagte sie, als ich eintrat. Der Boden der großen, rechteckigen Halle war mit Marmor gefliest, und an den Wänden hingen große architektonische Stiche in schwarzen und goldenen Rahmen. In einem großen Steinkrug auf dem Sideboard steckten Äste mit frühen Kirschblüten.

Die Haushälterin bat mich, im Arbeitszimmer zur Rechten zu warten. Die Bücherregale reichten bis zur Decke, und das übrige Mobiliar bestand aus einem antiken Chesterfield-Sofa, das schimmerte wie eine Kastanie, und einem großen Mahagonitisch, auf dem Familienfotos in silbernen Rahmen arrangiert waren. Ich sah sie mir genauer an: zwei Fotos von Mrs. Burke, einige von dem Sohn des Paares vom Babyalter bis in die Teenagerjahre und drei von Mrs. Burke mit einem Mann, der vermutlich ihr Gemahl war, ein aristokratisch anmutender Gentleman mit stolzer, besitzergreifender Miene. Er war mindestens zehn Jahre älter als seine Frau. Sie hatte große graue Augen, eine lange, vollkommen gerade Nase und einen Vorhang dunkler Haare, der ihr in Wellen von einer hohen Stirn fiel. Sie war tatsächlich schön. Im Geiste machte ich mir schon Markierungen auf die Leinwand, um ihre Wangen- und Kinnlinie festzulegen.

Wir waren um elf verabredet gewesen, doch um zwanzig nach wartete ich immer noch. Ich ging in die Halle, um herauszufinden, was los war. Als ich ein Knarren auf der Treppe hörte, schaute ich auf und sah Mrs. Burke die Stufen herunterkommen. Die schlanke, zierliche Frau trug ein Hemdblusenkleid aus pinkfarbener Seide mit einem sehr breiten schwarzen Lackledergürtel. Sie schien es überhaupt nicht eilig zu haben, und das nahm mich nicht gerade für sie ein.

«Es tut mir leid, dass ich Sie warten ließ», sagte sie ruhig, als sie die unterste Stufe erreichte. «Ich habe telefoniert. Also», sie bedachte mich mit einem verhaltenen Lächeln, «Sie sind hier, um mich zu malen.»

«Ja.» Ich war bestürzt über ihre mangelnde Begeisterung. «Ihr Mann sagte, das Porträt solle anlässlich Ihres Geburtstags gemalt werden.»

«Ja.» Sie stieß einen besorgten Seufzer aus. «Falls vierzig ein Grund zum Feiern ist.»

«Also, vierzig ist doch kein Alter.»

«Finden Sie?», fragte sie ruhig. «Ich weiß nur, dass dann angeblich das Leben beginnen soll. Nun», sie sog die Luft durch die Zähne, «dann fangen wir wohl besser damit an.» Man hätte meinen können, sie wappnete sich für eine Wurzelkanalbehandlung.

«Mrs. Burke ...»

«Bitte.» Sie hob die Hand. «Celine.»

«Celine, wir können erst anfangen, wenn Sie entschieden haben, wie groß das Bild werden soll. Ich habe drei unterschiedlich große Leinwände mitgebracht.» Sie lehnten an der Scheuerleiste, und ich wies mit einem Nicken darauf. «Wenn Sie wissen, wo das Porträt einmal hängen soll, ist es leichter zu entscheiden.»

Sie starrte darauf. «Ich habe nicht die leiseste Ahnung.» Sie sah mich an. «Mein Mann hatte plötzlich die Idee. Ich wäre nie im Leben darauf gekommen, mich malen zu lassen.»

«Nun, es ist schön, ein Porträt zu haben. Und es wird über Generationen hinweg geschätzt werden. Denken Sie nur an die *Mona Lisa*», fügte ich fröhlich hinzu.

Celine zuckte auf typisch französische Art die Achseln und zeigte dann auf die kleinste Leinwand. «Die ist mehr als groß genug.»

Ich nahm sie auf. «Jetzt müssen wir den Hintergrund auswählen. Irgendwo, wo Sie sich entspannt und behaglich fühlen.»

Sie blies die Wangen auf. «Dann wohl am ehesten im Salon. Hier entlang.»

Ich folgte ihr durch die Halle in einen großen, gelb tapezierten Raum mit cremefarbenem Teppich und Terrassentüren, die in einen großen ummauerten Garten führten. Eine rote Kamelie stand in verschwenderischer Blüte.

Ich sah mich im Raum um. «Ja, das geht gut. Die Farben sind sehr ansprechend, und das Licht ist wunderschön.»

Zu unserer Linken stand ein antikes, mit dunkelgrünem Damast gepolstertes Knole-Sofa. Die Seiten waren sehr hoch, fast gerade, und mit einer dicken gedrehten Goldkordel mit dem Rückenteil verbunden. Celine setzte sich und strich ihr Kleid über den Knien glatt. «Ich sitze hier.»

Ich betrachtete sie einen Augenblick. «Tut mir leid, aber das sieht nicht richtig aus.»

Ihr Gesicht verdüsterte sich. «Sie haben gesagt, ich sollte mich behaglich fühlen, und das tue ich hier.»

«Aber zwischen den hohen Seitenteilen sehen Sie … wie eingeklemmt aus.»

«Oh.» Sie betrachtete sie genauer. «Verstehe. Ja, ich bin tatsächlich eingeklemmt. Das ist vollkommen korrekt.» Sie stand auf und sah sich um. «Wo sollte ich denn sitzen?»

«Vielleicht hier?» Links vom Kamin stand ein Mahagonisessel mit reichen Schnitzereien an den Armlehnen und einem roten Samtpolster. Ich wies mit einem Nicken darauf. Celine setzte sich hinein, und ich trat ein paar Schritte nach hinten, um die Komposition zu beurteilen. «Wenn Sie sich ein wenig nach da wenden könnten», bat ich sie. «Und den Kopf ein wenig heben? Jetzt sehen Sie mich bitte an.»

Sie schüttelte den Kopf. «Wer hätte gedacht, dass das so harte Arbeit ist?»

«Nun, es ist ein Gemeinschaftswerk, bei dem wir zusammen daran arbeiten, das bestmögliche Porträt von Ihnen zu bekommen.» Celine zuckte die Achseln, als wäre ihr die ganze Angelegenheit unglaublich gleichgültig. Ich hob die Hände und rahmte ihren Kopf und ihre Schultern zwischen meinen Daumen und Zeigefingern. «Es wird toll», sagte ich fröhlich. «Jetzt müssen wir nur noch entscheiden, was Sie tragen wollen.»

Sie machte ein langes Gesicht. «Ich trage das hier.» Sie zeigte auf ihr Kleid.

«Das ist ein hübsches Kleid», sagte ich und betrachtete es. «Aber es funktioniert nicht.»

«Warum nicht?»

«Weil der Gürtel so groß ist und so sehr glänzt, dass er das ganze Bild dominiert. Wenn Sie etwas tragen würden, was ein wenig schlichter ist …»

«Wollen Sie etwa sagen, ich muss mich umziehen?»

«Nun, es wäre besser. Ja.» Sie stieß gereizt die Luft aus, während ich fortfuhr: «Könnte ich Ihnen bei der Auswahl helfen? Das mache ich in der Regel, wenn ich die Menschen in ihrem Zuhause male.»

«Verstehe», fuhr sie auf. «Sie kontrollieren die ganze Angelegenheit.»

Ich biss mir auf die Lippe. «Ich möchte Sie nicht kontrollieren», erwiderte ich ruhig. «Doch die Wahl der Kleidung ist sehr wichtig, denn sie hat großen Einfluss auf die Komposition. Das habe ich Ihrem Mann schon erklärt.»

«Oh.» Celine rieb ungeduldig die Fingerspitzen aneinander, als würde sie Mehl verstreuen. «Er hat vergessen, es mir zu sagen. Er ist diese Woche nicht da.» Sie stand auf. «In Ordnung», sagte sie widerwillig. «Dann kommen Sie wohl besser mit.»

Ich folgte ihr die Treppe hinauf ins Schlafzimmer, dessen eine Wand ganz von einem großen Einbauschrank eingenommen wurde. Celine schob die mittlere Tür auf und ließ den Blick über den Inhalt schweifen. «Ich weiß nicht, was ich anziehen soll.»

«Könnte ich mal schauen?»

Sie nickte. Während ich einige Sachen herausholte, klingelte ihr Handy. Sie schaute auf das Display, meldete sich auf Französisch und verließ unter raschem vertraulichem

Geplauder den Raum. Es dauerte mehr als zehn Minuten, bis sie wiederkam.

Ich hatte Mühe, meine Verärgerung zu verbergen, und hielt ein hellgrünes Leinenkostüm hoch. «Das würde wunderschön aussehen.»

Celine kaute auf der Unterlippe. «Das trage ich gar nicht mehr.»

«*Würden* Sie ... nur für das Porträt?»

Sie schüttelte den Kopf. «Nein. Ich mag mich nicht darin.»

«Okay. Wie wäre es dann damit?» Ich zeigte ihr ein perlmuttfarbenes Satinkleid von Christian Dior.

Celine schürzte die Lippen. «Das sitzt nicht gut.» Jetzt holte sie selbst Sachen heraus. «Nein, das auch nicht, das ist grässlich ... das ist viel zu klein ... das ist unglaublich unbequem.» Warum bewahrte sie all diese Kleider auf, wenn sie sie nicht einmal mochte? Sie wandte sich mir zu. «Kann ich wirklich nicht tragen, was ich jetzt anhabe?»

Ich zählte stumm bis zehn. «Der Gürtel verdirbt die ganze Komposition», wiederholte ich. «Er lenkt die Aufmerksamkeit ganz von Ihrem Gesicht ab. Und er ist nicht besonders schmeichelhaft», fügte ich hinzu und bedauerte es augenblicklich.

Celines Miene hatte sich verfinstert. «Wollen Sie behaupten, ich sehe dick aus?»

«Nein, nein», antwortete ich, während sie sich in dem Standspiegel betrachtete. «Sie sind sehr schlank. Und sehr attraktiv», fügte ich hilflos hinzu. «Das hat Ihr Mann schon gesagt, und er hatte recht.»

Ich hatte gehofft, die letzte Bemerkung würde sie beschwichtigen, doch zu meiner Überraschung verhärteten sich ihre Züge. «Ich liebe diesen Gürtel. Er ist von Prada», fügte sie hinzu, als würde es mich interessieren, ob er von Prada war oder von Primark.

Inzwischen hatte ich Mühe, die Fassung zu wahren. «Es sieht nicht ... gut aus», versuchte ich es noch einmal. «Es ist ein großer schwarzer Block.»

«Nun», Celine verschränkte die Arme, «ich werde diesen Gürtel tragen. Ende der Diskussion.»

Ich wollte gerade sagen, ich müsste auf die Toilette, denn ich brauchte unbedingt fünf Minuten, um mich zu beruhigen – oder womöglich zu weinen –, da klingelte Celines Handy wieder. Sie verließ den Raum und führte ein weiteres langes, intensives Gespräch, von dem Fetzen über den Treppenabsatz drangen.

«Oui, chéri ... je veux te voir aussi ... bientôt, chéri.»

Inzwischen war ich kurz davor, mich geschlagen zu geben, und überlegte schon, wie ich den monströsen Gürtel möglichst unauffällig aufs Bild bringen konnte, da kehrte Celine zurück. Zu meiner Überraschung war ihre Stimmung völlig umgeschlagen. Sie nahm ein schlichtes Hängekleid aus puderblauem Leinen heraus und hielt es sich vor.

«Wie wäre es damit?»

Ich hätte weinen können vor Erleichterung. *«Phantastisch.»*

Während ich am nächsten Morgen auf Mike Johns wartete, betrachtete ich Celines Porträt – bislang nicht mehr als einige wenige vorläufige Linien in gelbem Ocker. Sie war der schwierigste Mensch, den ich je gemalt hatte – sie stellte sich quer, war uneinsichtig und legte nicht die geringste Begeisterung an den Tag.

Ihre Haltung war in meinen Augen grotesk. Die meisten Menschen ließen sich wirklich auf die Porträtsitzungen ein, denn sie erkannten, dass es etwas ganz Besonderes ist, gemalt zu werden. Doch bei Celine war es eindeutig, dass sie es über sich ergehen ließ, aber kein bisschen Spaß daran hatte. Woran das wohl lag?

Ich hatte einmal einen erfolgreichen Geschäftsmann malen müssen, dessen Firma das Porträt für ihren Sitzungssaal in Auftrag gegeben hatte. Während der Sitzungen hatte er immer wieder auf seine Uhr geschaut, als wollte er mich wissen lassen, dass er ein äußerst beschäftigter und wichtiger Mann war und dass seine Zeit sehr kostbar war. Doch Celine hatte mir erzählt, dass sie nicht arbeitete und dass sie jetzt, da ihr Sohn auf dem Internat war, ein recht müßiges Leben führte. Also konnte ihr ablehnendes Verhalten nichts damit zu tun haben, dass sie keine Zeit hatte.

Da danke ich doch dem Himmel für Mike Johns, dachte ich. Ein Bär von einem Mann und immer freundlich, kooperativ und ausdrucksvoll – das perfekte Modell. Ich nahm seine Leinwand heraus und freute mich, als ich sah, dass seine Liebenswürdigkeit und Wärme selbst im halbfertigen Zustand des Bildes durchschienen.

Mikes Porträt war von seinem Wahlkreis in Auftrag gegeben worden, um zu würdigen, dass er schon fünfzehn Jahre im Unterhaus saß: Er war sehr jung gewählt worden, mit sechsundzwanzig. Er hatte gesagt, das Gemälde solle lange vor den nächsten Parlamentswahlen fertig sein, und so hatten wir noch zwei Sitzungen vor Weihnachten gehabt und eine dritte Anfang des neuen Jahres. Eine weitere war für den 22. Januar angesetzt gewesen, doch die hatte Mike am Abend vorher plötzlich abgesagt. In einer seltsam wirren

E-Mail hatte er geschrieben, er werde sich «zu gegebener Zeit» wieder melden, doch danach hatte ich zwei Monate nichts von ihm gehört. Das hatte mich überrascht, nicht zuletzt, weil er ganz in meiner Nähe wohnte, auf der anderen Seite des Fulham Broadway, er hätte also leicht zu den Sitzungen reinschauen können. In der letzten Woche hatte er mir dann eine Nachricht geschickt und angefragt, ob wir weitermachen könnten. Ich freute mich, teils weil ich dann die andere Hälfte meines Honorars bekam, aber vor allem, weil ich Mike mochte und mich gern mit ihm unterhielt.

Wir hatten verabredet, dass er früh kommen sollte, damit die Sitzung nicht in seine normale Arbeitszeit fiel. Um fünf nach acht läutete es, und ich lief mit einem Lächeln auf den Lippen nach unten.

Als ich die Tür öffnete, musste ich ein Aufkeuchen unterdrücken. In den neun Wochen, seit ich ihn das letzte Mal gesehen hatte, hatte Mike sicher an die zwanzig Kilo abgenommen.

«Sie sehen schlank aus», sagte ich, als er eintrat. «Haben Sie auf dem Laufband trainiert?», fügte ich hinzu, obwohl mir seine merklich gedämpfte Haltung verriet, dass sein Gewichtsverlust wohl eher auf Stress zurückzuführen war.

«Ich habe ein paar Kilo abgenommen», erwiderte er zerstreut. «Gar nicht schlecht», fügte er mit seiner gewohnten Jovialität hinzu, doch seine Anspannung war deutlich zu spüren. Er war freundlich, aber er wurde von einer gewissen Traurigkeit umweht – einer fast tragischen Aura, ging mir auf, als ich seinen toten Blick bemerkte. «Es tut mir leid, dass wir so früh anfangen müssen», sagte er, als wir rauf ins Atelier gingen.

«Das macht mir gar nichts», erwiderte ich. «Wenn Sie möchten, können wir alle restlichen Sitzungen um diese Uhrzeit ansetzen.»

Mike nickte, zog sein Jackett aus, legte es auf das Sofa und setzte sich auf den Eichenlehnstuhl, den ich für Sitzungen benutze. «Da sitze ich also wieder auf dem heißen Stuhl», sagte er mit gezwungener Fröhlichkeit.

Das Morgenlicht war so grell, dass ich die Rollos an den Dachfenstern zuzog, um es ein wenig zu dämpfen. Als ich Mikes Leinwand auf die Staffelei stellte, wurde mir schnell klar, dass ich das Porträt anpassen musste. Er war viel schlanker, Gesicht und Hals erheblich dünner – der Hemdkragen stand deutlich ab. Und die Hände, die er im Schoß verschränkte, waren nicht mehr so fleischig. Er spielte an seinem Ehering herum, der offensichtlich zu locker saß.

Ich kratzte einen Krümel getrocknete Farbe von der Palette, drückte einige frische Farben aus den Tuben und freute mich wie immer über den Geruch des Leinöls.

«Ich habe vergessen, den blauen Pullover anzuziehen», sagte Mike. «Es tut mir leid, ich habe wirklich nicht dran gedacht.»

«Kein Problem.» Ich mischte die Farbe mit einem Malmesser und wählte einen feinen Pinsel aus. «Ich arbeite heute an Ihrem Gesicht, aber wenn Sie ihn das nächste Mal wieder anziehen könnten, wäre das toll.»

Ich sah Mike an, schaute auf die Leinwand und malte, dann richtete ich den Blick wieder auf Mike und malte weiter. So ging es in einem fort – schauen und malen, schauen und malen.

Normalerweise plauderte Mike, aber heute schwieg er so gut wie die ganze Zeit. Sein Blick war auf mich gerichtet, doch er nahm keinen Augenkontakt auf. Mund und Kinn waren angespannt. Er merkte wohl, dass mir die Veränderungen an ihm nicht entgangen waren, denn plötzlich meinte er, er sei «ein wenig erschöpft» wegen all der zusätzlichen Arbeit zur Vorbereitung der Wahlen.

Ob er sich Sorgen macht, dass er seinen Sitz verlieren könnte?, überlegte ich. Doch dann fiel mir wieder ein, irgendwo gelesen zu haben, dass er eine komfortable Mehrheit hatte. Ich deutete eine leichte Höhlung in seiner linken Wange an. «Waren Sie verreist?» Vielleicht war das der Grund, warum er in der letzten Zeit nicht zu Sitzungen hatte herkommen können.

Er nickte. «Letzten Monat habe ich an einer parteiübergreifenden Reise nach Bonn teilgenommen.»

Ich reinigte den Pinsel in dem Terpentinglas. «Und zu welchem Zweck?»

«Wir haben uns die dortige Straßenbahn angesehen. Ich bin Mitglied eines Verkehrsausschusses.»

Ich tauchte den Pinsel in das Kobaltblau, um den Hautton um sein Kinn ein wenig grauer zu machen. «Dann tun Sie bitte, was Sie können, um den Fahrradfahrern zu helfen – es ist nicht leicht auf zwei Rädern in dieser Stadt.»

Mike nickte und wandte den Blick ab. Da er, wie es schien, nicht über die Arbeit reden wollte, fragte ich ihn nach seiner Frau, einer erfolgreichen Verlegerin Ende dreißig.

Er rutschte auf dem Sessel herum. «Sarah geht es gut. Aber sie hat unglaublich viel zu tun … wie immer.»

Ich verdünnte die Farbe mit etwas Terpentin. «Ich habe kürzlich ein Foto von ihr im Wirtschaftsteil gesehen. Ich weiß nicht mehr, worum es ging, aber sie sah ganz bezaubernd aus.»

«Sie hat gerade Delphi Press gekauft, um sie ihrem Imperium einzuverleiben», fügte Mike mit einem leicht bitteren Lächeln hinzu. Jetzt erinnerte ich mich, dass er mir einmal anvertraut hatte, die Karriere bedeute seiner Frau alles. Ich dachte wieder darüber nach, wie verändert er war. Vielleicht wollte sie keine Kinder, und er wollte welche. Vielleicht konnten sie auch keine bekommen, und das setzte ihm zu. Vielleicht – Gott bewahre! – war er krank.

Plötzlich seufzte er so schwer, dass es fast wie ein Stöhnen klang.

Ich ließ den Pinsel sinken. «Mike», sagte ich ruhig. «Geht es Ihnen gut? Ich hoffe, ich bin nicht zu aufdringlich, wenn ich frage, aber Sie wirken ein wenig …»

«Mir … geht es gut», sagte er barsch und räusperte sich. «Wie gesagt, ich bin nur ein wenig gestresst. Der Wahltag rückt näher, und diesmal ist es besonders knapp.»

«Natürlich. Möchten Sie eine Kaffeepause machen? Falls Sie müde sind?» Er schüttelte den Kopf. «Sollen wir dann vielleicht einfach ein wenig Radio hören?» Er nickte dankbar, und ich holte mein farbbekleckstes Transistorradio und schaltete es ein.

Ra-di-o Two … Es ist zehn vor neun. Und falls Sie gerade erst zugeschaltet haben: Sie hören mich, Ken Bruce, der Sie durch den Morgen begleitet … Eric Clapton ist auf Tour, nächste Woche spielt er im O2, danach in Birmingham und Leeds …

Es läutete an der Tür. Als ich runterlief, hörte ich ein leises Gitarrenintro, dann Claptons Stimme. Ich mochte *Tears in Heaven.*

Ich öffnete die Tür. Es war ein Bote mit der neuen Kreditkarte, auf die ich schon länger gewartet hatte. Ich unterschrieb die Empfangsquittung, während Claptons traurige Ballade die Treppe herunterwehte.

Wieder im Atelier, rief ich Mike eine kurze Entschuldigung zu, legte den Brief auf meinen Schreibtisch und kehrte zur Staffelei zurück.

Ich nahm den Pinsel zur Hand und sah Mike an …

Er weinte.

Ich schaltete das Radio aus. «Lassen Sie uns aufhören», murmelte ich nach einem Augenblick. «Sie sind … durcheinander.»

«Nein. Nein.» Er räusperte sich und bemühte sich um Fassung. «Es geht mir gut … und das Bild muss fertig werden.» Er schluckte. «Ich würde gern weitermachen.»

«Ganz sicher?»

Er nickte, dann hob er den Kopf, um seine Pose wieder einzunehmen, und wir machten noch ungefähr fünfzehn Minuten schweigend weiter. Dann stand Mike auf. Ich ging davon aus, dass er rüberkommen und einen Blick auf das Bild werfen würde, wie er es normalerweise tat, doch er nahm nur sein Jackett und verließ das Atelier.

Ich folgte ihm die Treppe hinunter. «Jetzt sind es nur noch zwei Sitzungen.» Ich öffnete die Haustür. «Passt es Ihnen nächste Woche um dieselbe Zeit?»

«Ja», sagte er abwesend. «Bis dann, Ella.»

«Okay, bis dann, Mike.»

Ich blieb noch einen Moment in der Tür stehen und sah zu, wie er zu seinem Auto ging. Mike hob die Hand, schenkte mir ein freudloses Lächeln, stieg in seinen schwarzen BMW und fuhr langsam davon.

3

«Ella?», sagte Chloë ein paar Tage später am Telefon. «Ich muss dich was fragen.»

«Wenn du mich bitten willst, Brautjungfer zu werden, dann lautet die Antwort nein.»

«Oh.» Sie klang enttäuscht. «Warum nicht?»

«Weil ich fast sieben Jahre älter und gut zehn Kilo schwerer bin als du, deswegen. Ich habe keine Lust, der Troll neben dir Elfe zu sein.»

«Eigentlich war es das gar nicht, was ich dich fragen wollte – Nate hat eine fünfjährige Nichte, die das übernimmt.»

«Klingt gut. Also, was wolltest du mich denn fragen?» Mein Magen drehte sich schon, denn ich wusste, was kam.

«Ich möchte gern die erste Porträtsitzung für Nate festklopfen. Eigentlich hätte ich erwartet, dass du dich deswegen meldest», meinte sie in leicht tadelndem Tonfall.

«Tut mir leid, ich habe gearbeitet wie eine Irre», log ich.

«Können wir dann jetzt ein paar Termine verabreden?»

«Klar», sagte ich leichthin.

Ich kramte auf dem Tisch nach meinem Kalender, zog ihn unter der *Modern Painters* von diesem Monat heraus und trug das Datum ein, das Chloë vorgeschlagen hatte.

«Seine Wohnung ist nicht weit von deiner, falls du ihn dort malen willst.»

«Nein, er muss herkommen.» Da ich Nate nicht mochte, empfing ich ihn lieber in meinem Revier.

«Dann also am nächsten Freitag um elf Uhr», sagte Chloë. «Das ist Karfreitag.»

Als ich den Kalender wieder auf den Tisch warf, erinnerte ich mich, dass die junge Frau auf der Auktion mich gefragt hatte, ob ich jemanden malen könnte, den ich nicht mochte. Ich würde es bald herausfinden.

«Nate ist bestimmt ein gutes Modell», hörte ich Chloë sagen.

«Ich hoffe es.» Ich seufzte. «In letzter Zeit hatte ich ein paar richtig schwierige.»

«Ehrlich?»

Ich würde ihr nichts von Mike erzählen. Meine Sorge um ihn wuchs, und ich überlegte, was wohl passiert war, dass er so unglücklich war.

«Inwiefern waren deine Modelle denn schwierig?», hakte Chloë nach. Ich erzählte ihr von Celine. «Wie seltsam», meinte Chloë. «Als wollte sie das Porträt sabotieren.»

«Genau. Nachdem wir endlich angefangen hatten, hat sie zwei weitere Anrufe entgegengenommen und ist dann noch an die Haustür und hat sich eine Viertelstunde mit ihrem Bauunternehmer unterhalten. Die Frau ist ein Albtraum.»

«Also, Nate wird sich nicht querstellen, auch wenn er, wie du weißt, ebenfalls nicht so besonders scharf darauf ist. Aber er wird sich während der Sitzungen wenigstens gut benehmen.»

«In dem Fall kommen wir vielleicht sogar mit fünf Sitzungen hin statt der üblichen sechs.» Der Gedanke heiterte mich auf. «Oder sogar vier.»

«Mach bitte keinen Pfusch», hörte ich Chloë sagen. «Ich habe sehr viel Geld für dieses Porträt ausgegeben, Ella. Es soll etwas ganz Besonderes werden.»

«Das wird es auch.» Mich überlief eine Welle der Scham. «Mach dir keine Sorgen, ich werde mir ganz besondere Mühe geben und mindestens sechs Sitzungen ansetzen – mehr, falls es nötig ist», fügte ich leichtfertig hinzu.

«Und mach es bitte wahrheitsgetreu, nicht nur attraktiv. Ich möchte, dass das Porträt etwas von Nate offenbart.»

«Das wird es», versicherte ich ihr und überlegte, was das wohl sein sollte – vielleicht dass er doppelzüngig und nicht vertrauenswürdig war? Überzeugt, dass meine negative Haltung ihm gegenüber durchscheinen würde, bereute ich den Auftrag jetzt noch mehr und wünschte mir, ich käme irgendwie wieder aus der Sache raus. Ich hantierte an einem Pinsel herum. «Ich habe übrigens die Verlobungsanzeige in der *Times* gesehen.» Es schwarz auf weiß zu sehen hatte mich ziemlich deprimiert.

Mr. Nathan Roberto Rossi und Miss Chloë Susan Graham.

Chloë schnaubte. «Mum hat sie auch in den *Telegraph* gesetzt, in den *Independent* und in den *Guardian*! Ich habe ihr gesagt, das sei ganz schön übertrieben, aber sie wollte nicht, ‹dass irgendjemand es nicht mitbekommt›.» Mir kam augenblicklich der Verdacht, dass Mum in Wirklichkeit nur gewollt hatte, dass *Max* es auch ja mitbekam.

«Sie ist einfach *phantastisch*», fuhr Chloë fort. «Sie hat schon die Kirche reserviert, einen Fotografen und einen Hochzeitsfilmer engagiert, den Partyservice bestellt und sich um die Blumen und das Zelt – um genau zu sein, ein Raj-Zelt – gekümmert. Sie hat sich jetzt für einen Moghul-

Pavillon entschieden. Sie sagt, das sei die eleganteste Art, im Freien unter Segeltuch zu speisen.»

«Dann wird es ein richtiges Dinner?»

«Ja. Ich habe Mum gesagt, Fingerfood wäre vollkommen ausreichend, aber sie hat darauf bestanden, es ‹richtig› zu machen – sie will ein traditionelles, von Kellnern serviertes Hochzeitsmahl. Der arme Dad. Er macht schon Witze darüber, es sei gut, dass er Orthopäde sei und wisse, wie man ein Vermögen macht.»

Ich lächelte. «Mum hat gesagt, du wolltest ein Vintage-Hochzeitskleid?»

«Ja, wenn ich eins finde, das mir gut steht.»

Während Chloë darüber plauderte, welchen Stil sie bevorzugen würde, ging ich an den Computer und fand, das Telefon zwischen Schulter und Ohr geklemmt, drei Webseiten von Händlern, die Vintage-Hochzeitskleider verkauften. Ich klickte die erste Seite an.

«Hier habe ich ein wunderschönes Kleid aus den Fünfzigern gefunden», sagte ich zu ihr. «Oberteil aus Guipure-Spitze, bauschiger Rock aus Seide. Es heißt ‹Gina›.» Ich nannte Chloë die Adresse der Webseite, damit sie es sich ansehen konnte. «Und eins aus den dreißiger Jahren, das ‹Greta› heißt, siehst du es? Schmal geschnitten und aus elfenbeinfarbenem Satin … aber der Rücken ist *sehr* tief ausgeschnitten.»

«O ja, wunderschön. Aber ich bin mir nicht sicher, ob ich so viel Haut zeigen will.»

«Das hier aus den Sechzigern würde dir bestimmt gut stehen – ‹Jackie›. Aber es ist Größe vierzig, also müsstest du es enger machen, und dann ist womöglich der Schnitt dahin.»

«Ich finde es nicht. Warte mal ’nen Augenblick.»

Während ich darauf wartete, dass Chloë das Kleid fand, klickte ich auf meinen E-Mail-Eingang. Ich hatte drei neue Nachrichten, alles Spam. Ich löschte sie.

«Hier ist ein phantastisches Kleid», sagte Chloë. «Es heißt ‹Giselle›.»

Ich klickte zurück auf die Seite. Das Kleid war im Ballerinastil geschnitten mit dichten Lagen Seidentüll unter einem engen, mit Pailletten bestickten Satinmieder. «Es ist wirklich phantastisch. Du würdest aussehen wie Mum in ihren Tagen als Tänzerin.»

«Es ist perfekt», hauchte Chloë. «Es würde mir bestimmt phantastisch stehen, aber …» Ich hörte das leise «Klick, klick, klick». «Es könnte Unglück bringen, ein Hochzeitskleid zu tragen, das ‹Giselle› heißt. Findest du nicht?»

«Oh, weil sie so viel Pech mit den Männern hatte, meinst du?»

«Genau. Albrecht ist doch ein rechter Schuft, dass er die arme Frau dermaßen betrügt. Ich hoffe, Nate wird mir so etwas nie antun», schnaubte sie. «Sonst muss ich mich womöglich umbringen, wie Giselle.»

«Red keinen Unsinn», sagte ich schwach. «Schließlich hat er dich gebeten, seine Frau zu werden.»

«Das … stimmt. Wie auch immer, falls du irgendwelche richtig tollen Kleider entdeckst, sag mir Bescheid.»

«Klar. Aber ich muss jetzt, Chloë. Ich habe eine Sitzung.»

«Und ich muss noch ein paar Pressedossiers durchsehen. Aber ich sage Nate Bescheid, dass er am Freitag eine Verabredung mit dir hat.»

Ein Date mit Nate, dachte ich bedrückt und legte auf.

Ich bestellte das Taxi und suchte meine Sachen für die

Sitzung mit Mrs. Carr zusammen. Ihre Tochter hatte die Größe der Leinwand bereits bestimmt, und ich hatte sie schon grundiert. Ich holte sie heraus, vergewisserte mich, dass sie ordentlich aufgespannt war, und stellte meine Tasche und die Staffelei an die Haustür. Ich wollte gerade meinen Mantel holen, da klingelte das Telefon.

Ich hob ab. «Ella? Hier ist Alison von der Royal Society of Portrait Painters. Erinnern Sie sich, dass wir kurz vor Weihnachten miteinander gesprochen haben? Als Sie gerade aufgenommen worden waren?»

«Selbstverständlich. Hallo.»

«Also, ich hatte gerade eine Anfrage für Sie.»

«Oh?» Bei der Aussicht auf einen weiteren Auftrag hob sich meine Stimmung. «Von wem?» Durch das Fenster sah ich das Taxi vorfahren.

«Die Anfrage ist ein wenig ungewöhnlich, denn es geht um ein posthumes Porträt.»

Meine Euphorie verflüchtigte sich augenblicklich. «Ich fürchte, das ist nichts für mich. Ich finde die Vorstellung zu traurig.»

«Oh, das wusste ich nicht. Dann mache ich mir gleich eine Notiz. Einige unserer Mitglieder bieten so etwas an, aber wir setzen es auf Ihre Seite, dass das bei Ihnen nicht der Fall ist. Nicht dass oft danach verlangt wird, aber es ist immer gut zu wissen, wer dafür in Frage kommt. Wie auch immer, ich bin überzeugt, dass es in nicht allzu ferner Zeit weitere Anfragen für Sie geben wird.»

«Ich drücke die Daumen.»

«Ich melde mich dann bald wieder.»

«Toll. Ähm, Alison, kann ich fragen ...?»

«Ja?»

«Aus reiner Neugier … von wem kam sie? Diese Anfrage?»

«Von der Familie der jungen Frau, die vor zwei Monaten bei dem Fahrradunfall ums Leben gekommen ist.» Gänsehaut überzog meine Arme. «Auf dem Fulham Broadway», fuhr Alison fort. «Die Presse hat darüber berichtet, weil die Polizei immer noch keine Spur hat, wie es zu dem Unfall gekommen ist und wer noch darin verwickelt war.»

Ich dachte an den schwarzen BMW, der davongefahren war. «Ich wohne da ganz in der Nähe», sagte ich leise. «Ich weiß, wo es passiert ist …»

«Anfang September wird in der Schule, wo sie unterrichtet hat, ein Gedenkgottesdienst abgehalten. Sie war Grundschullehrerin. Ihre Eltern wollen zu diesem Anlass ein Porträt von ihr in Auftrag geben.»

«Grace. Sie hieß Grace.»

«Richtig. Eine schrecklich traurige Geschichte. Jedenfalls ist ihrer Familie klar, dass es einige Zeit erfordert, ein Porträt zu malen, also hat ihr Onkel mich angerufen, um es mit mir zu besprechen. Er sagte, sie hätten sich unsere Künstlerinnen und Künstler angesehen und Ihre Arbeit hätte ihnen besonders gefallen. Kommt hinzu, dass Sie etwa im selben Alter sind wie Grace.»

«Verstehe …»

«Er hat ausdrücklich betont, dass die Familie Sie gern dafür gewinnen würde.»

«Aha.»

«Aber ich sage ihm, dass Sie nicht können.»

«Nein, ich meine, ja. Sagen Sie ihm … dass …»

«Dass Sie nur nach dem Leben malen?», schlug Alison vor.

«Ja. Aber sagen Sie ihm bitte, dass es mir leidtut. Und sprechen Sie ihm mein Beileid aus.»

«Mache ich.»

Von draußen drang das ungeduldige Hupen des Taxis, also verabschiedete ich mich, schloss ab und ging zum Auto. Es war wieder der rote Volvo, und der Fahrer verstaute meine Staffelei und die Leinwand im Kofferraum, während ich hinten einstieg.

Er setzte sich hinters Steuer und sah mich im Rückspiegel an. «Wohin diesmal?»

Ich nannte ihm die Adresse, und wir fuhren los.

«Und wen malen Sie heute?», fragte er, als wir den Earl's Court hinunterfuhren.

«Eine ältere Dame.»

«Also sehr viele Falten», meinte er lachend.

«Ja, und sehr viel Charakter. Ich male gern alte Menschen. Ich sehe mir auch gern Bilder von alten Menschen an.» Ich dachte an Rembrandts zärtliche und würdevolle Porträts alter Menschen.

«Eines Tages malen Sie auch mich, vergessen Sie das nicht!»

«Keine Sorge, das habe ich nicht vergessen», sagte ich. Er hatte ein interessantes, zerfurchtes Gesicht.

Mrs. Carrs Wohnung lag in einem herrschaftlichen Wohnblock in einer schmalen Straße nicht weit von Notting Hill Gate. Ich bezahlte das Taxi und stieg aus. Der Fahrer reichte mir meine Sachen. Zu meiner Linken war ein Antiquitätenladen, zu meiner Rechten eine Grundschule. Ich hörte Kinderstimmen, Lachen und das Aufprallen eines Balls, der hin und her getreten wurde. Ich drückte auf die Klingel von Wohnung Nummer 9 und hörte einen Augenblick später Mrs. Carrs Tochter Sophia an der Wechselsprechanlage.

«Hi, Ella.» Der Öffner summte, und ich drückte die Tür auf. «Nehmen Sie den Aufzug in die dritte Etage.»

Das Innere des edwardianischen Gebäudes war kalt, die Wände noch mit den originalen Art-Nouveau-Kacheln in einem fließenden Muster in Grün und Kastanienbraun gefliest. Ich trat in den antiquierten Aufzug und ratterte hinauf in den dritten Stock, wo er mit einem sonoren «Klong» anhielt. Als ich das Gitter zur Seite schob, sah ich, dass Sophia am Ende des spärlich beleuchteten Flurs auf mich wartete. Sie war Mitte fünfzig und in Jeans und einer braunen Wildlederjacke jugendlich gekleidet, die blonden Haare zu einem Pferdeschwanz gebunden.

«Freut mich, Sie wiederzusehen, Ella.» Als ich auf sie zuging, betrachtete sie meine Ausrüstung. «Das ist aber ganz schön viel zu schleppen.» Sie trat vor. «Lassen Sie mich Ihnen helfen.»

«Oh. Danke. Schwer ist sie nicht», fügte ich hinzu, als sie die Staffelei nahm. «Nur ein bisschen unhandlich.»

«Vielen Dank, dass Sie zu uns kommen», sagte sie, und ich folgte ihr hinein. Sie schloss die Tür. «Das macht es meiner Mutter um einiges leichter.»

«Das ist schon in Ordnung.» Ich fügte nicht hinzu, dass ich die Menschen gern in ihren Wohnungen oder Häusern malte. Ich gewann daraus wichtige Einsichten über sie – ihren Geschmack, darüber, wie viel Behaglichkeit sie brauchten und wie sauber sie es gern hatten. Die Zahl der Familienfotos verriet mir, ob sie sentimental waren, und wenn irgendwo Einladungen herumlagen, konnte ich daraus auf eine gewisse Geselligkeit schließen. All das verschaffte mir einen Vorsprung, noch bevor ich mit dem Malen anfing.

«Meine Mutter ist im Wohnzimmer», sagte Sophia. «Ich stelle Sie kurz einander vor, und dann haben Sie freie Bahn, während ich ein paar Einkäufe erledige.»

Ich folgte ihr den Flur hinunter.

Das Wohnzimmer war ein großer Raum mit zwei grünen Ohrensesseln, einer zitronengelben Chaiselongue und einem cremefarbenen Sofa. Ein großer grüngelber Perserteppich bedeckte das dunkel lackierte Parkett.

Mrs. Carr stand am hinteren Fenster. Sie war groß und sehr schlank, doch ein wenig gebeugt, und sie stützte sich auf einen Stock. Ihr Haar war karamellblond getönt und in weiche Wellen gelegt. Im Profil war ihre Nase römisch, und als sie sich zu mir umwandte, waren ihre Augen von einem bemerkenswert dunklen Blau, fast Marineblau.

Sophia stellte die Staffelei ab. *«Mummy?»* Sie hatte die Stimme gehoben. «Das ist *Ella.*»

«Hallo, Mrs. Carr.» Ich reichte ihr die Hand.

Sie nahm sie mit der Linken. Ihre Finger waren kühl und glatt wie Pergament. Als sie lächelte, legte sich ihr Gesicht in Dutzende winziger Runzeln und Falten. «Wie schön, Sie kennenzulernen.»

Sophia nahm meinen Parka. «Kann ich Ihnen eine Tasse Kaffee bringen, Ella?»

«Oh, nein danke.»

«Was ist mit *dir*, Mummy? Möchtest du *Kaffee*?»

Mrs. Carr schüttelte den Kopf, ging zum Sofa, setzte sich und lehnte den Stock gegen die Armlehne.

Sophia winkte ihr. «Ich bin gegen vier wieder da … *vier*, Mummy! O-*kay?*»

«Ist gut, Schatz. Du musst nicht brüllen …» Als Sophias Schritte sich entfernten, sah Mrs. Carr mich an und zuckte die Achseln. «Sie glaubt, ich wäre taub», sagte sie verwundert. Das Zuschlagen der Wohnungstür hallte ein wenig nach.

Ich nahm den Raum genauer in Augenschein. Eine Wand war von Büchern gesäumt, an den anderen fand sich eine Sammlung von Drucken und Gemälden, die in reizvollem Durcheinander an einer Bilderleiste hingen. «Leben Sie schon lange hier, Mrs. Carr?»

Sie hielt die Hand hoch. «Bitte, nennen Sie mich Iris. Wir werden schließlich viel Zeit miteinander verbringen.»

«Gern, danke.»

«Doch um Ihre Frage zu beantworten: fünfzehn Jahre. Ich bin nach dem Tod meines Mannes hergezogen. Wir haben nicht weit von hier gewohnt, in der Holland Street. Für mich allein war das Haus zu groß und zu traurig, aber ich wollte in der Gegend bleiben, denn ich habe viele Freunde hier.»

Ich stellte die Staffelei auf. «Und haben Sie noch weitere Kinder?»

Iris nickte. «Ja, noch eine Tochter, Mary. Sie lebt in Sussex. Sophia wohnt die Straße runter in Brook Green. Sie sind beide sehr gut zu mir. Dieses Porträt war ihre Idee … und eine nette Idee obendrein, finde ich.»

«Sind Sie schon einmal gemalt worden?»

Iris zögerte. «Ja. Vor langer Zeit.» Sie schloss halb die Augen, als riefe sie sich die Erinnerung daran ins Gedächtnis. «Aber … die Mädchen sagten plötzlich, sie wollten ein Bild von mir. Ich war mir nicht sicher, ob ich in meinem Alter noch gemalt werden will, aber ich muss die Tatsache akzeptieren, dass mein Gesicht jetzt ein altes Gesicht ist.»

«Es ist auch ein schönes Gesicht.»

Sie lächelte. «Sie sind sehr freundlich.»

«Ehrlich.» Ich hatte das Gefühl, Iris und ich würden gut miteinander zurechtkommen. «Also, dann bereite ich mal alles vor.» Ich holte die Farben und die Palette heraus, band mir die Schürze um und breitete unter der Staffelei eine Abdeckfolie aus. «Und hatten Sie einen Beruf, Iris?»

Sie atmete hörbar aus. «Ralph war im Außenministerium beschäftigt, ich hatte also eine Karriere als Diplomatenfrau – die pflichtbewusst an verschiedenen Orten der Welt die Flagge hisst.»

«Klingt aufregend. Wo haben Sie überall gelebt?»

«In Jugoslawien, in Ägypten, im Iran – vor der Revolution – und in Indien und Chile. Unser letzter Posten war in Paris, das war sehr schön.» Während Iris sprach, studierte ich ihr Gesicht, beobachtete, wie es sich bewegte und wie das Licht auf ihre Züge fiel.

Ich holte meinen Skizzenblock und einen Kohlestummel heraus. «Klingt nach einem wunderbaren Leben.»

«Das war es – in vielerlei Hinsicht.»

Ich setzte mich in den Ohrensessel, der Iris am nächsten stand, sah sie an und fing in raschen Linien an zu zeichnen. «Zuerst mache ich nur eine Vorskizze.» Die Kohle raspelte über das Papier. «Stammen Sie aus einer Diplomatenfamilie?»

«Nein. Mein Stiefvater war an der Börse tätig. Wollen Sie mich malen, wie ich hier sitze?»

«Ja.» Ich ließ den Skizzenblock sinken. «Wenn es Ihnen angenehm ist.»

«Mir ist es vollkommen angenehm. Und ist das Licht zufriedenstellend?»

«Es ist sehr schön.» Ich schaute zum Fenster, durch das ich die Kuppel des Coronet Cinema sehen konnte, dahinter einen Flecken blassen Himmels. «Heute gibt es Hochnebel, und das ist gut, denn dann gibt es keine Schlagschatten.» Ich zeichnete weiter und drehte den Block schließlich, um Iris zu zeigen, was ich gemacht hatte. «So werde ich Sie malen, im Dreiviertelprofil.»

Sie betrachtete die Zeichnung. «Werden meine Hände auf dem Bild sein?»

«Ja.»

«In dem Fall werde ich ein oder zwei Ringe anlegen.»

«Ja, bitte, ich male unglaublich gern Schmuck.» Ich wischte einen Flecken Kohle von meinem Daumen.

«Und was soll ich tragen?», fragte Iris. «Sophia hat gesagt, Sie haben gern ein Mitspracherecht.»

«Ja, wenn Sie nichts dagegen haben.» Ich dachte an Celine.

«Nein, nicht das Geringste.»

«Mit Ihnen zu arbeiten ist sehr leicht», sagte ich dankbar.

Iris wirkte verdutzt. «Warum auch nicht? Sie werden mich der Nachwelt überliefern, da ist doch das Mindeste, was ich tun kann, dass ich kooperiere. Meine Töchter sagen, Ihre Porträts sind so lebenssprühend, dass man fast erwartet, die Menschen steigen aus dem Rahmen.»

«Danke. Was für ein schönes Kompliment.»

«Aber ich habe noch keines gesehen.»

«Oh.» Ich hätte ein paar Fotos meiner Werke mitbringen sollen. «Haben Sie einen Computer, Iris?» Sie schüttelte den Kopf. «Dann zeige ich Ihnen einfach ein paar Fotos meiner Bilder auf dem Handy, es hat ein ganz gutes Display.»

Ich holte mein Handy heraus, drückte auf «Galerie», tippte auf eines der Vorschaubilder und reichte Iris das Telefon.

Sie hielt es dicht vor die Augen und nickte anerkennend. «Das ist Simon Rattle.»

Ich nickte. «Die Berliner Philharmoniker haben es letztes Jahr in Auftrag gegeben. Ich war eine Woche dort und habe ihn zwischen den Proben gemalt. Er war ein gutes, geduldiges Modell.»

«Das will ich auch versuchen.»

Ich nahm Iris das Handy ab, blätterte im Album weiter und reichte es ihr wieder. «Das ist P. D. James.»

«In der Tat. Ich sehe, was meine Töchter meinen, Ihre Arbeit besitzt große *Lebendigkeit*.»

Als Mrs. Carr mir das Handy zurückgab, sah ich, dass ich neue E-Mails bekommen hatte. Ich tippte auf den Posteingang und sah, dass es ein Flyer vom Victoria and Albert Museum und eine Nachricht von Chloë waren. In diesem Augenblick ging eine neue E-Mail ein, die von meiner Webseite automatisch weitergeleitet worden war. Eine leichte Aufgeregtheit machte sich in mir breit, denn das konnte sehr wohl eine Anfrage sein. Einen Teil der ersten Zeile konnte ich lesen: *Liebe Ella, ich …* Doch ich widerstand der Versuchung, sie zu öffnen, denn ich wollte Iris nicht kränken. Ich war hier, um sie zu malen, und nicht, um meine E-Mails zu lesen. Ich steckte das Telefon in die Tasche.

«Dann schauen wir jetzt zusammen, was ich tragen werde», sagte Iris. «Kommen Sie bitte.»

Sie nahm ihren Stock und stand auf. Ich folgte ihr den Flur hinunter in ihr Schlafzimmer. Es war groß und hell und hatte hellblaue Chintzvorhänge und einen blauen bestickten Bettüberwurf. An einer Wand stand ein großer Art-déco-Kleiderschrank mit Walnussfurnier. Als Iris die Türen öffnete, entstieg ihm ein leichter Maiglöckchenduft.

«Soll ich Ihnen helfen, Sachen rauszuholen?», fragte ich.

«Nein, ich komme zurecht. Vielen Dank.» Iris lehnte den Stock gegen die Wand und holte mit leicht zittrigen Händen ein Kleid aus einem rosafarbenen, leicht gemusterten Stoff heraus, außerdem ein blaues Tweedkostüm. Sie legte beides aufs Bett. «Wie wäre es mit einem von beiden?»

Ich betrachtete die Kleider und dann Iris. «Beides würde gut aussehen. Aber ... das Kostüm, glaube ich.»

Iris lächelte. «Ich hatte gehofft, dass Sie das sagen. Ralph hat es mir auf einem Heimaturlaub bei Simpson's gekauft. Er konnte es sich eigentlich nicht leisten, aber als er sah, wie sehr es mir gefiel, wollte er, dass ich es bekomme.»

«Es ist perfekt. Und welchen Schmuck möchten Sie tragen?»

«Nur eine Lapislazulihalskette, die ich mir in unserer Zeit in Indien anfertigen ließ.»

Iris ging zu ihrer Frisierkommode und hob den Deckel einer reich mit Schnitzereien verzierten Sandelholzschatulle ab. Ich sah mich währenddessen im Raum um. An einer Wand befand sich ein vergoldeter Spiegel, flankiert von zwei kleinen Alpenszenen. Über dem Bett hing ein seidener Wandbehang mit einem Kronenkranich. Eine blaue persische Glasvase im Fenster warf einen kobaltblauen Schatten auf das Fensterbrett.

«Würden Sie mir bitte meinen Stock bringen?», hörte ich

Iris sagen. «Er steht da an der Wand, neben dem Kleiderschrank.»

Ich kam ihrer Bitte nach und entdeckte neben ihrem Bett ein kleines Gemälde. Zwei Mädchen, die in einem Park spielten. Sie waren etwa fünf und drei und warfen einander einen roten Ball zu, während ein kleiner Hund als brauner Fellschatten zwischen ihren Füßen hin und her schoss. Auf einer Bank in der Nähe saß eine Frau in weißer Schürze und strickte.

Ich betrachtete es. «Was für ein wunderschönes Bild.»

Iris wandte sich um. «Ja, dieses Bild ist etwas ganz Besonderes. Es ist unbezahlbar», fügte sie leise hinzu.

Ich versuchte, meine Neugier zu verbergen. «Es ist jedenfalls hervorragend gemalt.» Ich reichte Iris ihren Stock und betrachtete dann noch einmal das Bild. «Ist es ein Familienerbstück?»

Sie zögerte. «Ich habe es 1960 in einem Antiquitätenladen gekauft, für zehn Shilling und Sixpence.»

Ich wandte mich ihr zu. «Dann hat es Ihnen einfach nur gefallen.»

Iris hielt den Blick unverwandt darauf gerichtet. «Oh, es war viel mehr als bloß ‹gefallen› …» Sie unterbrach sich. «Ich wurde davon angezogen … ja, regelrecht zu ihm *geführt*, denke ich manchmal.»

Ich wartete darauf, dass sie das weiter ausführte, doch sie sagte nichts mehr dazu. «Nun», bemerkte ich nach einem Augenblick, «es ist leicht zu verstehen, warum Sie sich in das Bild verliebt haben. Es ist sehr schön komponiert und besitzt sehr viel … ich wollte Charme sagen, aber eigentlich meine ich *Gefühl.*»

Iris nickte. «Ja, sehr viel Gefühl.»

«Die Frau auf der Bank muss das Kindermädchen der beiden sein.»

«Das stimmt.»

«Sie scheint sich ganz auf ihr Strickzeug zu konzentrieren, doch in Wirklichkeit sieht sie heimlich den Künstler an, und das gibt dem Bild das gewisse Extra. Es sieht aus, als wäre es Anfang der dreißiger Jahre entstanden. Ich wüsste zu gern, wo es gemalt wurde ...»

«Im St. James Park, in der Nähe des Sees.»

Ich betrachtete das silbriggraue Wasser, das im Hintergrund schimmerte. «Wirklich, sehr schön. Allein sein Anblick hebt bestimmt Ihre Stimmung.»

«Ganz im Gegenteil», murmelte Iris. «Es macht mich traurig.» Sie setzte sich auf das Bett. «Aber jetzt möchte ich mich umziehen, wenn Sie mich ein paar Minuten allein lassen würden.»

«Natürlich.»

Ich ging zurück in das Wohnzimmer, band mir die Schürze um und überlegte, warum das Bild Iris traurig machte. Natürlich sah jeder in einem Kunstwerk etwas anderes, doch die Szene war objektiv betrachtet heiter, warum also machte sie Iris traurig?

Während ich meine Palette vorbereitete, klingelte mein Handy. Ich ging schnell dran.

«Er hat mich angerufen», erklärte Polly aufgeregt.

«Wer?»

«Jason, von dem Toilet-Duck-Shooting. Er hat gerade angerufen und gefragt, ob ich am Samstag mit ihm mittagessen gehe.»

«Toll», flüsterte ich. «Aber ich kann nicht plaudern, Pol, ich bin mitten in einer Sitzung.»

«Oh, tut mir leid, dann überlasse ich dich mal deiner Arbeit.»

Als ich das Gespräch beendete, fiel mein Blick auf das Posteingangssymbol. Ich war versucht, die E-Mail von meiner Webseite zu öffnen, doch da hörte ich Iris' Schritte.

«So.» Sie stand in der Tür. Das Kostüm saß perfekt und brachte das intensive Blau ihrer Augen besonders gut zur Geltung. Sie hatte ein wenig Puder aufgelegt und einen Hauch rosa Lippenstift.

«Sie sehen wunderschön aus, Iris.» Ich steckte mein Handy zurück in meine Tasche.

Sie lächelte. «Danke. Jetzt können wir anfangen.»

Iris setzte sich auf das Sofa, strich den Rock glatt und wandte sich mir zu. Als ich sie ansah, spürte ich den Schauer, der mich immer überkam, wenn ich ein neues Porträt anfing. Wir schwiegen eine Weile, der Pinsel strich leise über die Leinwand, als ich mich daranmachte, die Hauptkonturen mit einem ockerfarbenen Farbüberzug zu versehen.

Nach ein paar Minuten setzte Iris sich anders hin.

«Sitzen Sie bequem?», fragte ich besorgt.

«Ja, aber ich muss gestehen, ich fühle mich ein wenig befangen.»

«Das ist ganz normal», versicherte ich ihr. «Eine Porträtsitzung ist eine ziemlich seltsame Erfahrung – für beide Seiten –, denn man geht urplötzlich eine Beziehung ein. Ich meine, wir haben uns eben erst kennengelernt, und schon stehe ich hier und gaffe Sie ganz offen an. Eine ziemlich ungewöhnliche erste Begegnung.»

Iris lächelte. «Bestimmt gewöhne ich mich an Ihren … neugierigen Blick. Aber würden Sie nicht lieber jemanden malen, der jung ist?»

«Keineswegs. Ich male lieber alte Menschen, das ist viel interessanter. Ich liebe es, ein ganzes Leben in ein Gesicht eingeschrieben zu sehen, mit allen Erfahrungen und Einsichten.»

«Und Trauer?», meinte Iris leise.

«Ja, auch das. Es wäre seltsam, wenn sie nicht da wäre.»

«Und, verlieren Ihre Modelle je die Fassung?»

Mein Pinsel verharrte. «Ja. Besonders ältere Menschen, denn wenn sie so still dasitzen, blicken sie auf ihr Leben zurück. Manche weinen.» Ich dachte an Mike und überlegte wieder, warum er mit einem Mal so unglücklich war.

«Also, ich verspreche Ihnen, nicht zu weinen», meinte Iris.

Ich zuckte die Achseln. «Es würde mir nichts ausmachen. Ich male *Sie*, Iris, mit allem, was Sie als Menschen ausmacht, wie Sie sind … oder zumindest, wie ich Sie sehe.»

«Sie müssen wohl sehr einfühlsam sein, um dieser Kunst nachzugehen.»

«Das stimmt.» Ich atmete aus. «Wenn ich daran nicht glaubte, bräuchte ich es erst gar nicht zu versuchen. Porträtmaler müssen in der Lage sein, etwas über den Menschen herauszufinden, zu ergründen, wer der Mensch ist.»

Wir fuhren einige Minuten schweigend fort.

«Und malen Sie auch sich selbst?»

Mein Pinsel hielt mitten in der Bewegung inne. «Nein.»

Überraschung huschte über Iris' Züge. «Ich bin davon ausgegangen, Porträtkünstler würden auch Selbstporträts malen.»

Du bist jetzt Ella Graham.

«Ich nicht, zumindest seit Jahren nicht.»

Mehr gibt's dazu nicht zu sagen.

«Aber ich würde gern mehr über Ihre Zeit im Ausland erfahren, Iris. Sie müssen im Laufe der Zeit doch einigen bemerkenswerten Menschen begegnet sein.»

«Ja, das bin ich», sagte sie voller Wärme. «Also, das waren nicht bloß Menschen, das waren *Persönlichkeiten*. Schauen wir mal … Wer war denn richtig berühmt?» Sie kniff die Augen zusammen. «Also, wir haben Tito kennengelernt», begann sie. «Und Indira Gandhi. Ich habe ein Foto von Sophia, da war sie fünf und sitzt auf ihrem Schoß. Ich bin auch Nasser begegnet, in dem Jahr vor der Suezkrise. Ich habe auf einem Botschaftsball mit ihm getanzt. In Chile haben wir Salvador Allende kennengelernt. Ralph und ich mochten ihn sehr und waren empört darüber, dass die Amerikaner den Militärputsch gegen ihn unterstützt haben, obwohl wir das natürlich so offen nicht sagen konnten. Diskretion ist ein recht frustrierender, wenn auch notwendiger Aspekt des Lebens im diplomatischen Dienst.»

«Wo war Ihre liebste Dienststelle?»

Iris lächelte. «Im Iran. Wir waren Mitte der siebziger Jahre dort. Es war paradiesisch schön, und ich habe wunderbare Erinnerungen daran.»

«Ihre Töchter haben wohl ein Internat besucht?»

Sie nickte. «In Dorset. Sie konnten nicht in allen Ferien zu uns kommen, und das war hart. Sie hatten einen sehr guten Vormund, doch es ist uns schwergefallen, von unseren beiden Mädchen getrennt zu sein.»

Wieder breitete sich Schweigen aus, unterbrochen nur von dem dumpfen Rumpeln des Verkehrs in der Kensington Church Street.

«Iris, ich hoffe, Sie haben nichts dagegen, dass ich frage, aber das Bild in Ihrem Schlafzimmer …»

Sie verlagerte ein wenig das Gewicht. «Ja?»

«Sie haben gesagt, es mache Sie traurig. Ich kann nicht umhin, mich zu fragen, warum. Es ist doch so eine heitere Szene.»

Zuerst antwortete Iris nicht, und für einige Augenblicke überlegte ich, ob sie nicht vielleicht doch ein wenig taub war. Ich erwog schon, meine Frage zu wiederholen, doch da seufzte sie. «Das Bild macht mich traurig, weil eine traurige Geschichte damit verbunden ist – was ich erst einige Jahre, nachdem ich es gekauft hatte, erfahren habe.» Sie seufzte noch einmal schwer. «Vielleicht erzähle ich es Ihnen.»

Plötzlich kam ich mir sehr aufdringlich vor. «Das müssen Sie nicht, Iris. Ich wollte nicht allzu neugierig sein. Ich war nur überrascht über Ihre Bemerkung, das ist alles.»

«Das ist vollkommen verständlich. Oberflächlich betrachtet ist es ja auch eine heitere Szene. Die beiden Mädchen spielen im Park.» Sie unterbrach sich und sah mich aufmerksam an. «Ich werde Ihnen die Geschichte erzählen, Ella, denn Sie sind Künstlerin, und ich glaube, Sie werden es verstehen.» Was verstehen?, überlegte ich. Was konnte das für eine traurige Geschichte hinter dem Bild sein? Plötzlich versetzte es mir einen ängstlichen Stich, als mir der Gedanke kam, die Mädchen hätten womöglich den Krieg nicht überlebt oder dem Kindermädchen wäre etwas Schreckliches zugestoßen. Jetzt war ich mir gar nicht mehr so sicher, ob ich die Geschichte hören wollte.

«Ich habe das Bild im Mai 1960 gekauft», sagte Iris. «Da waren wir in Jugoslawien, unsere erste Dienststelle. Doch ich war mit Sophia, die damals drei war, zu Hause, um mein zweites Kind zu bekommen, Mary. In Belgrad gab es gute Krankenhäuser, aber ich wollte das Baby in London zur Welt bringen, damit meine Mutter mir helfen konnte. Zudem war sie inzwischen verwitwet, und ich wollte die Gelegenheit nutzen, ein wenig Zeit mit ihr zu verbringen, also wohnte ich drei Monate bei ihr.»

Ich betrachtete Iris' Züge und zeichnete die Linie ihrer rechten Wange.

«Das Haus meiner Mutter lag in Bayswater. Als verheiratete Frau hatte sie die meiste Zeit in Mayfair gelebt, doch mein Stiefvater hatte nach dem Krieg alles verloren.» Ich überlegte, was mit Iris' leiblichem Vater war. «In der Woche vor dem errechneten Geburtstermin fuhr ich Sophia in ihrem Kinderwagen aus. Wir aßen bei Whiteleys ein Eis und gingen dann langsam den Westbourne Grove hoch. Wir kamen an einem kleinen Antiquitätenladen vorbei, und dort im Fenster sah ich das Bild. Ich weiß noch, dass ich mitten im Schritt innehielt und daraufstarrte. Ich war vollkommen in Bann geschlagen – genau wie Sie heute. Sophia drehte sich um und quakte, ich solle weitergehen, also ging ich weiter. Doch das kleine Gemälde ging mir nicht aus dem Sinn. Also kehrte ich ein paar Minuten später um und öffnete die Tür.

Der Ladenbesitzer sagte, das Bild sei in der Woche vorher reingekommen. Eine Frau hatte es auf dem Dachboden ihres verstorbenen Bruders gefunden und mit einigen anderen Sachen gebracht. Sie hatte seinen Haushalt aufgelöst. Wer es gemalt hatte, wusste sie nicht, denn es war nicht signiert, doch auf der Rückseite der Leinwand stand das Jahr, 1934. Eigentlich konnte ich es mir nicht leisten, aber ich kaufte es trotzdem, und ich erinnere mich gut, dass ich, als ich es nach Hause trug, ein Gefühl hatte, das ich nur als *Erleichterung* beschreiben kann.

Ich zeigte es meiner Mutter, und sie betrachtete es, ohne etwas dazu zu sagen. Ihre mangelnde Begeisterung kränkte mich ein wenig, doch ich erklärte sie mir damit, dass sie mich für verschwenderisch hielt. Ich gab zu, dass es tatsächlich viel Geld war, fügte aber hinzu, dass ich mich in das Bild verliebt hatte und ‹es einfach haben musste›. Dann hängte ich es in meinem Zimmer auf.

In der Woche danach kam Mary zur Welt, und ich blieb noch zwei Monate bei meiner Mutter. Sie half mir sehr, doch sie wirkte bedrückt, trotz des zweiten Enkelkinds. Ich führte das darauf zurück, dass ich bald mit den beiden zurück nach Jugoslawien ging und viel Zeit vergehen würde, bis wir uns wiedersahen.»

«Hatten Sie Geschwister?»

«Ja, eine ältere Schwester, Agnes, die in Kent lebte. Bevor wir nach Belgrad zurückkehrten, brachte ich das Bild zu den anderen Sachen, die Ralph und ich eingelagert hatten.»

«Könnten Sie den Kopf ein wenig heben, Iris? Ich zeichne gerade Ihre Stirn.» Ich sah sie mit zusammengekniffenen Augen an. «Ja, das ist besser. Und was geschah dann?»

Iris verschränkte die Hände im Schoß. «1963 kehrten wir für zwei Jahre nach London zurück, bevor es auf unseren nächsten Auslandsposten ging. Wir waren froh, wieder in England zu sein, doch traurigerweise war meine Mutter einige Monate vorher gestorben. Ich glaube, sie hatte gewusst, dass sie mich nicht wiedersehen würde, denn ihre letzten Briefe an mich waren voller Kummer gewesen – sie schrieb, sie sei in mancher Hinsicht … keine gute Mutter gewesen und sie bedauere vieles. Ich hatte geglaubt, die große Entfernung zwischen uns würde ihr zusetzen, also schrieb ich zurück, sie sei eine sehr liebevolle und fürsorgliche Mutter gewesen.»

Iris wischte eine Fluse von ihrem Rock. «Wie auch immer, Ralph und ich waren in unser Haus in Clapham zurückgekehrt, das während unserer Zeit im Ausland vermietet gewesen war. Ich erinnere mich gut an den Tag, an dem unsere Sachen aus dem Lager kamen und Sophia und Mary, die damals sechs und drei waren, uns voller Begeisterung halfen, die Kisten auszupacken. Für sie war es ein wenig wie Weihnachten. Schließlich kamen wir zu Porzellan und Glas und dann zu den wenigen Gemälden, die wir besaßen, und da war es, eingewickelt in ein paar alte Seiten aus dem *Daily Express*: mein Bild. Ich war so froh, es wiederzusehen.»

Iris unterbrach sich einen Augenblick, bevor sie fortfuhr:

«Es war das erste Mal, dass Ralph es sah, auch wenn ich ihm davon erzählt hatte. Er betrachtete es und sagte, es sei eindeutig ein sehr gutes Bild, und fügte hinzu, er werde unseren Nachbarn Hugh, der bei Sotheby's arbeitete, bitten, einmal einen Blick darauf zu werfen. Hugh kam ein paar Tage später vorbei und er meinte, es könnte unsigniert sein, weil es ein Entwurf für ein größeres Gemälde sei. Er war sich fast sicher, dass es von Guy Lennox stammte, der in den zwanziger und dreißiger Jahren ein erfolgreicher Porträtmaler gewesen war. Ralph fragte Hugh nach seinem möglichen Wert, und ich war beunruhigt, weil ich wusste, dass ich mich niemals davon trennen konnte – besonders da ich jetzt selbst Mutter von zwei kleinen Mädchen war. Ich hatte das Gefühl, das sei der Grund, warum ich mich so zu dem Bild hingezogen gefühlt hatte. Ich war schwanger gewesen und überzeugt davon, dass ich noch eine Tochter bekommen würde. Und so war es dann ja auch gekommen. Wie auch immer, ich war erleichtert, als ich Hugh sagen hörte, das Bild habe keinen großen Wert. Lennox sei einfach ein guter figurativer Künstler gewesen, der Auftragsarbeiten gemalt habe. Ich wollte gerade die Mädchen zu Bett bringen, da fügte er hinzu, sein Onkel habe Lennox gut gekannt. Er habe gesagt, Lennox habe ein trauriges Leben geführt.

Hugh meinte, falls es mich interessiere – und das tat es –, könne er gern mehr über den Maler herausfinden. Kurz darauf zeigte er das Bild auf einem Besuch in Hampshire seinem Onkel. Als er es einen Monat später zurückbrachte, bestätigte er, dass es tatsächlich von Guy Lennox stammte, dessen Lebensgeschichte er jetzt auch kannte. Er sei 1900 geboren worden, habe im Ersten Weltkrieg gekämpft, habe jedoch in der Schlacht von Passendale eine schlimme Gasvergiftung erlitten und sei nach Hause geschickt worden. Während der Genesung lernte er malen, und nach dem Krieg besuchte er die Camberwell School of Art, wo er Hughs Onkel kennenlernte. Dann beschloss er, sich auf Porträts zu konzentrieren, und so ging er 1922 auf die Heatherley School of Fine Art in Chelsea, um Porträtmalerei zu studieren. Die kennen Sie bestimmt.»

«Ja, sehr gut sogar. Ich habe in Heatherley unterrichtet.»

«Dort verliebte er sich Hals über Kopf in ein Modell – eine schöne junge Frau namens Edith Roche. Seine Eltern wollten die Beziehung unterbinden, doch Guy und Edith heirateten 1924 in der Chelsea Town Hall. 1927 bekamen sie eine Tochter und fünfzehn Monate später eine zweite. Inzwischen stellten sich bei Guy die ersten Erfolge ein, ja er kam recht in Mode. Seine Porträts waren stark nachgefragt, und er malte alle bedeutenden Persönlichkeiten – Figuren des literarischen und politischen Lebens ebenso wie Aristokraten. Er wurde Mitglied der Royal Academy of Arts und konnte sich am Glebe Place ein Haus mit einem eigenen Atelier kaufen. Sein Leben schien vollkommen glücklich, bis zu dem Tag, da er den Auftrag bekam, einen Mann namens Peter Loden zu malen.» Iris schwieg.

«Und wer war Peter Loden?», fragte ich nach einem Augenblick.

Iris blinzelte, als tauchte sie aus einem Traum auf. «Er war im Ölhandel tätig», antwortete sie. «Er war sehr reich, er hatte die erste Pipeline nach Rumänien gelegt. Er besaß ein riesiges Haus um die Ecke der Park Lane, ein bisschen wie aus der *Forsyte-Saga*», fügte sie gedankenverloren hinzu.

«Wie alt war er?»

«Achtunddreißig und Junggeselle, ein richtiger Herzensbrecher. Im Mai 1929 gewann er bei der Wahl einen Sitz für die Konservativen, und zur Feier des Anlasses bat er Guy Lennox, ihn zu porträtieren. Das Bild gefiel ihm so gut, dass er es auf einer Party feierlich enthüllen wollte. Im September dieses Jahres lud er also *tout le monde* zu einer riesigen Gesellschaft ein. Auch Lennox und seine Frau. Und als Peter Loden Edith kennenlernte …»

«Aha.»

«Er war vollkommen verzaubert von ihrer Schönheit. Und sie war geschmeichelt von der Aufmerksamkeit eines so reichen und mächtigen Mannes. Bald wusste jeder, dass Edith Lennox etwas mit Peter Loden hatte. Schlimmer noch, Guy musste die Leute porträtieren, die, wie er wusste, über seine Frau klatschten.»

«Wie schrecklich für ihn.»

Iris nickte. «Es muss eine Qual gewesen sein. Und es sollte verheerende Auswirkungen auf sein Leben haben, denn innerhalb von drei Monaten bat Edith Guy um die Scheidung. Man sollte ja denken, sie und Loden hätten ihm genug Leid zugefügt», fügte Iris müde hinzu. «Doch dann wurde es erst richtig hart für den armen Mann, denn ...»

Iris schaute auf. Die Wohnungstür ging, wir hörten ein Stöhnen und den Rums, mit dem sie wieder zugeschlagen wurde, dann Schritte, und herein kam Sophia mit vier prallgefüllten grünen Einkaufstüten, das Gesicht ganz rot vor Anstrengung.

«Ich bin fix und fertig!» Sie lächelte uns freundlich an. «Ich habe die von der Ken High Street hergeschleppt. Aber die Bewegung tut mir gut.» Mit einem Nicken wies sie auf die Staffelei. «Und wie kommt ihr zwei zurecht?»

«Oh, gut», antwortete Iris und schaute auf ihre Uhr. «Aber du bist zu früh, Sophia. Es ist erst Viertel vor vier.»

«Ich weiß, aber ich habe alles, was du brauchst, außer dem Parmaschinken. *Es gab keinen Parmaschinken*, Mum. Also bin ich zurückgekommen. Aber lasst euch von mir nicht stören. Ich räume die Einkäufe ein.» Sie verschwand, und jetzt hörten wir Schranktüren auf- und zugehen.

Iris bedachte mich mit einem wehmütigen Lächeln. «Ich glaube, das ist ein guter Augenblick, um aufzuhören.»

Ich nickte zögernd und klickte die feuchte Leinwand in die Transportbox. «Dann bis zum nächsten Mal, Iris.» Ich klappte die Beine der Feldstaffelei ein.

«Wir sehen uns erst nach Ostern wieder», sagte Iris, «denn ich fahre für eine Woche zu meiner anderen Tochter, Mary.»

Ich holte meinen Kalender heraus.

Während wir einen neuen Termin vereinbarten, kam Sophia herein. «Brauchst du mich dann?», fragte sie. «Ich kann herkommen, wenn du möchtest.»

«Das ist sehr nett, Schatz», antwortete Iris. «Aber jetzt, da Ella und ich uns kennen, machen wir einfach da weiter, wo wir aufgehört haben.»

Ich nickte. Sophia reichte mir meinen Mantel, und ich zog ihn an. «Die Sitzung hat mir großen Spaß gemacht, Iris.»

«Mir auch», sagte sie. «Sehr großen Spaß. Also, bis zum nächsten Mal ...»

Ich lächelte zum Abschied und nahm meine Sachen.

Sophia hielt mir die Tür auf. «Kann ich Ihnen helfen?», fragte sie freundlich.

«Danke, aber ich komme zurecht.» Ich schob die Träger der Transportbox ein wenig höher über die Schulter. «Tschüs, Sophia ...»

«Tschüs, Ella.» Die Tür fiel hinter mir ins Schloss.

Ich fuhr in dem wackligen Aufzug nach unten, trat hinaus auf die Kensington Church Street und winkte ein Taxi herbei. Auf der Fahrt dachte ich an Guy Lennox und die schöne Edith und Peter Loden und die beiden kleinen Mädchen, das Kindermädchen und den Hund. Sie waren fast so real, als hätte ich sie persönlich gekannt. Bald fuhren wir am Glebe Place vorbei, und ich verrenkte mir den Hals. In welchem Haus Lennox wohl gelebt hatte?

Plötzlich fragte der Fahrer über die Wechselsprechanlage: «Haben Sie Umbria Place gesagt, Miss?»

«Ja, in der Nähe des alten Gasometers.»

«Das kenne ich. Wenn es jetzt keinen Stau gibt, sind wir in drei Minuten da.»

Ich kramte in meiner Tasche nach der Geldbörse. Als mein Blick auf mein Handy fiel, erinnerte ich mich an die ungelesene E-Mail von meiner Webseite. Ich öffnete den Posteingang und klickte sie an, und als ich sie las, vergaß ich die Geschichte von Guy Lennox. Der Schreck fuhr mir durch alle Glieder.

Liebe Ella, ich heiße John Sharp …

4

Am Karfreitagvormittag bereitete ich mich auf meine erste Sitzung mit Nate vor. Ich holte die Leinwand heraus, die ich einige Tage zuvor mit einer cremefarbenen Dispersionsfarbe grundiert hatte, säuberte die Pinsel und legte sie ordentlich auf dem Arbeitstisch aus. Dann stellte ich den Eichenstuhl an seinen Platz und dahinter den Paravent, den ich manchmal als Hintergrund benutzte. Ich mischte ein wenig gebrannte Siena mit Terpentin, um eine dünne Lasur herzustellen. Dann holte ich, da ich noch eine halbe Stunde Zeit hatte, das Porträt meiner Mutter heraus. Ich wollte es anschauen und über die E-Mail nachdenken, die ich inzwischen so oft gelesen hatte, dass sie mir ins Gehirn gebrannt war.

Liebe Ella, ich heiße John Sharp, und ich bin Dein Vater.

Ich schüttelte den Kopf. «Ich habe einen Vater, schönen Dank auch.»

Ich hoffe, Du verzeihst mir, dass ich Kontakt zu Dir aufnehme.

«Müsste es nicht heißen, *dass ich all die Jahre keinen Kontakt zu Dir aufgenommen habe*?», sagte ich zornig.

Das ist bestimmt ein Schock.

«Darauf kannst du Gift nehmen!»

… aber ich bin auf der Webseite der Times *zufällig auf ein Interview mit Dir gestoßen.*

Ich atmete scharf aus. «Genau, was ich befürchtet habe.» Stillschweigend verfluchte ich den Journalisten Hamish Watt.

Die Western Australian *hatte den Artikel verlinkt, und als ich Dein Gesicht sah, wusste ich sofort, wer Du bist.*

«Nein», murmelte ich. «Du hast keine Ahnung, wer ich bin.»

In Deinen starken, dunklen Zügen habe ich meine eigenen erkannt, und Deine Geschichte passte zu unserem gemeinsamen Leben vor so vielen Jahren.

«Vor so vielen Jahren», wiederholte ich bitter.

Und obwohl ich das Gefühl habe, ich habe kein Recht, es zu sagen, bin ich doch stolz auf Dich, ja …

«Also, das beruht nicht auf Gegenseitigkeit.»

Ella, ich werde am letzten Maiwochenende in London sein.

Adrenalin schoss durch meine Adern. Ich ging zu meinem Schreibtisch, nahm mein Handy und öffnete die Nachricht.

Ich würde Dich sehr gern treffen.

«O Gott.»

Ich wollte die ganze Zeit versuchen, Dir zu erklären …

«Was?», fuhr ich auf. «Dass du deine Frau und dein Kind verlassen hast? Dafür brauche ich keine Erklärung, ich war dabei.»

Ich richtete den Blick auf Mums Porträt und sah sie in unserer alten Wohnung am Küchentisch sitzen, leise weinend, während ich neben ihr hockte, starr vor Angst und Entsetzen. Ich erinnerte mich, dass ich Bilder von meinem Vater gezeichnet hatte, um sie aufzumuntern. Und ich weiß noch, dass ich dachte, wenn ich ihn gut treffe – wenn meine

Zeichnungen ihm richtig ähnlich sehen –, würde er vielleicht wie durch Zauberhand zurückkommen.

Ella, ich habe immer große Schuldgefühle gehabt wegen dem, was passiert ist.

«Wegen dem, was du getan hast, meinst du wohl.»

Ich würde gern versuchen, es wiedergutzumachen …

Ich klickte auf «Optionen» und dann auf «Nachricht löschen?».

… falls es dafür nicht zu spät ist.

Ich zögerte noch einen Augenblick, dann drückte ich auf «Ja». Die Worte meines Vaters verschwanden.

Mit zitternder Hand legte ich das Handy weg.

Drrrrrnnnnnng!

Nate war gekommen, genau pünktlich. Ich atmete tief durch, um mich zu beruhigen, und ging langsam runter, um Nate die Tür zu öffnen.

Chloë stand neben ihm.

«Ich weiß, dass ich gesagt habe, ich würde nicht mitkommen, aber ich treffe mich mit Mum bei Peter Jones – wir wollen uns Hochzeitseinladungen ansehen –, und da dachte ich, ich schau auf dem Weg mal kurz rein.» Sie trat ein und sah mich an. «Geht es dir gut, Ella? Du wirkst ein wenig … angespannt.»

«Ja, ja», sagte ich, auch wenn ich innerlich ganz aufgewühlt war. «Mir geht's gut.»

Chloë wandte sich zu Nate um. «Komm doch rein, Schatz!» Er trat mit augenfälligem Widerstreben ein. Er trug Jeans und einen grünen Kaschmirpullover mit Kragen und dazu dunkelbraune Brogues mit dem typischen Lochmuster. Als ich ihn ansah, blitzte zwischen uns offene Feindseligkeit auf.

Ich zwang mich zu einem freundlichen Lächeln. «Hallo, Nate.»

Sein Lächeln war argwöhnisch. «Hi.»

«Das Atelier ist ganz oben», erklärte Chloë und ging die Treppe hinauf. «Ella lebt quasi unter dem Laden, nicht wahr, Ella?»

«Das stimmt», sagte ich, als Nate ihr folgte. Wir gingen am Bad vorbei, am Gästezimmer, an meinem Zimmer. Durch die offene Tür konnte man das schmiedeeiserne Bett sehen, und ich zog rasch die Tür zu. Dann gingen wir die letzte Treppe hoch ins Atelier.

Nate sah sich überrascht um.

«Man denkt gar nicht, dass hier oben so viel Platz ist, nicht wahr?», sagte Chloë zu ihm.

«Nein», antwortete er.

«Ich meine, das Haus macht von außen nicht viel her. Tut mir leid, Ella.» Chloë schenkte mir ein verlegenes Lächeln.

Ich zuckte die Achseln. «Stimmt. Aber es hat ein sehr steiles Dach, und deswegen gibt es hier diesen großen, hohen Dachboden.»

Chloë ging zu dem Stuhl, legte die Hände auf die Rückenlehne und lächelte Nate an. «Du musst dich nur hier hinsetzen und gut aussehen. Was dir nicht allzu schwer fallen dürfte», fügte sie mit einem Lachen hinzu.

Nate verdrehte die Augen. «Wie lange?»

Ich nahm meine Schürze vom Haken. «Zwei Stunden.»

Er verzog das Gesicht.

«Die Zeit fliegt», versicherte Chloë ihm. «Ihr könnt sie verplaudern.»

«Oder auch nicht», meinte ich und zog die Schürze an. «Es liegt an Ihnen. Sie können schweigen, wenn Sie wollen, oder ich schalte das Radio ein. Ich habe auch nichts dagegen, wenn Sie einen iPod mitbringen.» Das wäre mir am liebsten, dachte ich, dann müsste ich mich nicht mit ihm unterhalten.

«Ihr solltet plaudern», meinte Chloë. Sie schaute von mir zu Nate. «Es wird Zeit, dass ihr euch endlich besser kennenlernt. Ich meine, ihr seid euch nur ... wie oft? ... dreimal begegnet.»

«Zweimal», sagten Nate und ich wie aus einem Mund. Wir sahen einander peinlich berührt an und wandten den Blick ab.

Chloë ging durchs Zimmer, nahm meine Mappe und kam damit herüber. «Sieh dir Ellas Porträts an, Schatz.» Sie hievte die Mappe mit einem Rums auf den Tisch. Nate setzte sich aufs Sofa und blätterte darin, während Chloë sich neben ihn hockte und ihm hier und da erklärte, wer die Porträtierten waren. «Das ist Simon Rattle, das ist P. D. James, das ist natürlich Roy ...» Nate schlug zur letzten Seite um. «Und das bin ich!»

«Ich weiß.» Er lächelte nachsichtig. «Ich habe das Original oft genug gesehen.» Ich verdrängte das unwillkommene Bild von ihm in Chloës Schlafzimmer. «Auch wenn ich immer noch nicht verstehe, warum du in diesem Zustand gemalt werden wolltest.»

Chloë zuckte die Achseln. «Da war ich mitten im Stress mit dem Typ, von dem ich dir erzählt habe, aber das ist längst Schnee von gestern», fügte sie leichthin hinzu. Plötzlich fragte ich mich, wie viel sie Nate von Max erzählt hatte. «Aber da Ella mit dem Bild schon angefangen hatte, dachten wir, wir machen einfach weiter. Richtig, Ella?»

Ich sah sie an. «Ähm, ja.» Chloë konnte Nate kaum die

Wahrheit sagen: dass das Porträt für sie ein Zeugnis dafür war, wie sehr sie seinen Vorgänger geliebt hatte. «Egal.» Sie schlang ihm die Arme um den Hals. «Gott sei Dank habe ich dich kennengelernt!»

Sie drückte ihm einen Kuss auf die Wange. Sein Blick wanderte zu dem Porträt von Mum, das ich an die Wand gelehnt hatte. «Das ist richtig gut», sagte er leise.

Chloë drehte sich danach um. «Ja, es ist noch besser geworden. Man sieht jetzt Mums innere Stärke und ihre Selbstdisziplin und ... wie heißt das Wort, das ich suche?»

Ihren Schmerz, dachte ich. Die Kränkung, die sie so lange verborgen hatte, war in ihren Augen zu sehen und in dem harten Zug um den Mund, ja, sogar in ihrer Haltung. Oberflächlich betrachtet war es die Pose einer Ballerina, die Applaus entgegennimmt, die linke Hand elegant auf die Brust gelegt. Doch es war auch eine Geste der Verteidigung: Sie schützte ihr Herz.

Ich wusste jetzt, dass es richtig gewesen war, ihr nichts von der E-Mail meines Vaters zu erzählen. Es wäre grausam gewesen, schmerzliche Gefühle aufzuwühlen, und unnötig obendrein, denn ich würde mich auf keinen Fall mit ihm treffen.

«Entschlossenheit», beendete Chloë ihren Satz. Sie zeigte auf das *Giselle*-Plakat. «Das ist auch Mum. Das war zwei Jahre vor meiner Geburt», erklärte sie Nate, «aber Ella hat sie in der Rolle gesehen, nicht wahr?»

«Ja.» Ich weiß noch, dass ich in der ersten Reihe saß, wie hypnotisiert von den Arabesquen und Jetés meiner Mutter. Sie war so leicht, dass sie durch die Luft zu schweben schien, die schlanken Arme und Beine ins Unendliche gestreckt. Jetzt erinnerte ich mich plötzlich daran, dass mein

Vater neben mir gesessen und ihr zugesehen hatte, sein Profil in das Licht der Bühne getaucht. Und als meine Mutter Albrechts Schwert packte und tot zu Boden stürzte, hatte er meine Hand genommen und geflüstert: «Sie tut nur so als ob.» Danach gingen wir hinter die Bühne. Mum trug noch ihr langes Tutu und ihren Schleier, und sie warf meinem Vater die Arme um den Hals, stellte sich auf die Zehenspitzen und küsste ihn. Sie lachten, und ich lachte auch, weil meine Eltern glücklich waren und einander liebten. Doch wenige Wochen später war mein Vater gegangen …

«Ich wünschte, ich hätte Mum tanzen gesehen», hörte ich Chloë sagen. «Aber als ich zur Welt kam, war ihre Karriere schon vorbei.»

Nate sah sie an. «Du hast gesagt, sie hätte sich verletzt.»

Chloë nickte. «Sie ist gestürzt und hat sich den Knöchel gebrochen. Ich weiß nicht mal, wo es passiert ist. Weißt du das, Ella?»

«Nein. Ich habe sie mal danach gefragt, aber sie wollte nicht darüber reden.» Ich wusste nur, dass es mehr oder weniger zu der Zeit passiert war, als mein Vater gegangen war. Innerhalb kurzer Zeit hatten ihre Ehe und ihre Karriere abrupt und unter großen Schmerzen geendet.

«So hat Mum meinen Vater kennengelernt», sagte Chloë zu Nate. «Er war der Orthopäde, der ein paar Monate nach dem Unfall die zweite Operation durchgeführt hat. Danach war es um einiges besser als vorher, aber er musste ihr sagen, dass der Unfall das Ende ihrer Karriere bedeutete.»

«Wie schrecklich», sagte Nate, den Blick noch auf das Porträt gerichtet.

«Ja», pflichtete Chloë ihm bei. «Aber so hat sie wenigstens ihn kennengelernt – er war bis über beide Ohren in sie verliebt, nicht wahr, Ella?» Ich nickte. «Mum sagt oft, er war ihr Silberstreif am Horizont.»

Ich dachte daran, dass mein Vater sie verlassen hatte. «Ihr Goldstreif», sagte ich voller Gefühl.

Chloë lächelte. «Ah …» Sie schaute auf ihre Uhr. «Ich sollte los, sie legt Wert auf Pünktlichkeit.» Sie warf Nate eine Kusshand zu. «Bis später, Schatz.»

Er bedachte sie mit einem verzagten Lächeln. *«Ciao.»*

«Chloë» sagte ich, als sie sich abwandte, «willst du das Porträt in der Entstehungsphase sehen?»

Sie schnalzte mit der Zunge, während sie darüber nachdachte. «Nein», sagte sie. «Ich glaube, ich will es erst sehen, wenn es fertig ist. Dann habe ich das wunderbare Gefühl der … Offenbarung.» Sie winkte fröhlich und ging.

Wir hörten ihren leichten Schritt auf der Treppe, dann wurde die Haustür geöffnet und wieder geschlossen. Im Haus wurde es still.

Ich schob Mums Porträt zurück ins Gestell und hob die leere, grundierte Leinwand für Nate auf die Staffelei.

«So.» Mein Puls raste. «Dann fangen wir mal an.»

Ich wies mit einem Nicken auf den Stuhl, und Nate ging hinüber und setzte sich vorsichtig darauf, als fürchtete er, es könnte ein Hinterhalt sein. Er schlug die Beine übereinander und verschränkte die Arme.

«Ähm, wenn Sie sich ein wenig entspannter hinsetzen könnten, Nate?»

«Oh.» Er stellte die Beine nebeneinander. «So?»

«Ja. Und die Hände vielleicht auf die Knie?» Sie waren, wie mir auffiel, lang und sehnig, mit starken, geraden Fingern. «Und jetzt den Kopf ein wenig heben und da hinschauen.» Ich hörte ihn ausatmen, als wäre er schon erschöpft. «Ja, so ist gut.» Mich überkam der gewohnte Schauer, als ich entschied, wie die Komposition aussehen sollte. «Ich werde Sie so malen, dass Sie direkt aus der Leinwand schauen. Das mache ich nicht oft, aber Sie besitzen recht starke Züge, und ich glaube, es wird sehr kraftvoll aussehen.» Nate nickte unsicher. «Sie müssen mich also direkt ansehen.» Als Nates Blick auf mich fiel, wurde ich von einem unangenehmen Frösteln gepackt, das jedoch rasch abgelöst wurde von der wachsenden Freude darüber, welche Möglichkeiten das Porträt bot. Okay, der Mann war nicht besonders nett, aber er hatte immerhin ein tolles Gesicht. «Das ist gut», murmelte ich. «Jetzt werde ich Sie anstarren, falls das in Ordnung ist.»

Nate nickte ängstlich, doch ich beschloss, über seine Verlegenheit hinwegzugehen und mich einfach auf die Arbeit zu konzentrieren. Also nahm ich seine Kopfform auf, das helle Rechteck auf seiner Stirn und den fast bläulichen Schimmer seiner Haare. Ich registrierte die Flächen seiner Wangen und die unterschiedlichen Texturen und Schattierungen seiner Haut. Über seiner Nase waren zwei kurze Falten – wie eine Elf – und rechts von seiner rechten Augenbraue eine kleine runde Narbe, fast wie ein Wasserzeichen. Seine Augen waren, wie mir jetzt aufging, nicht so sehr moosgrün als vielmehr von einem dunklen Salbeigrün mit goldenen Flecken. Jetzt betrachtete ich ihn von allen Seiten, prägte mir den Winkel seines Kiefers ein, die Wölbung seiner Lippen und das lange, schlanke Dreieck seiner Nase.

Dann ging ich zurück an die Leinwand, tauchte den Pinsel in die Farbe und zog, den Blick unverwandt auf ihn gerichtet, die erste Linie.

Ich arbeitete schweigend und hatte nur noch Augen für

die Flächen und Konturen, die aus der Spitze meines Pinsels flossen, und Ohren für Nates leise, ruhige Atemzüge. Dann studierte ich die untere Hälfte seines Gesichts. Die Rinne zwischen Oberlippe und Nase war sehr klar definiert. Ich wurde von dem verstörenden Bedürfnis gepackt, die Fingerspitze hineinzulegen.

Als ich den Pinsel wieder in die Farbe tauchte, hörte ich einen tiefen Seufzer.

Ich richtete den Blick auf Nate. «Geht es Ihnen gut?»

Er veränderte seine Sitzposition. «Also …»

«Brauchen Sie ein Kissen?»

«Nein, mir … mir geht's gut.»

Ich wandte mich wieder der Leinwand zu und malte ein oder zwei Minuten weiter, da knarrte der Stuhl, und er atmete müde aus.

«Und das können Sie bestimmt nicht von einem Foto machen?»

«Ich könnte schon, aber dann würde es kein gutes Porträt werden.»

«Warum nicht?»

Über die Schärfe in seinem Tonfall ging ich achtlos hinweg. «Weil ein Foto nur ein Schnappschuss eines einzigen Augenblickes ist. Ein Porträt hingegen repräsentiert eine Ansammlung von Augenblicken – *aller* Augenblicke des Lebens des Porträtierten. Es würde nach einem Foto also zwar aussehen wie Sie, aber doch nicht zeigen, wer Sie sind. Und das versuche ich zu zeigen.»

«Verstehe», bemerkte er grimmig.

Ich arbeitete vier oder fünf Minuten weiter, da hörte ich erneut einen schmerzlichen Seufzer, und der Stuhl knarrte wieder.

Ich ließ den Pinsel sinken. «Sie wirken, als fühlten Sie sich nicht recht wohl in Ihrer Haut, Nate.»

«Wohl wahr.»

«Dann lassen Sie mich Ihnen doch ein Kissen holen.»

«Nein. Danke. Mein Unbehagen ist nicht körperlicher Natur.» Was er eigentlich sagen wollte, lag zwischen uns wie eine Handgranate.

«Modell für ein Porträt zu sitzen ist nicht leicht», sagte ich nervös. «Es ist ... eine seltsame Situation, in der es oft ... Spannungen gibt.»

«Allerdings», pflichtete Nate mir bei. «Besonders wenn das Modell den deutlichen Eindruck hat, dass die Künstlerin es nicht mag.»

Mein Pinsel hielt mitten in der Bewegung inne. «Ich weiß nicht, was Sie meinen.»

«Ich denke doch», entgegnete er. «Denn Sie sind mir gegenüber nicht gerade ... *simpatico*.» Er zuckte die Achseln. «Vielleicht glauben Sie ja, ich wäre nicht gut genug für Ihre Schwester.»

«Nein, das ist es nicht.» Ich stockte. «Ich meine ... Chloë ist offensichtlich glücklich mit Ihnen, und das ist alles, was zählt.» Meine Hand zitterte so sehr, dass ich Mühe hatte, den Pinsel zu halten.

«Wenn ich's recht bedenke, waren Sie mir gegenüber von Anfang an ziemlich frostig.»

Ich wischte einen kleinen blauen Spritzer von der Ecke der Leinwand. «Wissen Sie, Nate, ich glaube nicht, dass dieses Gespräch besonders hilfreich ist, insbesondere da wir noch weitere elfeinhalb Stunden das Vergnügen miteinander haben werden.»

«Ich möchte dieses Gespräch führen, *weil* wir noch elfeinhalb Stunden miteinander verbringen müssen. Und ich finde es durchaus hilfreich», konterte Nate. «Sie sagen immerhin, Sie möchten in dem Porträt zeigen, wer ich bin.»

«Ja», sagte ich matt.

«Also, in Anbetracht dessen, dass Sie eine so negative Haltung mir gegenüber haben, bin ich darüber gar nicht froh.»

Schweigend verfluchte ich Chloë dafür, dass sie mir einen Auftrag aufgehalst hatte, auf den ich nicht nur nicht besonders erpicht war, sondern der sich als regelrecht unangenehm erwies.

Nate rutschte wieder auf dem Stuhl herum. «Sie haben eindeutig ein großes Problem mit mir. Und ich weiß nicht, warum.»

Ich starrte ihn an. «Wissen Sie nicht?»

«Nein.»

«Ehrlich nicht?»

Er blickte mir herausfordernd in die Augen. «Dann *haben* Sie also ein Problem mit mir. Wären Sie so freundlich, mir zu sagen, was es ist?» Ich tauchte den Pinsel in die Farbe und wandte mich wieder der Leinwand zu. «Wenn Sie mich malen, muss ich das wissen», hörte ich ihn sagen. «Und wenn Sie es mir nicht sagen, gehe ich hier raus und gebe Chloë das Geld für den vergeudeten Auftrag.»

Ich hörte das Ticken der Uhr. «In Ordnung», erwiderte ich leise. «Ich sage es Ihnen. Sie zwingen mich dazu.» Irgendwie war ich auch froh, es mir von der Seele reden zu können. Also erzählte ich ihm von dem Abend der Party. «Sie haben mich nicht gesehen, weil ich hinter dem Zaun vor Chloës Haus stand und mein Fahrrad abgeschlossen habe. Aber ich habe gehört, wie Sie mit jemandem – einer anderen

Frau – über Chloë gesprochen haben. Mir hat nicht gefallen, was ich gehört habe, und ja, es hatte Auswirkungen darauf, wie ich zu Ihnen stehe. So», schloss ich, «jetzt wissen Sie es.»

Nate starrte mich an. «Sie belauschen meine Privatgespräche?»

«Nein. Es war nicht privat, denn Sie haben mit dem Handy telefoniert, auf offener Straße. Ich habe es unfreiwillig mit angehört, und es wäre mir durchaus lieber, ich hätte es nicht gehört, denn ich habe mich ganz schön darüber aufgeregt.»

Nate runzelte nachdenklich die Stirn. «Und was haben Sie gehört?»

Ich seufzte. «Sie haben gesagt, Sie hätten eigentlich keine große Lust, zu Chloës Party zu gehen, hätten aber das Gefühl, Sie könnten sich nicht davor drücken, weil sie ein großes Tamtam darum gemacht habe. Als wäre sie Ihnen damit auf die Nerven gegangen.»

«Na», Nate drehte die Handflächen nach oben, «das ist sie ja auch. Sie hat mich deswegen ungefähr zehnmal am Tag angerufen. Es war ziemlich nervig.»

Ich ignorierte seine Bemerkung. «Dann habe ich gehört, wie Sie sich mit dieser Frau, die Sie immer wieder ‹Honey› nannten, für später am Abend verabredet haben. Damit haben Sie sich bei mir auch nicht besonders beliebt gemacht.»

«Aha.» Er neigte den Kopf zur Seite.

«Aber was ich richtig widerwärtig fand, war die Tatsache, dass Sie mit dieser anderen Frau über Chloë gesprochen haben, und zwar sehr abschätzig!» Mein Gesicht brannte plötzlich vor Entrüstung. «Sie haben ihr versichert, Chloë sei ‹nichts Besonderes›.»

Nate nickte langsam. «Ich erinnere mich jetzt an das Gespräch, und das habe ich gesagt, ja.»

Der Mann war doch schamlos! «Ich höre das also alles mit an», sagte ich, «und siehe da, ein paar Minuten später begrüßen Sie Chloë herzlich und sagen ihr, wie sehr Sie sich auf ihre Party freuen. Das war der Punkt, an dem ich zu dem Schluss kam, Sie seien ein zynischer, unaufrichtiger, heuchlerischer, scheinheiliger …»

«Mistkerl?», sagte Nate hilfsbereit.

«Ja. Und wenn ich ehrlich bin, hatte ich gehofft, Chloë würde Ihnen bald den Rücken kehren, aber jetzt ist sie mit Ihnen verlobt und hat einen Haufen Geld dafür hingelegt, dass ich Sie male – und das werde ich um ihretwillen auch tun.» Mein Herz pochte. «Und da ich Ihre Frage jetzt beantwortet habe, schlage ich vor, wir machen weiter. Und sei es auch nur, damit wir nicht noch mehr Zeit miteinander verbringen müssen!»

Ich nahm meinen Pinsel und machte mich daran, damit auf die Leinwand einzudreschen.

Ich hörte Nate an der Unterlippe saugen. «Sie haben also gehört, wie ich mit ‹Honey› gesprochen habe?»

«Ja.» Ich fischte ein Haar von der Leinwand. «Und ich mag Männer nicht, die mit zwei Frauen gleichzeitig was haben, besonders nicht, wenn eine dieser Frauen meine Schwester ist!»

«Verstehe. Sie haben das aber nicht Chloë erzählt, oder?»

«Nein, keine Sorge», sagte ich. «Ihr Geheimnis ist bei mir sicher. Ich war versucht, es ihr zu erzählen, aber ich habe es nicht über mich gebracht, weil ich ihr nicht die Stimmung verderben wollte.»

«Schade», sagte er mit einer Ruhe, die mich auf die Palme

brachte. «Denn wenn Sie es ihr erzählt hätten, hätte sie Sie darüber aufklären können, dass die Frau, die ich ‹Honey› genannt habe, meine Cousine ist.»

Ich sah ihn an. «Dann haben Sie anscheinend eine ungesund enge Beziehung zu ihr.»

«Sie heißt eigentlich Honeysuckle, aber jeder nennt sie ‹Honey› oder ‹Hon›.»

Mein Mund war plötzlich so trocken, als wäre er mit Filz ausgekleidet. «Aber ... Sie hatten einen Schlüssel zu ihrer Wohnung. Sie haben gesagt, Sie hätten Ihren Schlüssel dabei, und es klang so, als wäre sie Ihre ...»

«Ja, ich habe einen Schlüssel», unterbrach er mich, «aber nicht zu ihrer Wohnung, sondern zum Büro – *unserem* Büro –, denn Honey ist auch meine Chefin. Sie ist die Geschäftsführerin der Firma, bei der ich arbeite, Blake Investments, die vor zwanzig Jahren von ihrem Vater Ted Blake gegründet wurde. Der ist übrigens mit der jüngeren Schwester meiner Mutter, Alessandra, verheiratet.»

Ich versuchte zu schlucken. «Verstehe.»

«Und ich musste an diesem Abend noch einmal hin, weil sie mich, als ich schon auf dem Weg nach Putney war, auf dem Handy anrief und mich darum bat, noch einmal ins Büro zu kommen. Es gab Probleme mit einer Firmenübernahme. Ich wollte Chloë nicht enttäuschen, also habe ich Honey gesagt, ich würde zu einer Party gehen, habe ihr aber versprochen, danach noch mal im Büro vorbeizuschauen. Ich habe gesagt, ich würde mit meinem Schlüssel reinkommen, weil der Wachmann um acht nach Hause geht. Ich bin gegen neun ins Büro, und Honey und ich haben bis zwei Uhr morgens gearbeitet, bis wir alles geklärt hatten.» Er sah mich an. «Sind Sie jetzt zufrieden?»

Meine Wangen brannten. «Nein, denn Sie haben sehr unfreundlich über Chloë gesprochen. Sie haben so getan, als wäre die Party eine lästige Pflichtübung.»

«Das stimmt, denn Honey ist zwar eine tolle Frau und Chefin, aber sie kann sehr neugierig sein, also war mir daran gelegen, das Ganze herunterzuspielen.»

«Okay.» Sein selbstgefälliger Tonfall brachte mich auf die Palme. «Aber Sie hätten ihr nicht sagen müssen, Chloë sei ‹niemand Besonderes›, oder?»

«Also, sobald sie denkt, ich treffe mich mit ‹jemand Besonderem› – wie sie es formuliert –, liegt sie mir ewig damit in den Ohren. Schlimmer noch, sie erzählt es ihrer Mutter, und die erzählt es meiner. Im nächsten Augenblick rufen mich alle meine Schwestern an und wollen Einzelheiten hören.»

«Und wie viele Schwestern haben Sie?»

«Fünf, alle älter.»

«Oh.» Ich erinnerte mich vage, dass Chloë gesagt hatte, Nate käme aus einer großen Familie.

«Zudem kannte ich Chloë erst zwei Monate, und ich war noch nicht bereit, Honey davon zu erzählen.»

«Das mag ja alles vollkommen plausibel klingen, aber …»

«Es ist nicht nur plausibel, Ella», unterbrach Nate mich entschieden, «es ist die Wahrheit.» Er stieß ein amüsiertes Schnauben aus und verschränkte die Arme. «Sie sind also auf der Grundlage eines zufällig mit angehörten Telefonats zu dem Schluss gekommen, ich wäre noch mit einer anderen Frau zusammen, während ich mich um Chloë bemühe, und hätte mit dieser anderen Frau in respektlosem, wenn nicht gar geradezu geringschätzigem Tonfall über Chloë gesprochen. Das ist es doch, in wenigen Worten zusammengefasst, oder?»

«Ja. Aber so klang es doch auch», versetzte ich hilflos.

Nate saugte wieder an seiner Unterlippe. «Aber es war ganz anders, als es klang.»

«Also … freut mich zu hören. Und … es tut mir leid», meine Stimme versagte, «falls ich ein wenig unterkühlt Ihnen gegenüber war.»

«Unterkühlt?» Nate schüttelte den Kopf. «Sie waren eiskalt, Ella.»

«Okay, aber diese … Kälte beruhte, wie ich jetzt weiß, auf einem Missverständnis.» Mein Gesicht glühte. «Aber ich akzeptiere bereitwillig, dass Sie kein …»

«… dass ich kein zynischer, unaufrichtiger, heuchlerischer, scheinheiliger Mistkerl bin?», schlug Nate freundlich vor.

«Genau.»

«Gut. Ich bin froh, dass wir das geklärt haben.»

«Ich auch», sagte ich dümmlich und nahm meinen Pinsel zur Hand. «Darf ich Sie jetzt malen?»

Nate öffnete seine verschränkten Arme und lächelte mich an. «Nur zu.»

«Du hast das also völlig in den falschen Hals bekommen?», fragte Polly, als wir am Dienstag nach Ostern in ihrem kleinen Garten einen Kaffee tranken. Da die Sonne schien, trug sie ein Paar weiße Baumwollhandschuhe.

«Ich habe es absolut und ganz und gar in den falschen Hals bekommen.» Bei der Erinnerung daran zuckte ich leicht zusammen. «Ich habe mich blamiert bis auf die Knochen.»

«Nicht doch. Ich meine, ich verstehe vollkommen, warum du das gedacht hast.» Polly wies mit einem Nicken auf den Kaffeebereiter. «Wärst du so nett?»

«Oh. Klar.» Ich drückte das Sieb runter, um Pollys Hände zu schonen, und schenkte ihr eine Tasse Kaffee ein.

«Danke.» Sie nahm sich Milch. «Und was hältst du jetzt von Nate?»

«Ähm, nett. Sehr. Ja.»

Polly lächelte. «Toll. Schließlich ist er bald dein Schwager, du bist bestimmt erleichtert, dass du ihn gut leiden magst.» Ich versuchte, das Gefühl zu verdrängen, dass ich mich besser gefühlt hatte, als ich ihn *nicht* gemocht hatte.

«Und? Ist er attraktiv?»

«Allerdings.» Ich schenkte mir ein. «Eindeutig. Nicht zu leugnen.»

Polly sah mich verdutzt an. «Warum solltest du es auch leugnen wollen?»

«Ähm, aus keinem besonderen Grund. Er ist, wie gesagt ... sehr attraktiv.»

«Chloë ist ein echter Glückspilz», meinte Polly seufzend.

«Ja.»

«Und wo kommt er her und so?»

«Er ist Italiener, seine Eltern stammen aus Florenz, sind aber Anfang der fünfziger Jahre nach New York ausgewandert.»

Polly trank einen Schluck Kaffee. «Warum verlässt jemand eine Stadt wie Florenz?»

«Das habe ich ihn auch gefragt. Es lag wohl daran, dass die Arbeitslosigkeit im Nachkriegsitalien sehr hoch war. Er war das Nesthäkchen der Familie – seine Mutter war fünfundvierzig, als sie ihn bekam. Sie ist jetzt einundachtzig und ein wenig gebrechlich. Sein Vater ist vor zehn Jahren gestorben, und er hat fünf ältere Schwestern: Maria, Livia, Valentina, Federica und … o ja, Simonetta.»

«Verstehe», sagte Polly langsam. «Und warum trägt er keinen italienischen Namen?»

«Weil er nach dem Taxifahrer benannt wurde, der ihn zur Welt gebracht hat. Er ist drei Wochen zu früh zur Welt gekommen, und sein Vater, der bei Steinway arbeitete, war zu der Zeit in Philadelphia, um einen neuen Konzertflügel an die dortige Academy of Music zu liefern. Also, er war kein Ausfahrer oder so, er war Meisterstimmer und anscheinend auch ein wunderbarer Pianist. Er hat sehr gute Konzerte in einer örtlichen Kirche gegeben.»

Polly sah mich an. «Ehrlich?»

«O ja.» Ich rührte meinen Kaffee um. «Er war jedenfalls in Philadelphia», fuhr ich fort, «und so hat Nates Mutter, als ihr klar wurde, dass das Kind kommt, einen Krankenwagen gerufen, doch der ist nicht gekommen. Also hat sie ein Taxi genommen, hat es aber nicht mehr bis ins Krankenhaus geschafft. Nate ist im Taxi zur Welt gekommen, mit tatkräftiger Unterstützung des Fahrers, und der hieß Nathan. Also hat Mrs. Rossi versprochen, ihren Sohn nach ihm zu taufen. Er kam zu Nates Taufe und schenkte ihm ein Paar silberne Manschettenknöpfe, die er heute noch trägt. Ist das nicht nett?»

Polly lächelte. «Also … klingt, als hättet ihr euch gut unterhalten.»

Ich legte den Löffel auf die Untertasse. «Ich habe nur versucht, besonders freundlich zu sein, um wiedergutzumachen, dass ich am Anfang nicht besonders *simpatico* war.»

Polly sah mich verdutzt an. *«Simpatico?»*

«Ja. Was ist?»

«Nichts. Aber normalerweise benutzt du dieses Wort nicht.»

«Nicht?» Ich wedelte eine Fliege fort. «Egal, Nates Schwestern haben alle längst Kinder und haben ihn ganz schön unter Druck gesetzt, endlich zu heiraten, besonders seit seine Mutter älter wird. Er sagt, sie hätten ihn damit schier in den Wahnsinn getrieben.»

«Grässlich.»

«Deswegen ist er nach London gezogen, um seine Ruhe vor ihnen zu haben.»

«Der arme Kerl. Dann sind sie bestimmt ganz begeistert von Chloë.»

«Vermutlich.»

«Hat sie sie schon kennengelernt?»

«Ja. Sie und Nate waren vor ungefähr einem Monat übers Wochenende in New York.»

«Und kommt seine ganze Familie zur Hochzeit rüber?»

«Ich weiß nicht.»

«Du kannst Chloë ja mal fragen.»

«Ja, kann ich.»

Bei dem Gedanken, mit Chloë über Nate zu reden, zuckte ich innerlich zusammen. Ich kam zu dem Schluss, dass das nur natürlich war, denn ich betrachte Porträtsitzungen als eine sehr intime Angelegenheit zwischen dem Modell und mir.

«Und wann siehst du ihn wieder?»

«Am Samstagmorgen. Ich besorge ein paar Croissants für die Kaffeepause. Beim letzten Mal haben wir keine Pause gemacht; wir haben uns so angeregt unterhalten, dass wir es einfach vergessen haben. Vielleicht auch Cantuccini. Was meinst du?»

«Was meine ich wozu?»

«Soll ich Croissants kaufen oder Cantuccini? Cantuccini», sagte ich, bevor sie antworten konnte. «Oder lieber Florentiner, zu Ehren seiner Herkunft. Falls er nicht allergisch gegen Nüsse ist», fügte ich ängstlich hinzu.

«Ella?» Polly stellte ihre Tasse ab.

«Ja?»

«Ähm, du scheinst ja wirklich Spaß an der Sitzung mit Nate gehabt zu haben.»

Meine Haut kribbelte. «Ja, weil ich einfach … froh war, dass wir die Sache geklärt haben. Ich war richtig erleichtert, wie du sagst. Wir haben uns am Ende auch darauf verständigt, uns endlich zu duzen. Schließlich gehört er bald zur Familie. So …» Ich klatschte in die Hände. «Wie war denn deine Verabredung?»

«Ach.» Sie seufzte müde. «Es fing vielversprechend an. Ich habe Lola bei Ben abgesetzt, sie sind bis morgen in Wales, um seine Mutter zu besuchen. Dann bin ich nach Islington gefahren, um mich mit Jason zu treffen. Wir haben im Frederick's zu Mittag gegessen und dabei über unsere Arbeit gesprochen. Er wusste nicht, dass ich auch als Fußmodel arbeite, und ich habe ihm von dem Pediküre-Kurs erzählt, den ich für *Woman's Own* mache, und er schien sich sehr dafür zu interessieren. Nach dem Essen fragte er, ob ich Lust hätte, bei ihm noch einen Kaffee zu trinken. Ich war ein bisschen angeheitert, also habe ich ja gesagt, und als wir durch die Camden-Passage spazierten, hat er meine Hand genommen …»

«Er hat sie doch nicht gedrückt, oder?»

«Nein, nein. Ich habe ihm gesagt, er solle vorsichtig sein. Jedenfalls war ich glücklich und guter Dinge. Wir sind also in seine Wohnung in einem ehemaligen Lagerhaus am oberen Ende der Peter Street gegangen, aber dann ...» Sie schnitt eine Grimasse.

«Seine Frau ist zurückgekommen?»

«Nein, er ist Single. Viel schräger. Wir gehen in sein Atelier, und er zieht mich auf das Sofa, und ich denke, jetzt küsst er mich gleich, wogegen ich nichts gehabt hätte, doch stattdessen bittet er mich, die Schuhe auszuziehen. Ich streife also die Schuhe ab, und er betrachtet meine Füße und sagt, wie schön sie seien, und dann hebt er sie auf seinen Schoß und fängt an, sie zu streicheln – was schön war, in gewisser Hinsicht, aber *dann* ...»

«O Gott – er wollte an deinen Zehen lutschen.»

Sie verzog das Gesicht. «Nicht ganz. Er ging raus und kam mit einem Paar roter Lacklederschuhe wieder: zwanzig Zentimeter hohe Absätze, sieben Zentimeter hohe Plateausohlen mit Spikes an den Seiten und schwarze Lederriemen bis zur halben Wade hoch.»

«Und was wollte er von dir? Dass du dich damit auf ihn stellst, während er um Gnade winselt?»

«Nein.» Polly schauderte. «Er hat mich nur gebeten, sie anzuziehen, ganz langsam, und dann zu schnüren, ganz langsam.»

«Mhm.»

«Während er mich filmt.»

«Oh.»

Polly machte große Augen. «Das war alles. Er wollte mich filmen, wie ich diese entsetzlichen Schuhe anziehe!»

«Und, hast du?»

«Soll ich etwa entzündete Fußballen und Senkfüße riskieren? Ausgeschlossen! Mit meinen Füßen bezahle ich

Lolas Schulgeld. Er hat mich angefleht, aber ich habe mich geweigert.»

«Am Ende wärst du damit noch auf YouTube gelandet.»

«Genau. Oder er verkauft das Filmchen an irgend so eine Fetischistenwebseite. Wie auch immer, ich habe rasch meine Hush Puppies angezogen und bin abgehauen.»

«Also, ein wenig enttäuschend.»

«Ja. Dabei wollte ich doch nur eine Tasse Nescafé und ein bisschen schmusen.» Polly verdrehte die Augen. «Das passiert mir dauernd. Sobald ich einem Mann erzähle, dass ich als Fußmodel arbeite, kommt er mir mit irgendeinem perversen Mist. Egal, so viel zu Mr. Toilet Duck.»

«Es gibt noch andere Männer, Pol.»

«Das bereitet mir Sorgen.»

«Nein. Dein Prinz kommt, und er wird einen hübschen, bequemen Glasschuh dabeihaben.»

«Mir wäre es lieber, er brächte einen hübschen, bequemen Ugg-Boot mit. Wie auch immer, Aschenputtels Schuhe sind nicht aus Glas, das ist ein weitverbreitetes Missverständnis.»

«Ehrlich?»

«In den frühesten französischen Versionen des Märchens trägt sie ‹*pantoufles de vair*›, das sind Schuhe aus Eichhörnchenfell. Zu der Zeit, da Charles Perrault diese frühen Versionen las, war dieses Wort jedoch in Vergessenheit geraten, also ist davon auszugehen, dass er ‹*vair*› als Übersetzungsfehler von ‹*verre*› interpretierte und Cinderellas Schuhe daher in seiner Version aus Glas sind.»

«Verstehe. Du bist, was Füße angeht, eine wahre Fundgrube an Wissen, Polly.»

Sie zuckte die Achseln. «Wenn man in der Branche arbeitet, schnappt man so manches auf.» Sie sah mich an. «Sonst noch Neuigkeiten?»

«Nein», antwortete ich. «Warte mal ... doch.» Ich erzählte ihr von der E-Mail meines Vaters.

Polly schlug die Hände an die Brust. «Dein Vater hat dir geschrieben?» Sie riss staunend die Augen auf. «Wegen des Artikels in der *Times*?»

«Ja. Genau das, was ich befürchtet habe. Deswegen wollte ich doch, dass der Journalist den Absatz streicht.»

«Ich dachte, er wäre dir zu persönlich.»

«Das auch, aber meine Hauptsorge war, dass mein Vater, wenn er zufällig darauf stößt, mit mir in Verbindung treten könnte – und das hat er jetzt getan.» Ich seufzte. «Ich weiß immer noch nicht, woher Hamish Watt davon wusste. Ich rede nie darüber, und Chloë auch nicht. Und ich weiß, dass du auch nicht darüber sprichst.»

«Nicht in einer Million Jahren.»

«Aber dieser elende Artikel ist jetzt schuld, dass mein Vater mir eine E-Mail geschickt hat.»

«Vielleicht hat er vorher auch schon nach dir gesucht.»

«Er schrieb, im *Western Australian* habe ein Artikel über die Duchess of Cornwall gestanden, und darin sei mein Porträt von ihr erwähnt worden. Und dazu gab es einen Link zu dem Interview mit mir in der *Times*. Das ist alles, was ihn zu seiner Nachricht veranlasst hat. Er hat zufällig was im Internet über mich gelesen. Aber ich habe seine Nachricht schon gelöscht.»

«*Ella* ...» Pollys Gesicht verriet Bestürzung.

Mich verließ der Mut. «Sieh mich nicht so an, Polly. Ich habe seit mehr als drei Jahrzehnten keinen Kontakt zu diesem Mann, und ich will auch jetzt keinen. Basta.»

«Er tut mir leid.»

Ich stellte meine Tasse ab. «Warum musst du dich auf seine Seite stellen?»

«Tue ich doch gar nicht», widersprach sie leise. «Ich bin auf deiner Seite, aber ich habe das Gefühl ... du kennst meinen Standpunkt, Ella.»

Ich zuckte die Achseln. «Er schrieb, er möchte es ‹wiedergutmachen›, aber in Wirklichkeit will er wegen dem, was er getan hat, doch nur sein schlechtes Gewissen beruhigen. Warum sollte ich ihm dabei behilflich sein?»

«Weil ... du es sonst irgendwann vielleicht zutiefst bereust.»

«Das Risiko gehe ich ein.»

«Und vielleicht ...» Polly sah mich besorgt an. «Vielleicht hat die Geschichte ja auch noch eine andere Seite. Vielleicht ist das Ganze irgendwie gar nicht so schlimm, wie du denkst.»

«Nein.» Ich war empört. «Er hat meine Mutter ja nur betrogen. Sie hat ihn angebetet, er war die Liebe ihres Lebens. Sie sagt, sie habe alles getan, um ihn glücklich zu machen, und ich glaube ihr. Aber im September 1979 hat er uns verlassen, und wir haben nie wieder etwas von ihm gehört ... bis jetzt.»

«Okay. Was er getan hat, war herzlos. Aber er wird in London sein, vielleicht ganz in deiner Nähe.» Im Geiste sah ich meinen Vater auf der Straße auf mich zukommen. Würde ich ihn erkennen? Ich hatte nicht einmal ein Foto von ihm. Ich erinnerte mich, dass seine Haare dunkel waren, wie meine. Inzwischen waren sie bestimmt grau, vielleicht sogar weiß. Womöglich hatte er auch gar nicht mehr viele Haare. Konnte gut sein, dass er dünner war als damals, oder auch dicker. Sein Gesicht war wahrscheinlich faltig.

«Wäre es nicht gut, ihn zu treffen», sagte Polly, «wenigstens einmal? Nur, um mit ihm zu reden und ... die Sache abzuschließen.»

«Ich muss die Sache nicht ‹abschließen›. Danke, mir geht's gut.»

«Aber du würdest ihn doch bestimmt gern das eine oder andere fragen.»

«Oh, allerdings. Ich würde ihn schon gern fragen, warum sein Ehegelöbnis ihm so wenig bedeutet hat und wie er meine Mutter verlassen konnte, wo sie ihn doch so geliebt hat. Ich würde ihn auch gern fragen, wie er es über sich gebracht hat, sein einziges Kind zu verlassen, und warum er nicht versucht hat, es mir zu erklären oder sich wenigstens zu verabschieden.»

«Du hast also nicht gewusst, dass er geht?»

«Nein.» Ich kramte in meinen Erinnerungen. «Eines Tages war er einfach nicht mehr da. Ich habe meine Mutter immer wieder gefragt, wo er sei, aber sie hat einfach nicht darauf geantwortet. Aber sie war bestimmt auch ganz schön durcheinander, denn es war kurz nach ihrem Unfall. Schließlich erklärte meine Großmutter mir, ich müsste tapfer sein, denn mein Vater wäre weggegangen und würde nicht mehr wiederkommen. Ich war überzeugt, sie täuschte sich. Also saß ich im Fenster unserer Wohnung in Moss Side und hielt Ausschau nach ihm. Und ich brachte sein Weggehen mit dem Unfall meiner Mutter in Verbindung und kam zu dem Schluss, er sei weggegangen, weil Mum nicht mehr tanzen konnte.»

«Du hast gesagt, du würdest dich kaum noch an deinen

Vater erinnern, aber offensichtlich ist da doch noch einiges», bemerkte Polly ruhig.

Ich nickte. «Und seit er sich gemeldet hat, kommen immer mehr Erinnerungen hoch.»

Eins, zwei, drei, und hoch fliegt sie. Warum war diese Erinnerung so klar?, überlegte ich jetzt. Wieso konnte ich mich überhaupt daran erinnern, so klein, wie ich damals gewesen sein musste? Und warum sprang mir der rot-weiße Rock meiner Mutter so deutlich aus der Erinnerung entgegen?

Polly legte mir die Hand auf den Arm. «Ich wünschte, du würdest dich mit ihm treffen, Ella.»

«Nein.» Ich schürzte die Lippen. «Er hat zu lange gewartet. Er hätte sich vor Jahren mit mir in Verbindung setzen sollen.»

«Er hat nicht gewusst, wo du bist.»

«Stimmt, aber er hätte Mum ausfindig machen können. Er hätte Erkundigungen beim English National Ballet oder dem Northern Ballet Theatre einholen können. Er hätte allen möglichen Spuren folgen können. Okay, er hätte nicht gewusst, dass sie nicht mehr Sue Young hieß, das war ihr Mädchenname und der Name, unter dem sie getanzt hat. Aber wenn er es wirklich gewollt hätte, hätte er sie finden können, und wenn er sie gefunden hätte, hätte er auch mich gefunden.»

«Also ... vielleicht hat er ja Kontakt mit ihr aufgenommen.»

«Hat er nicht. In all den Jahren nicht. Und eines Tages stößt er im Internet auf mich, und mit zwei Mausklicks ist er plötzlich in Kontakt. Es war zu leicht für ihn, Polly, und deswegen bedeutet es nicht viel.»

«Ich verstehe ja, warum du so empfindest, aber vielleicht

hatte er nach dem, was er getan hatte, das Gefühl, er könnte keinen Kontakt zu deiner Mutter aufnehmen.»

«Durchaus möglich. Vielleicht hat er sich zu sehr geschämt – das hoffe ich jedenfalls, besonders da er sie ohne einen Pfennig Geld sitzenließ.»

Polly machte große Augen. «Aber nach der Scheidung hat sie doch bestimmt was bekommen?»

«Ich glaube nicht.»

«Dann hat ihr Anwalt nichts getaugt.»

«Vielleicht, aber damals sind Frauen oft leer ausgegangen. Die Gesetzeslage hat sich seither verändert.»

«Und war er wohlhabend?»

«Keine Ahnung. Er war Architekt, ob er erfolgreich war oder nicht, weiß ich nicht.»

«Und wie lange waren deine Eltern verheiratet?»

Ich zuckte die Achseln. «Fünf oder sechs Jahre?»

«Er musste doch bestimmt Unterhalt zahlen.»

«Ich habe keine Ahnung. Ich weiß noch, dass meine Mutter schwor, nach dem, was er ihr angetan hatte, würde sie niemals einen Penny von ihm annehmen. Sie war sehr verbittert und ist es noch. Ich werde die Wunde also nicht wieder aufreißen, indem ich ihr erzähle, dass er sich bei mir gemeldet hat, ganz zu schweigen davon, dass er nach London kommt.»

«Könntest du dich nicht mit ihm treffen, *ohne* es ihr zu sagen?»

Ich zögerte. «Darüber habe ich auch schon nachgedacht. Aber so eine wichtige Sache kann ich ihr unmöglich verheimlichen, und wenn ich es ihr sage, haut es sie wahrscheinlich völlig um. Und ich will Chloë nicht die Hochzeit verderben.»

«Hast du vor, es Chloë zu erzählen?»

«Nein. Ich will nicht riskieren, dass sie es Mum erzählt. Nicht dass Chloë je an meinen Vater denkt», fügte ich hinzu. «Für sie ist Roy mein Vater. Und ihn will ich natürlich auch nicht kränken.»

«Aber er würde sich für dich freuen.»

«Nein, er würde sich aufregen.»

«Ich glaube, er würde es verstehen und dich unterstützen», fuhr Polly fort. «Das weiß ich einfach. Er liebt dich, Ella ...»

So langsam ging Polly mir zu weit. Ich stand auf. «Ich gehe besser, Pol. Ich habe noch einiges vor. Leinwände grundieren und so.»

«Okay», sagte sie müde, als wir in den Flur traten. «Aber es ist noch ein bisschen Zeit, bis dein Vater kommt.» Sie sah mich ernst an. «Ich hoffe, du überlegst es dir noch einmal, Ella. Ich hoffe, du triffst dich mit ihm.»

Ich schüttelte den Kopf. «Auf gar keinen Fall.»

Außerdem konnte ich es mir gar nicht anders überlegen, sinnierte ich, als ich am nächsten Morgen nach Barnes fuhr. Ich hatte die E-Mail meines Vaters gelöscht und dann den Ordner mit den gelöschten Objekten geleert. Ich konnte ihn gar nicht erreichen. Er war fort. Als das Taxi in Celines Einfahrt bog, beschloss ich, zu vergessen, dass er sich überhaupt gemeldet hatte.

Ich bezahlte das Taxi, läutete und wurde von der Haushälterin eingelassen. Wieder bat sie mich, im Arbeitszimmer zu warten. Ich erklärte ihr, ich würde gern schon alles aufbauen, um Zeit zu sparen. Also führte sie mich in den Salon und legte einige Staubdecken aus, während ich die

Staffelei auseinanderklappte und den Sessel in Position stellte. Dann bereitete ich den gelben Ocker vor, holte die Leinwand heraus und wartete. Ich schaute zum Kaminsims, auf dem sich neben antikem Silber eine Reihe formell aussehender Einladungen befanden. Auf dem Glascouchtisch lag eine Ausgabe von *Hello!*. Ich blätterte darin und entdeckte Clive Owens Gesicht, das von Pollys Händen gestreichelt wurde – ihre Finger würde ich überall erkennen. Als ich umblätterte, stieß ich überrascht auf ein Foto von Max, Chloës Ex. Er hatte ein Champagnerglas in der Hand und stand neben seiner Frau, *Bestseller-Krimiautorin Sylvia Shaw bei der Präsentation ihres neuesten Krimis* Todsicher. Max war eleganter, als ich ihn in Erinnerung hatte – sein Gesicht glattrasiert, seine blonden Haare, die ihm immer ein bisschen über den Kragen gehangen hatten, jetzt kurz geschnitten. Doch mit Sylvia ging das Foto nicht freundlich um – ihre hageren Züge schienen im Widerstreit zu liegen, wie ein später Picasso. Wäre sicher interessant, sie zu malen, dachte ich.

«Es tut mir leid, dass ich ein bisschen zu spät bin», hörte ich Celine sagen. Ich schaute auf. Sie war *viel* zu spät, aber wenigstens trug sie das hellblaue Kleid. «Ich sehe, dass Sie schon bereit sind», fügte sie freundlich hinzu.

Ich widerstand der Versuchung, ihr zu sagen, dass ich seit zwanzig Minuten bereit war, legte die Zeitschrift auf den Tisch und ging zur Staffelei.

Celine setzte sich in den Sessel, stellte ihre Handtasche zu ihren Füßen ab und wandte sich mir zu. «Ich habe so gesessen, nicht wahr?»

«Ja. Aber wenn Sie sich ein wenig mehr nach hinten setzen könnten. Sie sitzen doch sehr auf der Kante. Ja, so ist es gut.» Ich griff zum Pinsel, da hörten wir das Signal einer eingehenden SMS.

«Tut mir leid», murmelte Celine und bückte sich, um in ihre Handtasche zu greifen. Sie fischte das Handy heraus, las die Nachricht und machte sich sehr zu meinem Erstaunen daran zu antworten. «Ich muss kurz zurückschreiben», murmelte sie und drückte die Tasten. «Fast fertig … *et … voilà*!» Sie steckte das Handy weg und nahm ihre Pose wieder ein.

Ich fing an zu arbeiten. «Ich bin noch bei der Untermalung», erklärte ich. «Nächste Woche fange ich an, die Einzelheiten aufzubauen, jedes Mal mit dickerem Farbauftrag, bis … oh …»

Wieder ertönte der Klingelton von Celines Handy. Sie kramte in ihrer Tasche.

«Celine», protestierte ich, doch sie hatte den Anruf schon entgegengenommen.

«Oui?» Sie stand auf. *«Oui, chéri, je t'entends …»*, sagte sie leise, fast verstohlen. *«Bien sûr, chéri …»* Sie verließ den Raum, und ich schickte ihr ein paar stumme Flüche hinterher. Am liebsten hätte ich sie mit dem Hintern auf dem Sessel angeleimt.

Zehn Minuten später kam sie zurück, steckte das Handy wieder in die Handtasche und setzte sich. «Okay.» Sie legte die Hände in den Schoß. «*Jetzt* können wir anfangen.»

«Schön», sagte ich fröhlich. Ich nahm mit dem Pinsel Farbe auf, richtete den Blick auf Celine und machte mich daran, die linke Seite ihres Gesichts zu umreißen. Ich hatte drei oder vier Minuten gearbeitet, da läutete es an der Tür.

Celine stand auf. «Ich gehe kurz aufmachen.»

«Ihre Haushälterin könnte doch sicher ...»

«Sie ist ganz oben, ich möchte sie nicht bei der Arbeit stören.»

«Celine», protestierte ich, doch sie war schon halb aus dem Zimmer. «Sie stören *mich* bei der Arbeit», schickte ich stumm hinter ihr her. Ich hörte ihre Absätze durch den Flur klappern, dann wurde die Haustür geöffnet. Jetzt folgte ein langes und angeregtes Gespräch auf Englisch über – ich spitzte die Ohren – die Kirche?

Als Celine schließlich zurückkam, blies sie in einer stummen Zurschaustellung von Verzweiflung die Wangen auf. «Tut mir leid, aber diese Zeugen Jehovas sind wirklich *sehr* beharrlich.»

Mir fiel die Klappe runter. «Sie haben mit den Zeugen Jehovas gesprochen?»

«Ja.»

«Zehn Minuten lang?»

«Ja. Ich wollte ganz deutlich machen, dass sie hier ihre Zeit vergeuden. Ich habe ihnen gesagt, sie sollen nicht mehr herkommen. Ich glaube nicht, dass sie noch einmal kommen», fügte sie mit großer Zufriedenheit hinzu. «Also», sie setzte sich, «sollen wir fortfahren?» Ich antwortete nicht. «Ich würde gern mit der Sitzung fortfahren», fügte Celine mit einer Aura würdevoller Geduld hinzu, als hätte *ich sie* warten lassen.

Ich ließ den Pinsel sinken. «Ich kann nicht.»

Celine starrte mich an. «Warum nicht?»

«Weil sitzen das ist, was Sie eben nicht tun. Sie stehen immer wieder auf, Celine, Sie nehmen Anrufe entgegen, rufen Leute an, schreiben SMS und gehen sogar die Haustür öffnen – das war auch beim letzten Mal so. Ich werde also erst dann fortfahren, wenn zwei Dinge geschehen sind: Erstens schalten Sie Ihr Handy aus …»

Celine machte große Augen. «Ich muss es eingeschaltet lassen. Es könnte wichtig sein.»

«Die Sitzungen sind auch wichtig.»

«Der Anrufer könnte beleidigt sein.»

«*Ich* könnte beleidigt sein. Ja, ich *bin* beleidigt. Zweitens: Würden Sie bitte auf diesem Sessel sitzen bleiben? Sie dürfen nur aufstehen, wenn das Haus in Flammen steht.»

Celine sah mich an, als hätte ich ihr eine Ohrfeige verpasst. «Sie schreiben mir in meinem eigenen Haus nicht vor, was ich zu tun und zu lassen habe!»

Ich zählte in Gedanken bis zehn. «Celine, wenn Sie mir nicht Ihre Aufmerksamkeit schenken, dann kann ich Sie nicht malen.» Sie zuckte die Achseln, als wäre es ihr vollkommen gleichgültig. «Und ich möchte Sie malen, nicht zuletzt, weil Ihr Mann mir bereits sehr viel Geld dafür bezahlt hat.»

«Ich habe ihn nicht darum gebeten!» Celines Gesicht war gerötet. «Ich *wollte* nicht gemalt werden, und ich *will* nicht gemalt werden!»

«Tja.» Dem hatte ich nichts entgegenzusetzen. «Das ist ziemlich offensichtlich. Aber können Sie mir sagen, warum nicht?»

Celine seufzte. «Ach, ich weiß nicht. Ich habe einfach das Gefühl …»

Ich ließ den Pinsel sinken. «Machen Sie sich Sorgen, das Porträt könnte Ihnen nicht schmeicheln?» Sie antwortete nicht. «Sie sind sehr attraktiv, Celine, und so werden Sie auf dem Bild auch aussehen, denn ich male, was ich sehe: eine schöne Frau.»

«Von vierzig.» Sie wirkte verzweifelt. «Ich werde *vierzig*!» Für einen Augenblick dachte ich, sie würde anfangen zu weinen.

«Vierzig ist doch nicht alt?» Ging es darum? Eine Nervenkrise wegen ihres Alters? «Sie sehen nicht mal aus wie vierzig. Sie sehen um einiges jünger aus, als Sie sind.»

Celine sah mich eindringlich an. «Wie alt sind Sie?»

«Fünfunddreißig.»

«Und sind Sie verheiratet?»

«Nein.»

«Haben Sie Kinder?» Ich schüttelte den Kopf. Celine sah mich traurig an. «Sie haben also nie geheiratet und auch keine Kinder bekommen?»

Ich musste mich beherrschen, ob ihres Mitleids nicht sauer zu werden. «Nein, aber ich bin sehr glücklich. Es gibt viele Möglichkeiten, sein Leben zu leben.» Celine nickte langsam, ihre Miene war jetzt fast traurig. «Aber, schauen Sie, Celine, können wir bitte über *Sie* reden. Es würde mir sehr helfen, wenn ich wüsste, warum Sie nicht gemalt werden wollen.»

Sie stieß die Luft aus. «Ich ... weiß nicht. Es ist schwer zu erklären ... ich ... kann einfach nicht ... will nicht ...» Sie zuckte niedergeschlagen die Achseln. Was auch immer der Grund war, sie würde ihn mir nicht verraten.

«Porträtiert zu werden ist nicht leicht», sagte ich. «Für mich als Malerin ist die Sitzung eine fesselnde, intensive Angelegenheit, aber für das Modell kann es frustrierend sein, weil es nichts anderes zu tun hat, als dazusitzen und an die Wand zu starren. Sind Sie deswegen so ... *unruhig*?»

Sie blinzelte langsam. «Ja. Ich finde es anstrengend», sagte sie. «Nur so herumzusitzen. Das ist der Grund. Genau.»

«Also, es wird ihnen um einiges leichter fallen, wenn wir uns unterhalten. Aber das können wir nur, wenn Sie nicht an die Haustür gehen und Ihr Handy ausschalten.»

Sie nahm das Handy aus der Handtasche. «Ich schalte es nicht aus …» Sie drückte einige Knöpfe, und mich verließ der Mut. «Aber ich schalte es auf Stumm und die Mailbox ein.» Erleichtert schloss ich die Augen. «Und ich verspreche Ihnen, nicht mehr aufzustehen, es sei denn, ich sehe Flammen.»

«Danke.»

Celine legte das Handy in ihren Schoß und nahm ihre Pose wieder ein. Verzweifelt bemüht, irgendeine Art von Verbindung herzustellen, fing ich an, mit ihr zu plaudern. Ich fragte sie, aus welchem Teil von Frankreich sie stamme, und sie erzählte, die Familie sei in Fontainebleau nahe Paris zu Hause. Dann fragte ich sie, was ihr Mann beruflich mache.

«Er ist Direktor von Sunrise Insurance. So haben wir uns kennengelernt. Ich wollte ein oder zwei Jahre in London arbeiten, denn ich hatte an der Universität Englisch studiert. Und ich bekam eine Stelle in der Abteilung, die Victor damals leitete. Wir haben geheiratet, als ich dreiundzwanzig war, und kurz darauf kam Philippe auf die Welt … und …» Sie zuckte die Achseln. «Ich bin immer noch hier.»

«Sie haben gesagt, Philippe sei auf einem Internat. Gefällt es ihm dort?»

«Er ist sehr glücklich», sagte sie ausdruckslos. «Er wollte unbedingt aufs Internat, und so ist er von seiner hiesigen Schule abgegangen und nach Stowe, um dort seinen Abschluss zu machen.»

«Er ist … sechzehn?»

«Ja … und schon *sehr* unabhängig. Er kommt kaum nach Hause.» Celine sah mich niedergeschlagen an. «Das Leben vergeht so schnell. Gestern habe ich ihn noch in seinem Buggy zum Barnes Pond geschoben, um die Enten zu füttern. Heute ist er ein Teenager mit einem iPod und einem Laptop, morgen hat er einen Job und eine Wohnung und übermorgen eigene Kinder, und dann … Aber Sie waren ja nie verheiratet.»

Ich unterdrückte einen gereizten Seufzer. «Das stimmt.»

«Aber Sie haben jemanden.»

«Nein.» Ich drückte ein wenig Manganviolett auf die Palette. «Meine letzte Beziehung endete vor über einem Jahr.»

«Wer war er?»

«Ein Bildhauer namens David. Er war um einiges älter als ich.»

«Wie viel?»

«Elf Jahre.»

Celine sah mich aufmerksam an. «Dann haben Sie die Beziehung beendet?»

«Ja, aber nicht deswegen, sondern weil …»

«Weswegen?» Es war, als sei meine Antwort für sie irgendwie wichtig.

Ich wollte eigentlich nicht über mein Privatleben sprechen, doch ich wollte Celine jetzt, da sie endlich kooperativ war, auch nicht vor den Kopf stoßen. «Ich war zwei Jahre mit ihm zusammen», erklärte ich. «Wir sind gut miteinander klargekommen, aber ich fühlte mich einfach … ich weiß nicht … zu behaglich … zu …»

«Sicher?»

Ich sah Celine an. «Ja. Er war sehr nett, aber ich wollte … mehr. Mag sein, dass ich das niemals finde, aber ich habe die Hoffnung noch nicht aufgegeben.»

Celine nickte nachdenklich. «Aber es gibt jemanden, den Sie mögen.»

Ich konzentrierte mich darauf, ihre Unterlippe zu konturieren. «Nein.»

«O doch», beharrte sie. «Sie fühlen sich sehr zu ihm hingezogen. Ich sehe es in Ihrem Gesicht.» Meine Haut kribbelte. «Ich spüre es, ich habe eine sehr gute Intuition.»

«Das glaube ich Ihnen.» Ich wischte den Pinsel ab. «Aber in diesem Fall täuschen Sie sich.»

Der Rest der Sitzung verstrich ereignislos. Celines Handy summte ein paarmal, doch sie spähte nur auf das Display. Es läutete auch noch einmal an der Tür, doch sie ließ die Haushälterin öffnen. Sie schien sich endlich damit abgefunden zu haben, dass ich sie malte.

Um fünf nach eins waren wir fertig. Celine stand auf und kam herüber, um zu sehen, was ich gemacht hatte.

«Wie gesagt, das sind nur die Grundformen», erklärte ich. «Aber beim nächsten Mal fange ich an, Ihre Züge deutlicher zu umreißen. So.» Ich klickte das Porträt in die Transportbox. «Nächste Woche um dieselbe Zeit?»

«Einverstanden. Haben Sie schon ein Taxi bestellt?»

«Ja, für Viertel nach eins.»

Es stand pünktlich vor der Tür. Ich verstaute Staffelei und Ersatzleinwände im Kofferraum und stellte das Porträt neben mich auf die Rückbank. Dann fuhren wir los. Als wir die Hammersmith Bridge überquerten, schimmerte der Fluss wie Blech in der Sonne.

Es gibt jemanden, den Sie mögen.

Celine täuschte sich. Ich überlegte, mit welchen Farben ich Nates Augen malen würde.

Ich sehe es in Ihrem Gesicht.

Coelinblau mit Siena natur.

Ich spüre es.

Mit einem Hauch Kadmiumgelb hell.

Die Fahrt verging wie im Fluge – während wir durch London sausten, schaute ich nach meinen E-Mails. Mum hatte geschrieben, um mich zu fragen, ob ich, da ich Cecilia Bartoli gemalt hatte, die Opernsängerin bitten könnte, auf Chloës Hochzeit zu singen. Ich simste ein Wort zurück: *Nein!!!* Clare, die Radiojournalistin, hatte eine Nachricht mit Datum und Uhrzeit geschickt, zu der ihr Feature gesendet werden würde. Ich übertrug die Daten in meinen Kalender, und da merkte ich, dass das Taxi schon eine Weile nicht mehr fuhr.

«Was zum Teufel?», fluchte der Fahrer. Ich schaute auf. Er hatte das Lenkrad gepackt und starrte geradeaus. «Sehen Sie sich das an!» Wir waren nicht weit vom Fulham Broadway, wo der Verkehr auf unserer Straßenseite zum Erliegen gekommen war.

«Ist heute ein Fußballspiel?», fragte ich.

«Nein. Da ist ein Bus liegengeblieben – da vorn, schauen Sie. Er blockiert beide Spuren.»

Wir krochen auf die Ampel zu und sahen, während ein Hupkonzert zu hören war, wie sie rot wurde, grün und wieder rot.

Ich holte meine Geldbörse aus meiner Tasche. «Ich gehe von hier zu Fuß nach Hause. Es ist nicht mehr weit.»

Der Fahrer wandte den Kopf. «Kommen Sie klar mit all dem Zeug?»

«Ja, danke.» Ich reichte ihm das Fahrtgeld. «So schwer ist es nicht, höchstens ein bisschen unhandlich.»

«Also, passen Sie beim Aussteigen auf.»

Rasch holte ich die Staffelei und die Ersatzleinwände aus dem Kofferraum. Dann ging ich die rund zweihundert Meter zum Fußgängerüberweg. Das gelbe Schild war noch da und mehr Blumensträuße – an einem klebte noch das Preisschild. Ich drückte auf den Knopf, damit es grün wurde, und betrachtete das Foto von Grace. Ihr Gesicht strahlte von einer Art überraschter Fröhlichkeit, als hätte sie gerade wunderbare Nachrichten erhalten. Unter dem Foto entdeckte ich eine laminierte Nachricht:

GEWIDMET DEM LEBEN VON GRACE CLARKE

Schön, vor Leben sprühend, lustig, warm, glücklich, treu, mutig, stark, Fahrradfahrerin, entschlossen, rücksichtsvoll, immer cool und schick gekleidet, Lehrerin, übersprudelnd, einzigartig, freundlich, verlässlich, Nutella, großes Herz, sensibel, freundlich, Lake District, klug, Energie, Gärtnerin, mitfühlend, Gracie, geduldig, Kinder, grün, Tic-Tacs, Abenteurerin, offen, Pfefferminztee, inspirierend, sonnig, liebevoll, Umarmungen, fröhlich, Salsa, Surferin, Snowboarderin, Kollegin, Cousine, Nichte, Tante, Schwester, Tochter, Enkeltochter, Miss Clarke, beste Freundin der Welt, unser Schatz, von allen geliebt.

Aus dem Augenwinkel hatte ich bemerkt, dass das Ampelmännchen mit seinem forschen smaragdgrünen Schritt aufgetaucht, verschwunden und dann wieder aufgetaucht war.

Als ich jetzt aufschaute, sah ich, dass das rote Männchen da war, doch es spielte keine Rolle, denn die Autos bewegten sich eh nicht von der Stelle. Gedankenverloren überquerte ich die Straße.

Ich ging nach Hause, schloss die Haustür auf, lief zu meinem Schreibtisch, suchte in meinem Adressbuch die Nummer raus und wählte. Es klingelte dreimal, dann hob jemand ab.

«Royal Society of Portrait Painters, Alison am Apparat.»

«Alison, hier ist Ella Graham.»

«Hi, Ella. Was kann ich für Sie tun?»

«Also, Sie erinnern sich gewiss an den Auftrag, wegen dem Sie mich vor Ostern angerufen haben? Wegen eines Porträts der Fahrradfahrerin, Grace?»

«Natürlich erinnere ich mich. Ich habe der Familie gesagt, dass Sie denken, so etwas könnten Sie nicht.»

«Ja, so war das auch. Aber könnten Sie ihnen bitte ausrichten, dass ich es mir anders überlegt habe?»

5

Am Samstagmorgen beschloss ich, im Atelier rasch ein wenig sauber zu machen, bevor Nate kam. Um halb zehn klingelte das Telefon. Überzeugt, er wäre es, um abzusagen, ging ich ran.

«Hallo?»

«Ella?»

«Oh, *hi*, Pol. Bin ich froh, dass du es bist.» Ich klemmte mir den Hörer zwischen Ohr und Schulter und machte mich energisch daran, den Tisch abzuwischen.

«Du klingst außer Atem. Was machst du?»

«Ich bereite alles für Nates drittes Kommen vor.»

«Sein was?»

«Seine dritte Sitzung, meine ich. Nate kommt zu seiner dritten Porträtsitzung, also mache ich ein bisschen sauber.»

«Verstehe. Und für welchen Pausensnack hast du dich entschieden – Cantuccini oder Florentiner?»

«Hobnobs.» Ich schüttelte die Sofakissen auf, um den Staub zu vertreiben. «Ob er die mag?»

«Ella, er ist Amerikaner, er weiß vermutlich gar nicht, was Hobnobs sind.»

«Stimmt.» Ich stellte *John Singer Sargent: The Later Portraits* zurück ins Regal. «In dem Fall wären Schokovollkornkekse wohl besser. Ich habe aber auch noch ein paar Penguins. Ich hätte Cupcakes backen sollen.» Ich schaute auf die Uhr. «Ich könnte noch welche backen, es ist gerade noch genug Zeit.»

Auf der anderen Seite herrschte unbehagliches Schweigen. «Ella?», sagte Polly dann.

Ich warf eine leere Farbtube in den Abfalleimer. «Ja?»

«Ella …?»

Ich hob ein paar alte Skizzen vom Boden auf. «Was?»

«Ähm, du bist doch nicht …?»

«Was?», wiederholte ich.

«Nichts.» Ich hörte Polly ausatmen. «Schon gut.»

«In dem Fall muss ich, ich bin beschäftigt, Pol.»

«*Warte!* Ich hab angerufen, weil ich dich was fragen wollte. Erinnerst du dich aus der Grundschule an Ginny Parks?»

«Ja.» Ich machte mich daran, meinen Arbeitstisch aufzuräumen. Zuerst stellte ich die Pinsel in Gläser. «Ich hab neulich erst an sie gedacht. Sie war total nervig, mit kurzem, braunem Haar und rosa Brille.»

«Also, sie ist jetzt sehr attraktiv und hat lange blonde Haare und Kontaktlinsen.»

«Ähm, hast du deswegen angerufen? Um mir zu erzählen, dass Ginny Parks viel besser aussieht als mit sechs Jahren?»

«Nein. Ich rufe an, weil sie mir gestern auf Facebook eine Freundschaftsanfrage geschickt hat, und ich habe gerade ihr Profil gelesen: Hier steht, dass sie Anwältin ist …»

«Super.» Plötzlich fiel mir auf, wie schmutzig die Fenster waren. Ich ging zum Waschbecken und machte einen Schwamm nass.

«… und zwar in einer Kanzlei in der City.»

«Phantastisch.»

«Spezialisiert auf Handelsrecht.»

«*Super.*» Ich machte mich daran, die Scheiben zu putzen.

«Und dass sie ‹in einer Beziehung› mit Hamish Watt ist.»

Meine Hand hielt mitten im Wischen inne. «Der Idiot, der mich interviewt hat?»

«Genau der.»

«Dann hat er es von ihr.» Durch das Fenster sah ich ein Flugzeug über das blaue Himmelsgewölbe fliegen, das einen schneeweißen Kondensstreifen hinter sich herzog. «Ginny hat mich immer wegen meines Vaters gelöchert. Ich hab's gehasst. Und jetzt ... das ist sonderbar, Polly, aber mir geht gerade auf, dass sie mich auf seltsamen Umwegen ... wieder mit ihm zusammengebracht hat.» Auf meinen Armen breitete sich Gänsehaut aus.

«Zusammengebracht?», wiederholte Polly. «Heißt das, dass du ...»

«Nein, nein, heißt es nicht.» Ich hörte einen enttäuschten Seufzer. «Tut mir leid, Polly, aber können wir das Thema abschließen? Mehr gibt es dazu nicht zu sagen. Mein Vater hat nach drei Jahrzehnten, in denen er mich völlig ignoriert hat, beschlossen, mit mir in Kontakt zu treten. Ich habe beschlossen, nicht darauf einzugehen. *Finito.*»

Einen Augenblick herrschte Schweigen. «Tut mir leid, Ella. Ich wollte mich nicht einmischen.»

«Ist okay, Pol. Ich weiß ja, dass du es gut meinst, aber ich ziehe jetzt einen Strich unter die Sache. Trotzdem danke, dass du mir von Ginny erzählt hast.» Ich schaute noch einmal auf die Uhr. «Ich habe nur noch eine Stunde, bis Nate kommt, also sage ich jetzt *ciao.*»

«Ciao?», hörte ich sie noch sagen, als ich auflegte.

Ich putzte fertig, stellte die Sachen für die Kaffeepause parat, duschte und zog mich an, machte meine Haare, legte ein wenig Make-up auf und ging, da ich noch ein paar Minuten hatte, ins Internet, um nach den neuesten Nachrichten zu schauen. Dann gab ich bei Google aus reiner Neugier «John Sharp, Architekt Westaustralien» ein. Nichts, außer ein Link zur Australian Architect's Asscociation, doch als ich ihn anklickte, tauchte sein Name nirgends auf. Im Onlinearchiv einer Architekturzeitschrift fand ich eine Referenz auf einen John Sharp, der 1986 in Busselton eine Grundschule gebaut hatte. Ich ging davon aus, dass er das war, doch da ich keine anderen Verweise auf etwas fand, was er entworfen hatte, vermutete ich, dass er in Australien nicht lange als Architekt gearbeitet hatte. Gerade wollte ich eine neue Suche starten, um herauszufinden, was er danach womöglich gemacht hatte, als mir einfiel, dass es mich ja nicht interessierte, und ich ließ es sein.

Stattdessen ging ich auf meine Facebook-Seite. In der letzten Woche hatte ich zwei neue Fans gewonnen, einer davon ein Junge, den ich in Heatherley unterrichtet hatte. Er hatte eine freundliche Nachricht auf meiner Pinnwand hinterlassen, und ich antwortete entsprechend. Das erinnerte mich an Heatherley, und von dort wanderten meine Gedanken zu Guy Lennox, der vor fast hundert Jahren auch dort studiert hatte. Ich dachte daran, wie Lennox sich beim Malen ihres Porträts in eine Frau verliebt hatte, und stellte mir vor, wie er an der Staffelei stand, Edith anschaute und sich mit jedem Pinselstrich hoffnungsloser in sie verliebte.

Drnnnnnnggggg.

Beim Dröhnen der Klingel fuhr ich zusammen. Rasch überprüfte ich meine Erscheinung im Spiegel und lief die Treppe hinunter.

Ich öffnete die Tür, und da stand Nate, lächelte mich befangen an, als wäre er immer noch amüsiert darüber, dass wir tatsächlich einen Waffenstillstand geschlossen hatten. «Hi, Ella.»

«Hi», sagte ich glücklich.

Nate kam herein und gab mir einen Kuss auf die Wange – eine Friedensgeste, wie ich annahm. Er duftete köstlich nach Süßgras und Limone.

«Und, wie bist du gekommen?»

«Zu Fuß. Es sind nur zehn Minuten. Wir sind fast Nachbarn», fügte er hinzu und zog sein Jackett aus.

«Ich nehme dir das ab. Oh, gut, du hast daran gedacht, den grünen Pullover anzuziehen.»

«Bekomme ich dafür ein Sternchen?»

«Klar. Es ist total nervig, wenn die Modelle ständig vergessen, in welcher Kleidung ich sie male.»

Nate folgte mir die Treppe hoch. «Und wie war deine Woche?»

«Oh, nicht schlecht.» Im ersten Stock zog ich die Schlafzimmertür zu. «Obwohl sie mir irgendwie sehr lang vorkam. Egal.» Wir waren in dem großen, hellen Atelier angekommen. «Da wären wir wieder.» Ich band mir die Schürze um und wies mit einem Nicken auf den Sessel. «Wirf dich in Pose.»

Nate lachte und setzte sich. «Ich will's versuchen.»

Ich band meine Haare mit einem gelben Haargummi zusammen und nahm die Palette. Als Nate den Kopf hob und mich ansah, durchfuhr mich ein elektrischer Schlag. Ich sagte mir, das sei nur der Schauer der Künstlerin, die ganz aufgeregt war wegen des Porträts.

Ich trat hinter die Staffelei. «Und jetzt sehe ich mir dich ganz genau an.»

Ich fing an, Nates Gesicht zu studieren, dessen Landschaft mir schon so vertraut war, dass ich ihn aus der Erinnerung hätte malen können. Ich betrachtete seine Nase, seine Augen – seine Wimpern waren sehr dunkel, und sein rechtes Augenlid stand ein wenig weiter vor als das linke. Ich studierte seine Stirn und fragte mich, woher er wohl die kleine runde Narbe hatte. Seine Haare waren kurz geschnitten und liefen vor den Ohren spitz zu, wie der Umriss von Indien.

Nate lächelte. «Ich glaube nicht, dass ich jemals von jemandem so genau gemustert wurde. Nicht mal von meiner Mutter.»

Ich hielt einen Bleistift hoch und kniff die Augen zusammen, um den Abstand zwischen Unterlippe und Kinn zu bestimmen. «Na ja, das ist ein wichtiger Teil meiner Arbeit. Im Grunde verdiene ich mir meinen Lebensunterhalt damit, Leute anzustieren.»

«Das ist bestimmt ganz schön komisch.»

«Allerdings.» Ich legte den Bleistift weg und nahm einen Pinsel. «Ich komme mir schon ein wenig zudringlich vor, fast wie ein Stalker, besonders wenn die Modelle hinterher sagen, ich hätte sie ‹eingefangen›.» Ich machte mich ans Mischen.

«Also, ich hoffe, mich fängst du auch ein.»

Sein Tonfall war sachlich gewesen, doch ich merkte, wie ich rot anlief. «Das will ich ja auch.» Meine Stimme versagte. «Ich meine, ich will, dass meine Modelle zufrieden sind.»

«Und sind sie es?»

«Normalerweise schon. Und wenn nicht, sind sie meistens zu nett, es zu sagen.»

«Bleibst du je in Kontakt mit ihnen?»

«Ja, einige sind richtige Freunde geworden.»

«Dann hast du sie in dein Leben gemalt.»

Ich lächelte bei der Vorstellung, dann sann ich darüber nach, dass Nate schon in meinem Leben war. Er wird mein Schwager, ermahnte ich mich. Er wird Chloë heiraten. Meine Schwester wird bald seine Frau. «Und? Wie laufen die Hochzeitsvorbereitungen?», fragte ich strahlend.

«Also, die Antwort darauf lautet wohl: *schnell.*» Nate sog Luft durch die Zähne ein. «Ich bin beeindruckt, wie effizient deine Mutter ist, wenn nicht gar ... ausgesprochen einschüchternd.»

Ich tauchte den Pinsel in Terpentin. Damit hatte er meiner Mutter nicht gerade ein Kompliment gemacht. «Also, um sie in Schutz zu nehmen, dreieinhalb Monate sind nicht lange.»

Nate blinzelte. «Überhaupt nicht lange.»

«Andererseits ist eine kurze Verlobungszeit romantisch», sagte ich. «Und es ist schön, dass ihr an Chloës Geburtstag heiratet.»

«Das war auch die Idee deiner Mutter.»

«Ehrlich?» Ich lächelte in mich hinein: Das hatte sie ja wieder mal hübsch gedreht.

Nate nickte. «Chloë und ich hatten uns erst ein paar Stunden vorher verlobt. Wir hatten vage Oktober im Sinn, aber dann meinte deine Mutter plötzlich, warum wir nicht an Chloës Geburtstag heirateten, der falle auf einen Samstag. Chloë war so begeistert, dass ich das Gefühl hatte, ich könnte nicht nein sagen ... ich meine, nicht dass ich nein sagen *wollte*», fügte er hastig hinzu. «Ich war nur ein bisschen ... überrumpelt.»

«Jedenfalls vergisst du dann den Hochzeitstag nicht so leicht.»

«Stimmt. Und deine Mutter hat mich darauf aufmerksam gemacht, dass es das Wochenende des vierten Juli ist. Das macht es den Leuten aus den Staaten leichter zu kommen, denn der Montag ist dort ein Feiertag, also …» Er hielt in einer Geste der Kapitulation die Hände hoch. «Der dritte Juli ist … toll.»

«Kommen deine Schwestern?» Ich stellte mir vor, wie sie alle miteinander draußen vor der Kirche standen, die Hände voller Reis.

Nate nickte. «Das lassen sie sich auf keinen Fall entgehen. Sie werden alle dastehen und mir sagen, was ich tun soll.»

«Dann wird es eine große Hochzeit.»

«Sieht ganz so aus. Die Gästeliste ist … endlos, aber …» Er schüttelte den Kopf.

«Aber was?»

«Die Vorstellung, so ein persönliches Gelöbnis vor so vielen Menschen abzulegen …»

«Oh, das kriegst du schon hin. Du musst nur dastehen und ‹ja› sagen.»

Dann wollte ich nicht mehr über die Hochzeit reden und lenkte das Gespräch auf Florenz und New York – wir unterhielten uns über die Kunstwerke in den Uffizien und in der Frick Collection. Ich fragte Nate nach seiner Kindheit, und er erzählte mir noch ein bisschen mehr darüber, wie er mit seinen Schwestern in Brooklyn aufgewachsen war, wie er zu der Narbe auf der Stirn gekommen war, und über den Hund, den er als Junge gehabt hatte. Dann diskutierten wir über Filme und Theaterstücke, die wir beide gesehen hatten, und über Bücher, und plötzlich stand Nate auf.

«Musst du dir die Beine vertreten?», fragte ich.

«Nein.»

«Lass uns trotzdem eine Pause machen.» Ich legte den Pinsel weg. «Es ist bestimmt eine Stunde, seit wir angefangen haben.»

Verdutzt runzelte er die Stirn und wies mit einem Nicken auf die Uhr an der Wand hinter mir. «Ella. Es sind zweieinhalb Stunden.»

«Unmöglich.» Ich schaute auf die Uhr. Er hatte recht. «Ich hatte ja keine Ahnung.»

«Na ja, wir haben viel geredet, wie beim letzten Mal.»

«Trotzdem.» Ich wandte mich ihm wieder zu. «Es kann doch unmöglich schon fünf vor eins sein?»

Nate lächelte. «Vielleicht sind wir in eine Verwerfung im Raum-Zeit-Kontinuum geraten oder wurden in ein Wurmloch gesaugt.»

«Das ist die einzige plausible Erklärung.» Ich legte meine Palette auf den Arbeitstisch. Die Hand tat mir weh vom langen Festhalten. «Warum hast du nichts gesagt? Du hast dir doch sicher verzweifelt eine Pause gewünscht.»

«Nein, mir ging's gut.»

«Aber du hast nicht mal eine Tasse Kaffee bekommen, ganz zu schweigen von einem Hobnob.»

«Einem was?»

«Das sind Kekse. Willst du jetzt einen?»

Nate schüttelte den Kopf. «Danke, aber ich bin mit Chloë zum Mittagessen verabredet.»

Das versetzte mir einen Stich, als hätte mir jemand einen Dolch in die Brust gestoßen. Ich lächelte. «Grüß sie von mir. Sag ihr, ich rufe sie bald mal an.» Ich legte meine Schürze ab und hängte sie auf. «Nächsten Samstag wieder?»

«Ja, wunderbar.»

Nate kam herüber, um sich die Leinwand anzusehen. Er stand so nah neben mir, dass ich fast die Wärme seines Körpers spüren konnte. «Es ist immer noch nicht sehr weit», sagte ich, als wir die breiten Striche und die Farbflächen betrachteten. «Aber ich habe die Grundstrukturen deines Gesichts festgelegt, und von nächster Woche an kannst du sehen, wie du allmählich …»

«Wie ich auftauche?»

«Ja. Jedes Mal wirst du ein bisschen mehr von dir erkennen, bis wir, nun, das ganze Bild von dir haben. Zumindest so, wie ich dich sehe.»

«Ich bin gespannt, was du aus mir machst.»

Ich zuckte die Achseln. «Das weiß ich noch nicht, ich arbeite noch daran, dir auf die Schliche zu kommen. Aber du bist ein gutes Modell.»

«Weil es mir Spaß macht.»

Ich sah ihn an. «Das ist … toll.»

Er trat von einem Fuß auf den anderen und wandte sich wieder dem unfertigen Bild zu. «Witzig, dass ich mich so vor diesen Sitzungen gefürchtet habe. Jetzt, also, jetzt freue ich mich drauf.»

Mich überkam eine verwirrende Euphorie. «Ich mich auch.»

Wir gingen nach unten, und ich nahm Nates Jackett von der Garderobe, öffnete die Haustür und wandte mich ihm zu. «Dann sehen wir uns nächste Woche. Wieder halb elf?»

Er nickte. «Ich bin da.»

Ich wartete, dass er ging, doch aus irgendeinem Grund stand er da und sah mich aufmerksam an. Mein Herz schlug einen Salto.

«Ella?», murmelte Nate nach einigen Augenblicken.

«Hm?» Plötzlich sahen seine Augen gar nicht mehr so grün aus wie sonst. Sie waren ziemlich dunkel.

«Ella?», wiederholte er leise.

«Ja?»

«Könnte ich mein Jackett haben?»

«Oh.» Ich hielt es noch in der Hand, ja, umarmte es fast. «Tut mir leid.» Ich lachte. «Bitte schön.»

Nate streifte sich die Jacke über, beugte sich dann vor und drückte mir einen Kuss auf die Wange. «*Ciao*, Ella.» Er trat aus der Tür und drehte sich noch einmal lächelnd um. «Bis dann.»

«Bis dann», wiederholte ich.

Ich schloss die Tür, lehnte mich daran und lauschte seinen leiser werdenden Schritten.

Es gibt jemanden, den Sie mögen.

«Ja», murmelte ich.

Sie fühlen sich sehr zu ihm hingezogen.

«Ja.»

Ich sehe es in Ihrem Gesicht.

«Aber er ist mit meiner Schwester verlobt.»

Meine Euphorie verwandelte sich in Bestürzung.

Ich bin nicht in Nate verliebt, sagte ich mir vernünftig, als ich am Dienstagmorgen im Bett lag. Es war nur eine kleine Schwärmerei – eine dumme, nein, unter diesen Umständen verrückte – Vernarrtheit. Wenn ich sie einfach ignorierte, war sie bald wieder vorbei. Als meine Mutter Chloë einmal wegen Max in die Mangel genommen hatte, hatte sie gesagt, sie hätte sich gar nicht erst in ihn verlieben sollen. Chloë hatte erwidert, sie habe sich nicht bewusst entschieden, sich in ihn zu verlieben. «Du hättest wählen können, es nicht zu tun!», hatte Mum zurückgeschossen.

Ich fand, Mum hatte recht gehabt. Und ich würde jetzt die bewusste und rationale Entscheidung treffen, mich nicht in den zukünftigen Gemahl meiner Schwester zu verlieben. Für die restlichen Sitzungen würden Nate und ich eine nette, aber rein professionelle Beziehung haben, und danach würden wir uns auf den freundlichen Umgang beschränken, den man von uns als Schwager und Schwägerin erwartete.

«Gut.» Ich schwang die Beine aus dem Bett. «Das wäre geklärt.»

Ich duschte rasch und zog mich an. Als ich mein Smartphone nahm, sah ich, dass in der Nacht eine weitere E-Mail von meinem Vater gekommen war. Mit sinkendem Mut öffnete ich sie.

Liebe Ella, ich hoffe Du hast vor vierzehn Tagen meine Nachricht bekommen.

«Habe ich.»

Mir ist klar, dass Du vielleicht nicht antworten möchtest.

«Allerdings.»

Doch ich schreibe Dir noch einmal, um Dir zu sagen, ab wann ich in London bin, falls Du Dich doch entscheidest, Dich mit mir zu treffen. Ich bin ab dem 23. Mai für vier Tage in der Stadt.

Ich merkte, dass mein Puls sich beschleunigte.

Es würde mir sehr viel bedeuten, Dich sehen zu können.

Eine Welle des Zorns brandete durch mich hindurch. «Es hätte *mir* sehr viel bedeutet, wenn ich *dich* irgendwann in den letzten dreißig Jahren mal hätte sehen können!»

Inzwischen schicke ich Dir hier meine Handynummer und ein Foto.
Herzlich
Dein Vater

«Mein *Ex*-Vater», murmelte ich. Wenigstens hatte er nicht mit «Daddy» oder «Dad» unterschrieben.

Ich las die Nachricht sechs- oder siebenmal. Dann öffnete ich mit zitternder Hand den Anhang.

Ich keuchte auf, denn plötzlich hatte ich vor Augen, wie ich mit ungefähr vier an der Hand eines Mannes, der, wie ich sofort wusste, mein Vater war, irgendwo an einem Strand stand. Ich trug ein blauweiß gestreiftes Kleid und blinzelte in die tief stehende Sonne, mein kurzes braunes Haar war vom Wind zerzaust. Mein Vater, barfuß, in knielanger Hose und lässigem Hemd, hatte dunkle Haare und kräftige breite Schultern – ein großer, gutaussehender Mann. In der Hand, die nicht die meine hielt, hatte er einen roten Spaten, während hinter uns auf einem gelben Handtuch ein Picknickkorb und ein weißer Sonnenhut lagen. Ich hatte keine Ahnung, wo wir waren, doch ich wusste, dass meine Mutter das Foto gemacht hatte, denn im Vordergrund ragte ihr Schatten über den hellen Sand auf uns zu.

Erschüttert ging mir auf, dass dies das erste Foto von meinem Vater war, das ich zu sehen bekam. Ich tröstete mich mit dem Gedanken, dass er mich immerhin genug geliebt hatte, um es aufzubewahren. Doch es mir jetzt zu schicken war nur ein Akt der Manipulation. Ich rief die «Optionen» auf. «Nachricht löschen?»

Ich zögerte. Dann entdeckte ich an seiner linken Hand den Ehering, der in der Sonne funkelte. Ich atmete aus, schloss die Augen und drückte auf «Ja».

Ich hatte gedacht, ich müsste Erleichterung empfinden, doch stattdessen war ich ganz aufgelöst – so aufgelöst, dass ich versuchte, dass Foto zurückzuholen, doch das ging nicht. In wachsender Panik lief ich rauf ins Atelier und riss die unterste Schreibtischschublade auf. Von ganz hinten angelte ich einen großen weißen Umschlag heraus, dessen Ränder vergilbt waren. Ich öffnete die Lasche und holte die Zeichnung von meinem Vater heraus – die, die ich niemals hatte wegwerfen können. Sie war ihm, wie ich jetzt erkannte, sehr ähnlich. Ich war wohl zufrieden gewesen damit, denn ich hatte sie signiert. Ich überlegte gerade, wie alt ich wohl gewesen war, als ich sie gezeichnet hatte – neun oder zehn –, da hörte ich ein Auto vorfahren. Ich schaute aus dem Fenster und sah, wie Mike seinen BWM einparkte. Rasch schob ich die Zeichnung zurück in den Umschlag, verstaute ihn wieder im Schreibtisch und ging dann runter, um die Tür zu öffnen.

«Hi, Mike.» Ich war froh, dass ich mich ein wenig mit Arbeit ablenken konnte.

«Guten Morgen, Ella.» Er schloss den Wagen ab und kam rein.

«Möchten Sie eine Tasse Kaffee?»

«Nein, danke.»

Als er sein Jackett auszog, verzog ich das Gesicht. «Sie haben vergessen, den blauen Pullover anzuziehen.»

Er stöhnte. «Tut mir leid, aber ich habe gerade schrecklich viel um die Ohren.»

«Natürlich, aber die nächste Sitzung ist die letzte, also werde ich Ihnen am Tag vorher eine SMS schicken und Sie daran erinnern, okay?»

«Ja, sicher.»

Wir gingen hinauf ins Atelier, und ich holte Mikes Leinwand aus dem Gestell und platzierte sie auf der Staffelei. Während ich die Farben mischte, sprachen wir über die Wahlen, deren Termin endlich bekannt gegeben worden war. «Das ist gewiss eine Erleichterung.»

«Ja», antwortete er müde und setzte sich in den Sessel. «Aber es wird hart.»

Ich drückte ein wenig Preußischblau auf die Palette. «Aber Sie haben doch eine große Mehrheit, oder?»

«Ja, aber man kann nichts für selbstverständlich nehmen.»

Jetzt sprach Mike über die Meinungsumfragen und darüber, wie schwer ihm das Klinkenputzen fiel, bei dem es die Wähler zu überzeugen und zu beschwatzen galt. «Ich bin mir vorgekommen wie ein Zeuge Jehovas», sagte er kleinlaut. «Nur noch weniger willkommen.»

«Ich weiß nicht.» Ich dachte an Celine. «Manche Menschen sind ganz froh, wenn die Zeugen Jehovas klingeln.»

«Vielleicht. Und wen malen Sie im Augenblick noch?»

«Eine schöne Französin – doch es ist ein rechter Kampf, denn sie möchte eigentlich gar nicht gemalt werden.» Ich stellte mir vor, wie Celine und ich über der Leinwand miteinander rangen.

Mike sah mich verdutzt an. «Warum denn nicht?»

«Sie findet das Stillsitzen frustrierend, was es in gewisser Weise ja auch ist, aber ...» Ich zuckte die Achseln, denn ich wollte nicht hinzufügen, dass meiner Meinung nach mehr dahintersteckte. «Dann porträtiere ich gerade eine sehr elegante Engländerin von Mitte achtzig.» Ich freute mich sehr darauf, Iris wiederzusehen, auch wenn es frühestens in einer Woche war, denn Sophia hatte angerufen, um mir zu berichten, dass ihre Mutter eine schlimme Erkältung hatte. «Und dann male ich im Augenblick noch den Verlobten meiner Schwester.» Ich merkte, dass ich rot anlief. «*Und* ich arbeite noch an dem Porträt meiner Mutter.» Ich wies mit einem Nicken auf die Leinwand, die an der Wand lehnte. «Es ist fast fertig.»

Mike richtete den Blick auf das Bild. «Sie ist schön.» Er neigte den Kopf zu einer Seite. «Ihr Gesichtsausdruck ist interessant.»

«Was sehen Sie darin?», fragte ich aus Neugier.

«Sie wirkt ... zurückhaltend.»

«Ja, sie wirkt ein wenig zurückhaltend, das stimmt.» Ich tunkte den Pinsel ins Terpentin.

«Ich meine fast geheimnistuerisch», sinnierte er. «Als würde sie etwas verbergen.»

«Oh.» Ich betrachtete das Bild von neuem. «Also, das sehe ich nicht.» Jetzt bedauerte ich es, dass ich Mike nach seiner Meinung gefragt hatte – was wusste *er* schon? «Mit ihr mache ich keine richtigen Porträtsitzungen», erklärte ich. «Normalerweise schaut sie nach dem Unterricht an der National Ballet School für eine halbe Stunde rein. Morgen kommt sie wieder, dann machen wir ein bisschen weiter.»

«Dann haben Sie viel zu tun», bemerkte Mike.

«Ja, zum Glück.» Ich studierte seine Nasenspitze und setzte einen Lichtpunkt auf die Leinwand. «Und ich habe gerade den Auftrag für ein posthumes Porträt bekommen.»

«Ehrlich? Das ist sicher ... seltsam.»

Ich wählte einen feineren Pinsel. «Das werde ich bald herausfinden. Ich habe so etwas noch nie gemacht. Ich habe es immer vermieden, weil ich es sehr traurig finde und es technisch wahrscheinlich recht knifflig ist. Als ich zum ersten Mal gefragt wurde, habe ich den Auftrag abgelehnt.»

«Wieso haben Sie Ihre Meinung geändert?»

«Weil ich eine Art Nachruf auf die Betreffende gelesen habe – Freunde und Familienangehörige haben alle ein Wort beigetragen, das, wie sie fanden, diese junge Frau charakterisierte. Das hat mich sehr gerührt, und aus irgendeinem Grund geht sie mir nicht aus dem Kopf.»

Ich merkte, wie die Spannung im Raum stieg. «Und wer war sie?»

Als ich es Mike erzählte, schloss er einen Augenblick die Augen, als hätte er schlechte Nachrichten erhalten.

«Es hat ja einiges über ihren Tod in der Presse gestanden», sagte ich. «Das haben Sie bestimmt gelesen.»

Der Sessel knarrte, als Mike sich abwandte. «Ja.»

«Für die Familie ist es unglaublich hart, vor allem, weil man immer noch nicht weiß, wie es passiert ist und warum sie um diese Zeit den Fulham Broadway runtergeradelt ist. Sie hat weder dort in der Nähe gewohnt noch gearbeitet.»

Jetzt dachte ich daran, wie ich Grace' Onkel getroffen hatte, einen ruhigen Mann Ende fünfzig. Er war am Tag zuvor in mein Atelier gekommen und hatte zwei Stunden lang mit mir über Grace gesprochen. Sie hatte in Chiswick gelebt und in einer Grundschule in Bedford Park unterrichtet. Er hatte vier Fotoalben mitgebracht – zwei, die ihr gehört hatten, und zwei von ihren Eltern.

Ich hatte mir die Fotos von Grace angesehen: mit drei auf der Schaukel, fünfjährig mit Zahnlückenlächeln, mit sechs auf ihrem neuen Fahrrad, mit acht auf einem braunen Pony, mit elf am ersten Tag auf der höheren Schule, mit vierzehn auf dem Mount Snowdon, in ihrer Robe, Arm in Arm mit Freunden bei der Schulentlassungsfeier, und an einem sonnigen Tag im vergangenen Jahr im September auf den Stufen ihrer Schule, im Kreis der Kinder, die sie unterrichtete.

«Ein Unfall mit Fahrerflucht», sagte ich zu Mike.

Seine Mundwinkel verkrampften sich. «Das weiß man nicht. Der Fahrer hat womöglich gar nicht mitbekommen, was passiert ist.»

«Aber ihm ist doch sicher klar geworden, was er getan hat.»

«Warum sagen Sie ‹er›?», fuhr Mike auf.

«Also …» Mikes Tonfall verwunderte mich.

«Woher wissen Sie, dass es ein ‹Er› war?», wollte er wissen.

«Das … das weiß ich nicht», gestand ich. Mein Herz pochte wild.

«Wer auch immer es war», Mikes plötzlicher Zorn war verschwunden, jetzt wirkte er nur noch unglücklich, «hat womöglich gar nicht gemerkt, was passiert ist.» Er blinzelte schnell, als versuchte er, etwas zu begreifen. «Insbesondere da es im Dunkeln geschah.»

Ich atmete aus. «Das stimmt. Er hat sie vielleicht nur mit dem Seitenspiegel gestreift, und so ein Fahrradhelm bietet bei einem Sturz nicht viel Schutz.» Mike nickte düster.

«Aber sie versuchen, die Bilder der Überwachungskamera zu vergrößern. Anscheinend waren die Bilder recht körnig, und sie haben das Kennzeichen nicht, aber sie können womöglich trotzdem ... was machen.» Ich tunkte den Pinsel in das Terpentin. «Das ist mein neuester Auftrag – Grace.»

Mikes Blick wurde traurig. Schweigen senkte sich herab.

Ich hatte keine Ahnung, was ich von Mikes heftigem Ausbruch halten sollte. Er war nervös, aber er wirkte auch fast ein wenig ... als fühlte er sich angegriffen. Während ich weitermalte, durchfuhr mich ein Schauder. Vielleicht wusste er ja, was mit Grace passiert war. Schließlich fuhr er oft den Fulham Broadway runter, und er besaß einen schwarzen BMW. Ich dachte darüber nach, dann tat ich es als Zufall ab. Aber vielleicht war es doch sein Auto gewesen, das sie angefahren hatte, und er hatte es nicht mitbekommen, sondern es erst später aufgrund der Berichte in Fernsehen und Zeitungen begriffen.

Das würde seinen Aufruhr erklären. Er war entsetzt über das, was er getan hatte, und ihm graute davor, was die vergrößerten Aufnahmen aus der Überwachungskamera ans Licht bringen mochten. Er hatte gewiss panische Angst vor den Schlagzeilen, schließlich war er Unterhausabgeordneter und als Mitglied eines Verkehrsausschusses Schirmherr der Radfahrer. Man würde ihn verunglimpfen, weil er nicht angehalten hatte. Womöglich drohte ihm ein Strafverfahren. Das würde seine Karriere zerstören, wenn nicht gar sein Leben.

Während mir dieses Szenario durch den Kopf ging, erinnerte ich mich daran, dass Mike seine Sitzungen Ende Januar plötzlich abgesagt hatte, wenige Tage nach Grace' Tod. Die E-Mail, in der er schrieb, er habe «plötzlich sehr viel zu tun», war so wirr gewesen, dass ich beim Lesen damals gedacht hatte, er müsse betrunken gewesen sein. Jetzt war er nur noch ein Schatten des großen, glücklichen, selbstbewussten Mannes, den ich vor noch nicht einmal vier Monaten angefangen hatte zu malen. Und er hatte bei einem traurigen Lied im Radio geweint. Er stand eindeutig unter großem emotionalen Druck. Vielleicht hatte er deswegen das Gesicht meiner Mutter so gedeutet – weil er selbst verzweifelt bemüht war, etwas zu verbergen.

Er atmete langsam aus. «Und? Haben Sie schon damit angefangen?»

«Ähm, nein, noch nicht.» Es war mir jetzt ganz seltsam, mit Mike über den Auftrag zu reden, doch er schien es wissen zu wollen. «Zuerst muss ich ein Gefühl dafür bekommen, wer Grace war. Ich habe Fotos von ihr.» Mike zuckte zusammen. «Aber ich möchte, dass das Porträt mehr ist als nur ähnlich. Ich möchte Grace' Wesen einfangen. Doch da ich sie nie kennengelernt habe, wird das nicht leicht.»

«Nein», pflichtete Mike mir leise bei. «Das wird schwer.»

«Ich kann nur eine halbe Stunde bleiben», erklärte meine Mutter, als sie am Nachmittag kam. «Ich habe alle Hände voll zu tun. Es hört nicht auf», fügte sie mit einer seltsamen Mischung aus Zufriedenheit und Genervtsein hinzu. Sie nahm ihren Mantel ab und reichte ihn mir. «Die Einladungen sind beim Drucker», sagte sie, als ich den Mantel aufhängte. «Ich habe mich entschieden, Antwortkarten beizulegen. Die Leute können schockierend nachlässig sein, selbst bei einer Hochzeit. Hilfst du mir, sie zu schreiben?», fügte sie hinzu, als wir die Treppe hinaufgingen.

«Klar. Ich komme vorbei und bringe meinen Kalligraphiestift mit.» Ich öffnete die Ateliertür. «Und wie viele Leute lädst du ein?»

«Zweihundertzehn.»

«Gütiger Himmel!»

«Na ja, alle die, die uns zur Hochzeit *ihrer* Kinder eingeladen haben, und Nate hat natürlich eine weitverzweigte Familie.» Ich stellte mir seine Schwestern vor, aufgereiht wie Matroschkapuppen. «Chloë hat einen großen Freundeskreis», fuhr Mum fort, «außerdem möchte sie ein paar Kolleginnen und Kollegen einladen, und dann ist man schnell bei so einer Zahl.» Sie trat vor den Wandspiegel und überprüfte ihre Erscheinung. «Zum Glück ist der Garten so groß, dass wir sie alle unterkriegen.» Sie öffnete ihre Tasche und holte ihre goldene Puderdose heraus. «Und es ist schön, mal so richtig dick aufzutragen.»

«Ja?», fragte ich, während sie Lippenstift nachzog.

«Ja.» Sie klappte die Puderdose zu, steckte sie zurück in ihre Tasche und sah sich im Atelier um. «Sieht schön aus hier oben, Ella, längst nicht mehr so ein Durcheinander.»

«Ich habe aufgeräumt.» Ich nahm meine Schürze vom Haken und zog sie an. «Oh, gut gemacht», fügte ich hinzu, als meine Mutter ihre Strickjacke auszog. «Du hast daran gedacht, die Seidenbluse anzuziehen.»

«Ich muss mich wundern, dass ich daran gedacht habe, wo ich so viel um die Ohren habe.» Sie schüttelte den Kopf, als wollte sie, dass er aufhörte, sich zu drehen. Dann setzte sie sich, hob das Kinn und legte die linke Hand auf die Brust.

Meine Mutter war immer noch durch und durch die Primaballerina. Sie «saß» nicht in einem Sessel – sie ließ sich darin nieder und sorgte dafür, dass ihr Körper eine anmutige «Linie» bildete, dass ihre Gliedmaßen harmonisch platziert waren und ihr Kopf in einem eleganten Winkel zum Hals stand.

«Ich bin äußerst verärgert über den Organisten», gestand sie.

Ich zog das Rollo zurecht. «Warum?»

«Er besteht darauf, Purcells *Trumpet Tune* zu spielen, aber das habe ich auf so vielen Hochzeiten gehört.»

Ich ging zur Staffelei. «Aber es ist fröhlich.»

Mum neigte den Kopf. «Das stimmt. Und Chloës Hochzeit wird eine sehr fröhliche Angelegenheit.»

Ich spürte, wie der Dolch in meinem Herzen gedreht wurde. «Ja.» Für alle, außer für mich, sinnierte ich, und dann schämte ich mich wegen dieses Gedankens.

«Aber bei der *Toccata* von Widor spreche ich ein Machtwort.»

Ich nahm die Palette. «Die ist wirklich abgenudelt. Könntest du hierher schauen?»

Mum richtete ihre hellblauen Augen auf mich. «Aber ich habe eine wunderbare Sopranistin gefunden. Sie singt im Chor im Covent Garden, und ihre Stimme …» Mum schloss die Augen in einer Pose der Ekstase und öffnete sie langsam wieder. «Wir werden alle in Tränen zerfließen. Vielleicht lege ich in jedes Gottesdienstprogramm ein Taschentuch.»

«Gute Idee. *Ich* brauche bestimmt eins», fügte ich niedergeschlagen hinzu. Ich tauchte den Pinsel in den hellen Hautton, den ich schon angemischt hatte. «Und was wird die Sopranistin singen?»

«Nach der ersten Lesung das *Ave-Maria* – das von Bach-Gounod, nicht von Schubert – und während der Unterzeichnung der Heiratsurkunde dann das *Panis Angelicus.* Ich *liebe* diese beiden Stücke.»

«Chloë auch?»

Mum zuckte die Achseln. «Sie ist zufrieden mit allem, was ich vorschlage. Ja, sie ist überraschend gelassen bei der ganzen Sache.»

«Was für ein Glück.»

«Allerdings. Besonders wo die Zeit so knapp ist. Mit Streitereien würde ich nicht klarkommen, und du weißt ja, wie stur sie sein kann.» Mum schob sich eine Haarsträhne, die sich gelöst hatte, hinters Ohr. «Aber sie hat immer noch kein Kleid. Ich dachte, du würdest ihr bei der Suche helfen, Schatz.»

«Tue ich», sagte ich und ging über die Andeutung, ich würde mir aber reichlich Zeit lassen, hinweg. «Nächste Woche gehe ich mit ihr in einen Laden für Vintage-Hochzeitskleider. Sie will einige anprobieren, die wir uns auf der Webseite angesehen haben.

«Tz, tz, tz», machte Mum. «Ich wünschte, sie würde etwas Modernes tragen – ich habe wirklich keine Lust, sie in vergilbter Spitze zu sehen.»

«Wirst du nicht, Mum.» Ich machte mich an ihre linke Hand. «Diese Kleider sind wunderschön instandgesetzt. Und sie sind teuer. Du warnst Roy besser, dass das, was ihr am besten gefallen hat, zweitausend Pfund kostet.»

Mum machte große Augen. «Dafür könnte sie ein Amanda Wakeley kriegen.»

«Sie will aber etwas Altes.»

«Also, ich werde auf jeden Fall etwas Neues tragen.»

Meine Mutter erzählte mir von dem Kleid, das sie bei Caroline Charles bestellt hatte, und von dem Kopfputz von

Philip Treacy, von den Speisekarten, die sie gern hätte, über die sie aber noch mit Chloë und Nate sprechen musste, und die Eisskulptur, die sie haben wollte. Sie fragte mich, ob ich einen Pfau besser fände als einen Schwan. Sie sprach über den Holzfußboden, den sie für das Hochzeitszelt bestellt hatte, und über das, was Roy noch im Garten tun musste, damit alles «tipptopp» war. Dann kam sie zu den Blumen.

«In der Kirche stehen schon Blumen von der Messe um elf Uhr», sagte sie, während ich einen cremefarbenen Lichtpunkt auf das Gold ihres Eherings setzte. Dabei überlegte ich, was meine Mutter wohl mit ihrem ersten Ehering gemacht hatte. Vielleicht hatte sie ihn in der Toilette weggespült oder ins Meer geworfen. Wahrscheinlich bewahrte sie ihn in einer Schachtel in einer anderen Schachtel in einer Tüte in den endlosen Tiefen einer Schublade auf.

«Das ist gut», sagte ich. «Dann brauchst du keine zu bestellen.»

«Das ist ganz und gar nicht gut», protestierte Mum. «Was ist, wenn sie ganz abscheulich sind? Ich möchte auf keinen Fall, dass wir mit Nelken und Chrysanthemen dasitzen. Ich habe den Floristen gebeten, alles rauszuschmeißen. Ich habe Tuberosen, rosa Pfingstrosen und grünen Schneeball für die größeren Sträuße bestellt und Duftwickensträußchen am Ende jeder Bank. Ich liebe Duftwicken ...» Mum zitterte vor Glückseligkeit, fast wie ein kleines Kind in Vorfreude auf Weihnachten.

Ich fand ihre Aufregung rührend. Fast als wäre sie diejenige, die ...

Ich tauchte den Pinsel in das Zinkgelb. «Kann ich dich was fragen, Mum?»

«Ja.»

«Ich habe dich noch nie danach gefragt – zumindest nicht, seit ich sehr klein war, aber … da Chloë jetzt heiratet, habe ich mich gefragt …»

«Was?», fragte sie ruhig.

«Hattest *du* eine große Hochzeit? Ich meine, beim ersten Mal?» Plötzlich stellte ich mir meine Mutter vor dem Altar vor und das ganze *corps de ballet* hinter ihr aufgefächert.

«Nein», sagte sie.

«Dann war es nur … eine kleine, oder? Aber vermutlich in der Kirche.»

Mum blinzelte. «Nein.»

«Wolltest du nicht kirchlich heiraten?»

«Ich schon», erwiderte sie. «Aber, na ja, dein Vater war nicht gläubig. Aber, weißt du, das ist sehr lange her, und ich möchte wirklich nicht …»

Ich hob kapitulierend die Hände. «Okay.»

Meine Mutter hatte also beide Male standesamtlich geheiratet. Das erklärte natürlich, warum sie aus Chloës Hochzeit so eine große Sache machte … Sie wünschte sich für ihre Tochter die pompöse, glamouröse Hochzeit, die sie selbst nie gehabt hatte.

Ich tauchte den Pinsel in das Terpentinglas. «Ich würde dich gern noch was fragen.»

Mum unterdrückte einen genervten Seufzer. «Und das wäre?»

«Waren wir mal irgendwo am Meer, als ich ungefähr vier war?»

Sie neigte den Kopf wie ein Vogel, der plötzlich merkt, dass ein Raubtier in der Nähe ist. «Warum fragst du?»

«Weil … weil mir kürzlich eine Erinnerung kam an einen Strand irgendwo. Ich trug ein blauweiß gestreiftes Kleid.»

Ich hielt die Luft an, während meine Mutter darüber nachdachte. Einen Augenblick lang dachte ich, sie würde nicht antworten. «Wir haben mal Urlaub in Wales gemacht», antwortete sie langsam. «In dem Sommer, bevor du fünf wurdest. Wir sind für drei Tage nach Anglesey gefahren, da hattest du tatsächlich ein blauweiß gestreiftes Kleid. Erstaunlich, dass du dich daran erinnerst.»

«In ... in dem Urlaub war doch bestimmt auch mein Vater dabei, oder?», fügte ich hinzu.

«Ja», antwortete sie zögernd. «Also, ich würde jetzt gern ...»

«Drei Tage sind ja kein besonders langer Urlaub», unterbrach ich sie, bevor sie das Thema wechseln konnte.

«Also ...» Ich hörte Mum schlucken. «Wir haben nie lange Urlaub gemacht.»

«Oh. Warum nicht?»

«Weil wir nicht konnten.» Sie wischte eine Fluse von ihrem Rock. «Ich habe Hauptrollen getanzt, und da war es einfach nicht *möglich*, eine Woche oder gar vierzehn Tage freizumachen.»

«Verstehe.»

«Also haben wir ein paar kurze Reisen unternommen – wo es ging.» Ich nickte ausdruckslos. «Geht es dir gut, Ella? Du wirkst recht ... angespannt.»

Ich sah sie an.

Mein Vater hat mir zwei E-Mails und ein Foto geschickt. Er kommt in ein paar Wochen nach London. Er will mich sehen, aber ich weiß, dass dich das sehr aufregen würde, also habe ich nicht auf seine Nachrichten reagiert, aber es bringt mich durcheinander und macht mich unglücklich. Und außerdem habe ich mich in Nate verliebt, und dadurch bin ich auch durcheinander und unglücklich. Also bin ich alles in allem sogar sehr angespannt.

«Mir geht's gut», sagte ich.

Mum lächelte. «Gut. Jetzt muss ich noch eine Jazzband auftreiben – am Donnerstagabend spielt eine immer unten am Fluss, Roy und ich wollen sie uns diese Woche mal anhören. Ich habe auch überlegt, einen Entertainer zu engagieren – ein Karikaturist könnte doch amüsant sein. Was meinst du, Schatz?»

«Das wäre bestimmt lustig.»

«Ich wünschte, du würdest jemanden finden.»

«Ich kenne keine Karikaturisten.»

«Ich meine einen *Mann.*» Mum seufzte übertrieben. «Ich fand es immer schon schade, dass du nicht mit David zusammengeblieben bist.»

Ich nahm die Tube mit dem Kadmiumgrün. «Ich wollte nicht.» Ich drehte den Deckel ab.

«Warum nicht?»

Ich drückte ein wenig Farbe auf die Palette. «Er war sehr nett, aber es war schrecklich … traulich. Ich hatte das Gefühl, ich bin zu jung, um den Rest meines Lebens in der Kuschelecke zu verbringen.»

Mum veränderte ihre Sitzposition. «Die Kuschelecke ist manch anderer unsicherer Ecke weitaus vorzuziehen, Ella. Ich hoffe, du bereust diese Entscheidung nicht eines Tages.»

«Da bin ich mir ganz sicher. Vor ein paar Wochen bin ich David zufällig im Chelsea Arts Club über den Weg gelaufen. Er war mit einer anderen Frau da, und es hat mir nichts ausgemacht. Ich meine, wenn man jemanden wirklich *geliebt* hat, ist es bestimmt nicht so leicht, ihn mit jemand anderem zu sehen.»

«Ganz und gar nicht leicht», pflichtete meine Mutter mir leise bei.

Ich wusste, dass sie an meinen Vater dachte, denn ihn hatte sie mit einer anderen gesehen – mit der Frau, für die er sie am Ende verlassen hatte. Sie hatte mir einmal erzählt, dass sie ihnen «über den Weg gelaufen» war. Das klang, als hätte die Begegnung irgendwo draußen stattgefunden. War ich bei ihr?, überlegte ich. Plötzlich war ich mir sicher, dass ich bei ihr gewesen war, denn vor meinem geistigen Auge sah ich das verdutzte Gesicht meines Vaters und den weißen Rock mit den kühnen roten Blumen ...

«Gibt es denn nicht einen netten Mann, der dir gefällt?», fragte meine Mutter mich jetzt.

«Ähm, nein. Es gibt keinen ...»

Meine Mutter fuhr kurz mit der Hand an ihre Wange und legte sie dann wieder auf die Brust. «Und was ist mit Nate?»

Es war, als wäre ich in einen Gully gestürzt. «Was meinst du damit?»

«Ich meine, was ist mit Nates Porträt? Tut mir leid, Schatz, ich habe das Thema gewechselt. Ich bin mit den Gedanken überall und nirgends. Aber wie läuft es mit dem Porträt? Erzähl mal.»

Ich atmete erleichtert aus, als hätte ich ein Verbrechen begangen und wäre nur knapp entkommen. «Es läuft gut.» Mein Herzschlag beruhigte sich langsam. «Wir hatten zwei Sitzungen.» Also nur noch vier, dachte ich, und es versetzte mir einen Stich. Wie seltsam, dass ich anfangs gehofft hatte, ich könnte die Sitzungen auf ein Minimum beschränken, denn jetzt wünschte ich mir, ich könnte sie endlos verlängern.

«Und wann ist es fertig?»

«Ich will es Mitte Juni fertig haben, damit es Zeit hat zu trocknen. Dann kann Chloë es an dem Tag vor der Hochzeit abholen. Hoffentlich gefällt es ihr.»

«Davon bin ich überzeugt. Ich weiß, dass du Nates Intelligenz und Charme herausarbeiten wirst … und seine *Liebenswürdigkeit*. Er ist ein sehr mitfühlender Mann.» Mum schüttelte verwirrt den Kopf. «Mir ist immer noch nicht klar, wieso du ihn anfangs nicht leiden konntest, Ella.»

Das Gespräch machte mich so nervös, dass ich versehentlich den Umriss von Mums Hand verschmierte. «Ich … konnte ihn eben nicht leiden.»

«Aber jetzt schon?»

Ich weiß, dass du ihn lieben wirst.

«Ja.» Chloë hatte recht gehabt.

«Und du kommst auch zu der Verlobungsparty, nicht wahr? Am nächsten Samstag?»

Ich machte mich daran, den Patzer zu korrigieren. «Chloë hat es mir erzählt, aber ich weiß nicht recht.»

«Also, du musst ihnen Bescheid sagen, denn es gibt ein Abendessen für gute Freunde und Familie. Es wird keine große Party, denn die Hochzeit ist ja schon bald. Nate hat in seine Wohnung eingeladen.»

«Verstehe.» Ich wünschte, ich müsste nicht hingehen. Es würde mir sicher nicht leichtfallen, ihn mit Chloë zu sehen. Ich überlegte, wie ich mich herauswinden konnte.

Mum hob das Kinn. «Ach, übrigens, du unterhältst dich während der Sitzungen doch bestimmt mit Nate.»

«Jaaa …»

«Bitte, verrate ihm, sollte das Thema zur Sprache kommen, nicht, dass Chloës letzter Freund verheiratet war.»

«Das würde mir nicht im Traum einfallen. Ich spreche nicht mit Nate über Chloë.»

«Gut. Denn ich habe ihr gesagt, dass es besser ist, wenn er es nicht erfährt.»

«Warum?» Ich sah sie an. «Das hat doch nichts mit ihm zu tun.»

«Ja, aber Männer können ... manchmal komisch sein. Man muss ihnen nicht alles erzählen.» Ich überlegte, was Mum Roy wohl alles nicht erzählt hatte. «Schließlich kennen sie sich noch nicht so lange», fuhr sie fort. «Ich habe ihr geraten, es ihm frühestens zu erzählen, wenn sie ein Jahr verheiratet sind ... oder, besser noch, gar nicht.»

Ich kratzte ein Haar von der Leinwand. «Ich finde, Chloë muss selbst wissen, was sie ihrem Verlobten erzählt und was nicht.»

«Also, ich finde, ihre Beziehung zu Max ist nichts, was sie herausposaunen sollte.»

Ich zuckte die Achseln. «Nate müsste ein wahrer Tugendbold sein, wenn es ihm etwas ausmachen würde, und für so einen halte ich ihn nicht.»

«Ich sehe es so, und Chloë war mit mir einer Meinung.» Der Sessel knarrte, als meine Mutter das Gewicht verlagerte. «Gott sei Dank hat sie ja Nate kennengelernt. Ich ertrage den Gedanken kaum, wie unglücklich sie vorher war. Und das alles nur, weil Max so schrecklich mit ihr umgesprungen ist.»

Ich drückte ein wenig Nepalgelb auf die Palette. «Max war nicht ‹schrecklich› zu Chloë, Mum. Sie hat gesagt, er habe sie gut behandelt. Sie war nur unglücklich, weil sie nicht mit ihm zusammen sein konnte.»

Mum lachte. «Natürlich nicht, der Mann war verheiratet!» Bei dem Thema Betrug ist Mum immer unerbittlich, dachte ich. Allerdings weiß sie eben auch nur allzu gut, welchen Schaden Betrug anrichten kann. «Und er hat sie *nicht* gut behandelt, er ist schließlich bei seiner Frau geblieben.»

«Oh.» Ich war kurz davor, ihre verdrehte Analyse der Situation zu hinterfragen, doch sie fuhr schon fort. «Warum er bei ihr geblieben ist, ist mir allerdings ein Rätsel. Kinder hatten sie schließlich keine, also lag es wohl daran, dass sie mit ihren Büchern so viel verdient.»

«Keine Ahnung. Vielleicht hat er sie geliebt, vielleicht hat er beide geliebt. Vielleicht war er nur … durcheinander.»

«Durcheinander?» Mum bedachte mich mit einem eisigen Blick. «Wenn man Männern erlaubt, ‹durcheinander› zu sein, gibt man ihnen nur einen Vorwand, andere Frauen an der Nase herumzuführen und ihnen nichts zu geben.»

«Dann sollten diese ‹anderen Frauen› sich fernhalten.» Ein Muskel im Mundwinkel meiner Mutter zuckte – der Gedanke, dass ihre Tochter so eine «andere Frau» war, war ihr von Anfang zuwider gewesen. Ich zog den Pinsel durch einen Lappen. «Aber Chloë hatte sich richtig in Max verliebt.»

Mum schniefte. «Weiß der Himmel, warum. Er ist nicht attraktiv, und verdienen wird er auch nicht viel, wo er doch für eine Wohltätigkeitsorganisation arbeitet.»

«Er arbeitet nicht bloß für eine Wohltätigkeitsorganisation, Mum, er leitet Well-Spring, die internationale Organisation, die sich für sauberes Trinkwasser in der Dritten Welt engagiert. Und er ist auch nicht unattraktiv, höchstens ein wenig zerzaust.»

«Schön, was er tut, ist ehrenwert», gestand Mum ein.

«Aber es ändert nichts an der Tatsache, dass er die Finger von Chloë hätte lassen sollen.»

«*Sie* hätte die Finger von *ihm* lassen sollen. Ich war entsetzt, als sie mir erzählt hat, sie habe was mit ihm angefangen. Aber sie hat ihm geglaubt, dass seine Ehe unglücklich sei.»

Mum lächelte salbungsvoll. «So unglücklich, dass wir ihn jetzt in *Hello!* bewundern dürfen, wie er stolz mit seiner Frau posiert.»

Wo sie recht hatte … «Du hast es also gesehen.»

«Ja, und mir ist übel geworden davon. Aber es hat mir auch gezeigt, dass es richtig war, Chloë diesen Rat zu geben.» Mum hatte die Lippen zu einem dünnen Strich zusammengekniffen. «Denn sobald sie davon sprach, sie wolle ein Kind von ihm, war mir klar, dass es so nicht weitergehen konnte. Erinnerst du dich noch daran, Ella?»

«Ja.» Ich nahm noch einmal den Mallappen zur Hand. «Das war keine besonders gute Idee.»

«Da fand ich, es sei an der Zeit, dass Max' Frau erfährt, was da vor sich geht. Ich meine, sie schreibt Kriminalromane, kommt aber nicht dahinter, was für ein falsches Spiel ihr Mann mit ihr treibt!»

Entgeistert sah ich Mum an. «Du wolltest es aber nicht wirklich Max' Frau erzählen, oder?»

«Doch.» Sie schnaubte. «Aber Roy hat mich davon abgebracht.»

Ich ließ die Palette sinken. «Gott sei Dank. Chloë ist eine erwachsene Frau, Mum. Du musst sie ihre eigenen Fehler machen lassen. Es wäre schrecklich gewesen, wenn du mit Sylvia gesprochen hättest.»

«Ich weiß», sagte Mum leicht gereizt. «Aber ich war

stark in Versuchung, schließlich war Chloë kurz davor, ihr Leben zu ruinieren. Ich habe ihr gesagt, die Zeit marschiere in Riesenschritten voran, und es sei doch wohl eindeutig, dass Max Sylvia niemals verlassen werde. Chloë hatte sich eingeredet, wenn sie schwanger würde, würde er seine Frau verlassen. Also war es an mir, ihr klarzumachen, dass sie sich falsche Illusionen macht und dass ...»

«Dass es falsch wäre?», schlug ich vor.

Mums Nasenflügel flatterten. «Dass das Risiko zu groß wäre. Ich war fest entschlossen, sie zu beschützen», fügte sie leise hinzu. «Genauso wie ich dich auch beschützt hätte. Auch wenn du nicht so dumm gewesen wärst, dich in einen Mann zu verlieben, der nicht frei ist.»

«Hm.»

«Also habe ich Chloë noch einmal gesagt, wie erbärmlich das Leben einer Geliebten ist.» Mums Stimme, die normalerweise leise und weich war, war lauter geworden. «Ich habe ihr erklärt, dass sie ewig darauf warten würde, dass er anruft, und dass sie nie etwas offen und ehrlich mit ihm machen könnte. Ich habe ihr gesagt, ihre Beziehung zu Max sei schäbig. Sie hat darauf beharrt, dass sie sich liebten. Ich habe ihr gesagt, dann müsse Max beweisen, dass er sie liebt – indem er sich zu ihr bekennt. Doch das hat er nicht getan. Am Ende hat Chloë die bittere Wahrheit erkannt und Schluss gemacht – endlich.» Mum atmete durch die Nase aus, als müsste sie sich nach einem erschütternden Erlebnis beruhigen.

«Mum», sagte ich leise. «Warum regst du dich so auf? Das ist doch alles Schnee von gestern.»

Sie blinzelte, als erwache sie aus einem Albtraum. «Ja», murmelte sie. «Du hast recht.» Sie lachte kurz. «Warum rede ich überhaupt davon? Chloë ist nicht mit Max zusammen, sondern mit Nate, und die beiden werden heiraten, und wir alle freuen uns für sie.» Sie schauderte vor Glück. «Nicht wahr, Ella?»

«Ja. Ja, natürlich …»

6

«Danke, dass du mitkommst», sagte Chloë, als wir am nächsten Donnerstag um halb sieben vor dem Laden für Vintage-Hochzeitskleider in Covent Garden standen. Sie drückte auf die altmodische Messingklingel. «Wie gut, dass sie Abendtermine machen, ich kann mir im Augenblick tagsüber keine Minute freinehmen.»

«Dann steckst du bis zum Hals in der Arbeit?»

«Nicht nur bis zum Hals, sondern bis zu den Ohren. Ich bin überrascht, dass man mein Gesicht überhaupt noch sieht», fügte sie mit einem Lachen hinzu. Dann hörten wir den Summer, und sie schob die Tür auf.

«Aber du hast Spaß an der Arbeit, oder?», fragte ich.

«Ja, und es ist toll, so viel Verantwortung zu haben. Oh. Hi.» Chloë lächelte die Ladenbesitzerin an, die auf uns zukam. «Sind Sie Annie?»

«Ja, und Sie müssen Chloë sein.» Annie, die Ladenbesitzerin, war ungefähr in meinem Alter, sie war schlank und hatte kurzes, dunkles Haar. Ihr Tellerrock aus den Fünfzigern war mit einem Erdbeermuster bedruckt, dazu trug sie einen gelben Kaschmirpullover und weiße Pumps.

«Das ist meine Schwester Ella», erklärte Chloë. «Sie steht mir mit Rat und Tat zur Seite.»

«Wunderbar», meinte Annie lächelnd. «Kommen Sie herein.»

Wir folgten ihr in den hinteren Bereich des Ladens. Gerahmte Skizzen von Hochzeitskleidern von Balenciaga, Norman Hartnell und Dior zierten die in einem beruhigenden Hellgrün gestrichenen Wände. Auf den Präsentationsständern waren antike Schleier, Vintage-Kopfschmuck und kunstvoll bestickte Satinslipper ausgestellt. Der cremefarbene Veloursteppich unter unseren Füßen war luxuriös dick – ein tröstliches «Pflaster» für gestresste Bräute.

Der Umkleideraum war sehr groß und mit zwei geschnitzten Mahagonisesseln mit blauen Samtpolstern möbliert. An antiken Messinghaken hingen mehrere Hochzeitskleider in Schutzhüllen aus halb durchsichtigem Musselin – wie Kohlweißlinge, die kurz davor sind zu schlüpfen.

«Ich habe die rausgehängt, über die wir am Telefon gesprochen haben», erklärte Annie. «Das hier ist ‹Gina›.» Sie öffnete den Reißverschluss der Schutzhülle. «Ich habe auch ‹Greta› rausgehängt, das Seidenkleid aus den dreißiger Jahren, und das aus den Sechzigern, das Ihnen so gut gefiel, ‹Jackie›.» Sie wies mit einem Nicken darauf. «Es ist von Lanvin, daher der Preis. Und hier sind noch drei andere, die Sie vielleicht anprobieren möchten, darunter eines von Marc Bohan, bevor er bei Dior anfing. Tragen Sie viel Vintage?», fragte sie Chloë.

«Ja, ziemlich», antwortete Chloë. «Ich dachte immer schon, wenn ich je heirate, dann in einem Vintage-Kleid. Ich möchte einfach etwas … Besonderes tragen.»

«Also, die hier sind einzigartig», meinte Annie.

«Wo kriegen Sie sie her?», fragte Chloë.

«Ich kaufe sie auf Auktionen», antwortete Annie. «Oft in

New York, wie dieses hier.» Behutsam holte sie «Gina» aus der Schutzhülle. «Es ist von Will Steinman, in den vierziger und fünfziger Jahren in Amerika ein berühmter Name. Und natürlich bringen Leute mir Kleider in den Laden. Ich habe eine Freundin, die einen Laden für Vintage-Kleider in Blackheath besitzt – Village Vintage.»

«Ich habe davon gehört», sagte Chloë.

«Diese Freundin – also, ich habe mal bei ihr gearbeitet – verkauft selbst keine Hochzeitskleider, wenn sie also irgendwo auf eines stößt, das besonders schön ist, schickt sie es netterweise in meine Richtung.» Annie schob die Hand in die Tasche und holte ein Paar weiße Baumwollhandschuhe heraus, wie Polly sie auch oft trug. «Also ...» Sie streifte sie über. «Fangen wir an.»

«Soll ich auch Handschuhe anziehen?», fragte Chloë.

«Nein, aber darf ich fragen, ob Sie viel Make-up aufgelegt haben?»

«Ganz wenig», antwortete Chloë, «aber ich passe gut auf.» Sie wandte sich an mich. «Kommst du mit, Ella?»

«Klar.»

Ich nahm auf einem der beiden Stühle Platz. Annie zog den Kattunvorhang zu und ließ uns allein. Chloë legte rasch ihre Kleider ab. Es war lange her, seit ich sie nur in BH und Slip gesehen hatte.

«Du hast schon wieder abgenommen, Chloë.» Sie hatte im letzten Jahr endlich wieder etwas zugenommen, doch jetzt ragten schon wieder die Hüftknochen raus.

Sie betrachtete ängstlich ihr Spiegelbild. «Das ist der Stress auf der Arbeit und natürlich der Hochzeitsstress, und, na ja, alles.» Sie legte ihre Kleider auf den zweiten Stuhl.

«Ich wünschte, ich könnte dir ein paar Kilo von mir abgeben.» Ich lächelte wehmütig.

«Du bist nicht dick, Ella, nur kräftig.»

«Ich weiß. Kaum zu glauben, dass Mum überhaupt in der Lage war, mich zur Welt zu bringen.» Ich besaß die stämmige Statur und die breiten Schultern meines Vaters. Das war mir aufgegangen, als ich das Foto gesehen hatte. Ich sah mich am Strand in Anglesey neben ihm stehen, meine Hand in seiner. Ob er, als er damals in die Kamera meiner Mutter lächelte, schon wusste, dass er uns bald verlassen würde? Vermutlich schon. Noch ein guter Grund, das Foto nicht zu behalten.

«Ich bin so weit, Annie», rief Chloë.

Annie teilte den Vorhang und kam herein. Sie nahm «Gina» vom Bügel und hielt Chloë das Kleid hin. Die Seide raschelte leise. Chloë trat behutsam hinein, als stiege sie in heißes Wasser.

Annie zog es über Chloës Schultern, band einige Schleifen und raffte von hinten die Taille, damit Chloë im Spiegel sehen konnte, wie es aussehen würde, wenn es auf Taille geändert war.

Chloë taxierte ihr Spiegelbild. «Es ist wunderschön», murmelte sie. «Aber ich bin zu dünn dafür.» Sie hob die Hand an die Brust. «Und hier oben habe ich auch nicht genug. So ein Kleid muss … ausgefüllt werden.» Sie sah mich an. «Dir würde es gut stehen, Ella.»

«Ich bin aber nicht die Braut», sagte ich – ein wenig zu scharf, wie mir aufging, als ich sah, dass Chloë bei meinem Tonfall blinzelte. «Du könntest Silikoneinlagen nehmen.»

Sie schüttelte den Kopf. «Dann würde ich mich fühlen

wie eine Schwindlerin. Und der Hochzeitstag ist wohl der Tag im Leben, an dem man das Gefühl haben möchte, sich treu zu sein.»

«Da gebe ich Ihnen recht», sagte Annie. «Sie sind wirklich ein wenig zu schlank dafür.» Sie öffnete die Schlaufen. «Versuchen wir es mit ‹Greta›.»

Chloë zog «Greta» an. Das Kleid sah viel besser aus als «Gina» – es fiel hübsch, und der Satin schimmerte wunderschön. Chloë störte sich nicht an dem tiefen Rückenausschnitt, doch das Kleid war eindeutig für eine große Frau gefertigt worden, denn selbst mit hochhackigen Schuhen bauschte es sich um ihre Füße.

Dann probierte sie das andere Kleid aus den fünfziger Jahren an, «Grace». Es stand ihr nicht, und mich erinnerte es an Grace Clarke, mit deren Porträt ich gerade begonnen hatte. Die Fotos, die ihr Onkel mir geborgt hatte, waren gut, doch es würde trotzdem schwer werden, aus diesen zweidimensionalen Bildern eine dreidimensionale Illusion zu schaffen. Ich wollte ihren Onkel fragen, ob es keine aktuellen Videos von Grace gab, die ich mir ansehen konnte.

Inzwischen zog Chloë «Jackie» an, ein Kleid aus schwerer Shantungseide, was ihm einen strukturierten, fast kantigen Look gab. Ein sehr schönes Kleid, doch, wie ich vermutet hatte, viel zu groß.

Als Nächstes probierte sie noch ein Kleid aus den Sechzigern mit einem Faltenrock, dann das Kleid von Marc Bohan – ein schlichtes, elfenbeinfarbenes Tunikakleid mit silbrigem, spinnwebartigem Spitzen-Overlay. Und dann noch ein Satin-Kleid aus den achtziger Jahren mit spitzenbesetzten, halblangen Ärmeln. Als Chloë ihr Spiegelbild betrachtete, zog sie eine Grimasse.

Annie war ihrer Meinung. «Nein, das sind Sie nicht. Es ist dem Hochzeitskleid von Sarah Ferguson sehr ähnlich. Das war 1986, Sie erinnern sich vermutlich nicht daran.»

«Nein», antwortete Chloë, während sie das Kleid auszog.

«Doch, du hast die Hochzeit gesehen», sagte ich. «Du warst gerade fünf geworden. Ich erinnere mich sehr gut an den Tag.» Er war mir wegen dem, was meine Mutter mir an diesem Tag berichtet hatte, fest ins Gedächtnis eingebrannt.

«Sind Sie sich ganz sicher, dass Sie ‹Giselle› nicht anprobieren wollen?», fragte Annie, als sie das Kleid aufhängte.

«Ja», meinte Chloë. «Ich möchte nicht, dass mein Kleid irgendwelche negativen Assoziationen weckt, und Giselle hat, was das Heiraten angeht, nicht besonders viel Glück.»

Annie zog den Reißverschluss der Schutzhülle auf. «Warum? Ich kenne die Geschichte nicht.»

«Sie ist ein unschuldiges Mädchen», erklärte Chloë, «das sich in den gutaussehenden Bauern Loys verliebt, der mit ihr flirtet, was das Zeug hält. Als Giselle herausfindet, dass Loys in Wirklichkeit Prinz Albrecht ist und dass er mit der adligen Barthilde verlobt ist, wird sie verrückt vor Kummer und schnappt sich Albrechts Schwert und bringt sich damit um …»

«Nein», unterbreche ich sie. «Sie bricht mit gebrochenem Herzen zusammen, bevor sie sich in das Schwert stürzt.»

«Okay», räumte Chloë ein. «Wie auch immer, sie stirbt an gebrochenem Herzen und wird eine Wilis – das sind die Geister junger Frauen, die vor der Hochzeit gestorben sind. Und das ist die einzige Gelegenheit, bei der sie ein Hochzeitskleid tragen kann, das arme Mädchen.» Ich dachte an Mum in ihrem langen Tutu und dem Schleier auf dem Plakat. «Erfahren Sie eigentlich je etwas über die Geschichte der Kleider?», fragte Chloë Annie.

«Manchmal schon», antwortete sie. «Die Geschichte dieses Kleides hier kenne ich zum Beispiel.» Aus der letzten Schutzhülle holte sie ein Kleid aus den fünfziger Jahren mit einem Rüschenrock aus Seidentüll und einem herzförmigen Satinmieder. Die kleine Turnüre war mit niedlichen kleinen Blüten besteckt.

Chloë strahlte. «Wie *hübsch.*»

Annie nahm das Kleid vom Bügel. «Ich habe es von meiner Nachbarin gekauft. Als ich ihr erzählte, ich würde einen eigenen Laden für Vintage-Brautkleider aufmachen, hat sie es mir angeboten. Sie hatte es wunderbar verwahrt, doch die roten Rosen auf der Turnüre waren verblasst, und ich habe sie durch diese Vergissmeinnicht ersetzt.»

«Etwas Blaues», sagte Chloë glücklich, als Annie ihr das Kleid hinhielt. Sie trat hinein, und Annie zog den Reißverschluss zu. Chloë betrachtete sich im Spiegel und riss freudig die Augen auf. «Es ist … schön.»

Ich betrachtete Chloës Spiegelbild und stellte mir vor, wie Nate am Altar wartete, sich dann umdrehte und sie in diesem wunderschönen Kleid auf sich zukommen sah. Ich sah förmlich, wie sein Gesicht vor Freude und Stolz strahlte.

«Geht's dir gut, Ella?», hörte ich Chloë fragen. «Du siehst ein wenig traurig aus.»

«Oh, ich bin nur … müde. Aber das Kleid ist schön.»

«Ja», murmelte Annie. «Und es passt ausgezeichnet.»

Chloë wandte sich Annie zu. «Und wie ist seine Geschichte?»

«Die Geschichte ist die, dass es nie getragen wurde.»

«Ehrlich?», sagte Chloë. «Warum?», fügte sie ängstlich hinzu.

«Meine Nachbarin Pam hat mir erzählt, dass sie sich 1958 mit einem jungen Mann namens Jack verlobte, den sie sehr liebte. Sie war dreiundzwanzig und lebte noch bei ihren Eltern in einem Dorf in der Nähe von Sevenoaks. Sie entdeckte das Kleid bei Dickins und Jones, und es kostete vierzig Guineen, was für die Zeit damals sehr viel Geld war. Aber ihre Eltern wollten, dass sie ihre Traumhochzeit bekam, und kauften es ihr. Pam erzählte mir, sie konnte es kaum erwarten, dass Jack sie darin sah. Doch eine Woche vor dem großen Tag kam Jack ins Haus und erklärte ihr, er könne nicht heiraten.»

Chloë wirkte entsetzt und betrachtete dann ihr Spiegelbild noch einmal, als sähe sie das Kleid plötzlich in einem ganz anderen Licht.

«Pams Eltern wollten Jack überreden, es sich noch einmal zu überlegen, doch er sagte, es tue ihm leid – er wolle nicht heiraten. Er sagte, er habe zu viele Zweifel. Ihre Eltern sahen ein, dass sie keine andere Wahl hatten, als alles abzusagen und die Gäste wieder auszuladen. Es gab also keine Hochzeit, und ihre Beziehung war zu Ende, denn Pam sagte, sie wolle ihn nie wiedersehen. Es war das Ende. Sie war außer sich vor Schmerz.»

«Das *arme* Mädchen.» Chloës Gesicht verriet Mitgefühl. «Aber ich glaube, jetzt, da ich das weiß, will ich das Kleid nicht mehr.» Was um alles in der Welt hatte Annie bewogen, so eine traurige Geschichte zu erzählen? *Wollte* sie das Kleid nicht verkaufen?

Sie hob die Hand. «Warten Sie, die Geschichte ist noch nicht zu Ende. Drei Jahre später …»

«Hat sie einen anderen kennengelernt?», tippte Chloë. «Ich hoffe es jedenfalls.»

«Inzwischen war Pam nach London gezogen – auch, um den Erinnerungen an das, was passiert war, zu entkommen. Eines Morgens ging sie die Regent Street hinunter, schaute auf und entdeckte, dass inmitten der Menschenmenge Jack auf sie zukam. Ihr Herz pochte wie wild. Sie sagte, sie habe sich vorgenommen, stur an ihm vorbeizugehen, als würde sie ihn nicht kennen.» So hätte Mum das auch gemacht, dachte ich. «Doch eine innere Stimme riet ihr, das nicht zu tun. Also rief sie seinen Namen, und er blieb sichtlich schockiert stehen. Da standen sie also, mitten auf dem Gehweg, und die Leute mussten ihnen ausweichen. Und Pam fragte ihn, wie es ihm ginge, und er sagte, gut, und er fragte sie, wie es ihr ginge, und sie sagte, gut. Und sie wollte sich schon lächelnd verabschieden und weitergehen, da fragte er, ob sie Zeit habe, eine Tasse Kaffee mit ihm zu trinken. Pam zögerte, doch dann sagte sie ja. Am nächsten Tag rief er sie auf der Arbeit an und lud sie zum Abendessen ein, und um es kurz zu machen …»

«Sie kamen wieder zusammen», murmelte Chloë.

Annie nickte. «Sie haben einige Wochen später auf dem Standesamt geheiratet, mit zwei Freunden als Trauzeugen. Pam trug an dem Tag ein Kostüm, doch sie behielt das Hochzeitskleid, sie konnte sich einfach nicht davon trennen. Das ist also der Grund, warum es nie getragen wurde. Sie hat nicht ihre Traumhochzeit bekommen, aber die Geschichte hat doch ein Happy End. Ja, sie sagte, sie sei noch glücklicher gewesen mit Jack, weil sie geglaubt hatte, sie hätte ihn für immer verloren.»

«Ist es ihr schwergefallen, ihm zu verzeihen?»

«Sie sagte, das sei gar nicht so schwer gewesen, denn sie liebte ihn immer noch. Sie hatte nie aufgehört, ihn zu lieben.»

«Aber warum hatte er sich nicht längst mal bei ihr gemeldet?», hakte Chloë weiter nach.

«Er hätte gern, aber er hatte das Gefühl, es stünde ihm nicht zu. Vergessen Sie nicht, dass sie gesagt hatte, sie wolle ihn nie wiedersehen. Aber sie waren fünfundvierzig Jahre verheiratet und haben zwei Söhne bekommen. Also war es eine glückliche Geschichte.»

«Am Ende schon», sagte Chloë leise. Sie richtete den Blick auf ihr Spiegelbild und runzelte leicht die Stirn, als kämpfte sie mit etwas.

«So etwas würde Nate nie tun», sagte ich. «Falls du das gerade denkst.»

«Ich kann Ihnen das Kleid zurückhängen», sagte Annie. «Falls Sie sich nicht sicher sind.»

Chloë hielt den Blick unverwandt auf ihr Spiegelbild gerichtet, dann verschwanden die Zweifel in ihrer Miene. «Nein, ich bin mir sicher. Ich nehme es jetzt gleich mit.»

Ich hatte gehofft, wenn ich Chloë half, das Hochzeitskleid auszusuchen, würde das meine Gefühle für Nate abkühlen. Doch weit gefehlt, sie wurden in den nächsten Wochen nur noch stärker. Dazu erfasste mich eine Art von Schizophrenie, denn ich freute mich darauf, Nate zu sehen, und fürchtete mich gleichzeitig davor. Ich musste ihn von Berufs wegen genau betrachten, wo ich mich doch eigentlich nur danach sehnte, ihn mit den Augen einer Frau anzusehen. Ich musste sein Gesicht auf die Leinwand streichen, als wäre es eine technische Fingerübung, wo es doch längst ein

Akt der Liebe war. Ich dachte an Guy Lennox und stellte mir vor, wie schmerzlich es für ihn gewesen sein musste, Edith von seiner Staffelei aus anzusehen, wo er sich wahrscheinlich nichts lieber gewünscht hätte, als zu ihr zu gehen und ihr Gesicht in beide Hände zu nehmen.

Zwischen den Sitzungen schaltete mein Hirn wie ein Bildschirmschoner immer wieder auf Nate. Ich schlug am Morgen die Augen auf, und da war er, genau wie am Abend, wenn ich sie schloss. Ich wachte mit einem Gefühl der Euphorie auf, und wenn die Wirklichkeit mir dämmerte, war ich traurig und durcheinander. Ich wusste nicht einmal, ob ich Nates Gesicht vor mir sah oder das Bild, das ich davon malte – sie schienen miteinander zu verschmelzen. Um ihm nah zu sein, arbeitete ich an seinem Porträt. Ich war in einem Zustand aufgedrehter Hoffnungslosigkeit.

Als ich darauf wartete, dass Nate zu seiner vierten Sitzung kam, beschloss ich, ihm gegenüber reserviert zu sein und wieder etwas auf Abstand zu gehen. Mein Kopf war ganz zufrieden mit dieser Strategie, doch mein Körper rebellierte. Fünf Minuten bevor er kam, fing mein Puls an zu rasen. Es war, als ob sämtliche Nervenenden an zuckende Drähte angeschlossen wären. Als es an der Haustür läutete, durchfuhr mich Adrenalin wie ein Elektroschock. Ich ging zur Tür, und dabei klopfte mein Herz dermaßen schnell, dass ich dachte, er müsste es sehen. Er lächelte, und die Hitze schoss mir ins Gesicht.

Ich hatte noch nie einen Mann so sehr begehrt. Als Nate mir die Treppe hinauffolgte, an meinem Schlafzimmer vorbei, dessen Tür nur angelehnt war und einen Blick auf das Bett erlaubte, stellte ich mir vor, seine Hand zu nehmen und ihn hineinzuziehen und seinen Hinterkopf zu umfassen und meine Lippen auf seinen Mund zu drücken, ihm das Hemd aufzuknöpfen und …

Was *dachte* ich mir nur? Der Mann würde meine Schwester heiraten! Schuld und Scham schwappten über mir zusammen.

Als wir das Atelier betraten, wünschte ich mir, Chloë hätte mich nie gebeten, ihn zu malen. Dann hätte ich weiterhin glauben können, Nate sei ein doppelzüngiger Mistkerl statt der anständige und begehrenswerte Mann, den ich inzwischen kennengelernt hatte.

Ich erinnerte mich an meinen Entschluss, auf Distanz zu gehen. Also fragte ich ihn, wie sein Projekt in Finnland lief und was er von der Koalition hielt. Ich erzählte ihm, dass ich mich auf die Verlobungsparty am Abend freute, was eine Lüge war, denn ich fürchtete mich davor und hatte mir den Kopf zerbrochen, wie ich mich davor drücken konnte. Ich würde behaupten, ich hätte Migräne. Chloë wusste, dass ich manchmal Migräne bekam.

«Ella», Nate wirkte durcheinander, «geht es dir gut?»

«Klar. Wieso nicht?»

«Kein besonderer Grund. Du wirkst nur ein wenig bedrückt.»

«Oh.»

«Bist du dir sicher, dass alles okay ist?»

«Nein, ich meine, ja. Könnte allerdings sein, dass ich Migräne kriege.»

«Brauchst du eine Aspirin? Oder ein Glas Wasser?»

«Nein, ich komme klar … ehrlich … danke.» Ich tauchte den Pinsel in die Farbe. «Mir geht's … vollkommen … gut. Ich bin …»

Zum Teufel mit der Reserviertheit, dachte ich. Warum

soll ich nicht mit Nate plaudern und seine Gegenwart genießen? Ich habe nichts Unrechtes getan, und ich werde auch nichts Unrechtes tun. Oder?

Also tauschten wir Erinnerungen über unsere Schulzeit aus, sprachen über seinen Hund Chopsy und über den Opernsänger Raymond, der in der Wohnung unter ihnen gewohnt und ihnen Freikarten für die Met besorgt hatte. Dann erzählte Nate von seiner ersten Freundin Suzanne, mit der er in Yale zusammen gewesen war.

«Suze und ich waren zwei Jahre zusammen. Ich war verrückt nach ihr.» Das versetzte mir einen eifersüchtigen Stich. «Nach unserem Abschluss wollte ich uns in New York eine gemeinsame Wohnung suchen, aber sie hatte gerade einen Ausbildungsplatz als Nachrichtensprecherin bei der NBC erhalten und sagte, sie wolle keine feste Beziehung. Sie sagte, sie müsse sich frei fühlen können, denn sie werde viel Zeit auf der Arbeit verbringen, müsse öfter ins Ausland, und so ...» Nate strich sich mit dem Finger über die Kehle.

«Sie hat Schluss gemacht?»

Er nickte. «Hat mir das Herz gebrochen.»

Ein weiterer Dolch stieß mir ins Herz. «Und ... nach Suze?»

Er zuckte die Achseln. «Ich hatte ein paar Beziehungen, nichts Besonderes. Ich habe dazu geneigt, mich mit Frauen einzulassen, bei denen ich wusste, dass es nichts Ernstes werden könnte.»

«Warum? Aus Angst, dich zu sehr an jemanden zu binden?»

Er überlegte einen Augenblick. «Nein. Ich hoffte wohl immer noch, wieder mit Suze zusammenzukommen. Sooft sie in New York war, haben wir uns getroffen, wir haben uns oft E-Mails geschickt und telefoniert, wir haben die Glut weiter angeheizt, wo wir sie hätten austreten sollen. Wir haben oft gewitzelt, dass wir eines Tages wieder zusammenkommen würden. Doch vor zwei Jahren rief Suze mich an, um mir zu erzählen, dass sie den Typ heiraten werde, den sie drei Monate zuvor kennengelernt hatte, und dass sie sehr glücklich sei. Und so ...» Er zuckte abgeklärt die Achseln. «*Finita la comedia.* Honey hatte mir schon ewig in den Ohren gelegen, zu ihr nach London zu kommen, und es schien ein guter Zeitpunkt zu sein, das Angebot anzunehmen.»

«Verstehe. Es lag also nicht unbedingt daran, dass deine Mutter und deine Schwestern dich bequatschten, du solltest dich endlich binden?»

«Na ja, auch. Sie waren ewig hinter mir her, ich sollte Suze vergessen und mir eine Frau suchen, mit der ich leben könnte, ohne die große Liebe zu erwarten oder so. Und ich hatte gerade angefangen, mich mit ihrem Vorschlag anzufreunden, da habe ich Chloë kennengelernt.»

«Im Harbour Club?»

«Ja.» Nate grinste. «Am Anfang hat sie mich endlos genervt, weil sie dauernd auf meinen Platz kam, um ihre Bälle zurückzuholen, aber dann habe ich kapiert, was da abging, und fand es ziemlich lustig. In der Bar sind wir dann ins Gespräch gekommen ...» Er zuckte gedankenverloren die Achseln. «Und jetzt sind wir da, wo wir sind. Aber Chloë ist wirklich ... süß.»

«O ja. Sie ist ganz entzückend, und die Geschichte kannst du bestimmt in deiner Hochzeitsansprache verwerten. Du kannst darüber witzeln, dass sie den Ball auf dein Spielfeld geschlagen hat oder ein Doppel spielen wollte.» Oder die ganze Sache ans Laufen gebracht hat, dachte ich ironisch. Chloë war nicht gerade schüchtern, wenn sie sich einmal auf einen Mann eingeschossen hatte. Max hatte sie unter den Augen seiner Frau kennengelernt.

«Sie hat offensichtlich Unschönes erlebt mit ihrem letzten Freund», hörte ich Nate sagen. «Nicht dass sie darüber spricht, aber es ist da, in deinem Porträt. Man sieht es.»

«Er … er wollte sich nicht zu ihr bekennen», sagte ich wahrheitsgemäß. «Das Übliche», fügte ich beiläufig hinzu. «Aber sie ist sehr glücklich, dass sie dich kennengelernt hat.»

«Ja, sieht so aus.» Er schwieg. «Egal, jetzt weißt du alles über meine Vergangenheit.»

«Ich bin enttäuscht, dass sie nicht spektakulärer ist.»

«Tut mir leid.» Er zuckte die Achseln. «Jetzt bist du dran, Ella. Wie steht's mit deiner Vergangenheit?»

«Oh. Muss ich?»

«Klar. Du kannst mir nicht alles aus der Nase ziehen, ohne auch etwas über dich preiszugeben.»

«Meinetwegen. Okay», ich räusperte mich, «wollen mal sehen …» Ich erzählte ihm von Patrick, mit dem ich auf der Slade zusammen gewesen war, und von zwei oder drei kurzen Beziehungen zwischen zwanzig und dreißig, und dann erzählte ich Nate von David.

«Zwei Jahre sind eine lange Zeit», bemerkte Nate. «Also, was stimmte mit dem Typ nicht?»

«Nichts. Er war nett … und sehr begabt. Aber … Ich weiß nicht. Wir mochten uns, aber wir haben uns nicht geliebt …»

«Verstehe.»

«Ich neige dazu, mit Männern auszugehen, die ich nicht liebe.»

«Warum? Um es leichter zu haben, wenn es zu Ende ist?»

«Vielleicht.» Ich kannte den wahren Grund, doch ich wollte nicht mit Nate darüber reden. Und plötzlich wollte ich nicht mehr über Beziehungen reden, denn ich wollte nicht hören, wie anbetungswürdig er Chloë fand oder wie glücklich er mit ihr war. Also lenkte ich das Gespräch zu seiner Familie zurück – sicheres Terrain –, und als ich die Kontur seiner linken Schulter nachzog – der Winkel war völlig falsch –, erzählte Nate mir, wie sehr er Roy mochte.

«Roy ist ein netter Mann», pflichtete ich ihm stolz bei. «Er wird bestimmt auch ein toller Schwiegervater», fügte ich hinzu, um mich noch einmal an Nates bevorstehende Hochzeit zu erinnern.

Nate sah mich neugierig an. «Hast du ihn immer schon ‹Roy› genannt?»

«Ja, denn ich war fünfeinhalb, als ich ihn kennenlernte, und ich habe es nie über mich gebracht, ihn ‹Dad› zu nennen, wenn du das meinst.» Nate nickte. «Außerdem wusste ich ja, dass ich einen leiblichen Vater habe, irgendwo, auch wenn ich keine Ahnung hatte, wo.» Plötzlich hatte ich das Bedürfnis, Nate meine Geschichte zu erzählen. «Vielleicht hat Chloë es mal erwähnt.»

«Sie hat sehr wenig darüber gesagt. Nur dass du deinen Vater mit fünf zum letzten Mal gesehen hast.»

«Das stimmt. Er ist mit seiner Freundin nach Australien durchgebrannt, aber das habe ich erst mit elf erfahren.»

«Und was hast du bis dahin gedacht, wo er wäre?»

Ich zuckte die Achseln. «Ich hatte keine Ahnung. Meine Mutter sagte immer nur, er hätte uns verlassen, und es wäre das Beste, ihn zu vergessen. Aber ich war überzeugt, er wäre irgendwo in der Nähe. Immer wieder habe ich mir vorgestellt, ich würde ihn in seinem großen blauen Auto vorfahren sehen, wie früher, als wir noch in unserer Wohnung lebten.»

Ich erinnerte mich, wie meine Mutter am Wohnzimmerfenster stand und die Straße hinunterschaute. Dann hörte ich sie rufen: «Daddy ist da!», und ich lief zu ihr, und wir sahen zu, wie er vorfuhr.

Der Sessel knarrte, als Nate sich anders hinsetzte. «Du hast ihn sicher sehr vermisst.»

«Ja, und natürlich habe ich oft an ihn gedacht, eigentlich dauernd. Immer wenn ich ein Auto wie seins sah, habe ich geschaut, ob er hinter dem Steuer saß. Ich habe sein Gesicht in der Menschenmenge und in den Fenstern vorbeifahren der Busse und Züge gesucht. Ich weiß noch, wie ich mit zehn mal einem Mann durch den Supermarkt gefolgt bin, weil er ausgesehen hat wie mein Vater. Aber sooft ich meine Mutter gefragt habe, wo er sei, habe ich dieselbe Antwort bekommen: Er sei fort und werde nicht zurückkommen. Ich weiß, dass ich Panik bekam, weil ich dachte, er wäre tot. Mum versicherte mir, dass er lebte, aber da wir ihn nicht mehr treffen könnten, sei es das Beste, ihn zu vergessen. Immer wenn ich sie fragte, *warum* wir ihn nicht mehr treffen könnten, gab sie mir das Gefühl, darüber zu sprechen sei zu schmerzlich für sie. So habe ich gelernt, nicht mehr danach zu fragen.»

Nate rutschte auf dem Sessel herum. «Hat sie gewusst, wo er war?»

«Ja.»

«Und warum hat sie es dir nicht einfach gesagt?»

Ich rieb einen Farbtropfen vom Rand der Leinwand. «Sie hat gesagt, sie habe mich vor unnötigem Schmerz bewahren wollen, vor dem Gefühl einer neuerlichen Zurückweisung, wenn ich erführe, dass er so weit fortgegangen war – und sie hatte recht, denn als sie es mir schließlich sagte, war ich sehr schockiert und außer mir, denn ich begriff, dass er nicht nur nicht mehr zurückkommen würde, sondern dass er auch nie die Absicht gehabt hatte.»

«Und wer war seine Freundin?»

«Keine Ahnung. Ich weiß nur, dass sie Australierin war und Frances hieß. Auch das habe ich erst als Teenager erfahren. Meine Mutter hat sie immer nur ‹die andere Frau› genannt. Aber Frances muss großen Einfluss auf meinen Vater gehabt haben, dass er nicht nur seine Frau und sein Kind für sie verließ, sondern auch noch so weit von ihnen wegging.»

«Hat Roy gewusst, dass dein Vater in Australien war?»

Ich schüttelte den Kopf. «Mum hat es ihm verheimlicht, denn sie fürchtete, er würde es mir erzählen, wenn er es wüsste. Sie hat den Schleier des Vergessens über ihre erste Ehe gebreitet, weil das Ende so schrecklich war. Sie hatte gewusst, dass es diese andere Frau gab. Einmal hatte sie mir gesagt, dass sie in seiner Jackentasche eine Hotelrechnung gefunden habe. Und einen Liebesbrief von Frances. Doch als meine Mutter sie zusammen sah, war sie doch sehr schockiert. Sie sagte, es sei ‹traumatisch› gewesen.»

«Obwohl sie von der Affäre wusste?»

«Ja. Mit einem Mal war es schrecklich real. Nicht lange danach hatte meine Mutter den Unfall. Sie sagte, sie sei so außer sich gewesen und abgelenkt, dass sie den Halt verlor. Sie schien meinem Vater auch die Schuld dafür in die

Schuhe zu schieben. In ihren finsteren Momenten sagte sie, er habe sie nicht nur betrogen, sondern sie ‹vernichtet›.»

«Die Arme.»

«Aber sie hatte großes Glück, denn ein paar Monate später hat sie Roy kennengelernt, der sich in sie verliebte und ihr die Gelegenheit zu einem Neuanfang bot. Deswegen wollte sie auch, dass Roy mich adoptiert – um jede Erinnerung an meinen leiblichen Vater auszulöschen. Und so wurde ich mit acht Ella Graham.»

«Das war sicher ... komisch.»

«Es hat mein ganzes Gefühl dafür verändert, wer ich bin, und ich habe Jahre gebraucht, um mich daran zu gewöhnen.» Als ich jetzt ein wenig Zinkweiß auf die Palette drückte, überlegte ich, wie das mit der Adoption wohl funktioniert hatte. Musste der leibliche Vater sein Einverständnis geben – insbesondere da er mit der Mutter des Kindes verheiratet gewesen war? Und gab es eine formelle Übertragung des Sorgerechts? Ich beschloss, Roy irgendwann mal danach zu fragen.

Ich machte mich daran, Nates rechten Arm zu konturieren. «Roy war mir wirklich ein toller Vater. Obwohl es anfangs nicht leicht war. Ich weiß noch, wie meine Mutter mir mitgeteilt hat, dass sie ein Kind von ihm erwartet. Ich war außer mir. Sie ließ dann gleich noch mehr Bomben platzen, denn sie sagte, sie und Roy würden heiraten, und wir würden nach London ziehen und alle zusammen an einem Ort namens Richmond leben. Roy würde in einem Krankenhaus in der Nähe arbeiten, und ich würde auf eine schöne neue Schule gehen. Aber ich mochte die Schule, auf der ich war.»

«So viele Veränderungen», murmelte Nate mitfühlend.

Ich nickte. «Ich sagte meiner Mutter, ich wolle nicht,

dass sie Roy heiratet, und ich wolle auch kein Geschwisterchen.» Ich tauchte den Pinsel in Kobaltblau. «Wir konnten doch unsere Wohnung nicht verlassen, falls Dad zurückkam und nicht wusste, wo wir waren. Am Tag des Umzugs musste sie mich schreiend aus der Wohnung schleifen, und ich war erst bereit mitzukommen, als man mir erlaubte, ihm eine Nachricht zu hinterlassen, wo wir hingezogen waren – auch wenn sie bestimmt nicht besonders leserlich war, denn in dem Alter konnte ich bestimmt noch nicht richtig schreiben.»

«Arme Kleine», sagte Nate.

«Ich habe Roy gehasst, weil ich ihn als den Auslöser für all diese Veränderungen betrachtet habe. Ich habe mich an meine Mutter geklammert, um ihn von ihr fernzuhalten, und wenn er mich ansprach, habe ich einfach nicht geantwortet. Und ich habe seine Schuhe im Garten versteckt. Ich habe seine Bilder und seine Bücher gehasst und meiner Mutter gesagt, sie solle sie in einem großen Feuer verbrennen. Aber Roy war immer toll zu mir. Er sagte, er verstehe, warum ich so wütend sei, und an meiner Stelle wäre er auch wütend. Aber vielleicht wäre ich nicht mehr so wütend, wenn ich das Baby mal kennengelernt hätte.»

Während ich jetzt die Farbe für Nates Haare anmischte, erinnerte ich mich, wie ich mit Roy auf der Bank im Garten saß und er mir erzählte, das Baby würde bald kommen – in den nächsten ein, zwei Tagen. Ich fing an zu weinen. Und er sagte, das sei kein Grund zu weinen, denn da würde jemand zur Welt kommen, der mich lieben würde. Und das sei doch das Einzige, was wirklich zähle.

Ich schaute von dem Bild auf. «Roy hatte recht. Denn als ich Chloë das erste Mal sah, verpuffte meine ganze Wut.

Roy legte sie mir in die Arme, und ich schaute sie nur an und erzählte ihr stundenlang all die Dinge, die ich ihr zeigen würde, sobald sie älter wäre. Ich stritt mich fast mit meiner Mutter darum, wer den Kinderwagen schieben durfte. Morgens fanden sie mich auf dem Fußboden vor ihrer Wiege schlafend vor. Und von da an hatte ich nichts mehr dagegen, dass Roy Bestandteil meines Lebens war, denn ich begriff, dass ich ohne ihn auch Chloë nicht bekommen hätte. Aber natürlich hoffte ich immer noch ...» Mein Pinsel hielt inne. «Ich habe nie aufgehört zu hoffen ...» Ich hörte das Ticken der Uhr.

«Deinen Vater wiederzusehen?», fragte Nate leise.

Ich nickte. «Aber es war schwer, sich das vorzustellen, denn ich vergaß allmählich schon, wie er aussah.»

«Hattest du denn keine Fotos von ihm?»

«Nein. Meine Mutter sagte, sie habe sie verloren. Also zeichnete und malte ich ihn – wie besessen –, um mich an ihn zu erinnern.» Ich dachte an das verblasste Bild von ihm in meiner Schreibtischschublade. «Und ich glaubte, wenn ich ein richtig gutes Bild von ihm malen würde – eines, das ihm wirklich wie aus dem Gesicht geschnitten war –, dann würde er zurückkommen.»

«Deswegen bist du Porträtmalerin geworden», sagte Nate leise.

Ich nickte. «Kann gut sein. Denn ich suchte nach dem einen Gesicht und hoffte, es wiederzusehen. Ich hoffte immer noch, selbst nachdem ich die Wahrheit erfahren hatte.» Ich merkte, wie sich mir die Kehle zuschnürte. «Ich redete mir ein, ich wollte ihn nicht sehen.» Das Bild auf der Leinwand verschwamm. «Aber natürlich wollte ich ihn sehen ...» Ich schlug die Hände vors Gesicht.

Ich hörte den Sessel knarren, dann Schritte. Dann spürte ich Nates Arme um meine Schultern. Eine salzige Träne lief mir in den Mundwinkel.

Ich spürte, wie weich Nates Pullover war, wie sanft seine Arme mich drückten, wie sein Atem warm über mein Ohr strich.

Einen Augenblick schloss ich die Augen, dann löste ich mich verlegen. Dabei sah ich, dass auf Nates Brust ein roter Fleck war. «Ich habe dich mit Farbe vollgeschmiert», krächzte ich. «Mit dem Pinsel. Ich kümmere mich darum.» Ich ging zum Arbeitstisch und tupfte etwas Terpentinersatz auf ein Papiertaschentuch, dann ging ich zurück zu Nate und schob, ohne weiter darüber nachzudenken, die linke Hand unter seinen Pullover, während ich mit der rechten behutsam die Wolle mit Terpentin betupfte. «So», murmelte ich, «schon weg.»

Ich wusste, wenn ich Nate anschaute, würde ich ihn küssen wollen, also wandte ich mich ab. Doch er streckte die Hand nach meinem Gesicht aus und strich mit dem Daumen die Tränen weg.

«Mir geht's gut», flüsterte ich. «Ich bin wieder okay. Danke.» Dann ging ich, um meinen inneren Aufruhr zu verbergen, zum Waschbecken und machte mich daran, den Pinsel sauber zu machen.

«Jetzt weiß ich, warum du so bedrückt gewirkt hast», hörte ich Nate sagen. «Du hast wohl an deinen Vater gedacht.»

«Ja.» Ich drehte den Wasserhahn zu. «Sehr.» Ich sagte Nate nicht, warum, und auch nicht, dass ich auch an ihn gedacht hatte.

«Vielleicht hörst du ja eines Tages von ihm.»

Ich atmete aus. «Vielleicht.»

«Was würdest du machen, wenn er sich je bei dir melden würde? Würdest du mit ihm reden, ihn sehen wollen?»

«Ihn sehen?» Ich schaute Nate an. «Ich ... ich weiß wirklich nicht.»

So viel zu meinem Vorsatz, Zurückhaltung zu üben, dachte ich grimmig, als ich mich ein paar Stunden später für die Party fertig machte. Ich hatte Nate meine Seele enthüllt – ihm aus einem Impuls heraus Dinge erzählt, die ich nicht einmal Polly anvertraut hatte –, und am Ende hatte er mich in den Armen gehalten. Jetzt musste ich zu seiner Verlobungsparty gehen und dort höflichen Smalltalk mit ihm halten.

Eingeladen war für acht Uhr, doch ich war so aufgewühlt, dass ich viel zu spät dran war. Ich konnte mich nicht entscheiden, was ich anziehen sollte, und zog mich dreimal um. Erst dachte ich, ich gehe gar nicht hin, dann beschloss ich, doch hinzugehen, und am Ende musste ich zu Fuß gehen, weil mein Vorderreifen platt war und der Bus nicht kam und ich nicht genug Geld für ein Taxi hatte, weil ich vergessen hatte, zum Geldautomaten zu gehen. Als ich zum Redcliffe Square kam, war es Viertel nach neun, und ich war nervös und unglücklich.

Nates Wohnung lag am südlichen Rand des Platzes in einem großen Haus mit Säulengang, vor dem eine riesige Magnolie stand, die gerade ihre letzten wächsernen weißen Blätter abwarf. Ich läutete, und ein Kellner in Schürze öffnete mir die Tür, nahm mir den Mantel ab und bot mir von dem Tablett auf dem Tisch im Flur ein Glas Champagner an. Ich nahm es dankbar und trank zwei kräftige, nervenstärkende Schlucke. Ich wappnete mich gerade, um den Raum zur Linken zu betreten, wo das Fest eindeutig schon in vollem Gange war, da kam Chloë in den Flur. Ich spürte einen neidvollen Stich und schalt mich augenblicklich dafür.

Chloë lächelte mich strahlend an. «Da bist du ja, Ella!»

«Ich bin schrecklich spät dran», murmelte ich. «Tut mir leid.»

«Macht doch nichts, du bist doch jetzt hier. Komm rein.»

«Kann ich noch einen Augenblick durchatmen? Ich bin ein bisschen ... gestresst.» Ich konnte Chloë kaum sagen, warum. Lieber trank ich noch einen Schluck Champagner, spürte die beruhigende Wirkung und brachte ein Lächeln zustande. «Du siehst wunderschön aus.» Chloë trug ein Etuikleid aus türkisfarbener Seide, das ihre schlanke Figur betonte. Sie wirkte so jung, doch mir ging durch den Kopf, dass sie so alt war wie meine Mutter, als mein Vater sie verlassen hatte. Nur hatte meine Mutter eine fünfjährige Tochter gehabt. Erneut kam mir der Gedanke, wie ungewöhnlich es für eine ehrgeizige junge Tänzerin war, ihre Karriere aufs Spiel zu setzen, indem sie ein Kind bekam. Vielleicht war die Schwangerschaft ein Unfall gewesen, und das war der wahre Grund, warum sie und mein Vater standesamtlich geheiratet hatten. Ihre Behauptung, er sei nicht gläubig gewesen, hatte irgendwie falsch geklungen.

«Danke», sagte Chloë.

Als sie sich eine Haarsträhne hinters Ohr strich, sah ich etwas aufblitzen, und der Dolch drehte sich von neuem in meinem Herzen. «Oh, zeig mir deinen Ring!»

Sie streckte die Hand aus. Ein großer Diamant im Marquise-Schliff blinkte und funkelte. «Jetzt fühle ich mich richtig verlobt», sagte sie und riss die Augen auf in gespielter Ängstlichkeit. «Wir haben ihn vor einem Monat zusammen ausgesucht, aber er musste enger gemacht werden, und da habe ich ihn heute Morgen abgeholt, während du Nate gemalt hast. Er hat Spaß an den Sitzungen», fügte sie hinzu, als ich ihr ins Wohnzimmer folgte. Ängstlich überlegte ich, ob Nate ihr viel von den Sitzungen erzählte. «Nicht dass er mir verrät, worüber ihr euch unterhaltet.» Ich atmete erleichtert aus. «Aber als er heimkam, hat er so nach Terpentin gestunken, dass ich ihn aufgezogen habe, er hätte wohl selbst ein bisschen gemalt ...»

Es waren vielleicht zwanzig Menschen in dem langen, breiten Raum, der ein tiefes Erkerfenster hatte. Auf dem weißen Marmorkaminsims standen einige Verlobungskarten, und an der Wand darüber hing eine große, halb abstrakte Seelandschaft in wilden Blau- und Grüntönen. Am anderen Ende des Raums stand ein Sofa mit blassgoldenem Damastbezug. Augenblicklich hatte ich das Bild vor Augen, wie Chloë und Nate es sich darauf gemütlich machten.

Am hinteren Ende des Raums entdeckte ich Nate, in Jeans und weißem Hemd im Gespräch mit seinen Gästen. Als er mich sah, entschuldigte er sich und kam auf mich zu. Es war wie in meinen Träumen, in denen er sich langsam aus einer Gruppe von Fremden löst und mich ein Gefühl von Glück und Erleichterung überkommt. Doch jetzt, da ich wusste, wie mächtig ich mich zu ihm hingezogen fühlte, empfand ich nur Schmerz und Bestürzung.

«Ella», sagte er warm.

Ich erinnerte mich an den sanften Druck seines Arms um meine Schultern, die Berührung seiner Hand an meiner Wange.

«Hi, Nate. Tut mir leid, dass ich zu spät komme. Was für

eine tolle Wohnung!» Ich wandte mich an Chloë. «Werdet ihr nach der Hochzeit hier leben?»

«Vorerst. Es ist eine Mietwohnung, und wenn der Mietvertrag ausläuft, wollen wir uns was Eigenes kaufen.»

Bei der Aussicht, Chloë und Nate könnten zusammen ganz in meiner Nähe leben, rutschte mir das Herz in die Hose – sie Hand in Hand spazieren gehen oder gemeinsam die Einkäufe aus dem Auto laden oder einen Kinderwagen schieben zu sehen.

«Das wäre ... toll», sagte ich. «Aber vergiss nicht, dass es heikel sein kann, in der Nähe eines Fußballstadions zu leben.»

«Stimmt», meinte Chloë. «Wie oft spielt Chelsea zu Hause?»

«Jeden zweiten Samstag, aber auch wochentags. Dann sind die Straßen völlig verstopft, und der Lärm ist ohrenbetäubend.» Plötzlich wünschte ich mir, sie würde mit Nate nach New York ziehen – ein Szenario, das ich gefürchtet hatte, als ich von ihrer Verlobung erfahren hatte.

«Na, wir werden sehen», sagte sie. «Wir haben es nicht eilig, nicht wahr, Nate?»

«Nein. Nein, überhaupt nicht eilig.»

Plötzlich drang das charakteristische «Rrringgg, rrringgg» – wie ein altes Bakelittelefon – von Chloës Handy durch den Lärm und die Stimmen. Sie holte es aus ihrer Tasche, sah auf das Display und runzelte die Stirn. «Tut mir leid, ich muss kurz ...» Sie ging in den Flur und überließ Nate und mich unserem Gespräch.

Wir unterhielten uns über Immobilienpreise in diesem Teil von London und darüber, ob die Zinssätze wieder steigen würden oder nicht. Ohne die Intimität des Ateliers führten wir ein höfliches Gespräch. So sollte es sein, dachte ich, sobald das Porträt fertig ist.

Ein Mitarbeiter des Partyservice kam zu Nate. Als ich mich umschaute, sah ich, dass Chloë wieder reingekommen war und sich mit Jane unterhielt, einer alten Schulfreundin. Ich schob mich an ihnen vorbei, um mit Mum und Roy zu sprechen, die am Fenster standen, und fing Gesprächsfetzen des Partygeplauders auf.

– *Nicht mehr lange bis zur Hochzeit.*

– *Und, ist er vor ihr auf die Knie gegangen?*

– *Capri ist ein* wunderschönes *Ziel für die Flitterwochen.*

– *Genau genommen habe* ich ihn *gefragt!*

Mum war mit einer anderen Freundin von Chloë, Trish, und ihrem Mann Don ins Gespräch vertieft. Als sie mich sah, streckte sie elegant den Arm aus und zog mich an sich, während sie fortfuhr, von Nate zu schwärmen.

«Er ist unglaublich attraktiv», pflichtete Trish ihr bei. «Offensichtlich sehr zuverlässig, ja, perfekt für Chloë – also, er wäre perfekt für *jede* Frau, ehrlich –, aber nicht so perfekt wie du», fügte sie an Don gewandt mit einem Lachen hinzu. Dann erzählte Trish meiner Mutter von der Jazzband, die sie und Don für ihre Hochzeit engagiert hatten, und wie schwierig es gewesen war, Dons geschiedene Eltern am Tisch zu platzieren. Als sie und Mum auf die Vor- und Nachteile einer formellen Begrüßung der Gäste zu sprechen kamen, wandte ich mich ab, um mit Roy zu reden.

Er lächelte mich an. «Wie geht's unserer Ella-Bella?»

«Gut, danke.» Ich trank einen Schluck Champagner. «Aber ein bisschen hochzeitsmüde.»

Roy seufzte. «Ich weiß, was du meinst, aber …» Er rückte seine Fliege zurecht. «Ich hoffe, du freust dich für Chloë, Ella.»

Ich sah ihn schockiert an. «Natürlich freue ich mich. Warum fragst du?»

Ein roter Fleck war Roys Hals heraufgekrochen. Weiß er etwas?, überlegte ich. Hatte er es in meinem Gesicht gesehen, wie Celine? Trug ich «I ♥ Nate!» quer über der Stirn?

«Warum fragst du?», wiederholte ich nervös.

«Also», Roy trat von einem Fuß auf den anderen, «wenn ich ehrlich bin, dachte ich, du wärst womöglich nicht so ganz glücklich darüber, dass sie heiratet.»

«Wieso denn das?» Mein Puls begann zu rasen.

Roy fuhr mit einem Finger unter seinen Kragen. Er wusste es. Er und Mum wussten es. «Weil es hart sein muss für dich», sagte er, «zuzusehen, wie deine Mutter und ich so ein Theater um deine Schwester machen. Ganz zu schweigen von dem Vermögen, das wir für sie ausgeben. Also, ich hoffe nur …»

«Oh, verstehe.» Ich lachte erleichtert auf. «Du meinst, ich wäre neidisch auf Chloë, weil sie heiratet?»

«Also, so direkt würde ich es nicht formulieren, aber du sollst wissen, dass wir für dich genauso auf den Putz hauen werden. Ich spare schon seit Jahren für euch Mädchen.»

Ich lächelte. «Danke, Roy.» Er war wirklich unglaublich lieb. Ich legte ihm die Hand auf den Arm. «Ich bezweifle, dass mein Anteil je gebraucht wird. Du solltest das Geld lieber für dich und Mum ausgeben.»

Er trank einen Schluck Champagner. «Du weißt nicht, was die Zukunft bringt, Ella. Wie auch immer, es ist gut zu wissen, dass du dich für deine Schwester freust.»

«Natürlich freue ich mich.» Ich wünschte nur, sie würde nicht unbedingt Nate heiraten.

Inzwischen strebten alle der breiten Holztreppe zu, die ins Souterrain führte.

«Ich glaube, das Essen ist serviert», sagte Roy. «Sehr nett von Nate, dieses Fest auszurichten.»

«Ja. Ich möchte mir gern vorher noch rasch die Hände waschen. Wir sehen uns unten.»

Ich ging raus in den Flur, und ein Kellner erklärte mir, das Bad sei direkt oben am Treppenabsatz. Ich ging hinauf.

Als ich die Tür öffnete, fiel mein Blick auf eine große, freistehende viktorianische Badewanne, auf deren Rand neben einigen Teelichthaltern aus farbigem Glas Chloës Shampoo und Pflegespülung standen. Ich quälte mich mit der Vorstellung, wie sie und Nate hier bei Kerzenschein im Schaum versanken. Neben dem Waschbecken fanden sich neben Nates Rasierzeug Chloës Toilettentasche von Cath Kidston, eine rosafarbene Zahnbürste und eine große Tube Body Creme von Elizabeth Arden.

Warum habe ich nicht so getan, als hätte ich Migräne?, dachte ich elend und drehte den Wasserhahn auf. Ich hob den Blick zum Spiegel, wandte ihn jedoch rasch wieder ab, denn ich konnte mir nicht in die Augen sehen. «Ich bin nicht verliebt», flüsterte ich und spritzte Wasser auf meine brennenden Wangen. «Das ist nichts als eine … kleine Schwärmerei … eine dumme und vollkommen unangebrachte Schwärmerei.» Ich schämte mich, es zuzugeben, selbst mir gegenüber, und wollte auf keinen Fall, dass jemand anders davon erfuhr. Meine Gefühle würde ich fest unter Verschluss halten.

Als ich aus dem Bad kam, sah ich, dass die Tür zu dem

Raum nebenan nur angelehnt war. Durch den Spalt sah ich Nates grünen Pullover auf einem Stuhl liegen. Ein Ärmel hing an der Seite runter, als wäre er müde. Ohne nachzudenken, öffnete ich die Tür und ließ den Blick über das große Bett schweifen und stellte mir masochistisch vor, wie Chloë und Nate darin lagen, Rücken an Bauch, von Angesicht zu Angesicht, die Beine verflochten wie Schnüre.

Auf der Kommode standen einige Fotos in Silberrahmen. Ich wollte sie mir ansehen, wollte mehr über Nate wissen, und so trat ich ein, auch wenn ich hier eigentlich nichts verloren hatte.

Ein Foto zeigte ein junges Paar – vermutlich Nates Eltern –, das an einer Steinmauer lehnte, die Kathedrale von Florenz erhob sich über den Gebäuden hinter ihnen. Es gab eine Nahaufnahme einer jungen Braut – vermutlich Maria, Nates jüngste Schwester, denn er hatte mir erzählt, sie habe ihm immer am nächsten gestanden. Ein Foto zeigte Nate als Jungen von neun oder zehn Jahren; er saß auf einem Sofa und wiegte seinen Hund wie ein Baby. In einem Glasrahmen war ein Schnappschuss von Chloë und Nate bei einem eleganten Dinner. Ihr Arm lag auf der Rückenlehne seines Stuhls. Wieder stach die Eifersucht, und zwar mit einer solchen Wucht, dass es mich vollkommen umhaute.

Ich verließ den Raum, schloss die Tür hinter mir und lief die Treppe hinunter.

Die Küche war sehr groß und hatte einen großen Wintergarten, der als Speisezimmer diente. An den Scheiben hingen kleine Lämpchen, die in der wachsenden Dämmerung funkelten. Alle suchten sich ihre Plätze an einem langen u-förmigen Tisch.

Ich fand meinen Namen – in Chloës großer, runder

Handschrift – neben einer Frau Mitte vierzig mit schulterlangem blondem Haar und pinkfarbenem Lippenstift.

«Hi», sagte sie mit einem warmen Lächeln. «Ich bin Nates Cousine Honeysuckle.»

Ich erwiderte ihr Lächeln. «Toller Name.»

«Mein Vater war ein großer Fan von Fats Waller, also heiße ich eigentlich Honeysuckle Rose, aber alle nennen mich Honey oder Hon.»

Ich erinnerte mich an meinen Irrtum wegen «Honey» am Abend von Chloës Party. Der Gedanke, Nate könnte Chloë betrügen, hatte mich damals sehr aufgebracht. Und jetzt *wünschte* sich ein dunkler Teil von mir, er möge sie betrügen – und zwar mit *mir*!

«Das ist mein Mann Doug.» Honey zeigte auf den Mann mit dem rotblonden Haar, der links von mir stand.

Ich schüttelte ihm die Hand. «Ich bin Ella, Chloës Schwester.»

«Ich habe von Ihnen gehört», sagte Doug. «Sie porträtieren Nate, nicht wahr?»

«Ja.»

«Benimmt er sich bei den Sitzungen?», fragte Honey, als wir uns setzten.

«Selbstverständlich.» Honey war mein empörter Tonfall nicht entgangen. Ich merkte, dass ich rot anlief. «Ich meine … er sitzt sehr still und ist … nett.»

«Oh, Nate ist ein Schatz», sagte Honey, während Doug uns Weißwein einschenkte. «Wir sind in New York zusammen aufgewachsen. Dann ist meine Familie nach London gezogen, als ich zwölf war – daher mein fast perfekter englischer Akzent. Nate und ich sind immer gut miteinander klargekommen, und jetzt arbeiten wir zusammen.»

«Er hat mir viel von Ihnen erzählt», sagte ich. «Nette Sachen», fügte ich hastig hinzu. Dann fiel mir ein, dass Nate gesagt hatte, Honey könne ziemlich neugierig sein, ich tat also gut daran, auf der Hut zu sein.

Sie lächelte. «Und wie lange dauert so eine Sitzung?» Ich erklärte es ihr. «Und wie gut kannten Sie ihn, als Sie damit anfingen?»

«So gut wie gar nicht. Ich war ihm zweimal begegnet. Aber ich kenne die Menschen, die ich porträtiere, vorher eigentlich nie.»

Honey schüttelte den Kopf. «Wie seltsam, so viel Zeit mit einem Fremden hinter verschlossenen Türen zu verbringen.» Sie lachte. «Das ist ja fast wie ein Blinddate!»

Ich nickte. «In gewisser Weise schon.» Außer dass es in Nates Fall ausgeschlossen war, dass aus der Begegnung je mehr wurde. Plötzlich war ich wütend auf Chloë: Indem sie mich gebeten hatte, Nate zu porträtieren, hatte sie mir – wenn auch nicht mit Absicht – ein Festmahl vor die Nase gesetzt, das ich niemals probieren konnte. Ich fühlte mich wie Tantalos, bis zum Hals im Wasser, ohne trinken zu können, die Hand nach einer Frucht ausgestreckt, ohne sie je zu fassen.

Heimlich warf ich einen Blick auf Nate, der am anderen Ende des Wintergartens saß, neben Chloë. Ich versuchte zu begreifen, was heute Morgen zwischen uns passiert war. Dann sagte ich mir, da gebe es nichts zu begreifen. Als er gesehen hatte, dass es mir nicht gutging, hatte er mich instinktiv getröstet. Mehr war es nicht. Und doch …

Nates Freund James kam herüber und setzte sich mit seiner Frau Kay neben mich. Ich wusste bereits, dass James für die Citibank in London arbeitete. Er war mit

Nate auf der Highschool gewesen und würde sein Trauzeuge sein. James und Honey kannten einander eindeutig, als sie ein Gespräch anfingen, plauderte ich mit Kay, die mir erzählte, sie würde im Abendstudium Kunstgeschichte studieren.

Die Vorspeise wurde serviert, aber ich war viel zu nervös, um etwas zu essen. Ich pickte an meiner geräucherten Forelle herum und überlegte, wann ich mich verdrücken konnte. Meine Tischnachbarn waren sehr nett, aber in meiner gegenwärtigen Stimmung fiel es mir schwer, Smalltalk zu halten. Zum Glück interessierten sie sich für die Porträtmalerei, und ich musste wenigstens nicht verkrampft nach einem Gesprächsthema suchen.

«Gibt es jemanden, den Sie nicht gern malen würden?», fragte Kay.

Ich ließ die Gabel sinken. «Ich finde kleine Kinder schwierig, weil ihr Gesichtsausdruck so flüchtig ist. Und ich male ungern Frauen, die sich plastischer Chirurgie unterzogen haben – es sieht irgendwie immer falsch aus. Letztes Jahr habe ich eine Frau in den Fünfzigern gemalt, die sich eindeutig die Augenlider hatte straffen lassen. Es sah aus, als wären in ihren Augenhöhlen zwei Blendgranaten hochgegangen. Dagegen porträtiere ich im Augenblick eine Frau von dreiundachtzig, die in Würde gealtert ist. Ihr Gesicht ist immer noch sehr schön.» Ich hoffte, dass ich bald mit Iris weiterarbeiten konnte, nicht zuletzt, weil ich unbedingt erfahren wollte, was aus dem Maler Guy Lennox geworden war – seine tragische Geschichte war mir unter die Haut gegangen.

Jetzt sprach Kay über Selbstporträts – über Rembrandt, Francis Bacon und Lucian Freud. «Und es gibt ein Selbstporträt von Dürer, das ich absolut verehre», fügte sie hinzu. «Es ist unglaublich sexy.»

«Sie meinen das christusähnliche?», fragte ich. «Das mit den langen Locken?»

«Ja, genau das. Es ist toll.» Sie kicherte. «Als Teenager war ich bis über beide Ohren in ihn verknallt – wegen dieses Bildes!»

Ich lächelte, denn das kam mir bekannt vor. «Ich auch. Es war, als wäre er real – kein Bild, das er vor fünf Jahrhunderten gemalt hat.»

«Wird Nate denn auch so ‹real› aussehen?», fragte Honey. «Sodass die Frauen noch in hundert Jahren deswegen in Ohnmacht fallen?»

Ich lächelte. «Ich bemühe mich. Bei seinem Porträt hat mich besonders der Ehrgeiz gepackt.»

«Ehrgeiz?», fragte Honey. «Inwiefern?»

«Ein einigermaßen anständiges Porträt fängt eine Ähnlichkeit ein, ein gutes Porträt offenbart Aspekte des Charakters des Modells, aber ein großartiges Porträt zeigt etwas, was der Porträtierte nicht einmal selbst über sich weiß. Das hoffe ich bei Nate zu erreichen.»

Doug hob das Glas, um einen Toast auf mich auszusprechen. «Dann auf ein großartiges Porträt von Nate. Er wird eine offizielle Enthüllung veranstalten müssen.»

«Tolle Idee», sagte Honey. «Dann kommen wir alle, um es uns anzusehen. Aber ich weiß, dass es toll wird, weil er toll ist.» Dabei sah sie zu Nate hinüber und warf ihm eine Kusshand zu.

Nate lächelte zurück, und als Honey sich abwandte, um etwas zu Doug zu sagen, ließ Nate den Blick für wenige Sekunden auf mir ruhen. Ich schenkte ihm ein kurzes Lächeln und schaute mit hochrotem Kopf weg. Er will nur wissen, ob es mir gutgeht, sagte ich mir entschieden.

«Vergessen Sie nicht die kleine Narbe an seiner Stirn.» Ich sah Honey an. «Eine von seinen Schwestern hat ihn als Baby fallen gelassen», fügte sie hinzu. «Ich glaube, es war Valentina.»

«Nein.» Ich senkte mein Glas. «Das war Maria.»

«Woher wissen Sie das?», fragte Honey überrascht.

«Nate hat mir erzählt, dass Maria ihn fallen ließ, als er vier Monate alt war. Sie war sechs und hatte ihn aus der Wiege genommen, weil sie ihn knuddeln wollte. Sie fuhren mit ihm ins Krankenhaus, und Maria war so außer sich, dass sie ihr eine große Puppe kaufen mussten, damit sie aufhörte zu weinen. Es ist ihr wohl immer noch so peinlich, dass sie nicht gern darüber redet.»

Honey nickte langsam. «Das hatte ich vergessen.»

Als unsere Teller abgetragen wurden, erinnerte Honey sich an Nates Vater Roberto. «Onkel Rob kannte viele berühmte Pianisten», sagte sie zu Kay. «Er hat mit Ashkenazy gearbeitet, Horowitz, Martha Argerich und Alfred Brendel. Und er war selbst ein toller Pianist – er hat Konzerte in einer Kirche gegeben, Saint Thomas Aquinas.»

«Das war St. Vincent de Paul», korrigierte ich sie, ohne zu überlegen.

Honey sah mich überrascht an. «Ehrlich?»

«Ja. Wenigstens hat Nate mir das erzählt.»

«Dann stimmt es wohl auch. Sie hören aber gut zu, was er so erzählt.»

«Ich … ich unterhalte mich immer mit meinen Modellen. Um sie malen zu können, muss ich sie kennenlernen. Oder?», fügte ich hinzu und bereute es augenblicklich.

Nate war aufgestanden und brachte sein Glas zum Klingen. Ich nahm an, er wollte eine Rede halten, doch er bat nur darum, dass einige von uns ihre Weingläser nahmen und für Dessert und Kaffee die Plätze tauschten. Doug stand auf und Kay ebenfalls, und wenige Augenblicke später kam Mum herüber und setzte sich auf Kays Stuhl. Als ich sie den anderen vorstellte, ging mir auf, dass sie – genau wie ich – zu viel getrunken hatte.

«Und wie laufen die Hochzeitsvorbereitungen?», fragte James sie freundlich.

«Wie geschmiert», antwortete sie mit einem Lächeln. «Nächste Woche schicken wir die Einladungen raus. Das wird ganz schön viel Arbeit, denn wir haben eine riesige Besetzungsliste.»

«Sie meinen wohl die Gästeliste», wandte Honey ein.

Mum wirkte verdutzt. «Habe ich das nicht gesagt?»

«Planen Sie auch etwas, was an Nates italienische Wurzeln erinnert?», fragte Honey.

«Ja. Die Sopranistin singt etwas von Rossini, und ich überlege, vor der Kirche ein Taubenpaar freizulassen, um dem Ganzen ein wenig *Drama* zu verleihen.»

«Nicht dass man bei einer Hochzeit allzu viel Drama möchte», meinte Kay.

Mum seufzte ein wenig angeheitert. «Wohl wahr. Schade, dass wir nicht katholisch sind wie Nate, sonst hätten er und Chloë eine Brautmesse feiern können – so was ist richtig schön. Aber es wird definitiv kleine Tüten mit Mandeln geben, und ich möchte, dass Chloë und Nate ein Glas zerschmeißen.»

Ich trank noch einen Schluck Wein. «Wozu soll das gut sein?»

«Braut und Bräutigam zerschmeißen während des Empfangs ein Glas», erklärte Honey. «Die Zahl der Scherben zeigt dann die Zahl der Jahre an, die sie glücklich verheiratet sein werden – wie bei einer jüdischen Hochzeit.»

«Richtig», sagte Mum. Chloë gesellte sich zu uns. «Hallo, Schatz.» Chloë setzte sich neben sie. «Wir unterhalten uns über die Hochzeit, und ich habe gerade gesagt, dass ich möchte, dass du und Nate ein Glas kaputt schmeißt. Ich hätte eigentlich auch gern Gestecknisse.»

«Gestecknisse?» Chloë lächelte. «Oder etwa Geständnisse? Was hast du zu gestehen, Mum? Los, raus damit.»

«Gestecke», korrigierte Mum sich lachend. «Ich weiß bloß nicht, ob lieber Rittersporn oder Hortensien – keine leichte Entscheidung.»

Honey, von den Einzelheiten der Hochzeitsvorbereitungen eindeutig gelangweilt, sprach über Nate. «Er hatte einen Hund, Chopsy», sagte sie zu James. «Ein hässlicher kleiner Straßenköter, aber Nate hat ihn geliebt.»

«Er war nicht hässlich», protestierte ich. «Er sah sehr süß aus. Und er war auch kein Köter, sondern ein Borderterrier mit Eins-a-Stammbaum.»

«Ehrlich?», fragte Honey. «Ja, Sie haben recht. Das hatte ich völlig vergessen.» Sie lachte verblüfft. «Aber woher wissen Sie denn, wie Nates Hund aussah?»

Mein Herz setzte einen Schlag aus. Ich konnte wohl kaum zugeben, dass ich die Nase in Nates Schlafzimmer gesteckt hatte. «Nate hat ihn mir beschrieben», antwortete ich wahrheitsgemäß. «Ich habe ein sehr lebendiges Bild von ihm vor Augen.»

Honey nickte. «Aha.»

Als jetzt der Kaffee serviert wurde, kam Nate und setzte

sich auf den Stuhl neben Honey. Ich wagte kaum, ihn anzusehen, um meine Gefühle nicht zu verraten. Die Knie drückte ich an die Unterseite des Tisches, damit sie aufhörten zu zittern. Wie seltsam, im Atelier konnte ich ihn ohne Hemmungen – ja, sogar schamlos – ansehen, doch hier wagte ich es kaum, einen kurzen Blick auf ihn zu werfen.

Honey legte Nate eine Hand auf den Arm. Ich beneidete sie um die entspannte Vertrautheit dieser Geste. «Ich habe gerade von Chopsy erzählt», erklärte sie ihm.

Nate grinste. «Ein toller kleiner Hund.»

«Warum hieß er eigentlich Chopsy?», fragte Chloë ihn. «Weil er ‹chops› mochte – Koteletts?»

«Nein, das war eine Abkürzung für Chopin», antwortete ich. «Nates Vater hatte ihn aus einem Tierheim. Er war halb verhungert aufgenommen worden und hatte Verbrennungen von Zigaretten an den Beinen, also, Chopsy, nicht Nates Vater. Er ist vierzehn Jahre alt geworden, aber es können auch sechzehn gewesen sein, denn sie wussten ja nicht genau, wie alt er war, als sie ihn bekamen.»

«Oh», sagte Chloë. «Das wusste ich nicht.»

Plötzlich spürte ich Honeys Blick – scharfsinnig und wissend – auf mir. «Also …» Ich stand auf. «Ich muss leider.» Ich warf Mum eine Kusshand zu und wandte mich dann an Nate. «Vielen Dank, Nate», sagte ich freundlich. «Es war ein schöner Abend.» Er schob seinen Stuhl nach hinten, als wollte er mich zur Tür bringen, doch Chloë war schon aufgesprungen.

«Ich bringe dich, Ella.»

«Okay.» Ich winkte den anderen. «Wir sehen uns auf der Hochzeit.»

Mum lächelte. «Nicht mehr lange.»

Ich folgte Chloë die Treppe hoch. «Was für ein toller Abend», sagte ich, als wir den Flur betraten. «Es hat mir sehr gefallen», log ich.

Sie reichte mir meinen Mantel, ich zog ihn an und nahm meine Handtasche. «Ella?» Als ich Chloës gequälte Miene sah, rutschte mir das Herz in die Hose. Sie wusste es. Wie auch nicht, wo ich dauernd über Nate und seinen Vater und seinen Hund gequasselt hatte? So viel zu dem Thema, meine Gefühle zu verbergen – ich hatte zu viel getrunken und sie für alle gut sichtbar auf den Tisch gelegt. «Ella?», sagte Chloë noch einmal.

«Ja?»

«Wenn ich ehrlich bin, dann bin ich ganz schön … verängstigt und durcheinander.»

«Warum?»

«Ich glaube, das weißt du …»

«Was?», fragte ich unschuldig. *Weil ich mich in deinen Verlobten verliebt habe? Ja. Das habe ich. Ich wollte es nicht. Es tut mir leid.* Ich wappnete mich gegen Chloës Tirade.

«Also …» Sie schürzte die Lippen. «Dieses … Heiraten … ist … macht … mir Angst.»

«Oh.» Erleichterung durchflutete mich. «Ja … ich meine … ganz bestimmt … aber …» Ich kämpfte mit meinen Gefühlen. «Wenigstens hast du eine gute Wahl getroffen. Nate ist … sehr … nett.»

Chloë schloss die Augen und schlug sie wieder auf. «Ich bin so froh, dass du das sagst. Ja, das ist er. Und er ist anständig und fleißig, er ist intelligent und freundlich. Und zuverlässig», fügte sie ernst hinzu. «Das ist wichtig, nicht wahr? Er ist auch sehr großzügig … und treu. Und er sieht gut aus, habe ich das schon aufgezählt?» Ich schüttelte den Kopf. «Also, er ist attraktiv, sehr sogar, und ich weiß, dass ich mich sehr … glücklich schätzen kann.» Chloës Lippen zitterten, dann tropfte eine Träne auf ihre Wange. «Tut mir leid, Ella … ich bin … meine Nerven sind ein bisschen … überreizt.»

Ich kramte in meiner Tasche. «Das ist doch ganz natürlich.» Ich zog ein paar Taschentücher heraus, und Chloë betupfte sich damit die Augen. «Das ist das ganze emotionale Tamtam.»

Sie nickte und fasste sich dann wieder. «Also …» Mit rotgeweinten Augen sah sie mich an. «Wie kommst du nach Hause? Soll ich dir ein Taxi rufen? Ich kann warten, bis es kommt», fügte sie hinzu und strahlte plötzlich. «Wir setzen uns hierhin und plaudern noch ein bisschen.»

«Danke, Chloë, aber ich möchte zu Fuß gehen. Die frische Luft wird mir guttun. Und du solltest zurück zu deinen Gästen.»

«Du hast recht.» Sie seufzte. «Dann …» Sie bedachte mich mit einem zaghaften Lächeln. «Bis bald, Ella.»

«Ja. Und mach dir keine Sorgen, Kleine.» Ich drückte ihr einen Kuss auf die Wange.

Als ich draußen die Stufen hinunterging, klangen Chloës Worte mir noch in den Ohren. Sie liebte Nate so sehr, dass allein der Gedanke an ihn sie zum Weinen brachte. Bald würde sie ihn heiraten, und ich musste mich für sie freuen und mich bemühen, ihn in einem anderen Licht zu sehen.

Als ich nach Hause kam, ging ich hinauf ins Atelier. Dort holte ich Nates Leinwand heraus, stellte sie auf die Staffelei, nahm meine Palette zur Hand und machte mich an die Arbeit. Dabei versuchte ich dahinterzukommen, warum ich mich so sehr zu ihm hingezogen fühlte. Weil ich ihn am Anfang abscheulich gefunden hatte und die Erkenntnis, dass ich ihn mochte, irgendwie amüsant fand? Konkurrierte ich mit Chloë? Aber ich hatte noch nie mit ihr konkurriert. Immer hatte ich ihr gegenüber das Gefühl gehabt, sie beschützen zu wollen – schließlich war ich sechs Jahre älter als sie. Ich hatte nie auch nur das geringste Interesse an einem ihrer früheren Freunde gehabt. Nein, ich fühlte mich aus dem simplen Grund, dass ich ihn attraktiv fand, anständig und locker im Umgang, zu Nate hingezogen. Wir hatten ein absolut entspanntes Verhältnis.

Ich arbeitete fast zwei Stunden an seinem Porträt; dann reinigte ich, zufrieden mit meiner Arbeit, die Pinsel und setzte mich an den Computer, um, bevor ich zu Bett ging, noch nach meinen E-Mails zu schauen.

Es war eine neue Anfrage eingegangen: Ein Ehepaar Berger wollte, dass ich es anlässlich seiner silbernen Hochzeit malte. Super! Sophia hatte geschrieben, ihre Mutter sei von ihrer Erkältung genesen, und fragte, für wann wir die nächste Sitzung verabreden könnten. Ich freute mich, Iris wiederzusehen. Ich tippte meine Antwort und drückte auf «Senden», da kam eine neue Nachricht herein. Sie war von meinem Vater.

Liebe Ella,
ich habe immer noch kein Wort von Dir gehört, aber ich gebe die Hoffnung noch nicht auf, dass Du es übers Herz bringst, Dich mit mir zu treffen, wenn auch nur für ein paar Minuten. Ich schreibe Dir also, um Dich wissen zu lassen, wo ich wohnen werde: im Kensington Close Hotel um die Ecke von der Earls Court Road. Ich melde mich

bald noch einmal, aber für heute schicke ich Dir meine besten Wünsche und meine Liebe,
Dein Vater,
John

Ich starrte auf die Nachricht. Hoffnung ... Herz ... Liebe. Es war viel zu spät, um solche Worte zu benutzen.

Ich scrollte auf «Optionen». «Nachricht löschen?» Ich schob den Pfeil auf «Ja».

Dann überlegte ich es mir, ohne zu wissen, warum, anders und drückte auf «Nein».

7

«War das nicht ein toller Abend?», fragte Mum am folgenden Samstagmorgen. Wir saßen in Richmond am Küchentisch und tranken eine Tasse Kaffee, bevor wir uns an die Einladungen machten. Sie hatte schon ihre morgendliche Stunde Pilates absolviert und trug noch ihre Trainingssachen. «Ich glaube, ich habe ein bisschen mehr getrunken, als klug war», fügte sie hinzu. «Ich habe doch nichts Dummes gesagt, oder?»

«Nein. Du hattest nur Probleme mit dem Wort ‹Gesteck›.»

«O ja.» Mum verdrehte die Augen. «Aber es war ein toller Abend. Ich mag Nates Freunde.» Sie schob die reichlich zerblätterten Ausgaben von *Brides*, *You & Your Wedding* und *Perfect Wedding* ans Ende des Tisches. «Weißt du, dass er im Augenblick in Finnland ist?»

«Ja, sonst würde ich ihn gerade malen.» Ich wünschte, ich würde ihn malen, dachte ich wehmütig, denn ich sehnte mich danach, ihn wiederzusehen.

Durch die Terrassentüren sah ich Roy am Ende des Gartens bei Chloës altem Spielhaus in dem langen Blumenbeet arbeiten, das den Rasen säumte.

«Ich hoffe, Nate ist beruflich nicht zu häufig auf Reisen», hörte ich Mum sagen.

Ich schaute zu der Rosskastanie, deren weiße Blütenstände im Wind wehten. «Ich denke, das geht mit dem Job einher.» Ich trank meinen Kaffee. «Er sieht sich Firmen an im Hinblick darauf, sie zu kaufen. Im Augenblick bereitet er gerade ein fremdfinanziertes Übernahmeangebot vor. Es geht um eine Transportfirma für Flüssigchemikalien in Helsinki. Die operieren hauptsächlich in Skandinavien, expandieren aber nach Estland, Lettland und Litauen. Er sieht sich in Schweden auch noch eine Schifffahrtsgesellschaft an.»

Mum runzelte die Stirn. «Du scheinst aber viel darüber zu wissen, Schatz.»

«Na ja, Nate erzählt bei den Sitzungen manchmal von seiner Arbeit.»

Sie klappte ihr Brillenetui auf. «Es ist nett, dass du den Menschen, die du malst, so viel Aufmerksamkeit schenkst – dabei entspannen sie sich sicher.» Sie holte ihre Brille heraus und schlang sich die Brillenschnur um den Hals. «Und hattest du diese Woche viel zu tun?»

«Nein. Die Wahl hat alles durcheinandergebracht. Meinen Unterhausabgeordneten Mike Johns konnte ich nicht malen – aus naheliegenden Gründen. Eine andere Kundin, Celine, musste nach Frankreich, um eine Freundin zu besuchen – sie sagte, es sei sehr wichtig –, und hat unseren Termin abgesagt. Abgesehen davon habe ich an dem posthumen Porträt der jungen Frau gearbeitet. Habe ich dir davon erzählt?»

«Ja.» Meine Mutter schüttelte den Kopf. «Die Arme. Und wie läuft es mit dem Bild?»

«Nicht gut.» Ich seufzte mutlos. «Es ist ... flach. Ich bräuchte ein paar Videoaufnahmen von ihr, am liebsten Nahaufnahmen, aber es gibt keine.» Ich schenkte mir Kaffee nach. «Dann hatte ich noch eine Sitzung mit einer sehr netten Dame namens Iris, die über achtzig ist.» Ich hatte gehofft, Iris würde mit der Geschichte von Guy Lennox fortfahren, doch ein Elektriker war da gewesen, um irgendetwas neu anzuschließen, und so hatten wir nur ein wenig Smalltalk gehalten. Ich schaute wieder raus in den Garten. «Was macht Roy da?»

«Er pflanzt ganz viel Rittersporn, Fingerhut und Stockrosen – die müssten eigentlich rechtzeitig zum dritten Juli blühen. Dann muss er noch Unkraut jäten. Nach dem Regen letzte Woche sehen die Blumenbeete aus wie der Urwald von Papua Neuguinea.»

«Dabei kann ich ihm doch helfen», erbot ich mich. «Das ist zu viel für ihn allein. Vielleicht könnte Chloë ihm auch zur Hand gehen. Sie kommt doch nachher ruber, oder?»

«Nein. Sie hat heute Morgen schon angerufen, um Bescheid zu sagen, dass sie nicht kommen kann.»

«Warum nicht?»

«Sie muss ins Büro.»

«Verstehe. Ich finde, sie kann so viel zu tun haben, wie sie will, sie sollte dir und Roy trotzdem helfen. Ich meine, es ist schließlich ihre Hochzeit», fügte ich ein wenig ungehalten hinzu.

«Ich helfe Roy nachher», sagte Mum besänftigend und setzte ihre Brille auf. «Aber vorher müssen wir die Einladungen rausschicken.»

«Okay.» Ich stellte meine Tasse in die Spüle. «Lass uns anfangen.» Ich ging zu der großen grünen Schachtel, die am Ende des Küchentisches stand, nahm den Deckel ab und holte die erste Einladung heraus. Die Karte war so dick, dass sie fast von allein stehen blieb.

«Ist die Schrift nicht wunderschön?», fragte Mum.

Ich betrachtete die fließenden Schnörkel und extravaganten Verzierungen. «Für meinen Geschmack ein wenig zu … ausgefallen.»

«Also, ich liebe sie. Ich habe ewig gebraucht, um sie auszusuchen.»

«Hatte Chloë keine Lust, sie auszuwählen?»

«Nein. Sie hat alles mir überlassen – bis auf das Kleid, das ich inzwischen gesehen habe, und ich muss sagen, es ist wunderschön.» Mum setzte ihre Brille ab. «Chloë hat mir erzählt, dass sie wegen seiner Geschichte ein wenig unsicher war, aber ich habe ihr versichert, Nate würde sie bestimmt nicht vor dem Altar stehenlassen.»

«Ganz bestimmt nicht.» Schuldgefühle plagten mich, weil ich mir insgeheim wünschte, er würde es doch tun.

Mum legte einige Ausdrucke vor mich auf den Tisch. «Hier ist deine Kopie der Gästeliste. Mach du A bis M, und ich übernehme N bis Z. Die Adressen sind alle hier drin …»

Ich öffnete meinen Rucksack, holte meinen Kalligraphiestift heraus und übte auf einem Schmierzettel. *Nate, Nate, Nate, Nate.* Ich sah, dass Mum herüberlinste, also schrieb ich *Chloë, Chloë, Chloë, Chloë* und dann *Nate & Chloë*. «Schreibt sich gut», sagte ich.

«Wunderbar.» Mum schraubte ihren Füller auf, nahm eine Einladung aus der Schachtel, setzte ihre Brille wieder auf und machte sich an die Arbeit. Ich hörte, wie die Feder über das Papier strich.

Ich schrieb eine Einladung an Mums Freundin Jane Allen und ihren Mann Tim, dann sah ich die Adresse nach, schrieb sie auf den Umschlag und löschte behutsam mit

Löschpapier ab. «So, die Erste ist fertig.» Ich schob die Karte in den Umschlag.

Mum linste über ihre Lesebrille. «Sehr schön. Kleb sie nicht zu, denn wir legen noch die Liste mit Übernachtungsmöglichkeiten und die Antwortkarte bei. Gut.» Sie wandte sich wieder ihrer Karte zu. «Hier ist meine erste.» Sie schob die Karte in den Umschlag und legte diesen neben meinen. Ich griff danach.

In meinem Kalligraphiekurs hatten wir uns auch mit Graphologie befasst. Zuerst war ich skeptisch gewesen, doch die Handschrift meiner Mutter zu studieren hatte mich davon überzeugt, dass irgendetwas dran sein musste, denn ihre sämtlichen Charaktereigenschaften waren erkennbar. Ihre Handschrift war nach rechts geneigt, was auf Ehrgeiz und Tatkraft deutete, die Worte hatten alle denselben Abstand und eine gleichförmige Höhe, was Organisationstalent und Selbstkontrolle andeutete, die Punkte saßen ordentlich über dem i, was auf einen pedantischen Charakter verwies. Jetzt bemerkte ich, dass ihre Buchstaben oben alle vollkommen geschlossen waren. Das deutete, wie mir jetzt wieder einfiel, auf ein geheimnistuerisches Naturell.

«Was machst du?», fragte Mum.

Ich legte den Umschlag ab. «Ich bewundere nur deine Handschrift.»

«Danke. Sie ist natürlich nicht so elegant wie deine, aber es geht schon. Wollen wir beim Arbeiten ein bisschen Radio hören?»

«Ja. Oh, gut, dass du das sagst.» Ich schaute auf die Uhr. «Ich bin nämlich im Radio, in fünf Minuten. Das hatte ich völlig vergessen.» Ich erzählte Mum von dem Feature, für das ich von der BBC interviewt worden war.

Sie ging zur Anrichte und schaltete das Küchenradio ein, und wir hörten das Ende von *Travelling Light.*

«Es folgt *Künstler des Ebenbilds*», sagte die Sprecherin, «für die sich unsere Reporterin Clare Bridges mit der hohen Kunst der Porträtmalerei befasst hat.»

Clare sprach darüber, warum Menschen seit Urzeiten bestrebt waren, sich selbst zu porträtieren, von den ersten Ritzzeichnungen in der Höhle von Lascaux bis zu Marc Quinns kultiger Büste *Self*, aus acht Pint seines eigenen, eingefrorenen Blutes geschnitzt. Es gab Beiträge von Jonathan Yeo und June Mendoza und einen seltenen O-Ton von Lucian Freud. Dann hörte ich meine Stimme.

Ich wusste, dass ich Malerin werden wollte, seit ich acht oder neun war.

Mum lächelte, als Clare mich vorstellte.

Ich habe andauernd gezeichnet und gemalt. Malen war in gewisser Weise immer mein Trost.

Mum schaute mich an, und ich sah etwas wie Schuldgefühle über ihre Miene huschen.

Ich male gern Menschen, bei denen ich das Gefühl habe, dass sie kompliziert sind. Ich finde es interessanter, in dem Gesicht eines Menschen den Kampf zwischen einander widerstreitenden Persönlichkeitsanteilen zu sehen.

Mir ging auf, dass ich diesen Kampf oft im Gesicht meiner Mutter sah – die eisige Ruhe, unter der ich hier und da einen kurzen Blick auf den Kampf mit ihren tieferen Gefühlen erhaschte.

Jetzt sprach Clare über die komplexe Beziehung zwischen Modell und Künstler. Dann war ich wieder zu hören.

Eine Porträtsitzung schafft einen ganz besonderen Raum, dem eine gewisse Intimität innewohnt. Einen anderen

Menschen zu malen ist ein intimer Akt. In einen Menschen, der mir Modell gesessen hat, habe ich mich noch nicht verliebt, nein.

Es folgte eine Diskussion über den BP Portrait Award und darüber, dass Porträtmalerei – die einst als wenig innovativ und konventionell galt – heutzutage fast wieder cool und topaktuell war. Dann war die Sendung zu Ende, und ich schaltete das Radio aus.

«Sehr faszinierend», sagte Mum. «Du hast gut gesprochen, Ella. Aber hast du dich wirklich noch nie in ein Modell verliebt?»

«Nein», log ich.

«Also, ich hoffe, eines Tages tust du es. Es muss eine wunderbare Art sein, jemanden zu finden. Denk doch nur, wie gut du ihn beim Porträtieren kennenlernst. Und er dich auch.»

«Ja, aber es kommt ganz darauf an, wer es ist und wie viel ich über mich preisgeben möchte.» Das hier war gefährliches Terrain. Ich überflog meine Einladungsliste. «Warum lädst du die Evans ein?»

«Weil sie Nachbarn sind und uns letztes Jahr auch zu Laras Hochzeit eingeladen haben. Sie werden bald Großeltern.»

«Ehrlich? Wie alt ist Lara?»

«Sie ist», Mum kniff die Augen zusammen, «vierundzwanzig.»

«Dann gründet sie jung eine Familie.»

«Ja, vierundzwanzig ist jung», pflichtete Mum mir bei. «Besonders heutzutage. Ich finde es besser zu warten.»

«Aber», ich drückte das Löschpapier an, «du hast mich auch mit vierundzwanzig bekommen.»

Mums Füller hielt mitten im Schwung inne. «Das stimmt.»

«Und du warst sehr ehrgeizig. Ich hätte das Ende deiner Karriere bedeuten können. Es hat mich immer gewundert, dass du mich so jung bekommen hast. Ja, manchmal habe ich mich gefragt, ob du … also, ob du mich haben wolltest.»

Mum war rot geworden. «Du meinst, ob du ein Unfall warst? Zielt deine Frage darauf ab, Ella?»

Ich nahm die nächste Einladung zur Hand. «Ja, es ist ungewöhnlich für eine junge Ballerina, ein Kind zu bekommen, oder? Ich meine, wenn man bedenkt, wie diszipliniert und entschlossen sie sein muss, um Erfolg zu haben? Und du hast standesamtlich geheiratet. Ich habe in letzter Zeit viel darüber nachgedacht und mich gefragt, ob ich … geplant war oder nicht.»

«Oh, Ella.» Mum nahm meine Hand. «Ich war so *glücklich*, ein Kind zu bekommen.»

«Aber … aber hast du dir keine Sorgen gemacht, du würdest danach auf der Bühne nicht mehr mithalten können?»

Sie zuckte die Achseln. «Ich habe einfach darauf vertraut, dass ich meine Karriere fortsetzen kann. Und ich stand ja auch vier Monate nach der Geburt wieder auf der Bühne.»

«Dann hat mein Vater sich vermutlich abends um mich gekümmert, wenn du Vorstellung hattest.»

«Nein.» Mum nahm ihren Füller zur Hand. «In der Hinsicht hat er sehr wenig getan.»

«Warum?»

«Na ja, er war beruflich viel unterwegs. Zu der Zeit hat er in Nottingham eine Schule gebaut.»

«Aber Nottingham ist nicht weit von Manchester.»

«Trotzdem. Er war oft weg. Und ich habe einen Babysitter für dich organisiert. Manchmal unsere Nachbarin von oben, Penny. Und wenn ich auf Tournee musste, kam meine Mutter, um dich zu versorgen.»

«Verstehe. Dann war Großmutter in der Wohnung, zusammen mit meinem Vater. Das war bestimmt komisch. Haben sie sich gut verstanden?»

Mum blinzelte. «Nicht besonders.»

«Mochte er sie nicht?»

«Sie konnte ihn nicht leiden.»

«Oh. Sie wusste vermutlich von seiner Affäre.» Mum nickte grimmig. «Also, das hat die Beziehung sicher arg belastet.» Ich machte mich an die nächste Einladung, eine Freundin von Chloë, Eva Frost. Ich sah Mum an. «Was war mit *seinen* Eltern? An die kann ich mich gar nicht erinnern. Haben wir sie je gesehen?»

Mum seufzte. «Sie lebten auf Jersey und kamen nicht oft rüber. Sie hatten … nicht viel mit uns am Hut.»

«Obwohl sie ein Enkelkind hatten?» Sie nickte. «Wie gemein, sich nicht wenigstens ein bisschen zu bemühen.»

«Ja, das war gemein», pflichtete Mum mir voller Gefühl bei.

«Aber wir hätten zu ihnen fahren können, oder?»

«Nein. Wie ich schon sagte, ich konnte mir kaum mal freinehmen.»

«Verstehe. Also habe ich nicht viel von meinen Großeltern mitbekommen, oder?»

Meine Mutter nickte bedauernd. «Das stimmt. Du hattest nur meine Mutter, denn mein Vater war zwei Jahre vor deiner Geburt gestorben. Er hieß, wie du weißt, Gabriel, und ich habe dich nach ihm genannt.»

«Erzähl mir noch mal, wie du meinen Vater kennengelernt hast.»

Zuerst dachte ich, meine Mutter würde nicht antworten, dann ließ sie den Füller sinken. «Wir haben uns 1973 kennengelernt», sagte sie leise. «Ich war seit zwei Jahren bei der Truppe, und er kam zu einer Wohltätigkeitsaufführung von *Cinderella*. Ich war die Winterfee und trug ein Kostüm, an dem lauter ‹Eiszapfen› hingen.»

«Wie schön.» Ich stellte mir vor, wie sie klimperten und klirrten, wenn sie tanzte. «Hat mein Vater sich für Ballett interessiert?»

«Nicht besonders. Er war ... zusammen mit anderen Leuten da. Danach gab es eine Party für die Mitwirkenden, zu der einige Zuschauer eingeladen waren. Dein Vater und ich wurden einander vorgestellt, und wir ...»

«Ihr habt euch verliebt?»

«Ja», antwortete Mum leise.

«Und da warst du dreiundzwanzig?»

«Ja. Und er neunundzwanzig.»

«War er auch künstlerisch veranlagt?»

Die Züge meiner Mutter verhärteten sich. «Ja. Er hat sehr viel gemalt und gezeichnet, also hast du es vermutlich ... von ihm. Jetzt aber», sagte sie forsch. «Wir müssen die Einladungen für Nates Verwandte schreiben.» Das Gespräch über meinen Vater war eindeutig beendet. Mum schob ihren Stuhl zurück. «Die Adressen habe ich auf einer eigenen Liste – falls mir wieder einfällt, wo ich sie hingetan habe. Oh, ich weiß.» Sie stand auf, ging an die Anrichte und zog eine Schublade auf. «Hier drin.» Sie holte die Liste heraus und überflog sie. «Das sind ganz schön viele. Nate kümmert sich um Hotelzimmer für sie. Chloë hat erzählt, dass er die auch zum größten Teil bezahlt. Sehr großzügig.» Mum kehrte an den Tisch zurück. «Gott sei Dank hat sie so eine gute Wahl getroffen. Und das weiß sie auch, denn sie versichert mir immer wieder, wie glücklich sie ist. Gestern habe ich mit ihr telefoniert, und da hat sie plötzlich eine ganze Liste seiner guten Eigenschaften aufgesagt. Sehr rührend.»

«Das hat sie mir gegenüber letzte Woche auch.»

Mum lächelte. «Gut. Es ist schön, sie so glücklich zu sehen. Und mach dir keine Sorgen, Ella.» Mum legte ihre Hand auf meine. «Ich weiß, dass du auch einen ganz wunderbaren Mann finden wirst.» Hab ich schon, dachte ich, und es versetzte mir einen Stich. Mum setzte die Brille wieder auf und spähte auf meinen Stapel fertiger Karten. «Bei welchem Buchstaben bist du?»

«G.» Ich schrieb eine Einladung für Chloës Patentante, Ruth Grant, und wollte gerade die Adresse auf den Umschlag schreiben, doch ich hielt es einfach nicht mehr aus und musste den Stift beiseitelegen. «Mum ... Kann ich dir was sagen?» Mein Herz fing an zu rasen.

Sie griff nach der nächsten Einladung. «Selbstverständlich», sagte sie geistesabwesend. «Du kannst mir alles sagen, was du willst, Schatz.»

«Denn ich muss dir etwas ...» Meine Stimme versagte.

Mum sah mich an – ihre achatblauen Augen vergrößert hinter den Brillengläsern. «Was ist?» Sie blinzelte, setzte die Brille ab und ließ sie vor der Brust baumeln. «Ist etwas passiert, Ella?»

«Nein. Aber ich ... stecke in einem Dilemma.»

«Ein Dilemma?», wiederholte sie. «Was für ein Dilemma?» Ich antwortete nicht. «Ella ...» Mum legte ihren Füller zur Seite. «Würdest du mir bitte sagen, worum es geht?»

«Gut …» Ich atmete tief durch. «Mein Vater hat sich bei mir gemeldet.»

Meine Mutter wurde augenblicklich knallrot, als wäre ihr sämtliches Blut in den Kopf geschossen. «Wann?», flüsterte sie. Ich erzählte es ihr, und dann erklärte ich ihr, wie es zu der Kontaktaufnahme gekommen war. Sie atmete scharf aus und durch die Nase hektisch wieder ein. «Ich war entsetzt, als ich den Artikel in der *Times* gelesen habe.»

«Ich weiß, denn du hast kein Wort darüber verloren. Ich habe den Journalisten gebeten, den Absatz zu streichen, aber er hat sich geweigert.»

«Ich habe mir sofort Sorgen gemacht, wenn dein Vater zufällig darauf stieße, würde er dich wiedererkennen … und so war es dann auch. Und», sie atmete tief ein, «was hat er geschrieben?»

Ich würde meiner Mutter nicht sagen, dass er nach London kam.

Ich zuckte die Achseln. «Er schrieb, er würde gerne Kontakt mit mir aufnehmen. Es gäbe einiges, was er mir gern erklären möchte.»

Mums Gesicht zuckte vor Wut. «Da gibt es nichts zu erklären! Wir wissen, was passiert ist, Ella.» Sie blinzelte hektisch. «Er hat uns verlassen, als ich achtundzwanzig war und du fast fünf – ein kleines Mädchen. Seine kleine Tochter, die ihn angebetet hat! Er war herzlos.»

«Also, falls es dir ein Trost ist, er schrieb, dass er große Schuldgefühle habe. Er möchte es wiedergutmachen.»

Vor Verachtung und Staunen riss meine Mutter die Augen weit auf. «Es ist zu spät, um es ‹wiedergutzumachen›. Er hat seine Wahl getroffen – nämlich uns zu verlassen und ein neues Leben anzufangen mit …» Sie schien den Namen der Frau, wegen der mein Vater sie verlassen hatte, nicht über die Lippen zu bringen. «Er hat nicht das Recht, sich einfach so zu melden.» Mum nahm ihren Füller zur Hand, als wäre das Gespräch damit beendet.

Ich hörte das leise Brummen des Kühlschranks.

«Natürlich hat er das Recht», protestierte ich leise. «Er ist mein Vater.»

Zornesröte überzog von neuem das Gesicht meiner Mutter. «Er ist nicht dein Vater. Er hat sich entschieden, es nicht zu sein.» Mit einem Nicken wies sie hinaus in den Garten. «Er ist dein Vater.»

Ich schaute durch die Terrassentüren zu Roy, der, den Fuß auf dem Spaten, am hinteren Ende des Gartens stand. «Ja, Roy ist mein Vater», stimmte ich ihr zu. «Und ein wunderbarer Vater obendrein. Aber der Mann, der mich gezeugt hat und der mein Vater war, zumindest für die ersten fünf Jahre meines Lebens ...» Die Kehle schnürte sich mir zu. «Dieser Mann möchte jetzt Kontakt zu mir.»

Mum sah mich misstrauisch an, ihr vogelhafter Brustkorb hob und senkte sich. «Und? Was hast du vor?»

Ich schüttelte den Kopf. «Ich weiß es nicht. Ich bin hin- und hergerissen, denn ein Teil von mir möchte ihn wirklich gern sehen.»

Sie blinzelte. «Was meinst du damit, ihn *sehen*?»

«Ich meine, ihn ... eines Tages sehen», stotterte ich. «Falls ich in Kontakt mit ihm trete.»

Mum starrte mich an. «Hast du ihm geantwortet?»

«Nein. Ich war ziemlich durcheinander ... und da habe ich erst mal gar nichts getan.»

«Gut.» Sie legte ihren Füller weg. «Denn ich will nicht, dass du ihm antwortest.»

«Aber das ist nicht *deine* Entscheidung, Mum. Er hat Kontakt mit *mir* aufgenommen.» Sie zuckte zusammen. «Aber ich hatte das Gefühl, ich sollte mit dir darüber reden – auch wenn es noch so schmerzlich ist –, bevor ich eine Entscheidung treffe.»

Meine Mutter wandte den Blick ab. Als sie mich wieder ansah, schimmerten Tränen in ihren hellblauen Augen. «Antworte ihm nicht, Ella. Ich flehe dich an.»

«Aber das ist alles so lange her! Warum bist du immer noch so verbittert darüber?»

«Wegen dem, was er getan hat.»

«Schön, er hat dich verlassen.» Ich warf die Hände in die Luft. «Jeden Tag werden Leute verlassen, aber sie rappeln sich auf und machen weiter. Du hast dein Leben doch auch weitergelebt. Du hast ein schönes Leben mit Roy. Warum kommst du nicht darüber hinweg, was mein Vater dir angetan hat?»

«Ich ... ich kann einfach ... nicht. Ich habe meine Gründe. *Bitte*, Ella, lass es damit gut sein.» Sie biss sich auf die Lippe. «Daraus erwächst nichts Gutes.»

Ich hörte den warnenden Unterton in ihrer Stimme. «Was meinst du damit?» Meine Mutter antwortete nicht. «Was willst du damit sagen?»

Sie rutschte auf ihrem Stuhl herum. «Nur dass ... wenn du Kontakt mit ihm aufnimmst, könnte das viele Menschen sehr unglücklich machen. Er hat Kontakt zu dir aufgenommen – zweifelsohne, weil er älter wird und um Verzeihung bitten will. Aber wir müssen ihm nicht verzeihen, oder?»

«*Ich* kann, wenn ich will!»

Mums Augen zuckten vor Schmerz, dann nahm sie ihren Füller wieder auf. «Wir müssen mit den Einladungen weitermachen.» Ihre Stimme war ruhig, doch als sie die nächste Karte aus der Schachtel nahm, sah ich, dass ihre Hand zitterte.

«Mum», sagte ich freundlicher. «Die Einladungen können warten. Denn jetzt, da wir über meinen Vater sprechen, gibt es noch mehr, was ich dich gern fragen würde.»

Sie fing an zu schreiben. «Was?», fragte sie gereizt. Sie drückte den Füller so fest auf, dass ihre Fingerspitzen ganz weiß wurden.

«Also … Mir sind in letzter Zeit sehr viele Erinnerungen aus dieser Zeit aufgestiegen. Vermutlich ausgelöst durch die E-Mail meines Vaters.»

Die Hand meiner Mutter hielt inne. «Deswegen hast du mich nach dem Urlaub in Anglesey gefragt.»

«Ja. Er hat mir nämlich ein Foto von ihm und mir am Strand geschickt. Er hält meine Hand …»

Meine Mutter atmete aus. «Daher wusstest du von dem blauweiß gestreiften Kleid.»

«Ja. Ich habe es auf dem Foto getragen – sonst hätte ich mich nicht daran erinnert. Aber es gibt auch vieles, woran ich mich tatsächlich erinnere, und eine bestimmte Erinnerung ist sehr verwirrend. Ich habe ewig darüber nachgedacht, aber ich kapiere es einfach nicht.»

Mum sah mich misstrauisch an. «Und was ist das für eine Erinnerung?»

«Es ist eine Erinnerung an euch beide. Ihr geht einen Weg hinunter, ich zwischen euch, und ihr haltet mich an den Händen. Es ist ein sehr klarer, sonniger Tag, und ihr schwingt mich hoch in die Luft … eins, zwei, drei, uiiii. Und du trägst einen weißen Rock mit großen roten Blumen.» Meine Mutter zuckte zusammen. «Der Grund, warum ich so durcheinander bin, ist der, dass ich eigentlich zu jung bin, um mich daran erinnern zu können. Denn man kann Kinder nur so in die Luft schwingen, wenn sie zwei oder höchstens drei Jahre alt sind … und ich erinnere mich ganz lebhaft daran.»

Lass jetzt nicht los …

Die helle Haut meiner Mutter war noch blasser geworden.

Okay – noch einmal … gaaaanz hoch.

«Warum kann ich mich daran erinnern, Mum?»

Noch mal, Daddy! Noch mal! Noch mal!

«Na gut», antwortete sie endlich. «Ich erzähle es dir. Dann verstehst du vielleicht, warum ich so empfinde.» Mum legte den Füller weg und verschränkte die Hände auf dem Tisch.

«Woran du dich erinnerst», begann sie leise, «ist der Tag, an dem ich deinen Vater mit seiner … mit … … mit *Frances* sah.»

Dann war das die «traumatische» Begegnung. Ich war also tatsächlich dabei gewesen.

«Sie lebte in Alderley Edge, ein paar Meilen südlich von Manchester, in einem sehr schönen Haus. Sie hatte Geld», fügte Mum bitter hinzu.

«Wie war unsere Wohnung?»

«Sehr gewöhnlich – sie lag in einem Backsteinhaus in Moss Side, aber es war nicht weit zum University Theatre, wo die Truppe damals zu Hause war. Und im September 1979, als du fast fünf warst …» Also weit über das Alter hinaus, in dem man in die Luft geschwungen wird, dachte ich. «Es war ein Samstagnachmittag», fuhr Mum fort, «und ich hatte auf deinen Vater gewartet.» Sie schluckte. «Er musste an dem Vormittag ins Büro. Wir waren nach dem Mittagessen mit ihm zu einem Picknick verabredet – es war ein wunderschöner Tag, klar und sonnig –, doch um drei Uhr war er immer noch nicht aufgetaucht, und ich musste am Abend auf die Bühne – ich tanzte die Giselle –, also hatte ich nicht viel Zeit. Ich vermutete, dass er bei ihr war, und ich war … wütend und gekränkt.» Mum sah mich flehend an. «Er hatte das schon oft so gemacht, und ich ertrug es einfach nicht mehr, immer auf ihn zu warten, verletzt und enttäuscht. Also beschloss ich, ihn suchen zu gehen.»

«Wozu? Um ihn zur Rede zu stellen?»

Sie atmete müde aus. «Ich weiß nicht, was ich machen wollte. Ein Fußballspiel war zugange – von Old Trafford drang der Jubel herüber. Ich habe zu dir gesagt, wir würden mit dem Auto einen Ausflug machen, und dich hinten reingesetzt, und dann sind wir nach Alderley Edge gefahren.»

«Woher wusstest du, wo sie lebte?»

«Ich … wusste es einfach. Frauen finden so etwas leicht heraus, Ella. Ich fuhr also an dem Haus vorbei.» Mum blickte starr geradeaus. «In der Einfahrt stand das blaue Auto deines Vaters.» Er hat sich also nicht mal diskret verhalten, dachte ich kläglich. «Ich parkte ungefähr fünfzehn, zwanzig Meter weiter und saß nur da, krank vor Elend.»

Mein Herz zog sich voller Mitleid zusammen. «Wie schrecklich für dich, Mum.»

Sie schloss einen Moment die Augen. «Es war … die Hölle. Du hast auf der Rückbank gesessen und vor dich hin geplappert und gefragt, was wir jetzt machen würden. Aber ich konnte es dir nicht erklären. Dann kam ich zu dem Schluss, dass ich nichts tun konnte. Wir würden einfach wieder nach Hause fahren. Ich wollte gerade den Motor anmachen, da sagtest du plötzlich, du hättest Hunger. Ein paar Meter hinter uns war ein Zeitungskiosk, und wir sind ausgestiegen und reingegangen, und ich habe dir Schokolade gekauft. Doch als wir zum Auto zurückgingen, hob ich den Blick und sah in der Ferne deinen Vater mit … ihr zusammen und …» Meine Mutter schluckte. «Mit ihr und …»

Bereit, Schatz? Eins, zwei, drei …

«Und was, Mum?»

Hoooooch!

Mums Miene war vollkommen starr – wie eingefroren. «Und dieses kleine Mädchen», antwortete sie leise. «Sie hielten sie an der Hand. Sie war ungefähr drei.»

Noch mal, Daddy! Noch mal!

«Sie schwangen sie hoch in die Luft und lachten.» Mum unterbrach sich. «Und da begriff ich …»

Ich wollte etwas sagen, doch mein Mund war ganz trocken. «Dann …» Mein Herz schlug wie wild gegen meinen Brustkorb. «Heißt das, mein Vater hatte ein Kind mit seiner Geliebten? Und hat es dir nicht gesagt?»

«Ja.»

Deswegen war die Begegnung so «traumatisch» gewesen.

«Was für ein Schock», flüsterte ich.

«Mehr als ein Schock. Eher wie ein Schlag mit einem Hammer.» Mum starrte immer noch vor sich hin. «Sie hatten uns nicht gesehen, aber ich war in Panik und wusste nicht, was ich tun sollte. Ich wollte fahren, bevor wir gesehen wurden, doch du hast versucht, mich in die andere Richtung zu ziehen. Ich habe gesagt, du sollst mitkommen, aber du wolltest nicht. Dann hast du dich rumgedreht und ‹Daddy! Daddy!› gerufen. Er schaute auf. Und als er uns sah, war er völlig …»

Ich sah das Gesicht meines Vaters, sein Mund war rund wie ein O. «Verdutzt», flüsterte ich.

«Ja. Und beschämt und durcheinander. Ich wollte dich festhalten, doch du hast dich losgerissen und bist zu ihm gelaufen. Ich habe gerufen, du sollst zurückkommen, aber du bist immer weitergelaufen. Ich hatte keine andere Wahl, als dir zu folgen, und …» Sie blinzelte. «So stand ich vor ihm und seiner Geliebten und diesem … kleinen Mädchen.»

«Ein kleines Mädchen», wiederholte ich und hatte immer noch Mühe, das alles zu begreifen.

Mum nickte. «Er hatte ihre Existenz vor mir geheim gehalten. Ich wusste von … der Beziehung.» Ich dachte an die Hotelrechnung, die meine Mutter in der Tasche meines Vaters gefunden hatte, und an den Liebesbrief. «Aber ich habe sie toleriert», fuhr Mum düster fort, «weil ich glaubte, die Geschichte wäre irgendwann vorbei.» Sie atmete aus. «Aber ich hatte keine Ahnung, dass Frances …» Mum sah mich bestürzt an. «Es schien mir unmöglich zu sein.»

«Warum?»

«Weil John mir gesagt hatte, sie könne keine Kinder bekommen. Und sie war zehn Jahre älter als er.»

«Ehrlich?» Ich korrigierte das Bild, das ich mir innerlich von der Frau gemacht hatte, mit der mein Vater fremdgegangen war.

«Das Letzte, was ich erwartet habe, war, dass sie ein Kind von ihm bekommt. Sie war zweiundvierzig, als es zur Welt kam.»

«Aber … Ich verstehe immer noch nicht, warum du bei ihm geblieben bist. Er hatte eine langjährige Affäre, eine Affäre, von der du wusstest. Du hast sogar mit ihm über deine Angst gesprochen, die andere Frau könnte schwanger werden? Wie schrecklich!»

Mum wirkte verzweifelt. «Es war schrecklich … furchtbar!»

«Und warum hast du dich nicht von ihm scheiden lassen? Du warst jung und schön. Du hättest leicht einen anderen finden können. Warum hast du ihn nicht verlassen, Mum?»

Ihre blaugrauen Augen schimmerten wie geschmolzenes Eis. «Weil ich ihn geliebt habe», antwortete sie leise. «Ich *wollte* ihn nicht verlassen.» Sie atmete langsam – wie unter starken Schmerzen – ein. «Aber … da standen wir nun. Und Frances sah mich mit ausgesprochen hasserfüllten Augen an.»

«Aber … warum sollte sie dich hassen?»

Mum zuckte hilflos die Achseln. «Sie … hat mich eben gehasst. Dann hast du gesagt: ‹Was machst du, Daddy? Hilfst du dieser Dame?› Frances durchbohrte dich mit einem Blick, den ich nie vergessen werde.»

«Der Rock», sagte ich leise. «Der weiße Rock mit den großen roten Blumen. Es war *ihr* Rock, nicht wahr? Es war gar nicht deiner. *Sie* trug diesen Rock.»

Mum nickte. «Sie hob das kleine Mädchen hoch und trug es ins Haus. John sah mich wütend an, dann sagte er, das werde er mir nie verzeihen.»

«Aber … das ist doch völlig falsch … *Du* warst doch diejenige, die verletzt wurde.»

«Ja», fuhr meine Mutter hitzig auf. «Allerdings!» Sie schlug mit der Hand auf die Tischkante. «Ich war die, die verletzt wurde!» Mit zitterndem Kinn kämpfte sie gegen die Tränen. «Aber er war vermutlich durcheinander und schämte sich. Sein Doppelleben war gerade aufgeflogen.»

Sie blinzelte eine Träne fort. «Aber als ich mit dir fortging, hatte ich das Gefühl, meine ganze Welt stürze über eine Klippe. Denn er hatte mit der anderen ein Kind, und das würde mein Leben für immer verändern.»

«Aber ... du sagst gerade, dass ich eine *Schwester* hatte.» Ich starrte meine Mutter an. «Wie hieß sie?»

«Lydia», antwortete sie nach einem Augenblick.

«Lydia», wiederholte ich verdutzt. «Und das hast du mir nie erzählt?» Mum antwortete nicht. Ich schaute in den Garten. «Weiß Roy davon?»

Sie schüttelte den Kopf. «Ich wusste, dass er es dir sagen oder mir ewig in den Ohren liegen würde, es dir zu sagen. Und ich wollte nicht, dass du es erfährst.»

«Aber ...» Zorn und Empörung stiegen in mir auf wie heißes Magma. «Was, wenn ich Lydia gern getroffen oder kennengelernt hätte?»

Ein Muskel am Mundwinkel meiner Mutter zuckte. «Das ist exakt das, was ich verhindern wollte, denn dann hätten wir wieder Kontakt zu John haben müssen, und das war das Letzte, was ich wollte.» Sie hatte die Hände zu Fäusten geballt. «Ich war fest entschlossen, die Integrität und die Stabilität meiner Familie zu bewahren.»

«Und deswegen hast du mir all die Jahre verschwiegen, dass ich eine Schwester habe? Wie *konntest* du nur? Wie konntest du das nur *tun*, Mum?»

Sie starrte mich an, ohne zu blinzeln. «Es ist dir doch sicher in den Sinn gekommen, Ella, dass dein Vater noch andere Kinder haben könnte?»

«Ja, natürlich», antwortete ich matt. «Ich habe immer angenommen, dass er in Australien eine neue Familie gegründet hat – aber das ist ein rein hypothetischer Gedanke.

Und jetzt erzählst du mir, dass er ein Kind *hatte*, hier, in England, nicht weit von da, wo wir gelebt haben – ein Kind, das nur zwei Jahre jünger war als ich, ein Kind, dem ich tatsächlich einmal begegnet bin und das ich hätte kennen können?»

Mum lächelte bitter. «Oh, wie reizend. Die Töchter der Ehefrau und der Geliebten werden Spielkameradinnen? Würdest du das wollen, Ella, falls du je in die Situation geraten würdest, in der ich mich plötzlich wiederfand?»

Ich überlegte. «Nein», gestand ich. «Es wäre sehr seltsam, selbst in der heutigen Zeit. Und vor dreißig Jahren war es sicher …»

«Es wäre undenkbar gewesen», sagte Mum. «Man kann sich leicht den Klatsch und die Spekulationen vorstellen.»

«Okay.» Ich atmete scharf aus. «Trotzdem. Der Gedanke, dass du sie mir gegenüber nie erwähnt hast … mein Gott …»

«Ich konnte nicht.» Sie seufzte aufgebracht. «Du hättest vielleicht in Kontakt mit ihr treten wollen, und das hätte uns wieder mit John in Kontakt gebracht, und das wollte ich – da kann ich mich nur wiederholen – auf keinen Fall.»

Ich starrte meine Mutter wütend an. «Es geht immer nur darum, was *du* wolltest.»

Sie blinzelte. «Nein, Ella. Ich habe auch an dich gedacht. Denn es geht nicht nur darum, dass dein Vater sich in diese Situation gebracht hat. Im Grunde geht es darum, dass du inzwischen fast fünf Jahre alt warst und dein Vater den Eindruck erweckt hat, er liebte dich, aber …»

«Was meinst du mit ‹den Eindruck erweckt›?», unterbrach ich sie. «Er *hat* mich geliebt! Deswegen sind meine Erinnerungen an ihn alle glückliche Erinnerungen. Ich erinnere mich daran, wie er mit mir gespielt hat, wie er mich auf der Schaukel angeschoben und mit mir Kinderfernsehen angeschaut hat. Ich erinnere mich auch, dass er mich mit ins Theater genommen hat, um dich tanzen zu sehen. Ich weiß noch, dass er mich ins Bett brachte und mir Geschichten vorlas und mit mir gemalt hat. Ich erinnere mich daran, dass er mich in die Arme genommen und an der Hand gehalten hat …» Meine Kehle tat weh. «In all meinen Erinnerungen an ihn hält er meine Hand!» Ich merkte, dass meine Augen feucht wurden. «Also erzähl mir nicht, er hätte mich nicht geliebt, denn er hat mich geliebt!»

Mum verschränkte wieder die Hände vor der Brust und atmete tief ein. «Du verstehst es immer noch nicht. Du hast es immer noch nicht begriffen. Dann will ich es dir jetzt noch einmal erklären.»

«Was?» Ich kramte in meiner Tasche nach einem Taschentuch. «Was willst du mir erklären?»

«Die Wahrheit», antwortete Mum barsch. «Ich wollte dir nie die Wahrheit sagen, Ella. Ich habe dich davor beschützt. Aber jetzt sage ich sie dir.» Der schmale Brustkorb meiner Mutter hob und senkte sich. «Ella», sagte sie leise, «dein Vater hat sich für dieses andere Kind entschieden. Er hat sich entschieden, sein Leben mit ihr zu verbringen und nicht mit dir.» Tränen schimmerten in ihren Augen. «Und ich wollte nicht, dass du das je erfährst.»

Als die Worte meiner Mutter langsam bei mir ankamen, stellte ich mir vor, wie ich die Hand meines Vaters spüre, sein Griff fest und stark, und wie sich seine Finger dann plötzlich lösen und mich loslassen.

Mum schluckte schmerzhaft. «Aber das ist noch nicht alles.»

«Was meinst du damit?»

Sie atmete zitternd ein, als würde sie plötzlich frieren. «Wir beide gingen an dem Tag irgendwann zum Auto zurück, und ich fuhr nach Hause. Ich stand unter Schock – dass ich keinen Unfall gebaut habe, ist mir heute noch ein Rätsel. Du hast mich gefragt, warum dein Vater mit diesem kleinen Mädchen spiele und wer die Dame sei. Ich habe nicht geantwortet, ich wusste nicht, was ich sagen sollte. Und ich wusste auch nicht, wie ich an diesem Abend auf die Bühne gehen und tanzen sollte – doch ich tat es. Und als ich tanzte, spürte ich, dass Giselles Leiden mein eigenes war. Danach sagten alle, es sei die beste Vorstellung meines Lebens gewesen. Was ich nicht wusste, war, dass es auch die *letzte* Vorstellung meines Lebens war.»

«Die letzte ...?»

Mum verschränkte die Hände. «Um elf bin ich zurück in die Wohnung. Die Babysitterin hat sich verabschiedet, und ich lag nur im Dunkeln auf dem Bett und sah zu, wie die Scheinwerfer der vorbeifahrenden Autos über die Decke wanderten. Nach einer Weile hörte ich den Schlüssel in der Wohnungstür. John war zurückgekommen. Ungeachtet dessen, was ich an diesem Tag herausgefunden hatte, war ich erleichtert. Er war zurückgekehrt. Ich lief nach unten, um ihn zu begrüßen. Doch sein Gesicht war kreidebleich, er zitterte.»

«Was hat er gesagt?»

Mum starrte jetzt vor sich hin, als durchlebte sie diese Augenblicke noch einmal. «Er sagte, er könne nicht mehr. Drei Jahre lang habe er Ausflüchte gemacht, und es habe ihn verrückt gemacht. Nun sei er gezwungen, sich zu entscheiden. Ich merkte, dass ich Panik bekam, doch dann ging er müde die Treppe rauf, und ich war erleichtert, weil ich dachte, er würde zu Bett gehen. Wir würden darüber schlafen, und am nächsten Morgen würden wir alles klären. Ich war mir sicher, dass alles gut werden würde, solange wir nur zusammenblieben. Doch als ich ins Schlafzimmer ging, sah ich, dass er seinen Koffer vom Schrank holte und sich daranmachte, Schubladen zu öffnen und seine Sachen rauszuholen und in den Koffer zu packen. Dann sah er mich an … und er sagte …» Mums Stimme brach. «… er habe sich entschieden, mit Frances zusammenzuleben. Er sagte, er wolle sie nicht verlieren. Er sagte, er liebe sie …» Mum wischte sich eine Träne fort. «Das war der zweite Hammerschlag an diesem Tag. Ich flehte ihn an, uns nicht zu verlassen, doch er holte stur seine Sachen aus dem Schrank und stopfte sie eilig in den Koffer. Dann ließ er die Schlösser zuschnappen, nahm den Koffer und ging, ohne mich noch einmal anzusehen, die Treppe runter.»

Meine Hand flog an meine Brust. «Hat er sich nicht von mir verabschiedet? Er wollte sich doch bestimmt noch von mir verabschieden?»

«Er wollte, aber du hast geschlafen, und ich habe ihm nicht erlaubt, dich zu wecken. Ich wollte nicht, dass du mitbekommst, was passiert. Ich bin ihm die Treppe hinuntergefolgt und habe gesagt, er müsse am nächsten Tag zurückkommen, um dich zu beruhigen. Doch er hat nicht geantwortet. Er hat die Haustür geöffnet und ist, ohne einen Blick zurück, die Stufen runtergegangen.» Als meine Mutter das sagte, erinnerte ich mich an die Stufen – sie waren steil und mit glatten schwarzen Fliesen ausgelegt. Mum atmete aus. «Ich folgte ihm nach draußen und sah zu, wie er seinen Koffer auf den Rücksitz seines Wagens warf. Ich rief ihn, doch er antwortete nicht. Er bewegte sich wie ein Schlafwandler. Dann setzte er sich hinters Steuer und machte den Motor an. Das Auto fuhr fort. Und ich lief die Stufen runter hinter ihm her ...» Mum unterbrach sich. «Doch ich war so außer mir, dass ich auf der letzten Stufe ausrutschte und umknickte. Dann schossen qualvolle Schmerzen durch meinen Fuß.»

«Oh, Mum ...»

Sie schüttelte den Kopf. «Ich habe wohl geschrien, denn unsere Nachbarin Penny kam aus dem Haus gelaufen. Sie rief den Krankenwagen und blieb bei dir, bis meine Mutter am frühen Morgen kam. Ich hatte mir den Knöchel gebrochen. Der Chirurg, der ihn operierte, erklärte mir, es sei ein schlimmer Bruch – eine ‹komplizierte Fraktur›.» Mum sah mich voller Verzweiflung an. «Das war der dritte Schlag an diesem schrecklichen Tag, an dessen Ende ich das Gefühl hatte, mein Leben liege in Scherben.» Sie legte ihre Hand auf meine. «Aber ich habe mich damit getröstet, dass ich dich hatte. Du warst mein einziger Trost in diesen finsteren Tagen, Ella.»

Ich sah Mum an. «Ich weiß noch, wie traurig du warst. Du hast stundenlang in der Küche gesessen und kaum ein Wort gesagt oder mit dem Gesicht zur Wand auf dem Bett gelegen.»

Mum drehte die Handteller nach oben. «Es war, als wäre ich in einen Abgrund gestoßen worden. Ich weiß nicht, was ich ohne meine Mutter gemacht hätte. Aber ich hielt an dem Glauben fest, dass John zurückkommen würde, denn er war immer zurückgekommen, und ich hatte ihm immer verziehen – und ich hätte ihm wieder verziehen, selbst da noch.»

«Oh, Mummy …» Jetzt begriff ich, wie tief ihre Gefühle für meinen Vater gewesen waren.

«Doch diesmal kam kein Wort von ihm. Und als ich mich endlich so weit gefasst hatte, in seinem Büro anzurufen, sagte sein Kollege Al, er sei nicht da. Er wirkte verlegen», fuhr Mum fort. «Vermutlich weil er wusste, dass John mich verlassen hatte.» Sie schürzte die Lippen. «Doch das war keineswegs der Grund. Es lag daran, dass Al aufging, dass ich keinen blassen Schimmer hatte, dass John nicht mehr dort arbeitete. Als er mir das erzählte, war ich … wie vor den Kopf geschlagen. Ich fragte ihn, warum und wo er hin sei – es war unglaublich demütigend, nicht zu wissen, wo mein eigener …» Mum holte tief Luft. «Da hörte ich Al sagen: ‹Das wissen Sie nicht, Sue? Dass er nach Perth gezogen ist?› Inzwischen war ich völlig durcheinander, wollte es aber auf keinen Fall zeigen. Also fragte ich ihn, ob John dort arbeite, und fügte hinzu, ich wüsste, dass er einmal ein Projekt in Dundee betreut hatte. Es gab eine Pause. Dann sagte Al ganz ruhig: ‹Perth in Australien. Er ist vor zehn Tagen fort. Er ist für immer weg.›» Mum schloss die Augen, als wollte sie die Erinnerung abwehren.

«Aber … Auswandern braucht Zeit», entgegnete ich. «Die ganze Bürokratie … und die Gespräche, die man führen muss.»

«Es braucht viel Zeit», pflichtete Mum mir bei. «Er hat es mindestens achtzehn Monate vorher gewusst, womöglich noch länger.»

«Aber wie ist es ihm gelungen, es vor dir zu verheimlichen?»

Sie senkte das Gesicht in die Hände. «Ich habe keine Ahnung, aber es war ihm gelungen.»

«Vielleicht hat er die Unterlagen auf der Arbeit aufbewahrt.»

Mum zuckte die Achseln. «Das war unglaublich verlogen von ihm, Ella.» Sie sah mich düster an. «Er hatte es seit Monaten mit ihr geplant, während er mit mir weiter darüber sprach, was wir drei machen würden: Er sprach von dem schönen Haus, das wir kaufen würden, dem schönen Leben, das wir haben würden, von Urlauben ... wo er die ganze Zeit ...» Mums Lippen zitterten, sie wollte nicht weinen. Dann sah sie mich fast triumphierend an. «Verstehst du jetzt, warum ich so zu ihm stehe?»

«Ja», sagte ich leise.

«Du warst fast fünf», sagte sie. «Jetzt bist du fünfunddreißig. Und dein Vater sagt, er möchte es wiedergutmachen – als glaubte er, er könnte mit ein paar E-Mails einen Schlussstrich unter die Sache ziehen. Ich glaube nicht, dass er das kann. Also ...» Mum sah mich flehentlich an, dann streckte sie die Hand aus. «Wirst du ihm antworten?» Ich schwieg. «Wirst du, Ella?» Ich spürte, wie sich ihre Finger um meine schlossen.

«Nein», sagte ich nach einem Augenblick.

«Das war's», sagte ich ein paar Tage später beim Mittagessen zu Polly. Ich hatte ihr die Geschichte schon in groben Zügen am Telefon erzählt. Jetzt saßen wir in einer ruhigen Ecke des Café Rouge in Kensington und ich hatte es ihr etwas ausführlicher berichtet.

Sie trank einen Schluck Pfefferminztee. «Also hast du dich daran erinnert, wie sie *Lydia* durch die Luft geschwungen haben. Aber du hast gedacht, du wärst es.»

«Ja. Und jetzt weiß ich auch, warum ich mich *überhaupt*

daran erinnere, ich war nämlich fast fünf und nicht drei. Und vermutlich auch, weil die ganze Situation sehr emotionsgeladen war.»

«Da hat dein Vater aber ein hübsches Chaos angerichtet.»

Ich nickte niedergeschlagen. «Ich denke oft daran, wie ich sechs, sieben, acht Jahre alt war und meine Mutter dauernd fragte, wann ich ihn wiedersehen würde, ohne zu wissen, dass er mit seiner anderen Familie – seinem anderen kleinen Mädchen – ans andere Ende der Welt gezogen war.» Der Gedanke daran tat unglaublich weh. Die Tatsache, dass Lydia nur zwei Jahre nach mir zur Welt gekommen war, versetzte mir einen zusätzlichen Stich.

«Jetzt versteht man die Haltung deiner Mutter besser.» Polly schüttelte den Kopf. «Trotzdem, dass sie dir das alles verheimlicht hat ...»

«Ich bin total durcheinander. Auf der einen Seite bin ich sauer auf sie, weil sie mir so etwas ... Wichtiges vorenthalten hat, andererseits hatte sie womöglich recht. Als Kind wäre ich wahrscheinlich kaum mit dem Wissen klargekommen, dass mein Vater mich verlassen hat, um am anderen Ende der Welt mit seinem anderen Kind zu leben. Es wäre mir vorgekommen wie die schlimmste Zurückweisung. Also, so kommt es mir jetzt auch noch vor.»

«Aber er hat dich nicht verlassen, um mit seinem anderen Kind zusammenzuleben, Ella. Er hat dich verlassen, um mit seiner Freundin zusammenzuleben. Er hat deine Mutter zurückgewiesen, nicht dich.»

«Nein, er hat auch mich zurückgewiesen, denn wenn er mich wirklich geliebt hätte, hätte niemand ihn von meiner Mutter fortlocken können. Stattdessen ist er nach Australien gezogen und hat gebrochene Herzen zurückgelassen –

und einen komplizierten Knöchelbruch», fügte ich bitter hinzu.

Polly senkte die Tasse. «Du hast gesagt, Frances sei Australierin gewesen.»

«Ja, war sie. Mit der Betonung auf ‹war›.»

Polly sah mich verwirrt an. «Heißt das, dass sie …?»

Ich nickte. «Gestern Abend habe ich ‹Frances Sharp› in die Suchmaschine eingegeben, und das Erste, was auftauchte, war ihr Nachruf.»

«Verstehe … das war sicher ein Schock.»

«Ja, allerdings. Er hatte es nicht erwähnt.» Ich dachte darüber nach, dass mein Vater in seinen E-Mails nichts über sich selbst geschrieben hatte, nur dass er hoffe, wir könnten uns treffen. «Ich habe es in der *Western Australian* gefunden, vom Dezember letzten Jahres. Es hieß, sie sei eine Weile krank gewesen. Sie war sechsundsiebzig. Zehn Jahre älter als mein Vater.»

«Das ist ein großer Altersunterschied. Er muss sie wirklich geliebt haben.»

«Ja, ganz bestimmt. Wohlgemerkt, Mum sagte, die Tatsache, dass sie Geld hatte, habe in seinen … Überlegungen eine Rolle gespielt.»

«Ist doch klar, dass deine Mutter das sagt, ob es jetzt stimmt oder nicht», widersprach Polly. «Aber was hatte Frances getan, dass es einen Nachruf auf sie gab?»

«Sie besaß ein Weingut in der Nähe des Margaret River südlich von Perth. Es heißt Blackwood Hills. Ich habe es im Internet recherchiert, und auf der Webseite steht, Frances' Eltern hätten es 1970 gegründet, als in diesem Teil von Australien erstmals Wein angebaut wurde. Weiter heißt es, Frances sei 1979 nach Australien zurückgekehrt, um sie zu unterstützen, und habe es beim Tod ihres Vaters 1992 geerbt. Auf der Webseite wird auch mein Vater kurz erwähnt, aber es war deutlich, dass das Gut hauptsächlich von Frances geleitet wurde.»

«Und wer führt es jetzt? Lydia?»

«Ja. Mit ihrem Mann Brett – sie haben letztes Jahr geheiratet. Auf einem Foto stehen sie zwischen den Rebstöcken, im Hintergrund ist der Fluss zu sehen.»

«Sieht sie dir ähnlich?»

«Ja.» Ich unterbrach mich. «Es war wirklich komisch, mich im Gesicht einer Fremden wiederzuerkennen.» Ein Schauer lief mir über den Rücken.

«Und ... hast du deiner Mutter von deinen Recherchen erzählt?»

«Nein. Denn jetzt, wo ich weiß, was mein Vater getan hat, habe ich das Gefühl, es gibt nichts mehr zu sagen.»

Polly rührte ihren Pfefferminztee um. «Ich habe vor ein paar Wochen gesagt, dass die Geschichte womöglich auch noch eine andere Seite hat und vielleicht gar nicht so schlimm ist, wie du dachtest. Aber sie ist noch schlimmer.»

«Ja, und die Tatsache, dass er erst jetzt mit mir Kontakt aufnimmt, nachdem Frances gestorben ist, spricht auch nicht gerade für ihn. Vielleicht hatte er ihr ja versprochen, nicht nach mir zu suchen, solange sie lebte», fügte ich bitter hinzu.

«Aber er wusste nicht, wo du warst, bis er auf den Artikel in der *Times* stieß.»

«Ich bin davon überzeugt, dass er mich hätte finden können, wenn er gewollt hätte. Wenn ich ihn jetzt abweise, ist es exakt das, was er verdient hat.»

«Und, möchtest du Kontakt zu Lydia aufnehmen?»

Ich zögerte einen Moment. «Ich habe noch Mühe zu begreifen, dass sie überhaupt existiert. Es ist, als hätte ich herausgefunden, dass ich einen weiteren Arm habe – ich kann noch nicht damit umgehen. Und ich kann mich wohl kaum mit ihr in Verbindung setzen, wenn ich mich weigere, ihn zu sehen, also lautet die Antwort auf deine Frage wohl nein.»

Polly seufzte. «Irgendwie ... traurig.»

«Kann sein, aber viele Menschen haben Halbgeschwister, die sie nie kennenlernen. Wenigstens hat meine Mutter mir endlich alles erzählt.»

«Also», Polly verzog das Gesicht, «hoffen wir es mal.» Ich sah sie an. «Vermutlich hat sie es Roy auch erzählt?» Ich nickte. «Was hat er denn dazu gesagt?»

«Nicht viel. Er war schockiert. Aber er hat mir später eine SMS geschickt, dass er nächste Woche gern mal mit mir zu Mittag essen würde.»

Polly nickte und schaute auf die Uhr. «Wir gehen besser, Ella, sonst verpassen wir noch unseren Termin.» Sie winkte der Bedienung.

Ich öffnete meine Handtasche. «Wir gehen also zur Pediküre?»

«Ja», sagte sie, als die Bedienung die Rechnung brachte.

«Aber warum hast du mich gebeten, mit dir zur Pediküre zu gehen, wir waren doch noch nie zusammen da? Ja, ich dachte, du würdest überhaupt nicht zur Pediküre gehen, damit niemand dir die Nägel falsch schneiden und dich deines Einkommens berauben kann.»

«Diese Pediküre ist anders.» Polly schenkte mir ein vielsagendes Lächeln. «Du wirst schon sehen.»

«Du tust aber sehr geheimnisvoll», sagte ich, als wir die

Church Street in Kensington überquerten. Beim Einbiegen in die Holland Street erinnerte ich mich daran, dass Iris hier gelebt hatte, bevor sie in ihre Wohnung gezogen war. Ich freute mich schon auf unsere nächste Sitzung.

Wir gingen an einer Patisserie und an einer Kunstgalerie vorbei, und dann blieb Polly vor dem letzten Laden in der Reihe stehen. «Da sind wir.»

Ich las das Schild. «Aqua Sheko?» Durch das Schaufenster fiel mein Blick auf eine Reihe großer Aquarien, in denen jeweils ein Schwarm winziger dunkler Fische schwamm. «Was ist das? Eine Sushi-Bar? Wir essen Fisch, während wir uns die Füße machen lassen?»

«Nein», sagte sie strahlend. «Die Fische essen uns. Du bist übrigens eingeladen.»

«Danke», sagte ich unsicher.

Wir gingen hinein, und die Besitzerin, eine junge Chinesin, nahm unsere Schuhe, und dann setzten wir uns, während sie uns die Füße wusch und abtrocknete.

«Okay», sagte Polly. «Auf geht's.»

Wir setzten uns auf die grüne Lederbank. Polly tauchte ihre perfekten Füße in ein Aquarium, und mich überkam ein Schauder, als die Fische in einer zappelnden schwarzen Masse darauf zu schwärmten.

«Kommt und futtert», lockte Polly sie leise.

«Das sind aber keine Babypiranhas, oder, Pol?»

«Nein, das sind Rötliche Saugbarben aus der Familie der Karpfenfische. Sie haben nicht mal Zähne, sie saugen nur.» Sie wies mit einem Nicken auf mein Aquarium. «Du bist dran.»

«Muss ich?»

«Ja, sie haben Hunger.»

Ich betrachtete die zappelnden schwarzen Fische und tauchte unter zahlreichen Grimassen die Füße in das lauwarme Wasser. Die Fische schossen darauf zu, und ich spürte, wie ihre Mäuler sich an meiner Haut festsaugten. Mich schauderte vor Abneigung. «Ooh. Das kitzelt. Aber eigentlich ist es ganz okay, ja, sogar sehr angenehm.»

«Dachte ich mir, dass du das sagst», meinte Polly. «In der freien Natur säubern sie die Schuppen von größeren Fischen, und zwei menschliche Füße sehen für sie so ähnlich aus. Sie nuckeln die tote Haut von deinen Sohlen und Fersen, dann gehen sie zwischen deine Zehen und um die Nägel.»

«Lecker.»

«Und in ihrer Spucke ist ein Hormon, das gut ist gegen Stress.»

«Das kann ich gut gebrauchen.»

Ich war überrascht, wie schnell ich die Fische vergaß, während Polly und ich dort saßen, leise plauderten und grünen Tee tranken. Gelegentlich blieb ein Passant stehen und glotzte uns durchs Schaufenster an.

«Hattest du viel Arbeit, Pol?», fragte ich sie.

«Letzte Woche hatte ich ein Shooting im British Museum, da musste ich eine Mingvase halten. Sie hatte einen Wert von zweiunddreißig Millionen Pfund, also waren Wachleute da, um dafür zu sorgen, dass ich nicht damit durchbrenne, und unter mir war eine dicke Matratze, falls ich sie fallen lasse, aber zum Glück habe ich sehr ruhige Hände. Und für diesen Freitag habe ich auch einen Termin. Da muss ich Pierce Brosnan mit den Händen über den nackten Rücken fahren.»

«Klingt nett.»

«Nein», widersprach Polly. «Das ist total langweilig. Das sind diese Jobs immer. Ich habe schon Sean Connerys Kinn gestreichelt, Sean Beans Brust, Jude Laws Beine, David Beckhams Brustmuskeln, Clive Owens Gesicht», fügte sie im Singsang hinzu. «Es ist unglaublich langweilig, besonders wenn wir fünfundzwanzig Wiederholungen machen müssen.» Sie unterdrückte ein Gähnen. «Ich würde gern aufhören, ach, vielleicht nicht ganz aufhören, denn ich verdiene ja ganz gut, aber ich würde auch mal gern was Neues machen, etwas, was ein bisschen interessanter ist, auch wenn ich nicht die geringste Ahnung habe, was das sein könnte.»

Eine Frau ging – nein, wankte eher – auf zwölf Zentimeter hohen Plateausohlen am Fenster vorbei.

«Hast du das gesehen?», sagte ich zu Polly. «Warum tragen Frauen so hohe Sohlen? Die sind nicht mal schön, die sind bloß klobig und hässlich – und obendrein gefährlich.»

Polly trank einen Schluck Tee. «Also, ursprünglich waren das sehr praktische Schuhe, denn sie hoben den Träger im 18. Jahrhundert aus dem Dreck und dem Schmutz der Straßen.»

«Verstehe.» Ich spähte zu «meinen» Fischen, die mir jetzt wie fiedrige Fußkettchen um die Knöchel hingen. «Und hattest du in letzter Zeit Glück bei den Männern?»

Polly neigte den Kopf zu einer Seite. «In Laras Schule ist ein sehr netter geschiedener Vater – wir haben ein paarmal geplaudert, wenn wir die Kinder zur Schule gebracht haben. Ich *glaube*, er ist interessiert. Aber wenn er mich fragt, ob ich mit ihm ausgehe, werde ich ihm nicht von meiner Arbeit erzählen. Ich will einen Mann, der sich zu meinem Gesicht hingezogen fühlt, nicht zu meinen Füßen», fügte sie entschlossen hinzu. «Und was macht dein Liebesleben?»

Ich dachte an Nate. «Nichts.»

«Malst du noch Nate?», fragte Polly, als hätte sie meine Gedanken gelesen.

«Ja. Wir haben noch zwei Sitzungen, und das war's dann.» Nur noch zwei «Dates mit Nate», dachte ich voller Bedauern.

«Bist du zufrieden mit seinem Porträt?»

«Es ist ... gut. Nein, ich glaube, es ist sogar mehr als gut.» Was ich nach der Verlobungsparty daran gemacht hatte, war gut gewesen, auch wenn ich bei künstlichem Licht gemalt und vorher reichlich getrunken hatte. Ich hatte das Gefühl, jetzt mehr von Nates Seele sehen zu können.

«Toll.» Polly trank einen Schluck Tee. «Ich bin froh, dass du ihn jetzt leiden kannst, Ella. Und die Arbeit an dem Porträt war so bestimmt auch leichter.» Ich sagte Polly nicht, dass sie dadurch unendlich viel schwerer war. Sie wusste nicht, was ich für Nate empfand. Es hatte Augenblicke gegeben, da war ich versucht gewesen, es ihr anzuvertrauen, doch ich schämte mich zu sehr, um es offen einzugestehen, selbst ihr gegenüber. Vermutlich ahnte Polly etwas, doch sie war zu taktvoll, um es direkt anzusprechen.

Sie nahm die Füße aus dem Aquarium. «Und wie laufen die Hochzeitsvorbereitungen?»

«Oh, ziemlich gut, glaube ich. Trotz des emotionalen Aufruhrs letzter Woche scheint alles unter Kontrolle zu sein. Chloë hat mich gebeten, etwas vorzulesen.»

«Wie schön. Was denn?»

«Ich weiß noch nicht, sie ist noch dabei, etwas auszusuchen.»

Polly trocknete ihre Zehen ab. «Es ist sehr nett von ihr, mich und Lola einzuladen.»

«Na ja, sie kennt euch quasi ihr ganzes Leben – und meine Eltern wollen dich auch dabeihaben, genau wie ich. Es wird ein Riesenfest.»

«Und wie geht's Chloë?»

«Sie ist ziemlich nervös.» Ich dachte an ihr tränenreiches Eingeständnis auf der Verlobungsparty.

«Das ist ganz normal», meinte Polly. «Weißt du noch, wie es mich gegraut hat, als ich Ben geheiratet habe?» Ich nickte. «Obwohl ich, wenn ich jetzt darüber nachdenke, ja auch jeden Grund dazu hatte. Ich wusste auf dem Weg zum Altar, dass ich dabei war, einen großen Fehler zu machen. Ein schreckliches Gefühl. Wie ich mein Ehegelöbnis abgelegt habe, ist mir heute noch ein Rätsel. Aber Chloë ist glücklich?»

Ich zuckte die Achseln. «Sieht so aus. Sie sagt immer wieder, wie wunderbar Nate sei, ja, sie schwärmt unaufhörlich von ihm, und so … Was ist los?»

«Ähm, nichts.»

«Du hast die Stirn gerunzelt, Pol. Sag mir, was du denkst.»

Einen Augenblick lang sah Polly so aus, als würde sie es mir verraten, doch dann vibrierte mein Handy. «Eine Sekunde, bitte», sagte ich, holte es aus der Tasche und schaute aufs Display.

Als ich den Namen meines Vaters las, wurde mir im Lichte dessen, was ich kürzlich über ihn erfahren hatte, regelrecht übel. «Eine Mail von meinem Vater.»

«Ehrlich? Was schreibt er?»

Ich las die Nachricht. «Immer dasselbe. Er schreibt, er versteht meine Zurückhaltung, bla, bla, bla, aber … oh, das ist neu … er schreibt über Mum. Er hofft, dass sie mir nicht abrät, ihm zu antworten. Er schreibt, er hoffe, dass ich meine eigene Entscheidung treffe und dass wir uns sehen, wenn er in London ist.»

«Und das ist wann?»

«Sonntag in einer Woche.»

«Himmel, so bald schon.»

«Ja. Aber ich treffe meine eigene Entscheidung, und zwar, dass ich nichts mit ihm zu tun haben will. Was erwartet er denn, nach allem, was er … *oh*.»

Polly sah mich an. «Was?»

Ich starrte auf das Display. «Er hat auf meiner Webseite gesehen, dass mein Atelier in der Nähe des World's End ist.»

«Er will doch nicht etwa einfach vorbeikommen?»

«Nein – die genaue Adresse kennt er nicht, die steht nicht auf der Webseite. Aber er schreibt, wenn er nichts von mir hört, wird er jeden Tag in ein Café in der King's Road gehen, das Café de la Paix. Er werde am Montag und am Dienstag zwischen drei und sechs am Nachmittag und am Mittwochvormittag zwischen neun und zwölf dort sein und hoffe, dass ich komme. Sein Rückflug gehe am Mittwochnachmittag um vier Uhr.»

«Er ist wild entschlossen», sagte Polly.

«Allerdings.»

«Und, tust du's, Ella? Vielleicht?», fügte sie zaghaft hinzu. «Was meinst du?»

Ich drückte auf «Optionen» und dann auf «Nachricht löschen?». «Nein».

8

«Ich habe Sie eine Weile nicht gesehen», sagte der Taxifahrer drei Tage später, als er meine Staffelei im Kofferraum verstaute. «Geht es Ihnen gut?»

«Ähm ja, im Großen und Ganzen. Und Ihnen?», fragte ich und stieg hinten ein.

«Kann mich nicht beschweren.» Er setzte sich hinters Steuer. «Und, geht es wieder nach Barnes?»

«Ja, zu derselben Adresse in der Castelnau, bitte.»

Er warf den Motor an, und wir fuhren los, vorbei an dem Ausstellungsraum von Harley Davidson und dem Wedding Shop mit dem Wedgwood- und Waterford-Porzellan in der Auslage. Während wir darauf warteten, links abbiegen zu können, schaute ich in das Schaufenster von Artiques mit seiner kuriosen Sammlung von Fossilien, Kristallen, Muschelhörnern, gebleichten Tierschädeln, Spiegelsonnen und ausgestopften Fischen. An den Wänden hingen Holzkästen mit riesigen aufgespießten Schmetterlingen mit gelben, orangefarbenen und blauen Flügeln.

Wir hielten an der Ampel, und der Fahrer wies mit einem Nicken auf das Geländer. «Viele neue Blumen.»

Ich betrachtete die vielen neuen Sträuße und die zwei rosafarbenen Ballons, die an silbernen Bändern tanzten. «Heute ist ihr Geburtstag.»

Der Fahrer sah mich im Rückspiegel an. «Ach ja?»

«Das hat man mir gesagt. Ich male sie.»

«Obwohl sie tot ist?»

«Ja. Ich arbeite nach Fotos.»

«Richtig. Das ist vermutlich leichter.»

«Nein, im Gegenteil, das ist viel schwieriger.»

Während wir weiterfuhren, dachte ich daran, wie unzufrieden ich mit Grace' Porträt war. Den größten Teil der Fahrt quälte ich mich mit dem Gedanken, wie enttäuscht ihre Familie sein würde, wenn sie es sah.

Wir bogen in Celines Einfahrt. Ich stieg mit meinen Sachen aus, bezahlte das Taxi und drückte auf die große Messingklingel. Zu meiner Überraschung öffnete nicht die Haushälterin, sondern ein großer Mann mit silbernem Haar im dunkelblauen Doppelreiher.

Er strahlte mich an. «Sie müssen Ella sein.»

«Ja, und Sie sind Mr. Burke, Celines Mann?»

«Nennen Sie mich bitte Victor. Wie schön, Sie kennenzulernen. Geben Sie mir das.» Er nahm die Staffelei, schob sie sich unter den Arm, durchquerte die Halle und blieb am Fuß der Treppe stehen. «*Dar*-ling! Ella ist hier, um dich zu malen.» Er wandte sich mir zu. «Sie ist gleich da.»

Ich folgte Victor in den Salon, wo die Abdecktücher schon bereitlagen. Er legte die Staffelei ab, und ich klappte sie auseinander und stellte sie an den gewohnten Platz. «Und wie läuft es?», fragte Victor, als ich Palette und Pinsel herausholte. «Dürfte ich mal schauen?»

«Selbstverständlich.» Ich holte die Leinwand aus der Transportbox und stellte sie auf die Staffelei.

Victor stemmte die Hände in die Hüften. «Ja», er neigte den Kopf zu einer Seite und studierte es, «das ist eindeutig Celine.»

«Wir hatten erst zwei Sitzungen, aber die Komposition ist klar, und die Figur ist angelegt. Als Nächstes geht es jetzt darum, das Gesicht aufzubauen.»

«Ich hoffe, Sie werden ihr gerecht.»

«Ich tue mein Bestes. Die Sitzungen laufen gut», fügte ich nicht ganz wahrheitsgemäß hinzu und überlegte, ob er eine Ahnung hatte, was für ein Albtraum seine Frau anfangs gewesen war.

«Da ist sie ja.» Victor strahlte Celine an, als sie hereinkam. «Dein Bild nimmt wirklich Form an, Schatz.»

«Gut», sagte sie geistesabwesend. «Hallo, Ella.»

«Hi», antwortete ich freundlich. Trotz all unserer Probleme mochte ich Celine und freute mich, sie zu sehen.

Victor sah mich an. «Also, heute ist der … der elfte Mai? Celines Geburtstag ist am zwölften Juni.»

«Das Porträt wird mindestens eine Woche vorher fertig sein», versicherte ich ihm.

«Wunderbar. Und …» Er sah sich im Raum um. «Wo soll es hängen …?»

Celines Gesicht zuckte vor Schreck. «Nicht hier drin, Victor.»

«Warum nicht?», fragte er.

«Das ist viel zu … *öffentlich*.»

«Oh, ich weiß nicht.» Er richtete den Blick auf die Wand über dem Kaminsims. «Ich fände es schön, wenn es da oben hinge. Statt des Spiegels.»

Celine war entsetzt. «Auf gar keinen Fall! Wenn du das vorhast, weigere ich mich, weiter Modell zu sitzen!» Ihr heftiger Ausbruch erstaunte mich. Ich wartete, ob jetzt ein ausgewachsener Streit folgen würde.

«In Ordnung, dann nicht dort», beschwichtigte Victor

sie. «Wir können das in Ruhe besprechen, wenn es fertig ist.» Er schaute auf seine Uhr. «Ich überlasse euch das Feld, denn ich bin spät dran …» Er strich seine gelbe Seidenkrawatte glatt. «Tschüs, Schatz.» Er schickte sich an, Celine einen Kuss auf die Wange zu geben, doch sie wandte den Kopf ab, und sein Kuss landete auf ihrem Ohr. Er zuckte leicht verwirrt die Achseln und wandte sich dann zu mir um. «Auf Wiedersehen, Ella. Hat mich sehr gefreut, Sie kennenzulernen.»

«Mich auch, Victor.» Er verließ den Raum. Wir hörten seine Schritte in der Halle, dann fiel die Haustür ins Schloss.

Celine ging zu dem roten Samtsessel. «Das tut mir leid», murmelte sie und setzte sich.

«Ach, keine Sorge.» Ich zog meine Schürze an. «Ihr Mann ist äußerst charmant.»

Sie stellte ihre Handtasche auf den Boden. «Ja.»

«Er liebt sie offensichtlich sehr.»

«Ja», sagte sie müde.

Ich drückte Farben auf die Palette und mischte Ockergelb mit Kadmiumrot, um die Grundlage für die Hautfarbe zu schaffen. «Und er sieht sehr gut aus.»

Celine stieß einen bedauernden Seufzer aus. «Das stimmt. Mein Mann ist charmant, er liebt mich, und er sieht gut aus. Er arbeitet hart, ist ehrenhaft und *sehr* großzügig. Er ist wunderbar rücksichtsvoll», fügte sie hinzu. «Oh, und ein phantastischer Vater.»

Das erinnerte mich an Chloës Aufzählung von Nates guten Eigenschaften. «Also, dann können Sie sich wohl glücklich schätzen.»

Celine kaute auf ihrer Unterlippe. «Ja …»

«Und werden Sie anlässlich Ihres Geburtstags ein Fest feiern?»

Sie nickte. «Victor spendiert ein Abendessen für vierzig Freunde.»

Ich verdünnte die Farbe. «Wie schön. Und wo?»

«Im Dorchester», antwortete sie ausdruckslos.

«Phantastisch.» Ich wählte einen mittelgroßen Pinsel.

«Danach fahren wir für vier Tage nach Venedig. Er hat das Cipriani gebucht», fügte sie ohne große Begeisterung hinzu.

«Sie Glückliche!»

«Und er geht mit mir zu Graff, wo ich mir einen Diamantring aussuchen darf – vier Karat.»

«Gütiger Himmel!» Ich hätte am liebsten gelacht. «Was für ein unglaublicher Ehemann.»

Celine sah mich niedergeschlagen an. «Er ist unglaublich. Ja. Aber ...» Plötzlich ertönte ihr Klingelton. Der Mut verließ mich, als Celine ihr Handy aus der Tasche angelte, auf das Display schaute und das Handy aufschob. *«Oui, chéri?»* Sie stand auf.

«Celine», sagte ich stumm. *«Bitte.»*

Sie warf mir einen flehenden Blick zu. «Das ist sehr wichtig.» Sie wandte sich wieder ihrem Gespräch zu. *«Il faut que je te parle. Oui, chéri. Je t'écoute ...»*

Während ich zusah, wie sie – Koseworte flüsternd – zur Tür ging, begriff ich plötzlich Celines Situation. Während der ersten beiden Sitzungen war mir aufgefallen, dass sie einem Anrufer gegenüber besondere Zuneigung zum Ausdruck brachte. Die intensive, heimliche Natur dieser Gespräche erinnerte mich an Chloë in der Zeit, als sie mit Max zusammen war. Celine hatte eine Affäre. Das würde erklären, warum sie nicht porträtiert werden wollte. Victor hatte ein Porträt von ihr in Auftrag gegeben, doch sie liebte einen anderen. Es würde auch ihre Gereiztheit gegenüber Victor erklären.

Nach vier oder fünf Minuten kehrte sie mit geröteten Wangen zurück, als hätte der Anruf sie aufgeregt. «Das tut mir leid», sagte sie. «Ich schalte das Telefon auf Mailbox.» Sie tat es und steckte es in ihre Handtasche. *«Alors»*, sie setzte sich wieder, «machen wir weiter.»

Wir unterhielten uns eine Weile, doch Celine war sichtlich aufgewühlt. In ihren Augen lag ein unruhiges Sehnen, und ab und zu seufzte sie leise.

Mein Pinsel fuhr über die Leinwand, als ich ihr Kleid malte – es war von einem reinen Mittelblau, wie das Blau von Rosmarinblüten. Als ich den Pinsel wieder in die Farbe tauchte, hörte ich einen weiteren tiefen Seufzer.

Ich schaute auf. «Geht es Ihnen gut, Celine?»

«Geht es mir gut?», wiederholte sie nach einem Moment. «Das kommt wohl darauf an, was man unter ‹gut› versteht.» Ich tauschte den Pinsel gegen einen feineren und machte mich daran, ihren Mund zu umreißen. «Ich bin gesund», fuhr sie fort. «Ich leide weder Hunger noch Kälte. Ich habe ein behagliches Heim und etwas anzuziehen, aber …» In ihren Augen glitzerten plötzlich Tränen. «Nein», flüsterte sie. «Es geht mir nicht gut.»

«Celine …»

Sie schob die Hand in den Ärmel und drückte sich ein Taschentuch ans Gesicht. «Verzeihen Sie bitte», murmelte sie.

«Kein Problem.» Ich ließ den Pinsel sinken. «Wir warten, bis es Ihnen … besser geht.»

Sie schürzte die Lippen. «Es wird mir nicht besser gehen. Es wird mir nur schlechter gehen.»

«Kann ich irgendetwas für Sie tun?»

«Nein.» Sie schluckte. «Danke.» Sie knüllte das Papiertaschentuch und drückte es so fest in der Hand zusammen, dass die Knöchel weiß hervortraten.

Ich hätte Celine gern gefragt, was los sei, doch ich hatte das Gefühl, das konnte ich nicht. Außerdem würde sie es mir vermutlich nicht sagen. Ich tauchte den Pinsel in ein Glas mit Terpentin und rührte darin.

«Ich möchte meinen Mann verlassen.» Ich richtete den Blick auf Celine. Sie sah mich voller Verzweiflung an. «Ich möchte Victor verlassen», wiederholte sie leidenschaftlich. «Ich will ihn schon sehr lange verlassen, doch wegen meines Geburtstags spitzt sich jetzt alles zu.» Sie fuhr mit dem Taschentuch unter ihrem linken Auge entlang. «Es ist sehr schwierig.»

«Also ... gibt es ... jemanden, mit dem Sie darüber reden können?»

Sie schluckte schmerzhaft. «Ich habe gerade darüber gesprochen ... mit ... Deswegen war der Anruf so wichtig.»

«Verstehe.»

«Und ... Marcel.» Ah, ihr Geliebter. Sie seufzte mutlos. «Ich liebe Marcel.» Ich hatte also richtig gelegen. «Aber», Celines Stimme brach vor Gefühlen, «sie wird mich nicht unterstützen!»

«Aha.» Also *Marcelle*.

Sie schniefte. «Marcelle hält mich für ... ‹verrückt›. Das hat sie mir gesagt, als ich sie letzte Woche in Paris besucht habe, und jetzt am Telefon hat sie es wieder gesagt. Sie sagt, wenn ich Victor verlasse, finde ich nie wieder einen Mann, der so gut zu mir ist.»

«Er scheint wirklich … sehr nett zu sein.»

«Das ist er ja auch. Er ist ein wunderbarer Mann. Ich weiß, dass ich mich glücklich schätzen kann mit dem, was ich habe, und dass es schrecklich undankbar ist, so unzufrieden und niedergeschlagen zu sein. Und doch …» Celines Lippen zitterten. «Ich bin so unglücklich.»

«Warum?»

Celine sah mich an, die Wimpern nass von Tränen. «Soll das Leben nicht angeblich mit vierzig anfangen?» Ich erinnerte mich, dass sie das bei unserer ersten Begegnung schon einmal mit einem seltsamen Anflug von Bitterkeit gesagt hatte. «Also, ich habe das Gefühl, mein Leben ist mit vierzig zu Ende.»

«Aber … warum denn nur?»

«Weil …» Sie schniefte wieder, dann zog sie noch ein Taschentuch aus ihrer Tasche. «Ich bin seit meinem zweiundzwanzigsten Lebensjahr mit Victor zusammen. Ich kannte ihn erst wenige Monate, als ich schwanger wurde. Es war ein Unfall», fuhr sie fort. «Damals hatte ich nicht den Wunsch, ein Kind zu bekommen. Aber ich habe es auch nicht über mich gebracht … es *nicht* zu bekommen, und Victor war außer sich vor Freude. Er schwor, mich und unser Kind sehr glücklich zu machen, und ich ließ mich von seiner Begeisterung mitreißen.» Celine drückte sich das Taschentuch an die Augen. «Also haben wir geheiratet, und vier Monate später kam Philippe zur Welt. Kurz darauf hat Victor dieses Haus hier gekauft …» Celines Augen hatten sich wieder mit Tränen gefüllt. «Und seitdem bin ich hier!» Sie biss sich auf die Lippe. «Aber jetzt muss ich gehen.»

«Weiß Victor Bescheid?»

«Ja, aber er weigert sich, darüber zu sprechen.»

«Also, er liebt sie eindeutig.»

Sie seufzte müde. «Ja. Aber er ist so viel älter als ich.»

«Spielt das eine Rolle? Nach so langer Zeit?»

«Eigentlich nicht.» Sie atmete aus. «Aber es führt kein Weg daran vorbei, dass ich *zu jung* geheiratet habe. Und immer, wenn ich einer Frau wie Ihnen begegne, die lange gewartet hat, um eine Familie zu gründen, dann werde ich ... schrecklich neidisch.»

«Neidisch?», wiederholte ich. «Ich dachte, Sie hätten Mitleid mit mir.»

Celine sah mich verwirrt an. «Nein. Denn Frauen wie Sie haben jahrelang das Leben genossen – wechselnde Liebhaber, wechselnde Jobs, unterschiedliche Wohnungen, andere Städte, verschiedene Lebensentwürfe –, und Sie können immer noch heiraten und Kinder bekommen. Ich dagegen führe seit siebzehn Jahren Tag für Tag dasselbe Leben. Einen großen Teil davon hat Philippe in Anspruch genommen, den ich natürlich sehr liebe. Doch er wird bald hinaus in die Welt gehen. Und jetzt will ich ein anderes Leben führen.»

«Verstehe.»

Sie schnäuzte sich die Nase und sah mich bekümmert an. «Es gibt keinen anderen Mann, falls Sie das gedacht haben.»

«Nein, nein.»

«Ich hatte nie eine Affäre.» Celine sagte das nicht mit Stolz, sondern mit Bedauern. «Ich wünschte, ich hätte», fügte sie hinzu. «Dann wäre ich jetzt vielleicht nicht so unzufrieden. Aber ich habe Victor gesagt, dass ich unglücklich bin und ihn verlassen möchte.»

Der arme Mann, dachte ich. «Und was hat er gesagt?»

Sie schluckte. «Er will, dass ich bleibe. Er kann ohne mich nicht leben. Er ist überzeugt, dass ich eine Krise habe, weil ich vierzig werde. Und ich habe zu ihm gesagt: ‹Ja, Victor, ich habe eine Krise, weil ich vierzig werde, ganz genau, denn ich will mehr aus meinem Leben machen.› Da sagte er, er würde vorzeitig in den Ruhestand gehen, dann könnten wir mehr Zeit miteinander verbringen und reisen, neue Sprachen lernen, neue Herausforderungen annehmen.»

«Und warum nehmen Sie ihn nicht beim Wort?»

«Weil ich diese Dinge *allein* tun will.»

Victor tat mir leid. «Verstehe.»

«Ursprünglich wollte ich eigentlich nur ein oder zwei Jahre in England bleiben. Danach wollte ich nach Südamerika reisen, Afrika oder Indonesien. Und wie weit bin ich gekommen? Bis nach Barnes! Mein Geburtstag rückt näher, und ich fühle mich eingeklemmt.» Ich erinnerte mich daran, wie Celine bei der ersten Sitzung in der Ecke des Knole-Sofas gesessen hatte. *Ich bin, wie Sie sagen, eingeklemmt.* «Ich möchte, bevor ich alt werde, versuchen, mir einen Teil der Freiheit zurückzuerobern, die ich als junge Frau hatte.»

«Aber wie wollen Sie das denn machen? Wollen Sie sich einen Job suchen? Umschulen?»

«Ich will arbeiten, ja, aber zuerst möchte ich eine eigene Wohnung beziehen und dann schauen, wie es läuft. Ich habe schon angefangen zu suchen. Das habe ich Victor auch gesagt, vor ungefähr einem Monat.» Celine sah mich an. «Und was tut er?»

Ich zuckte ratlos die Achseln. «Ich weiß nicht.»

Celine blitzte mich wütend an. «Er gibt ein Porträt von mir in Auftrag!»

«Aber es ist Ihr Geburtstagsgeschenk.»

«Nein! Das ist es eben *nicht*. Es ist eine Falle!»

«Eine Falle?»

Sie beugte sich vor. «Sehen Sie das nicht? Er versucht, mein Bild in diesem Haus zu binden. Er macht sich Sorgen, dass ich gehen könnte, und versucht, mich an die Wand zu nageln.»

Ich nickte langsam. «Verstehe.»

«Deswegen ist er so begeistert von dem Porträt. Deswegen möchte er es dort aufhängen.» Celines linker Zeigefinger stieß in Richtung Spiegel. «Im Herzen dieses Hauses. Vermutlich glaubt er, es funktioniere wie Zauberei – wie *Wodu* –, hielte mich hier, bei ihm!»

«Lieben Sie Victor noch?»

Celine zuckte verzweifelt die Achseln. «Ich bin ihm sehr zugetan, aber wenn ich – vielleicht in weiteren vierzig Jahren – auf dem Sterbebett liege, möchte ich nicht bereuen, dass ich in meinem sicheren, behaglichen goldenen Käfig geblieben bin, bei meinem sicheren, behaglichen Gemahl. Da …» Sie drückte sich das Taschentuch an die Augen. «Sie haben mich gefragt, ob es mir gutgeht oder nicht. Das ist die Antwort.»

Ich seufzte. «Sie haben gesagt, das Stillsitzen fiele Ihnen schwer, aber ich habe gewusst, dass es noch einen anderen Grund gab, warum Sie nicht gemalt werden wollten. Es war, als wären Sie schon halb auf der Flucht.»

Sie nickte düster. «Das war ich. Das bin ich immer noch …»

Ich atmete aus. «Das, was Sie vorhaben, erfordert sehr viel Mut. Es kann sich erweisen, dass es Ihnen nicht gefällt, dass Sie aber nicht zurückkönnen, weil Sie …»

«Weil ich alle Brücken hinter mir abgebrochen habe», fuhr sie fort. «Ich weiß. Nun, das Risiko gehe ich ein. Aber als ich sah, wie sehr Victor sich für das Porträt begeistert, hat mich das doch sehr mitgenommen. Dann hat Marcelle angerufen, und ich habe ihr davon erzählt, aber sie war nicht besonders *sympa*. Und so habe ich es Ihnen erzählt.» Sie nahm sich ein frisches Taschentuch. «Ich hoffe, es macht Ihnen nichts.»

«Nein. Ich bin sogar froh, denn jetzt verstehe ich wenigstens, was los ist. Haben Sie schon an Eheberatung gedacht?»

«Ich habe es Victor vorgeschlagen. Aber er beharrt darauf, dass wir keine Probleme haben. Und je öfter ich ihm sage, dass ich gehen will, desto verschwenderischer werden seine Pläne für mein Geburtstagsfest.»

«Verstehe ...»

«Ich will keine große teure Party», sagte Celine freudlos. «Ich will keinen Diamantring. Ich will nicht mal nach Venedig – das ist so ein romantisches Reiseziel, dass es mir einfach falsch vorkommt. Ja, eigentlich will ich meinen Geburtstag überhaupt nicht feiern, denn ich bin so unglücklich und ruhelos, dass ich es verlogen und falsch finde. Doch Victor trifft all diese Vorkehrungen, als wäre alles in schönster Ordnung. Und so werde ich in einem Monat im Dorchester sitzen und das Gefühl haben, Teil einer verschwenderischen Scharade zu sein! Ich habe Victor unzählige Male gebeten, es abzusagen, doch er weigert sich. So hat sich seit Wochen der Druck in mir aufgebaut, und ich habe das Gefühl, ich müsste», sie machte große Augen, «platzen!»

«Das tut mir leid», sagte ich hilflos. «Ich wünschte, ich könnte mehr sagen, Celine, aber ...»

«Ich weiß. Doch ich bin froh, dass ich es Ihnen erzählt habe.» Sie seufzte. «Und jetzt machen wir wohl besser weiter.» Sie stand auf, ging zum Kaminsims und betrachtete ihr Spiegelbild. Dann kehrte sie zu dem Sessel zurück. «Ich muss Sie Ihre Arbeit tun lassen.»

«Okay.» Ich trat wieder an die Staffelei und nahm Palette und Pinsel zur Hand.

Celine hob den Kopf und setzte sich erneut in Pose.

Als ich drei Tage später in meinem Atelier auf Mike Johns wartete, dachte ich über Celine nach. Unser Gespräch war mir lange nicht aus dem Kopf gegangen. Jetzt verstand ich, warum sie nicht gemalt werden wollte und warum sie einfach nicht stillsitzen konnte. Ich spielte mit der Idee, im Hintergrund ein offenes Fenster in ihr Porträt zu malen oder einen aufgespießten Schmetterling in einem goldenen Kasten.

Inzwischen hatte ich recht viel an dem Porträt von Grace gearbeitet – es stand gerade auf der Staffelei –, und obwohl es fast fertig war, war es immer noch nicht sie. Es war ihr recht ähnlich, doch es tat immer noch wenig von dem kund, wer Grace gewesen war. Jetzt bereute ich es bitter, dass ich den Auftrag angenommen hatte, und stellte mir vor, wie enttäuscht Familie und Freunde sein würden.

Mir fiel das qualvolle Gespräch mit Mike über Grace wieder ein, und so beschloss ich, ihr Porträt wegzustellen, bevor er kam. Ich wollte es gerade von der Staffelei nehmen, da klingelte das Telefon.

Ich hob ab. «Hallo?»

«Was hältst du von personalisierten Champagneretiketten?»

Meine Mutter hatte sich eindeutig von der emotionalen Aufregung der vorausgegangenen Woche erholt und war wieder voll und ganz auf die Hochzeitsvorbereitungen konzentriert. *Ich* hatte mich noch nicht erholt. Ich war durcheinander und empfand ihr gegenüber ein Misstrauen, das in meine Seele sickerte wie Feuchtigkeit.

«Wäre das nicht schön?», hörte ich sie fragen.

«Keine Ahnung», antwortete ich. «Ich wusste gar nicht, dass man die personalisieren kann.»

«Doch, kann man. Ich fände es lustig, wenn ‹Chloë & Nate› und das Hochzeitsdatum auf den Flaschen stünden. Aber Chloë ist nicht besonders begeistert, also dachte ich, ich bespreche es mit dir.»

«Warum? Es ist doch nicht meine Hochzeit, sondern ihre. Und wenn Chloë keine personalisierten Champagneretiketten will, dann würde ich vorschlagen, du lässt es bleiben.»

«Ist ja gut», sagte Mum. «Du musst mich nicht gleich so anfahren.»

«Ich habe dich nicht angefahren. Ich habe nur gesagt, was ich denke. Und wenn du meine Meinung nicht hören willst, dann frag mich nicht danach.»

Frostiges Schweigen. «Ella, ich hoffe, du bist nicht vergrämt wegen der Hochzeit.» Bei dem fürsorglichen Tonfall meiner Mutter stellten sich mir die Nackenhaare auf. «Du bist in letzter Zeit recht reizbar, Schatz, und mir ist durch den Kopf gegangen, dass du, da du ein paar Jahre älter bist als Chloë, vielleicht nicht begeistert bist darüber, dass …»

«Natürlich freue ich mich für sie! Ich könnte mich nicht mehr freuen», fügte ich wahrheitsgemäßer hinzu. «Aber ich knabbere noch daran, was du mir über meinen Vater und über Lydia erzählt hast, und bin einfach nicht in der Stimmung, über Hochzeitsbanalitäten zu diskutieren!»

«Natürlich. Es tut mir leid, Schatz.» Ich hörte meine Mutter seufzen. «Ich sollte mehr Verständnis zeigen, denn es ist schwer für dich. Ich habe immer gewusst, dass es schwer sein würde. Deswegen habe ich dich auch so lange davor beschützt.»

«Du hast mich beschützt?»

«Ja, natürlich.»

«Du nennst es ‹beschützen›, deiner Tochter Dinge von so großer persönlicher Tragweite zu verheimlichen?»

«Jawohl. Ich bin mir nicht mal sicher, ob sie überhaupt so bedeutsam sind. John und seine Tochter sind natürlich deine Verwandten, aber sie sind doch Fremde, denn du kennst sie nicht.»

«Ich kenne sie tatsächlich nicht. Und das habe ich ganz allein dir zu verdanken!»

«Nein, das verdankst du allein ihm!», feuerte sie zurück, bevor sie tief Luft holte, wie um sich zu beruhigen. «Ella», fuhr sie leise fort, «John und seine Tochter haben nichts mit deinem Leben zu tun. Sie leben neuntausend Meilen und acht Zeitzonen weit weg. Vergiss sie.»

«Wie kann ich sie vergessen, wo sie mein eigen Fleisch und Blut sind? Und ist Blut nicht angeblich dicker …»

«Blut ist *nicht* dicker als Wasser», fuhr sie mir über den Mund. «Wenn dem so wäre, dann hätte dein Vater niemals tun können, was er getan hat!» Das stimmte, daran führte – wie ich zugeben musste – kein Weg vorbei. «Und Roy hätte nicht tun können, was *er* getan hat», fügte meine Mutter mit einem Hauch von Triumph in der Stimme hinzu, «nämlich dich zu behandeln wie seine eigene Tochter. Er hat nie auch nur den geringsten Unterschied zwischen dir und Chloë gemacht. Das ist dir doch wohl klar, oder?»

Ich atmete aus. «Natürlich weiß ich das. Er war mir immer ein toller Vater.» *Wie geht's unserer großen Tochter?* «Ich habe nie etwas anderes behauptet, aber ...»

«Ella, ich mache mir große Sorgen», hörte ich Mum sagen. «Denn du hast gesagt, du würdest keinen Kontakt mit John aufnehmen, doch jetzt habe ich das Gefühl, du wankst. Lass dir also von mir gesagt sein, dass das für Roy sehr hart wäre – ich hoffe, du verlierst das nicht aus dem Blick.»

«Natürlich nicht, aber ... Ich will jetzt nicht darüber reden.» Plötzlich fiel mir ein, was Polly gesagt hatte. «Ich hoffe nur bei Gott, dass du mir nicht noch etwas verschwiegen hast!» Während des gekränkten Schweigens, das folgte, warf ich einen Blick aus dem Fenster und sah Mikes Auto vorfahren. «Da kommt mein Modell. Ich muss.»

Nachdem ich aufgelegt hatte, brauchte ich einen Augenblick, um mich zu beruhigen. Ich spritzte mir kaltes Wasser ins Gesicht und trat vor den Spiegel. Als ich mein Spiegelbild betrachtete, stellte ich mir Lydias Gesicht darübergelegt vor.

Drrrrnnnnngggggg!

Ich ging nach unten und öffnete die Tür. «Hi, Mike.» Erleichtert stellte ich fest, dass er nicht mehr ganz so ernst war wie beim letzten Mal. «Gratulation, übrigens.»

«Wozu?» Er fuhr sich an die Brust. «Weil ich endlich daran gedacht habe, den blauen Pullover anzuziehen?»

«Nein, obwohl mich das natürlich sehr freut. Ich meine zur Wahl. Sie konnten Ihre Mehrheit weiter ausbauen, nicht wahr?»

«Ja, darüber war ich sehr erleichtert. Es war eine harte

Zeit», fügte er hinzu und ging voraus ins Atelier. Ich sah, dass sein Blick auf das Bild von Grace fiel, das noch auf der Staffelei stand.

«Ich stelle es rasch weg», sagte ich leichthin. Hätte ich es doch weggetan, bevor er kam. Rasch schob ich es in das Gestell und holte Mikes Bild heraus. «Hier ist Ihres.» Ich stellte es auf die Staffelei und band mir schnell die Schürze um, während Mike seine Aktentasche neben das Sofa stellte und sich dann in den Sessel setzte. «Also dann.» Ich lächelte ihn an. «Heute ist unsere letzte Sitzung, lassen Sie uns also gleich anfangen.»

Ich machte mich zuerst an seinen Pullover, dann arbeitete ich an seinen Haaren, legte einen Hauch Grau auf die Koteletten und tupfte ein wenig Blau in die Struktur seines Kinns. Die ganze Zeit sprachen wir über die Wahl und darüber, wie stressig die Zeit gewesen war.

«Aber ich bin froh, der Koalition anzugehören», sagte er.

«Sie haben einen Posten in der Regierung?»

«Ja, ich wurde gerade zum Staatssekretär im Verkehrsministerium ernannt.»

«Wie phantastisch.»

Ich arbeitete konzentriert, freute mich über den Geruch der Farbe und des Leinöls. Dann kam der Augenblick, da ich den letzten Pinselstrich tat, den letzten Tupfen Farbe, den ich immer am Ende hinzufüge – das Licht in den Augen. Dann fühle ich mich wie Pygmalion, der seiner Statue Leben einhaucht. Denn dieser kleine weiße Punkt in den Pupillen erweckt ein Porträt am Ende – «ping!» – zum Leben.

«So.» Ich trat ein paar Schritte zurück. Das Titanweiß in Mikes Pupillen hatte sein Porträt lebendig gemacht. Ich legte den Pinsel weg. «Wir sind fertig.»

Mike stand auf und trat neben mich, und wir betrachteten zusammen sein Konterfei. «Das bin wirklich ich», sagte er staunend. Es war, als sähe er das Bild zum ersten Mal.

«Ich hoffe, es gefällt dem Wählerverband», sagte ich. «Aber vor allem hoffe ich, dass es Ihnen gefällt.»

«Ja, es gefällt mir, aber ich sehe so *dünn* aus.» Als wäre ihm gar nicht bewusst, wie viel er abgenommen hatte.

Ich nickte. «Das war eine ganz schöne Herausforderung. Ihre Gewichtsabnahme hat alles Mögliche verändert, zum Beispiel die Architektur Ihres Gesichts. Ich hatte Sorge, Sie würden nicht mehr so freundlich rüberkommen wie vorher, aber ich finde, Sie sehen immer noch sehr umgänglich aus und warm und ...»

«Traurig», sagte er.

Ich studierte sein Gesicht. «Vielleicht ... ein wenig nachdenklich.»

«Traurig», beharrte er leise. «Das werden alle sagen.»

Mich verließ der Mut. Er war nicht zufrieden mit dem Bild. «Falls es Ihnen Sorgen bereitet, Mike, dagegen kann ich was tun. Ich kann die Augenwinkel und die Mundwinkel ein wenig anheben – um Ihren Ausdruck zu verändern, braucht es keinen Millimeter. Aber ich habe gemalt, was ich gesehen habe. Und einen Großteil der Zeit haben Sie tatsächlich sehr ernst ausgesehen.»

Ich sah in dem Porträt jetzt auch die Aura des Tragischen, die mir an Mike aufgefallen war. Ich hatte versucht, sie zu umschiffen, doch sie hatte sich heimlich eingeschlichen. «Es braucht mindestens einen Monat, um richtig zu trocknen», erklärte ich. «Dann bringe ich es zum Einrahmer, aber ...»

«Könnte ich es sehen?», fragte er.

«Den Rahmen? Also, ich gehe zu Graham und Stone in

der King's Road. Ich wollte gerade vorschlagen, dass Sie hingehen und sich die Rahmenleisten ansehen. Ich kann mitkommen, wenn Sie möchten.»

Mike schüttelte den Kopf. «Ich meine, könnte ich das Bild sehen, das auf der Staffelei stand, als ich herkam?»

«Oh. Klar.» Ich gab mir im Geiste noch mal einen Tritt dafür, dass ich es vorhin nicht weggestellt hatte. Wenn Mum mich bloß nicht mit ihrem ärgerlichen Anruf abgelenkt hätte.

Ich nahm Mikes Leinwand von der Staffelei und legte sie flach auf den Boden, damit sie plan trocknen konnte. Dann ging ich zum Gestell, holte das Porträt von Grace heraus und stellte es auf.

Schön, vor Leben sprühend, lustig, warm …

Keine dieser Eigenschaften ist zu sehen, dachte ich kläglich.

Glücklich, treu, mutig, stark …

Alles, was ich getan hatte, war, ihre Züge nachzubilden.

Ich hörte Mike ausatmen. «Ist es fertig?»

Ich kaute auf der Unterlippe herum. «Fertiger wird es nicht. Ich habe so viel daran gearbeitet und eine Farbschicht nach der anderen aufgetragen, aber ich bin nicht zufrieden damit. Es ist nicht …»

«*… echt*», unterbrach Mike mich leise. «Es ist, als hätten Sie eine Wachsfigur gemalt.»

Ich unterdrückte einen Seufzer der Enttäuschung. Es war nicht gerade schmeichelhaft, was Mike von meinen Bildern hielt. Mir fiel wieder ein, was er über Mums Porträt gesagt hatte – *Sie wirkt geheimnistuerisch, als würde sie etwas verbergen.* Dann ging mir schlagartig auf, dass er recht gehabt hatte.

Ich verschränkte die Arme, während wir dastanden und das Porträt betrachteten. «Das Problem ist, dass ich Grace nie begegnet bin. Ich habe keine Erinnerung daran, wie sie sprach oder sich bewegte oder lachte – oder welche Einstellung zum Leben sie hatte. Wenn ich ein paar Videoaufnahmen von ihr hätte sehen können, hätte mir das sicher geholfen, aber es gibt keine, ich habe gefragt. Und es ist schwer, jemanden dreidimensional erscheinen zu lassen, wenn man nur zwei Dimensionen zur Verfügung hat.»

Mike hielt den Blick unverwandt auf das Porträt gerichtet. «Es ist naturgetreu», sagte er. «Aber es ist nicht lebendig.»

«Genau.» Ich stieß einen mutlosen Seufzer aus. «Aber ich glaube, besser wird es nicht. Ich muss akzeptieren, dass dieses Porträt nicht mein bestes ist.» Ich wollte es zurückstellen, da hob Mike zu meiner Überraschung die Hand.

Er zeigte auf den Bereich unter Grace' Unterlippe. «Sie hatte eine winzige Narbe», sagte er leise. «Hier. Man sah sie nur, wenn sie lächelte, aber da Sie sie lächelnd gemalt haben, müsste sie eigentlich da sein.»

«Oh.»

«Und die Augen sind nicht richtig.» Er neigte den Kopf zur Seite. «Die Form stimmt, aber sie waren nicht von so einem reinen Blau ... darin war auch viel Grün, und der Rand der Iris war ein wenig dunkler, wie nasser Schiefer. Das gab ihrem Blick eine Intensität, die Sie nicht eingefangen haben. Und sie hatte ein witziges kleines Loch, hier, auf der Stirn. Es war winzig – kleiner als ein Stecknadelkopf –, und man konnte es nur sehen, wenn man direkt vor ihr stand. Und da war ein Leberfleck.» Er zeigte auf eine Stelle auf ihrer Wange, und seine Hand verweilte dort.

«Verstehe», sagte ich leise. «Aber ...»

Mikes Blick war weiter auf das Bild gerichtet. «Sie war schön», murmelte er. «Sie war wirklich ... schön. Und wenn ich nicht wäre, würde sie noch leben.»

Es war, als wäre ich in eine Badewanne voll Eiswasser geworfen worden. «Was ... was meinen Sie damit?», stammelte ich.

Mike blinzelte. «Dass es meine Schuld ist, dass sie tot ist.»

Das Herz pochte wild in meinem Brustkorb. «Aber ... wieso?»

Er ging zum Sofa und sank darauf. «Mein Leben ist die Hölle», murmelte er. «Die Hölle ... seit dem zwanzigsten Januar ... seit es passiert ist. Der Schock ... Und dann nicht darüber reden zu können, all die Monate. Mich nicht irgendjemandem anvertrauen zu können.» Erschöpft schloss er die Augen. «Ganz zu schweigen von gestehen.»

«Gestehen?», wiederholte ich schwach. «Was denn gestehen?»

Zuerst antwortete Mike nicht. Dann stieß er einen Seufzer aus, der von ganz tief innen heraus kam. «Dass ihr Unfall meine Schuld war.»

Mein Herz setzte einen Schlag aus. Warum erzählte er mir das? Wenn er in dem Auto gesessen hatte, das Grace angefahren hatte, dann sollte er das der Polizei erzählen, nicht mir. «War es Ihr Auto?», fragte ich nach einem Augenblick mit trockenem Mund. «War es Ihr schwarzer BMW?»

Mike sah mich verwirrt an. «Nein, ich habe sie nicht vom Fahrrad geworfen. Das meine ich nicht.» Erleichterung durchflutete mich. «Ich meine, wenn ich nicht gewesen wäre, dann wäre Grace an diesem Morgen nicht den Fulham Broadway hinuntergeradelt.»

«Aber … warum denn?» Mike antwortete nicht. «Ihr Onkel sagte, sie glauben, dass sie bei jemandem war, aber sie haben keine Ahnung, bei wem, und bis jetzt hat derjenige sich nicht gemeldet.»

Mike schloss die Augen. «Sie war bei mir.»

Ich starrte ihn an. Sprachlos. Diese Wende des Gespräches hatte mich so überrascht, dass mein Gehirn einfach nicht mehr nachkam. «Sie haben Grace geliebt», sagte ich verwundert.

Woher sollte Mike sonst von der winzigen Narbe unter ihrer Lippe wissen oder die Farbe ihrer Augen exakt beschreiben können? Wie sollte er sonst von dem kleinen Loch in ihrer Stirn wissen, das man nur sah, wenn man sehr nah vor Grace stand? «Sie haben sie geliebt», wiederholte ich.

«Ja», sagte Mike leise. «Ich habe sie geliebt.»

Ich sank auf einen Stuhl. «Und niemand hat es gewusst?»

«Niemand», bestätigte er ausdruckslos. «Wir haben es keiner Menschenseele anvertraut.»

«Deswegen haben Sie unsere Sitzungen abgesagt.» Er nickte. Und deswegen hatte er auch so viel abgenommen und sich so aufgeregt, als wir darüber gesprochen hatten, was Grace zugestoßen war. «Wie haben Sie sie kennengelernt, Mike?»

Er atmete aus. «Sie war Mitglied der London Cycling Campaign. Im September letzten Jahres hat sie zusammen mit zwei anderen Mitgliedern den überparteilichen Verkehrs-Ausschuss besucht, dem ich angehöre. Wir haben über Fahrradwege diskutiert und darüber, ob es auf stark befahrenen Straßen mehr absolute Halteverbote geben sollte, zusätzliche Spiegel an Lkws und so weiter. Doch mir war es fast unmöglich, mich auf irgendetwas anderes zu konzentrieren als auf Grace. Sie war so schön», fuhr er leise fort. «Es war, als trüge sie ein Licht in sich, ein tanzendes Licht, das in alle Richtungen schien.»

Ich betrachtete das Porträt. Jetzt kam es mir noch flacher und langweiliger vor.

Ich hörte Mike seufzen. «Nach diesem Treffen wollte Grace mir nicht mehr aus dem Kopf gehen. Und so rief ich sie an und fragte sie, ob sie Lust hätte, mal mit mir was trinken zu gehen. Zu meiner Freude und Überraschung sagte sie ja. Wir trafen uns wieder und merkten, dass wir uns sehr zueinander hingezogen fühlten.» Mike faltete die Hände. «Sarah und ich waren schon lange unglücklich und wussten nicht, ob wir zusammenbleiben oder uns trennen sollten. Dann habe ich Grace kennengelernt», fügte er mit einem gewissen Staunen hinzu. «Und ich war so glücklich wie seit vielen, vielen Jahren nicht.»

«Ich weiß noch, wie gut Sie drauf waren, als Sie im Dezember das erste Mal hier waren.»

Mike nickte. «Ich habe immer noch Mühe zu begreifen, dass ich Grace nie wiedersehen, nie mehr mit ihr reden werde, dass ich nie mehr ihr Lachen hören und sie nie mehr in den Armen halten werde ...» Seine Stimme brach. «Und ich konnte mit niemandem darüber reden und habe mich vollkommen ... allein gefühlt. Ich hatte schon überlegt, zu einem Therapeuten zu gehen, der Trauerbegleitung anbietet, aber ich hatte Angst, es könnte öffentlich werden und in den Schlagzeilen landen.» Er sah mich an. «Aber das ist nicht der Grund, warum ich es Ihnen erzähle. Ich erzähle es Ihnen, weil Ihr Porträt nicht richtig ist, Ella – und ich möchte, dass es richtig ist.»

«Aber was ist denn eigentlich passiert? An dem Morgen?»

Mike legte die Hände auf die Knie, wie um sich zu wappnen. «Grace war über Nacht bei mir geblieben», setzte er leise an. «Sarah war in New York. Ich erwartete sie erst am Donnerstagmorgen. Doch am Mittwoch in den frühen Morgenstunden sah ich, dass sie mir eine SMS geschrieben hatte, sie käme schon einen Tag früher. Sie würde in zwei Stunden zu Hause sein, und das habe ich Grace gesagt. Sie meinte, sie würde gleich gehen. Ich bat sie zu warten, bis es hell sei, doch sie sagte, sie wolle noch in ihre Wohnung, um sich umzuziehen.» Mike schluckte. «Ich bat sie, vorsichtig zu sein, denn es hatte ordentlich gefroren. Sie sagte, sie wäre immer vorsichtig, und setzte den Helm auf. Ich gab ihr einen Abschiedskuss …» Mike lächelte. «Ganz schön schwierig, jemanden zu küssen, der einen Fahrradhelm trägt, und wir haben darüber gelacht.» Er unterbrach sich. «Sarah hatte mir gesimst, sie habe ihre Schlüssel nicht dabei, und so habe ich gewartet, bis sie gegen neun zu Hause war, dann habe ich mich auf den Weg ins Unterhaus gemacht.»

Mike seufzte tief. «Als ich zur New King's Road fuhr, sah ich, dass die rechte Abbiegerspur in den Fulham Broadway gesperrt war. Ich vermutete wegen Bauarbeiten und folgte, ohne mir viel dabei zu denken, der Umleitung. Dann hörte ich auf London Radio einen Bericht über einen Unfall mit Fahrerflucht auf dem Fulham Broadway, bei dem eine Fahrradfahrerin verletzt worden war. Ich machte mir natürlich sofort Sorgen um Grace, also rief ich sie von meinem Handy aus an, doch sie ging nicht ran. Ich sagte mir, sie sei bestimmt im Unterricht, doch um mich zu vergewissern, rief ich in ihrer Schule an, ohne zu sagen, wer ich war. Es hieß, Grace sei noch nicht da. Inzwischen war ich in Panik. Von der Arbeit aus rief ich im Chelsea und Westminster Hospital an, denn dort werden Verletzte vom Fulham Broadway hingebracht. Die Krankenschwester auf der Intensivstation wollte mir weder bestätigen noch verneinen, dass Grace dort liege; da konnte ich mir denken, dass sie es war.»

«Wie schrecklich.»

In Mikes Augen glänzten Tränen. «Es war ... die Hölle. Ich musste zu einem Meeting, danach war ich zum Mittagessen verabredet, und anschließend stand eine Debatte an. Ich weiß nicht, wie ich den Tag überstanden habe. Am liebsten wäre ich ins Krankenhaus geeilt, doch das war unmöglich, selbst wenn ich Zeit gehabt hätte, denn dort waren Grace' Eltern. Ich konnte nur immer wieder die Nachrichten checken, und das habe ich alle zwei oder drei Minuten getan. Inzwischen waren auf diversen Nachrichtenwebseiten ein Foto von Grace und eine kurze Biographie zu sehen. Ich war empört, denn sie hatten alle ihren Nachnamen falsch geschrieben, ohne das ‹e›, und ich starrte darauf, wütend, dass sie nicht einmal etwas so Banales richtig hinkriegten, da wurde die Seite aktualisiert, und es hieß, dass ... dass sie ...» Mike ließ den Kopf in die Hände sinken.

«Es tut mir leid.»

«Es war meine Schuld», sagte er. «Wenn sie nicht bei mir gewesen wäre, dann wäre sie nicht im Dunkeln von meinem Haus weggefahren, weil meine Frau nach Hause kam. Dann wäre sie nicht angefahren worden. Dann wäre sie nicht mit dem Kopf auf dem Bordstein aufgeschlagen, und dann wäre sie nicht ins Krankenhaus gekommen und dort gestorben.» Er legte die linke Hand über die Augen. «Deswegen fühle ich mich verantwortlich für das, was Grace zugestoßen ist. Ich habe die letzten vier Monate versucht, so zu tun, als wäre alles normal, obwohl mein Leben in Wirklichkeit die Hölle ist. Ich kann kaum essen. Ich schlafe nicht. Die Arbeit ist meine einzige Ablenkung von dem Schmerz und der Trauer, zu der ich mich niemals öffentlich bekennen kann.»

«Dann weiß Ihre Frau nichts?»

Mike schüttelte den Kopf. «Sie glaubt, es liege an unseren Eheproblemen.» Er atmete aus. «Es gibt niemanden in der Welt, dem ich es erzählen kann. Als ich hörte, dass Sie Grace malen, war ich ... *schockiert.*» Er blinzelte. «Ich wollte mit Ihnen über sie reden, ich wollte Ihnen alles über sie erzählen, was ich weiß, doch ich habe mir auf die Lippe gebissen, denn ich hatte Angst. Doch als ich jetzt das Porträt sah und erkannte, wie viel ... darin fehlt, da wurde mir klar, dass ich es Ihnen erzählen muss ... ungeachtet der möglichen Konsequenzen.»

Ich nickte langsam. «Von mir erfährt niemand etwas, Mike.»

«Bitte.»

«Aber ihre Eltern, die möchten es doch bestimmt wissen. Es würde ihnen helfen zu verstehen, warum sie zu dieser Zeit dort unterwegs war.»

«Nein», sagte Mike niedergeschlagen. «Ich könnte ihnen nicht in die Augen sehen. Sie würden mich als schmierigen verheirateten Mann betrachten, der sich an ihre Tochter rangemacht hat. Sie würden mir die Schuld an ihrem Tod geben. Und das ist nicht nötig, denn ich werde mir auch so für den Rest meines Lebens Vorwürfe machen.»

«Aber Sie haben Grace doch gedrängt zu warten, bis es hell ist. Sie *wollte* gehen. Es ist nicht Ihre Schuld, dass sie vom Fahrrad gestoßen wurde ... das hätte ihr auch im hellen Sonnenschein passieren können, unter guten Bedingungen ... sie hatte ... Pech. Aber hat sie nicht einmal ihrer besten Freundin von Ihnen erzählt?»

«Ihrer besten Freundin hat sie nur erzählt, sie habe einen Mike kennengelernt und sei sehr glücklich mit ihm ... und das war sie ja auch.»

«War Ihre Nummer nicht auf ihrem Handy?»

«Ihr Handy wurde nie gefunden. Es ist womöglich in einen Gully gerutscht oder von einem Lieferwagen oder Lkw plattgefahren worden, und die Reste wurden aufgekehrt. Ja, meine Nummer war drin ... und alle meine SMS.» Mike atmete tief durch. «Und ich habe alle ihre SMS auf meinem.» Er schob die Hand in die Tasche, holte sein Handy heraus und betrachtete es. «Ich habe sie immer wieder gelesen. Und ich höre mir ihre Nachrichten auf meiner Voice-Mail an, um mich für einen kurzen Augenblick der Illusion hinzugeben, sie lebte noch, und ich ...» Mike drückte auf einen Knopf, und ich begriff, dass er mir Grace' Nachrichten vorspielen wollte.

«Mike, ich möchte wirklich nicht ...»

«Nein, bitte. Sie *müssen.*» Er reichte mir das Telefon, und mich verließ der Mut. Als ich sah, was auf dem Display war, hob meine Stimmung sich wieder.

Grace. Sie lehnte an einer Küchenarbeitsplatte und lachte in die Kamera. *Warum filmst du mich?*, hörte ich sie sagen. *Weil ich verrückt nach dir bin*, antwortete Mike. Grace lachte, dann nahm sie eine Schüssel mit irgendwas und bot sie ihm an. *Nimm eine Paranuss*, sagte sie kichernd. *Ich hoffe, das landet nicht auf YouTube*, neckte sie ihn. *Bestimmt nicht*, erwiderte Mike. *Ich will im Laufe des Tages nur ab und zu mein Handy rausholen und dich ansehen können, um mich zu vergewissern, dass ich wirklich mit dir zusammen bin, denn das ist ein tolles Gefühl.*

Als Grace sich umwandte, konnte ich ihr Profil sehen, ich konnte ihre markanten Wangenknochen erkennen, das leicht vorstehende Kinn, die Rundung und Form ihres Ohrs und die Länge und die Neigung des Halses. *Lächeln, Grace*, hörte ich Mike sagen. Sie wandte sich wieder der Kamera zu, lächelte schüchtern und warf ihm eine Kusshand zu. Dann wurde der Bildschirm schwarz.

Mike stand auf und griff nach seiner Aktentasche. Einen kurzen Augenblick dachte ich, er wollte gehen. Doch er öffnete die Aktentasche und holte ein USB-Kabel heraus. Er steckte den Stecker in sein Handy und reichte es mir. «Sie können das auf Ihre Festplatte kopieren. Ich warte so lange.»

«Ja, kann ich. Natürlich kann ich das. Danke, Mike. *Vielen Dank.*» Ich steckte das Kabel in meinen Computer, legte einen neuen Ordner an, lud das Video runter und klickte auf «Speichern». Dann drückte ich auf «Abspielen». Und schon war, vergrößert auf die volle Breite meines Bildschirms, Grace' lebendiges, atmendes, sich bewegendes, redendes, lachendes, lächelndes Gesicht zu sehen. Hier war alles, was ich brauchte: die Form und Tiefe und Beweglichkeit ihrer Züge, und vor allem das Leben darin.

Mein Blick richtete sich auf das Porträt, und ich wusste, was ich zu tun hatte.

9

Am Samstag arbeitete ich fast den ganzen Tag an Grace' Porträt – dazu spielte ich mir immer wieder Mikes Aufnahme vor und fragte mich, wie es ihm gelungen war, niemandem von seiner Beziehung zu ihr zu erzählen. Ob er es je seiner Frau sagen konnte? Nach fünfzehn Ehejahren wünschte er sich vielleicht, es wäre möglich. Ob Mike zur Trauerfeier für Grace gehen würde oder ob er das Gefühl hatte, er sollte fortbleiben? Dann überlegte ich, welches Wort er wohl gewählt hätte, um seine Gefühle für sie zusammenzufassen. Während mein Pinsel über die Leinwand strich, dachte ich an meine Mutter und John. Keine vierundzwanzig Stunden mehr, dann war er in London – mein Herz begann wild zu pochen. Jetzt schweiften meine Gedanken zu Lydia und dann zu Iris und Celine, bevor sie wie immer zu Nate zurückkehrten.

Er hatte mir Anfang der Woche eine SMS geschickt, er werde erst am Samstagabend aus Stockholm zurückkehren und könne daher diese Woche nicht zu unserer Sitzung kommen. Ich tröstete mich mit dem Gedanken, dass der Aufschub zumindest bedeutete, dass sich die Arbeit an dem Porträt länger hinziehen würde. Ich war versucht, absichtlich langsam zu arbeiten, um ihn zu ein paar zusätzlichen Sitzungen bitten zu können.

Am Sonntag stand ich spät auf, duschte, zog Jeans und

ein T-Shirt an und ging nach draußen. Ich wollte einen flotten Spaziergang zum Sloane Square und wieder zurück machen, doch als ich die Eisenbahnbrücke überquerte, beschloss ich, die Lots Road runterzugehen und einen Blick ins Auktionshaus zu werfen. *Heute Vorbesichtigung*, pries die Reklametafel auf dem Gehweg vor der Tür an. Ich drückte die Schwingtür auf und betrat den riesigen hangarähnlichen Raum. Dort sah ich mir die Perserteppiche an, die an Gestellen hingen, die modernen Möbelgarnituren und ein Sortiment Silberteller. Ich entdeckte ein großes Leder-Rhinozeros, eine mit einem Union Jack gepolsterte Fußbank und in einer Vitrine ein ziemlich hübsches silbernes Tintenfass in Form einer Muschel. Ich war versucht, ein Angebot dafür abzugeben.

«Das ist aus der Zeit Georgs des Dritten», sagte eine vertraute Stimme. Als ich mich umdrehte und mein Blick auf Nate fiel, lief ich rot an vor Freude und Überraschung – und Unbehagen. Ich wünschte, ich hätte etwas Hübscheres angezogen oder wenigstens ein wenig Make-up aufgelegt.

«Was machst du hier?» Halb in der Erwartung, Chloë unter den Menschen zu entdecken, die die Auktionslose begutachteten, sah ich mich um.

Nate zuckte die Achseln. «Ich mache nur einen Spaziergang. Manchmal komme ich aus reiner Neugierde am Sonntagmorgen her, gelegentlich kaufe ich auch etwas. Jedenfalls, dieses Tintenfass», er blätterte im Katalog, «ist London-Silber, zirka 1810, gefertigt von Thomas Wallis.»

«Gut. Ist Chloë auch hier?»

Nate schüttelte den Kopf. «Sie ist bei deinen Eltern.»

«Ach ja? Ich habe ein paar Tage nicht mit ihr gesprochen.»

«Ich bin gestern Abend erst aus Stockholm zurückgekommen, und sie hat gemeint, ich müsse sie nicht unbedingt begleiten. Sie will nur mit ihnen über Hochzeitsangelegenheiten sprechen. Egal, ich weiß nicht recht was mit mir anzufangen.» Ich nickte. «Und was machst du?»

«Ähm, nicht viel.»

«Gut. Ich wollte nämlich gerade los, um irgendwo zu Mittag zu essen. Hast du Lust, mich zu begleiten?»

«Ja.» Ich schaute an meiner Jeans runter. «Solange du kein elegantes Restaurant im Auge hast.»

Nate lächelte. «Du siehst toll aus. Also, wollen wir?»

«Megan's Deli?», schlug ich vor. «Obwohl es da am Sonntag immer ziemlich voll sein kann. Es gibt aber auch noch ein paar Gaststätten am Fluss …»

«Lass es uns dort versuchen», meinte Nate.

Also gingen Nate und ich im Schatten des alten Kohlekraftwerks die Lots Road hinunter, bogen auf den Thames Path und spazierten am Flussufer entlang, an Hausbooten und Lastkähnen vorbei Richtung Albert Bridge. Seeschwalben schossen übers Wasser und tauchten nach Futter. Der Tag war warm, und so spazierten wir weiter und unterhielten uns über Politik, das Wetter, die Lebensmittelpreise und die Kinofilme, die wir zuletzt gesehen hatten.

«Wie wäre es hier?», schlug Nate vor, als wir zur Cheyne Walk Brasserie kamen.

«Sieht gut aus.»

Wir ergatterten einen Ecktisch und ließen uns auf der mit blauem Leder gepolsterten Bank nieder.

«Möchtest du ein Glas Wein?», fragte Nate, während wir die Speisekarte studierten.

«Ja, bitte.»

«Wie wäre es mit einer Flasche?»

«Nein, eine ganze Flasche schaffe ich nicht.»

«Zusammen, meine ich.»

«Oh, super Idee.»

Nate lachte. «Witzig, dich außerhalb des Ateliers zu treffen», sagte er. «Du bist viel entspannter, obwohl es mir fast ein wenig fehlt, dass du mich mit diesem irrsinnig intensiven Blick anstarrst.»

«Sonntags starre ich nicht. Da haben meine Augäpfel frei.» Nate gab unsere Bestellung auf, und der Kellner kehrte rasch mit dem Wein zurück und schenkte ein. «Na dann», ich hob mein Glas, «prost.»

Nate hob seines. *«Salute.»*

Über der Vorspeise aus geräuchertem Lachs wandte das Gespräch sich wieder Nates Vater zu – und Adrenalin schoss durch mich hindurch, als ich an meinen Vater dachte, der wahrscheinlich just in diesem Augenblick gerade in London landete, falls er nicht schon da war.

«Ella», sagte Nate, «kann ich dich was fragen?»

«Klar. Was denn?»

«Es ist persönlich.»

«Ehrlich? So wie … welches ist meine Lieblingsfarbe? Also, wenn du es unbedingt wissen willst, Phtalotürkis, dicht gefolgt von Lasur-Oxid-Gelb. Und deine?»

«Ähm, Grün. Aber das wollte ich dich nicht fragen. Ich wollte dich fragen, schick mich zum Teufel, wenn du willst, aber wie konnte deine Mutter …» Er zuckte fassungslos die Achseln. «Ich meine, wie konnte sie dir so etwas Wichtiges verheimlichen?»

«Chloë hat wohl erwähnt, was passiert ist.»

Er nickte. «Ja, dein Vater ... hat Kontakt zu dir aufgenommen.»

«Ja. Und zwar schon vor dem Tag, als wir darüber gesprochen haben.»

«Aha.»

«Ich habe es dir nicht erzählt, weil ich mir Sorgen gemacht habe, du könntest es Chloë gegenüber erwähnen, und die würde es meiner Mutter erzählen.»

«Ich kann Geheimnisse hüten, Ella», sagte Nate leise. «Aber jetzt verstehe ich auch, warum du damals so die Fassung verloren hast. Ich ... Es war schrecklich, dich so zu sehen.»

Nate hatte mich, als er mich an diesem Tag in die Arme genommen hatte, also nur trösten wollen. Wie meine Mutter völlig richtig bemerkt hatte, war er ein mitfühlender Mann – und einer, der sich nicht scheute, jemanden in den Arm zu nehmen, wenn es ihm schlechtging. Ich schalt mich ob meiner gefährlichen und irregeleiteten Phantasie, seine Berührung könnte je mehr bedeutet haben.

«Und willst du John kennenlernen?», fragte Nate. «Und deine Schwester?»

Meine Schwester? Mit «meine Schwester» war immer nur Chloë gemeint gewesen. Jetzt bezog der Begriff sich auch auf eine andere Frau, der ich einmal als kleines Mädchen von fünf Jahren für wenige Augenblicke begegnet war. «Ich weiß nicht. Ich bin immer noch ziemlich durcheinander ... und deswegen ... würde ich lieber nicht darüber reden, wenn das okay ist.»

«Selbstverständlich», murmelte Nate. «Ich wollte mich nicht einmischen.»

«Das hast du nicht.» Ich trank einen Schluck Wein. «Wie

kommst du nur auf die Idee, wo ich dir doch schon so viel darüber erzählt habe? Aber im Moment ist in der Familie genug los, ich meine, mit der Hochzeit und allem, also würde ich es gern … vorerst auf sich beruhen lassen.»

Nate nickte. «Verstehe.» Er lenkte das Gespräch sicher und geschickt auf andere Themen, und der unangenehme Augenblick war rasch vergessen. Ich war so glücklich, mit ihm zusammen zu sein, ihn so unverhofft getroffen zu haben, dass ich mich beherrschen musste, nicht zu viel zu lächeln. *Ich hatte drei extra Stunden mit ihm*, dachte ich. Als der Kellner die Rechnung brachte, griff ich nach meiner Handtasche.

Nate schüttelte den Kopf. «Nicht, Ella.»

«Aber …»

«Ich bin Italiener, ich mache nicht getrennte Kasse. Außerdem habe ich dich eingeladen.»

«Also, das war eine tolle Idee. Es war sehr schön. Danke.»

Als wir am Ufer entlang zurückspazierten, klingelte Nates Handy.

Er langte in die Tasche. «Tut mir leid, ich sollte …»

«Kein Problem.» Hoffentlich war das nicht ausgerechnet Chloë. Ein Anruf von Chloë würde den Zauber brechen.

«Hi, Chloë», sagte Nate. «Ja, mir geht's gut.»

Ihre helle Stimme drang verzerrt an mein Ohr. «… immer noch in Richmond», hörte ich sie sagen. «… und wo bist du, Schatz?»

«Also …» Nate wurde rot. Ich überlegte, ob er Chloë von unserem Mittagessen erzählen würde. «Ich bin gerade Ella über den Weg gelaufen.»

«Wie witzig, grüß sie von mir.»

Er sah mich an. «Klar. Also dann bis später, Chloë.»

«Ja», sagte sie voller Wärme. «Bis nachher, Nate. Ich kann's kaum erwarten.»

Als ich nach Hause kam, war eine Nachricht von Roy auf dem Anrufbeantworter.

«Tut mir leid, dass ich mich noch nicht wegen des Essens gemeldet habe», sagte er, als ich ihn zurückrief. «Ich musste für einen Kollegen einspringen, es war ziemlich hektisch. Aber jetzt habe ich ein paar Tage frei, wie wäre es also mit morgen?»

«Gern. Wo sollen wir uns treffen?»

«Ich dachte, irgendwo bei dir in der Nähe. Wie wäre es mit dem Pub in der King's Road, dem Chelsea Potter? Den kennst du bestimmt.»

«Ja.» Aber er lag gefährlich nah am Café de la Paix. «Ich weiß nicht recht, Roy.»

«Also, es wäre praktisch für uns beide, denn ich kann danach zur U-Bahn-Haltestelle Sloane Square gehen. Aber wir können uns auch woanders treffen, wie wäre es mit ...»

«Nein, nein, es ist okay», sagte ich plötzlich. «Der Chelsea Potter ist wunderbar.»

«Gut. Dann sehen wir uns um eins?»

«Wäre halb eins auch okay?» Dann waren wir um halb drei locker fertig, und ich hatte genug Zeit, die Gefahrenzone vor drei Uhr zu verlassen.

«Gut, um halb eins dann», sagte Roy.

Ich schlenderte eine Stunde vorher die King's Road hoch, denn ich hatte noch ein paar Sachen zu erledigen. Zuerst ging ich zu Graham und Stone und kaufte etliche Tuben Ölfarbe, eine Handvoll Keile zum Spannen der Leinwände und ein paar Pinsel. Ich sah mir auch verschiedene Rahmenleisten an und fand, dass ein schwarzer Rahmen mit Messingschnörkeln gut zu Mikes Porträt passen würde. Ich machte ein Foto, um es ihm per E-Mail zu schicken. Dann ging ich zu Waterstones, denn kürzlich war ein neues Buch über Whistler erschienen, das ich mir kaufen wollte. Auf dem Weg dorthin kam ich am Café de la Paix vorbei. Durch die Glasfront betrachtete ich das schlichte Innere. Wie seltsam, mir vorzustellen, dass in drei Stunden mein Vater an einem dieser Tische sitzen würde. Ich beschleunigte meine Schritte und ging weiter.

Ob ich ihm eine SMS schicken sollte, um ihm zu sagen, dass ich nicht kommen würde? Ich hatte nicht auf seine E-Mails geantwortet, denn wenn, dann hätte ich ihm nur geschrieben, dass ich ihn nicht sehen wollte. Doch das hätte leicht der Beginn eines Dialogs mit ihm sein können, den ich nicht wollte. Trotzdem hatte ich Schuldgefühle, weil er meinetwegen seine Zeit vergeudete. Dann kam ich zu dem Schluss, dass ich keinen Grund hatte, mich gegenüber meinem Vater schuldig zu fühlen. Wenn er Lust hatte, ein paar Stunden in einem Café in der King's Road zu verbringen, war das seine Sache.

Bei Waterstones suchte ich nach der Whistler-Biographie, konnte sie aber nicht finden. Während die Buchhändlerin nachschaute, ob im Lager noch ein Exemplar war, überflog ich die Romane auf den Tischen. Ich wollte gerade nach der neuen Kate Atkinson greifen, da fiel mein Blick auf mehrere Stapel des neuesten Romans von Sylvia Shaw – *Todsicher*.

Auf dem Umschlag las ich die gewohnten übertriebenen Lobeshymnen: *Fesselnd (Daily Mail), Sensationell (GQ),*

Verdammt gut! (Express). Ich betrachtete das Foto der Autorin. Es war schmeichelhafter als das in *Hello!*, doch war ihre Miene hier eisern, so als fände sie es unangebracht, dass jemand, der über Mord und Verbrechen schrieb, lächelte. Ich schlug die Widmung auf – *Für Max* – und wunderte mich, dass sie offenbar nichts von der Affäre ihres Mannes erfahren hatte.

Die Buchhändlerin kam zurück und erklärte mir, der Whistler sei auch nicht mehr im Lager, also bestellte ich ihn und sah mich noch rasch bei den Grußkarten um. Sie hatten schon eine Auswahl zum Vatertag, und so kaufte ich eine für Roy – *Ich habe den besten Dad der Welt.* Als ich den Laden verließ, dachte ich darüber nach, dass das stimmte. Roy war mit mir in den Park gegangen und hatte mir das Fahrradfahren beigebracht. Roy hatte mir bei den Hausaufgaben geholfen und war in die Schule gekommen, um mir bei Hockeyspielen, Konzerten und Theateraufführungen zu applaudieren. Er hatte sich meinen Teenagerjahren gestellt und war immer wieder um zwei Uhr in der Nacht losgefahren, um mich sicher von Partys und Clubs nach Hause zu holen. Er hatte mein Schulgeld bezahlt und mir die Hälfte der Anzahlung für mein Haus geliehen.

Ich öffnete die Tür des Chelsea Potter. Roy saß an der Rückwand der holzgetäfelten Kneipe und winkte.

Ich ging an seinen Tisch, drückte ihm zur Begrüßung einen Kuss auf die Wange und hängte die Einkaufstasche mit den neuen Farben und Pinseln an die Rückenlehne meines Stuhls. Als ich mich setzte, fragte er, was ich trinken wolle, und reichte mir eine Speisekarte. Ich warf einen Blick darauf. «Ich nehme nur eine Suppe.»

«Bestell doch was Richtiges, Ella.»

«Ich habe keinen großen Hunger, danke. Ich bin ein bisschen … gestresst.»

«Na, das überrascht mich nicht. Gut, dann gehe ich mal bestellen.» Roy ging zum Tresen und kam mit einem Lager für sich und einer Cola light für mich zurück.

Wir tranken einen Schluck, und er senkte sein Glas. «Ella, ich wollte mit dir reden», sagte er. «Denn es ist mir wichtig, dir persönlich zu sagen, dass ich keine Ahnung hatte von … nun … von dem, was du kürzlich erfahren hast. Wenn ich es gewusst hätte, hätte ich deine Mutter gezwungen, es dir zu sagen.»

«Deswegen hat sie es ja auch vor dir verheimlicht. Mum kann gut Geheimnisse wahren, was?» Ich betrachtete den schwimmenden Eiswürfel in meinem Glas. «Ich muss immer wieder denken, sie hätte Spionin werden sollen statt Tänzerin.»

Roy lachte leise. «Ich liebe deine Mutter, Ella. Aber in der Sache mit dir und deinem Vater hat sie sich einfach miserabel verhalten. Ich bin entsetzt, bis zu welchem Grad sie die Dinge … *manipuliert* hat.»

«O ja, allerdings.» *Ich weiß, wie ich die Dinge haben will.* Ich sah Roy an. «Aber hättest du so was je vermutet? Das mit Lydia, meine ich?»

Er schüttelte den Kopf. «Ich habe deine Mutter mal gefragt, ob sie glaube, dass du in Australien Geschwister hast. Sie hat erwidert, sie wolle nicht darüber nachdenken, ob dem so sei – und das war, wie wir jetzt wissen, weder eine Lüge noch die ganze Wahrheit. Doch vor allem möchte ich dir heute sagen, dass ich das Gefühl habe, dass deine Mutter dich unter Druck setzt, deinem …» Roys Stimme versagte.

«Meinem Vater. John», sagte ich leise.

«Ja, John.» Er räusperte sich und hielt dann inne. «Sie sagt, du solltest nichts mit ihm zu tun haben – meinetwegen. Aber du sollst wissen, dass ich nichts dagegen hätte, falls du mit … John Kontakt aufnehmen möchtest. Ich würde dich unterstützen, Ella.»

«Hey, damit würdest du dich bei Mum aber sehr unbeliebt machen.»

Er zuckte die Achseln. «Soll mir recht sein. Du musst deine Gefühle vor ihre – oder meine – stellen.» Er unterbrach sich, während der Barmann meine Minestrone und Roys Fischpastete brachte. «Wie auch immer», er atmete schmerzvoll aus. «Das solltest du dir gut überlegen.»

«Danke, Roy, aber das habe ich schon.» Er sah mich besorgt an. «Und ich bin zu dem Schluss gekommen, dass ich keinen Kontakt zu ihm will.»

Erleichterung huschte über Roys Züge. «Also, du hast es erst vor kurzem erfahren. Deine Gefühle ändern sich vielleicht», fügte er anständigerweise hinzu.

«Ich glaube nicht. Ich werde also seine E-Mails nicht beantworten, und sehen werde ich ihn auch nicht.»

«Sehen?»

Ich griff nach meinem Löffel. «Ich würde ihn nicht sehen wollen, selbst wenn er im Augenblick in London wäre. Ich würde ihn nicht mal sehen wollen, wenn er in diesem Teil von London wäre, nur wenige Meter von hier. Ich würde stur an ihm vorbeimarschieren, ohne ihn eines Blickes zu würdigen.»

Roy wirkte überrascht. «Also, das fände ich aber … *traurig*.»

«Er hat doch wohl genug Menschen traurig gemacht, oder?» Ich aß einen Löffel Suppe.

Roy griff nach meiner Hand. «Menschen machen Fehler, Ella.»

«Ja.» Ich ließ meinen Löffel sinken. «Aber was er gemacht hat, war kein ‹Fehler›. Er hat eine wohlüberlegte Wahl getroffen. Und das kann ich ihm nicht verzeihen.»

«Bitte, versuch es. Nicht zuletzt, weil der Zorn, den du empfindest, dich nur belastet und dir das Leben schwer macht.»

Eine Weile aßen wir schweigend. Ich sah Roy an. «Hat Chloë mit dir darüber gesprochen? Zu mir hat sie nichts gesagt.»

«Sie hat nur gemeint, es überrasche sie nicht, obwohl ich glaube, dass sie ziemlich durcheinander ist. Der Gedanke, dass du noch eine andere Schwester hast, behagt ihr so wenig, wie ihr immer schon die Tatsache missfallen hat, dass du einen anderen Vater hast. Sie war ungefähr fünf, als sie die ganze Sache verstanden hatte, und wenn ich sie zu Bett gebracht habe, hat sie immer gesagt, sie habe Angst, John würde eines Tages zu uns nach Hause kommen und dich mitnehmen.»

Ich lachte freudlos. «Sehr unwahrscheinlich, schließlich war er neuntausend Meilen weit weg und hat sich nicht im Geringsten für mich interessiert.»

«Das weißt du nicht.»

«O doch, schließlich hat er sich nie gemeldet. Es war, als wäre ich für ihn plötzlich … bedeutungslos gewesen.» Ich schob meinen Suppenteller weg. «Wenn wir jetzt eh schon über die Sache reden, Roy, dann würde ich dich gern etwas fragen, was mich schon lange interessiert. Über meine Adoption.»

Roy sah mich an. «Ja?»

«Musste John, als du den Antrag auf meine Adoption gestellt hast, sein Einverständnis geben?»

«Lass mich mal überlegen.» Roy kniff die Augen zusammen. «Als deine Mutter und ich deswegen zum Anwalt gegangen sind, hat der in der Tat gesagt, John müsse seine Zustimmung erklären, vermutlich weil sein Name auf deiner Geburtsurkunde stand. Aber um den Antrag selbst hat sich dann deine Mutter gekümmert. Ich musste nur eines Vormittags mit zum Gericht gehen und den Richter davon überzeugen, dass ich geistig gesund war, keine Vorstrafen hatte, tatsächlich mit deiner Mutter verheiratet war – unsere Heiratsurkunde hatte sie schon eingereicht – und dass ich, wie es in dem Antrag stand, Arzt war und in der Lage, für dich zu sorgen.»

«Mum hatte doch sicher eine Adresse von ihm, denn er musste doch die Scheidungspapiere unterzeichnen?»

«Also, ich weiß nicht, ob er die unterschrieben hat oder nicht. Im Falle des Verlassens wird nach zwei Jahren automatisch die Scheidung ausgesprochen, und ich hatte immer den Eindruck, dass das auch hier der Fall war.» Roy zuckte die Achseln. «Dadurch dass Sue sagen konnte, dass John seit drei Jahren keinen Kontakt aufgenommen hatte – und die waren es damals –, war deine Adoption durch mich, deinen Stiefvater, eine recht unkomplizierte Angelegenheit. Aber warum fragst du jetzt danach?»

«Es hat mich beschäftigt, und Mum wollte ich nicht danach fragen, denn im Augenblick möchte ich mit ihr gar nicht darüber reden. Ich glaube, sie auch nicht. Sie tut einfach so, als wäre nichts.»

Roy zuckte die Achseln. «Sie hat das wahrscheinlich alles verdrängt. So macht sie das doch immer, wenn sie etwas schmerzlich oder unangenehm findet: Schotten dicht. Und natürlich ist sie sehr mit der Hochzeit beschäftigt, genau wie ich. Es soll ein wahrlich unvergesslicher Tag für Chloë werden.»

«Das wird es bestimmt.» Ich dachte wieder an Nate, wie er am Altar stand und sich umdrehte, um Chloë anzusehen. «Jetzt ist es ja nicht mehr lange.»

Roy nickte. «Die Antwortkarten kommen quasi im Minutentakt zurück, und alle wollen dabei sein.»

«Gut.»

«Ja. Möchtest du einen Nachtisch, Ella?»

«Oh, nein danke. Also ...» Ein Stich durchfuhr mich, als ich auf die Uhr schaute. «Es ist halb drei. Ich muss gehen. Jetzt gleich.»

«Okay.» Roy wirkte ein wenig überrascht. «Aber ich bin froh, dass wir uns unterhalten haben.»

«Ich auch, Roy.» Als er zum Tresen ging, um zu bezahlen, fiel mir wieder ein, was Polly gesagt hatte: *Er würde dich unterstützen. Das weiß ich einfach.* Sie hatte recht gehabt – genau wie ich mit meiner Vermutung, dass die ganze Sache ihn sehr mitnahm. Ich war froh, dass ich ihm nicht noch mehr Schmerzen bereiten musste.

Roy musste ein paar Minuten warten, bis er zahlen konnte, und so war es zwanzig vor drei, als wir den Pub verließen.

«Danke für das Essen», sagte ich zu Roy. «Und danke für alles, was du gesagt hast.» Roy lächelte, und wir umarmten uns zum Abschied. Er machte sich auf den Weg zum Sloane Square, und ich schlug die andere Richtung ein. Bei dem Gedanken, wie nah mein Vater mir jetzt war, wurde mir übel.

Ich lenkte mich so gut es ging ab, indem ich an die Arbeit dachte. In zwei Tagen würde ich Iris wiedersehen. Und am Samstagvormittag hatte ich die nächste Sitzung mit Nate. Da die Zeit knapp war, würde ich die letzten drei Sitzungen mit Celine an drei aufeinanderfolgenden Tagen machen. Ich hatte auch mit dem Paar in Chichester gesprochen, Mr. und Mrs. Berger. Sie wollten ihr Porträt für die Feier ihrer Silberhochzeit Ende Juli, und wir hatten verabredet, dass ich Anfang Juni hinfahren und sie in einer Woche malen würde. Wie gut, dass ich Farben nachgekauft hatte, ich würde sie brauchen.

Ich hielt mitten im Schritt inne. Die Farben! Ich hatte sie im Pub vergessen. Ich hatte die Tüte an die Rückenlehne meines Stuhls gehängt und vergessen, als wir gingen. Ich musste sie holen.

Ich lief zurück zum Chelsea Potter, wo die Tasche schon am Tresen abgegeben worden war. Ungeduldig wartete ich, während jemand hoch ins Büro ging, um sie zu holen, und als ich den Pub verließ, war es fünf vor drei. Mein Vater konnte jeden Augenblick kommen. Mit wild pochendem Herzen ging ich eilig die Straße hinunter. Dort war das Café, rund hundert Meter vor mir. Was, wenn er schon da war und mich vorbeigehen sah? Was, wenn er herausgestürmt kam und mich auf der Straße anflehte? Was hatte ich mir bloß dabei gedacht, mich fünf Minuten von dem Café zum Mittagessen zu verabreden? Hätte es geregnet, hätte ich mich unter einem Schirm verstecken können, doch es war ein klarer, sonniger Tag, und ich würde mich nur umso verdächtiger machen.

Jetzt war das Café de la Paix keine fünfzig Meter mehr entfernt. Ich beschloss, die Straßenseite zu wechseln. Am

Bordstein blieb ich stehen, um einen Bus der Linie 22 vorbeizulassen, und war einen Augenblick abgelenkt durch den Anblick von Pollys riesig vergrößertem Daumen und Zeigefinger, die eine Speicherkarte hielten, hinten auf dem Bus. Dann ging mir auf, dass es mir kaum helfen würde, die Straße zu überqueren, denn von der anderen Seite war ich genauso gut zu sehen.

Plötzlich kam ein Taxi auf mich zu, dessen Kühlergrill im Sonnenschein schimmerte. Ich winkte es herbei, stieg ein und drückte mich auf der Rückbank in die Ecke, als wir an Starbucks, Sweaty Bett und India Jane vorbeifuhren. Jetzt waren es nur noch zehn Meter zum Café de la Paix. Durch die Glasfront war es so einsehbar wie ein Aquarium.

Ich konnte den *barrista* sehen, der Kaffee zubereitete, und am Tresen stand ein Mann um die sechzig, doch er war zu groß und zu dünn, um John zu sein. Hinter ihm warteten zwei knutschende Teenager. An einem Tisch am Fenster saß eine Frau in den Vierzigern in einem blauen ärmellosen Kleid, die den *Independent* las. Dann schoss mir die Hitze in die Wangen. Denn dort, an dem anderen Fenstertisch, saß mein Vater. Sein Gesicht war wettergegerbt und faltig, doch abgesehen davon erkannte ich ihn von dem Foto, das er mir geschickt hatte, sofort wieder. Er sah immer noch gut aus mit seinen breiten Schultern, obwohl sein Haar jetzt stahlgrau war und nach hinten gekämmt, wodurch es ein bisschen an eine Löwenmähne erinnerte. Er trug einen hellen Anzug über einem weißen Hemd.

Inzwischen waren wir fast auf einer Höhe mit dem Café. Ich drückte mich noch weiter in den Sitz und hoffte, dass er mich nicht durch das Seitenfenster des Taxis sah. Darauf klebte ein großer «Danke, dass Sie nicht rauchen»-Aufkleber, und ich rutschte ganz nach unten, um mich wenigstens teilweise dahinter zu verstecken, und hielt mir die Hand halb vor das Gesicht. Durch die gespreizten Finger konnte ich sehen, dass mein Vater überhaupt nicht auf das Taxi schaute. Sein Blick strich über die Passanten, und dabei bewegte er den Kopf unmerklich von einer Seite zur anderen. Jetzt war sein Blick auf eine dunkelhaarige Frau gefallen, die ungefähr in meinem Alter war, doch als er sah, dass ich es nicht war, wandte er ihn ab. Ich ging davon aus, dass das Taxi am Café vorbeikriechen würde, doch zu meiner Bestürzung blieben wir stehen – die Ampel war auf Rot gesprungen. Wir standen jetzt direkt vor dem Café, das Taxi spiegelte sich in voller Länge in der Glasfront. Nur zwei Glasscheiben trennten mich von meinem Vater. Als ich die Besorgnis in seiner Miene sah, zog mein Herz sich zusammen. Ich stellte mir vor, wie ich aus dem Taxi sprang und in das Café ging.

Wie kann ich einfach hier vorbeifahren, dachte ich kläglich, wo er da sitzt, direkt vor mir, in diesem Fenster, und nach mir Ausschau hält? Dann erinnerte ich mich daran, wie ich mit fünf am Fenster unserer Wohnung gesessen und nach *ihm* Ausschau gehalten hatte. Wie ich gehofft hatte, ihn zu sehen. Ich hatte dort nicht nur ein paar Stunden gesessen, sondern über Monate …

Die Ampel sprang um. Wir fuhren los und nahmen rasch Fahrt auf, und mein Vater blieb zurück, während das Taxi weiterfuhr.

«Wie schön, Sie wiederzusehen», sagte Iris zwei Tage später lächelnd, als sie mir die Wohnungstür öffnete. «Dies ist unsere dritte Sitzung, nicht wahr?»

Ich trat ein. «Ja. Wir haben eine Pause gemacht, weil Sie zuerst eine Zeitlang verreist waren und dann eine Erkältung bekommen haben. Aber das macht nichts», fügte ich hinzu, als ich ihr den Flur hinunterfolgte. «Ich habe einmal eine Frau porträtiert, die hatte so viel zu tun, dass es ein Jahr gedauert hat, bis das Bild fertig war.»

Iris bedachte mich mit einem wehmütigen Lächeln. «Angesichts meines Alters sollten wir nicht das Risiko eingehen, es so sehr in die Länge zu ziehen.»

Wir gingen ins Wohnzimmer. «Sie sehen topfit aus, Iris.»

«Ich kann nicht klagen.» Sie setzte sich auf das Sofa und lehnte ihren Stock an die Armlehne. «Heute Morgen habe ich noch gedacht, dass ich meine Mutter schon um zwanzig Jahre überlebt habe. Aber sie war auch erschöpft vom Krieg, und danach war ihr Leben nicht leicht.»

Ich legte meine Sachen ab. «Was ist mit Ihrem Vater? Hat er ein hohes Alter erreicht?»

Noch während ich sprach, fiel mir ein, dass Iris nichts über ihren Vater erzählt hatte, sie hatte nur von ihrem Stiefvater gesprochen.

«Mein Vater ist mit siebenunddreißig gestorben», antwortete sie leise.

«So jung ...»

Mehr schien sie dazu nicht sagen zu wollen. Ich klappte die Staffelei auseinander und dachte an meinen Vater. Er würde London heute verlassen, womöglich war er just in diesem Augenblick schon auf dem Weg zum Flughafen ...

Ich holte die Palette heraus und machte mich daran, die Farben zu mischen.

«Habe ich so gesessen?», fragte Iris.

Ich richtete den Blick auf sie und dann auf die Leinwand.

«Ja. Aber wenn Sie die rechte Hand über die linke legen könnten; Sie haben die Linke über der Rechten. Und das Kinn vielleicht noch ein wenig heben und dahin schauen. So ist es ganz wunderbar.» Ich wählte einen mittleren Pinsel und machte mich an die Arbeit.

Wir unterhielten uns über die neuesten Nachrichten. Dann erzählte mir Iris, dass Sophia am Morgen zur Chelsea Flower Show gefahren war. Ihr persönlich hatte die Blumenausstellung in Hampton Court immer besser gefallen. Dann fragte sie mich, ob ich meine Arbeiten schon einmal in einer Ausstellung gezeigt hätte.

«Nein. Die Royal Society of Portrait Painters veranstaltet jedes Jahr eine Ausstellung, und vielleicht beteilige ich mich nächstes Jahr daran, abgesehen davon stelle ich meine Arbeit nicht aus, denn ich male ja im Auftrag.»

«Ich finde, Sie sollten eine eigene Ausstellung haben», meinte Iris.

«Vielleicht. Ich könnte einige der Menschen, die ich in letzter Zeit gemalt habe, bitten, mir ihre Porträts auszuleihen. Und dann könnten sie alle in der Kleidung kommen, in der ich sie gemalt habe. Würden *Sie* das machen, Iris?»

«Mit großem Vergnügen.»

Vielleicht im September, an meinem Geburtstag. «Ich denke mal darüber nach», sagte ich. Dann fragte ich Iris nach den Gemälden an den Wänden des Wohnzimmers: einer sehr schönen schottischen Landschaft, zwei wunderbar ausgeführten botanischen Zeichnungen und einer recht geometrischen Aktdarstellung, die, wie sie mir erzählte, von Euan Uglow stammte. Doch was mich eigentlich interessierte, war das Bild von den beiden kleinen Mädchen.

«Iris, ich hoffe, Sie haben nichts dagegen, dass ich frage», sagte ich schließlich, «aber als ich zum ersten Mal hier war, hatten Sie angefangen, mir die Geschichte des Bildes in Ihrem Schlafzimmer zu erzählen, des Bildes von Guy Lennox?»

Sie nickte. «Ich erinnere mich. Ich bin nicht dazu gekommen, Ihnen die Geschichte zu Ende zu erzählen, nicht wahr?»

«Nein. Und ich ... ich würde das Ende sehr gern hören, falls Sie es mir erzählen möchten.» Mir war natürlich durch den Sinn gegangen, dass sie es sich aus irgendeinem Grund anders überlegt haben könnte.

«Ich erzähle es Ihnen sehr gern, ja, ich hatte es sowieso vor. Aber ich bin ein bisschen steif heute. Wären Sie so nett, das Bild für mich zu holen?»

«Selbstverständlich.»

Ich legte Palette und Pinsel zur Seite, verließ das Wohnzimmer und ging den Flur hinunter zu Iris' Schlafzimmer. Dort hing das Bild an seinem gewohnten Platz am Bett. Ich betrachtete es einen Augenblick, wie beim ersten Mal gefesselt von der Zartheit der Komposition. Jetzt sah ich auch, dass es eine schwermütige Stimmung ausstrahlte. Als ich es vom Haken nahm, blieb ein Geisterviereck zurück. Ich brachte es zu Iris.

«Danke», sagte sie und legte das Bild in ihren Schoß. «Ich weiß nicht mehr, wie weit ich gekommen war.»

Ich ging zur Staffelei und nahm Palette und Pinsel zur Hand. «Sie haben mir erzählt, dass Guy Lennox den Auftrag bekam, einen sehr reichen Mann namens Peter Loden zu malen, der dann eine Affäre mit Lennox' Frau anfing.»

Iris nickte. «Das ist richtig. Es muss schrecklich gewesen sein für Guy. Aber – und jetzt erinnere ich mich wieder, dass ich bis zu der Stelle gekommen war – es kam noch schlimmer. Edith sagte Guy, sie wolle die Scheidung – der Schlag war schon schwer genug. Doch sie war nicht bereit, öffentlich einzugestehen, dass sie Ehebruch begangen hatte.»

Ich machte mich daran, Iris' Haar zu malen. «Verstehe.»

«Sie vertrat den Standpunkt, dass es den Mädchen gesellschaftlich schaden werde, wenn ‹ein Skandal› ihren Namen besudelte. Um sie davor zu beschützen, müsse er derjenige sein, der Ehebruch begangen hatte.»

«Oh.»

«Sie drohte, wenn er damit nicht einverstanden sei, werde sie dafür sorgen, dass er seine Töchter nie wiedersehen werde. So zwischen Baum und Borke steckend, erklärte Guy sich einverstanden.»

«Der Arme.»

«Allerdings», pflichtete Iris mir bei. «Er quartierte sich also irgendwo an der Südküste in einem Hotel ein und traf sich mit einer jungen Frau, die schon einmal bei einer solchen Scharade mitgespielt hatte – gegen entsprechende Vergütung natürlich. Das Zimmermädchen öffnete am nächsten Morgen vorschriftsmäßig die Tür und erwischte sie zusammen im Bett, und innerhalb von drei Monaten war Edith geschieden. Doch es stellte sich heraus, dass Guy sich umsonst geopfert hatte. Als Edith kurze Zeit später Peter Loden heiratete, bekamen die Mädchen seinen Nachnamen. Guy wandte sich empört an das Gericht, um dagegen Widerspruch einzulegen, und da machte Edith ihre Drohung wahr. Sie erwirkte eine gerichtliche Verfügung, die ihm jeglichen Kontakt zu seinen Kindern untersagte, die gerade mal zwei und ein Jahr alt waren.»

Ich mischte ein wenig mehr Zinkweiß in die Farbe für das Haar. «Aber wie ist Edith das gelungen?»

«Sie hat alle möglichen Behauptungen über Guy in die Welt gesetzt – vor allem die, er sei geistig labil, weil er während des Krieges eine Gasvergiftung erlitten habe. Sie muss den Richter überzeugt haben, denn die gerichtliche Verfügung wurde erlassen. Über einen Zeitraum von fünf Jahren durfte Guy keinen Kontakt zu seinen Kindern haben und keinen Versuch in diese Richtung unternehmen.»

Ich ließ den Pinsel sinken. «Wie schrecklich.»

«Es war ... *unmenschlich*. Doch er arbeitete weiter, die Ablenkung war ihm fast wichtiger als der Verdienst. Drei Jahre später, im Sommer 1934, spazierte er durch den St. James Park. Er hatte seine Staffelei dabei, denn er kam gerade von einer Sitzung. Als er sich dem See näherte, sah er auf der Wiese zwei kleine Mädchen von etwa vier und fünf Jahren. Sofort wusste er, dass es seine Töchter waren. Er blieb stehen und beobachtete sie eine Weile. Sie spielten mit einem roten Ball, und sie hatten einen Hund dabei, einen Norfolk Terrier namens Bertie.» Ich fragte mich, ob Iris auch die Namen der Mädchen kannte, doch ich wollte sie nicht mitten in der Erzählung unterbrechen, um sie danach zu fragen.

Sie kniff die Augen zusammen und fuhr fort: «Ihr Kindermädchen saß auf einer Bank in der Nähe und strickte. Zuerst wusste Guy nicht, was er machen sollte. Er sprach die Mädchen nicht an – nicht nur, weil es ihm von Rechts wegen verboten war, sondern auch, weil klar war, dass sie ihn nicht erkannten. Also sprach er das Kindermädchen an: Er erklärte, er sei Porträtmaler, und fragte, ob sie ihm erlaube, die charmante Szene zu malen. Sie wusste genau, wer er war, und sagte, sie sei einverstanden.» Jetzt verstand ich auch den Gesichtsausdruck des Kindermädchens – Komplizenschaft. «Also», Iris bewegte sich ein wenig, «Guy stellte ein paar Meter weiter seine Staffelei auf und malte die Mädchen, während er hier und da ein Wort mit ihnen wechselte. Es war der erste Kontakt mit seinen Kindern seit über drei Jahren.»

«Wie traurig», murmelte ich.

«Eine Tragödie.» Iris seufzte tief. «Vier Tage lang ging er jeden Vormittag in den Park und malte sie. Doch als er am fünften Tag hinkam, waren sie nicht da. Später erfuhr er, dass ihre Mutter dahintergekommen war – die Mädchen hatten wohl etwas gesagt – und weitere Besuche im Park unterbunden hatte.» Sie unterbrach sich. «Guy Lennox hat seine Kinder nie wiedergesehen.»

«Nicht einmal, als die gerichtliche Verfügung endete?»

«Nein. Denn da war es zu spät.»

«Warum? Wollten seine Töchter ihn nach so langer Zeit nicht sehen?»

«Nein, das war nicht der Grund.» Iris schüttelte den Kopf. «1936 fing der Spanische Bürgerkrieg an. Im August schloss sich Guy den Internationalen Brigaden an und ging nach Spanien. Er überlebte schwere Gefechte in der Nähe von Madrid, doch im März 1937 fiel er in Guadalajara.» Tränen glänzten in ihren Augen, dann fasste sie sich wieder.

«Der arme Mann», murmelte ich. «Jetzt verstehe ich.»

Iris sah mich scharf an. «Was verstehen Sie?»

«Warum das Bild Sie so traurig macht. Es ist eine ... herzzerreißende Geschichte.» Iris nickte langsam. «Aber Sie haben gesagt, Sie hätten das Bild aus einem Impuls heraus gekauft, ohne etwas darüber zu wissen, nicht einmal, wer es gemalt hat. Also haben Sie die Geschichte sehr gründlich recherchiert.»

«Ja. Das meiste habe ich von Hugh, dem Freund meines Mannes, erfahren, der es seinem Onkel gezeigt hat.»

«Sie haben gesagt, dieser Onkel kannte Guy Lennox.»

«Ja, recht gut sogar. Und als Hugh das Bild zurückbrachte und mir erzählte, was sein Onkel darüber wusste, war ich … schockiert.» Sie unterbrach sich. «Ich bin dann damit in das Antiquitätengeschäft gegangen, wo ich es gekauft hatte, und habe den Mann dort nach der Frau gefragt, die es ihm verkauft hatte. Er fand den Namen und die Adresse in seinem Wareneingangsbuch, und da sie ganz in der Nähe lebte, bin ich hingegangen und habe bei ihr geklopft. Sie hat sich bereitwillig mit mir unterhalten und bestätigt, dass sie das Bild auf dem Speicher ihres verstorbenen Bruders gefunden hatte. Er war nie verheiratet und hatte auch keine Kinder, und so hat sie sein Haus geräumt.»

«Sie haben gesagt, er habe für Guy Lennox gearbeitet.»

«Richtig, er war sein Assistent und selbst auch Maler. Sie hatte gedacht, das Bild sei womöglich von ihrem Bruder, doch sie besaß schon einige Bilder von ihm und hat es daher verkauft. Als ich ihr erzählte, was ich darüber herausgefunden hatte, meinte sie, ihr Bruder habe es wohl nach Guys Tod mit nach Hause genommen.»

«Ob Guy ihm erzählt hatte, wer die Mädchen auf dem Bild waren?»

«Womöglich nicht. Das war ja doch etwas sehr Persönliches. Aber sie hielt es für wahrscheinlich, dass ihr Bruder es gewusst hatte, denn die beiden hatten sich gut verstanden. Sie meinte, er habe vielleicht vorgehabt, das Bild den Mädchen zukommen zu lassen. Doch dann kam der Krieg, und alles versank im Chaos, und so blieb es auf dem Speicher, bis er gestorben war.»

«Sie haben sich große Mühe um das Bild gemacht, Iris.»

«Ja.» Sie sah mich einen Augenblick an. Es war ein seltsam durchdringender Blick, und plötzlich ging mir auf, dass sie sicher müde war und hoffte, dass ich mich bald verabschiedete. Ich sah auf meine Uhr. Es war zehn nach drei. Unsere Sitzung war zu Ende.

Ich machte mich daran, Staffelei und Farben einzupacken. «Vielen Dank, dass Sie mir das erzählt haben, Iris. Ich bin froh, dass ich die Geschichte gehört habe, auch wenn sie traurig ist.» Ich klickte ihr Porträt in die Transportbox und legte die Abdecktücher zusammen. «Also, wäre Ihnen nächste Woche um dieselbe Zeit recht?»

«Ja», antwortete sie. «Gern.» Sie stand auf. «Dann sehen wir uns nächste Woche, meine Liebe.»

Ich nahm meine Sachen, und wir gingen zur Tür. Ich lächelte zum Abschied, trat hinaus und zog die Wohnungstür hinter mir zu. Ich lief zum Aufzug, drückte auf den Knopf und hörte, wie er sich an den Aufstieg machte und dann mit einem «Rums» zum Halten kam. Gerade wollte ich das Gitter zur Seite ziehen, da hielt meine Hand mitten in der Bewegung inne, und ich drehte mich zu Iris' Wohnungstür um. Mit einem Flattern im Bauch ging ich zurück und klopfte.

Nach einem Augenblick hörte ich, dass die Kette entfernt wurde. Iris öffnete die Tür und sah mich erwartungsvoll an.

«Iris», sagte ich, «ich bin zurückgekommen, weil ich mich gefragt habe, wie die Mädchen auf dem Bild hießen.

Und mir ist gerade aufgegangen, dass sie Agnes und Iris hießen.»

Iris nickte langsam. «Ja.»

«Sie sind das auf dem Bild, Sie und Ihre Schwester.» Sie nickte noch einmal. «Und Guy Lennox war Ihr Vater.»

«Ja.» Sie öffnete die Tür ganz, und ich trat ein. «Ich habe darauf gewartet, dass Sie es begreifen, Ella. Ich wusste, dass Sie dahinterkommen würden.»

«Ich war so gefesselt von der Geschichte, dass ich die Verbindung nicht gleich hergestellt habe. Aber plötzlich hat es hier», ich legte eine Hand über mein Herz, «einen kleinen Rums gemacht, und ich begriff: Deswegen macht das Bild Sie so traurig.»

«Ja. Deswegen. Bitte kommen Sie.» Ich setzte Staffelei und Transportbox ab und folgte Iris ins Wohnzimmer. Sie setzte sich, lehnte den Stock wieder an die Armlehne und nahm das Bild zur Hand. Ich setzte mich neben sie, und wir hielten es gemeinsam fest. Während ich es eingehend betrachtete, spürte ich die intensive Traurigkeit und das Sehnen, die unter dem oberflächlichen Charme verborgen waren.

«Deswegen haben Sie gesagt, Sie waren ‹schockiert›, als Hugh Ihnen die Geschichte erzählte», sagte ich.

«Ich war schockiert», antwortete Iris leise, «weil er den Namen Edith Roche erwähnte. Ich hatte weder gewusst, dass meine Mutter Modell gesessen noch dass sie vorher schon einmal verheiratet gewesen war. Doch das war sie, und zwar mit Guy Lennox.»

Ich zeigte mit dem Finger auf die flitzende Gestalt des jüngeren Mädchens und sah Iris an. «Ich sehe jetzt, dass Sie es sein könnten, obwohl es schwer zu sagen ist, denn sie ist im Profil gemalt und leicht verschwommen, um den Eindruck von Bewegung zu erzeugen.»

«Deswegen habe ich mich auch nicht erkannt – allerdings habe ich auch nicht damit gerechnet, mich in einem Porträt zu sehen. Und Agnes habe ich auch nicht erkannt.» Iris zeigte auf das ältere Mädchen. «Hier ist ihr Haar sehr lang. Als der Krieg anfing, ließ sie es kurz schneiden, und so trug sie es danach immer. Es gab Zeiten, bevor ich die Geschichte des Bildes kannte, da bildete ich mir ein, das ältere Mädchen sähe Agnes ähnlich, aber ich tat es als Zufall ab. Und die Züge des Kindermädchens sind impressionistisch gemalt. Zudem war es als Modell für ein größeres Gemälde gedacht, also hat Guy nicht alles so detailgenau ausgeführt, wie wenn er das Bild hätte fertig malen können.»

«Als ich das erste Mal hier war, Iris, habe ich Sie gefragt, ob Sie schon einmal porträtiert worden seien. Sie haben geantwortet, ja, vor langer Zeit.» Ich betrachtete das Bild. «Dies ist das Porträt.»

Sie nickte. «Und als ich es das erste Mal in diesem Laden sah, hatte ich das Gefühl, nicht nur davon angezogen zu werden, sondern regelrecht zu ihm geführt worden zu sein. Ich hatte das überwältigende Gefühl, eine Verbindung zu dem Bild zu haben, ohne zu wissen, wie oder warum.»

«Sie haben gesagt, Sie hätten es Ihrer Mutter gezeigt.»

«Ja, denn ich war damals hier bei ihr zu Besuch. Sie hat sehr negativ darauf reagiert. Damals nahm ich an, das läge daran, dass sie mich verschwenderisch fand, doch da habe ich mich getäuscht. Es lag daran, dass sie sofort wusste, was das für ein Bild war und wer es gemalt hatte. Es hat ihr wohl Schuldgefühle bereitet, denn danach schien sich eine bleibende Traurigkeit über sie zu senken.»

«Sie wussten also die ganze Zeit nicht, dass Guy Lennox Ihr Vater war?»

«Nein.» Iris unterbrach sich. «Agnes und ich waren erst einundzwanzig und sechs Monate alt, als unsere Eltern geschieden wurden. Wir hatten als Kinder keine Ahnung, dass der Mann, den wir ‹Daddy› nannten, eigentlich unser Stiefvater war und dass unser Nachname von Lennox zu Loden geändert worden war.»

«Aber Sie haben Ihre Mutter doch sicher gefragt, wie sie Ihren ‹Vater› kennengelernt hat.»

«Ja. Sie hat uns nur erzählt, sie hätten sich auf einer Party bei Peter kennengelernt – was nicht gelogen war.» Iris zuckte die Achseln. «Aber es war auch nicht ganz die Wahrheit.»

«Was geschah, als Sie die Wahrheit erfuhren? Haben Sie Ihre Mutter damit konfrontiert?»

«Dazu hatte ich nicht die Gelegenheit, denn sie ist ein paar Monate vorher gestorben, während des schrecklichen Winters 1963, als das ganze Land eingeschneit war. Agnes lebte in Kent und kam nicht nach London durch. Und ich war in Jugoslawien. Unsere Mutter, die schon gebrechlich war, bekam eine Lungenentzündung.»

«Dann … hat sie nie mit Ihnen oder Ihrer Schwester über Ihren Vater gesprochen?»

«Nein … nicht einmal, als sie das Bild sah, was gewiss beträchtliche Selbstbeherrschung erforderte. Doch sie hatte die Wahrheit so lange verschwiegen, dass es ihr wohl unmöglich war, sie zu offenbaren.» Ich dachte daran, was meine Mutter mir verheimlicht hatte. «Aber das ist vielleicht ganz gut so», fuhr Iris fort. «Denn wenn ich die Wahrheit gekannt hätte, als meine Mutter noch lebte … ich weiß nicht, ob ich ihr hätte verzeihen können. Meine Schwester hat ihr nie verziehen, nicht einmal nach fast fünfzig Jahren.»

«Konnte Agnes sich daran erinnern, dass Ihr Vater Sie im Park gemalt hat?»

«Ja, denn sie war fast sechs. Sie hat mir erzählt, dass sie immer so an ihn denkt: wie er hinter der Staffelei stand und lächelnd mit uns plauderte. Ich habe überhaupt keine Erinnerungen an ihn, obwohl ich überzeugt bin, dass es eine tief vergrabene Erinnerung war, die mich das Bild überhaupt bemerken ließ. Ich weiß, dass ich bei seinem Anblick etwas wie … *Vertrautheit* empfand.» Iris seufzte, dann fuhr sie mit den Fingern sanft über den Rahmen. «Ich denke oft daran, wie sehr unser Vater uns vermisst und sich danach gesehnt haben muss, mit uns zusammen zu sein. Er war unser genauso beraubt worden wie wir seiner.» Sie sah mich überrascht an. «Aber Sie haben ja Tränen in den Augen. Weinen Sie nicht, Ella, bitte.» Sie legte ihre Hand auf meine. «Ich wollte Sie nicht zum Weinen bringen.»

Ich kramte ein Taschentusch heraus. «Es ist so traurig – wenn man bedenkt, wie nah Sie ihm waren.»

Sie atmete hörbar aus. «Ja, wir waren ihm nah und gleichzeitig so fern. Agnes und ich würden alles darum geben, ihn gekannt zu haben.»

Ich dachte an meinen Vater, der hoffte, mich kennenzulernen. Ich dachte daran, dass er stundenlang in dem Café gesessen und ängstlich die Passanten beobachtet hatte. Ich seufzte. «Jetzt weiß ich auch, warum das Bild unbezahlbar ist.»

Iris nickte. «Es ist unbezahlbar, zumindest für meine Schwester und mich. Ich habe Agnes gefragt, ob sie es für eine Weile haben möchte, doch sie sagte, nein, denn es wühle sie sehr auf. Also hängt es neben meinem Bett, und ich betrachte es jeden Tag und versuche mir vorzustellen, wie mein Vater war. Agnes und ich hatten das Glück, dass wir Hughs Onkel besuchen konnten. Wir haben uns mit ihm über Guy unterhalten, seinen Erinnerungen an ihn gelauscht und uns sogar ein paar Fotos von Guy angesehen. Das war ein kleiner Trost.»

«Aber es muss doch Menschen gegeben haben, die wussten, dass Peter Loden nicht Ihr leiblicher Vater war.»

«Ganz bestimmt. Aber sie haben in unserer Gegenwart nicht darüber gesprochen. Sie sind vermutlich davon ausgegangen, dass wir es wüssten und dass man uns gesagt hatte, dass unser Vater unsere Mutter betrogen hatte und dass wir ihn nicht mehr sehen würden. Guys Name wurde schlicht nie erwähnt. Doch seit ich die Wahrheit kenne, bezeichne ich Peter Loden nicht mehr als meinen verstorbenen ‹Vater›, sondern als meinen verstorbenen ‹Stiefvater›.»

«Und … was ist aus ihm geworden?»

«Er war sein sehr rühriger, sehr mächtiger Mann.» Iris zuckte die Achseln. «Er war nett zu Agnes und mir. Ob er je viel an Guy Lennox dachte und daran, dass er Guys Leben zerstört hatte, weiß ich nicht. Doch nach dem Krieg verlor mein Stiefvater alles. Habe ich Ihnen erzählt, dass er die erste Erdölpipeline nach Rumänien gelegt hat?» Ich nickte. «Als Rumänien Teil des Ostblocks wurde, wurde die Pipeline verstaatlicht. Das war für meinen Stiefvater eine Katastrophe. Er hat alles verloren und musste seine Büros in der Innenstadt aufgeben. Das Haus in Mayfair wurde verkauft …»

«Sie haben gesagt, es sei sehr prächtig gewesen.»

«Ja, um die Ecke der Park Lane. Es war wunderschön – wie aus der …»

«Forsyte-Saga», warf ich ein. «Das haben Sie gesagt, als Sie mir den Anfang der Geschichte erzählt haben. Ich habe überlegt, woher Sie das wussten … Sie wussten es, weil es Ihr Zuhause war.»

Iris nickte. «Wir lebten bis 1941 dort, dann wurden meine Schwester und ich evakuiert. Doch 1948 wurde das Haus verkauft, und meine Mutter und mein Stiefvater zogen in ein kleines Haus in Bayswater. Ihre späten Jahre waren sehr hart. Nach seinem Tod 1958 kam Agnes in die Stadt und half meiner Mutter, die inzwischen schon sehr gebrechlich war. Ich habe Zeit mit meiner Mutter verbracht, sooft ich in London war, aber sie hat mir, wie ich schon sagte, nie die Wahrheit erzählt. Dann stieß ich zufällig auf das Bild und fand die Wahrheit heraus. Vielleicht war es auch kein Zufall. Vielleicht hat mein Vater mich zu ihm geführt. Ich habe die Geschichte nur sehr wenigen Menschen erzählt, Ella. Nur meine beiden Töchter und ihre Familien kennen sie. Und Sie jetzt auch.»

Ich knüllte das Taschentuch zusammen. «Es … es rührt mich sehr, dass Sie sie mir erzählt haben. Aber warum haben Sie das getan, Iris?»

«Weil Sie Porträtmalerin sind, genau wie er, und weil ich gesehen habe, dass Sie sich zu dem Bild hingezogen fühlten. Ich glaube, Sie haben instinktiv die intensive Sehnsucht gespürt, die in jeden Pinselstrich eingeflossen ist.»

«Ja, die Sehnsucht habe ich erkannt.» Ich merkte, dass mir wieder Tränen in die Augen traten. «Aber ich sollte jetzt gehen.» Ich wollte nicht noch einmal vor Iris weinen, sonst musste ich ihr erklären, dass meine Tränen nicht nur ihrer Geschichte galten, sondern auch meiner eigenen. «Dann sehen wir uns nächste Woche wieder.»

«Ich freue mich darauf, meine Liebe.» Iris stand auf und begleitete mich zur Tür. Ich nahm meine Staffelei, meine Tasche und die Transportbox mit der feuchten Leinwand, lächelte zum Abschied und ging.

Ich wartete nicht auf den Aufzug, sondern nahm die Treppe, vor Augen das Bild meines Vaters, wie er durch das Fenster des Cafés geschaut hatte. Ich stellte mir sein Bedauern vor, als er begriff, dass ich nicht kommen würde. Ich dachte daran, dass er auch gestern wieder dort gewartet hatte und heute Morgen noch einmal dorthin gegangen war.

Ich verließ das Haus und winkte ein Taxi herbei. Als es von der Kensington High Street abbog, sah ich das Schild des Hotels, das mein Vater mir genannt hatte, und wollte den Fahrer schon bitten, davor anzuhalten, doch dann ging mir auf, dass mein Vater nicht mehr dort war. Sein Flug ging in weniger als einer Stunde. Er war schon in der Abflughalle oder auf dem Weg zu seinem Gate. Ich holte mein Handy heraus und las noch einmal seine letzte SMS.

... ICH GEBE DIE HOFFNUNG NOCH NICHT AUF, DASS DU ES ÜBERS HERZ BRINGST ...

Ich hatte es nicht getan. Jetzt hatte ich wegen Iris' Bild das Gefühl, ich könnte es. Ich schaute auf seine Handynummer und drückte eine Taste, ohne überhaupt zu wissen, was ich sagen würde oder ob ich überhaupt die Stimme finden würde, es zu sagen. «Anrufen?»

Mit zitternder Hand starrte ich auf das Display. Guy

Lennox hatte seine Kinder nicht verlassen. Er hatte um sie gekämpft, und ihm war Unrecht widerfahren, als er versucht hatte, den Kontakt zu ihnen zu halten. Mein Vater hatte mich einfach verlassen und nie zurückgeblickt.

Mit einem flauen Gefühl im Magen wurde mir klar, dass meine Mutter trotz ihrer Bitterkeit recht gehabt hatte. Es war zu spät. Ich drückte auf den roten Knopf und steckte das Handy in die Tasche.

Ich habe mich entschieden, dachte ich, als ich nach Hause kam. Mein Vater reiste wieder ab, und nach den ganzen Qualen und den Tränen war es an der Zeit, die Sache auf sich beruhen zu lassen.

Was ich auch getan hätte, wäre nicht zwei Tage später eine E-Mail in meinem Posteingang gelandet …

Es war Freitagabend, sehr spät. Ich war mit Polly im Kino gewesen, anschließend hatten wir noch irgendwo etwas getrunken. Ich war gerade nach Hause gekommen und hoch ins Atelier gegangen. In Gedanken war ich bei meiner Sitzung mit Nate, der am nächsten Morgen kommen würde, da hörte ich, dass eine E-Mail in meinem Posteingang eintraf.

Ich ging an den Computer und sah, dass die Nachricht von meinem Vater war. Ich wollte nichts mehr von ihm hören. Hatte ich nicht klargemacht, dass ich nichts mit ihm zu tun haben wollte? Was gab es da noch zu sagen? Einen Augenblick lang spielte ich mit dem Gedanken, die E-Mail zu löschen, ohne sie zu lesen, doch dann öffnete ich sie mit einem müden Seufzer. Ich war überrascht, als ich sah, dass es ein sehr ausführlicher Brief war.

Liebe Ella,
es tut mir sehr leid, dass wir uns in London nicht gesehen haben. Ich war schrecklich traurig, als das Flugzeug abhob, doch ich tröstete mich mit dem Gedanken, dass ich Dir schreiben würde, um Dir wenigstens einen Teil von dem mitzuteilen, was ich Dir bei unserem Treffen gesagt hätte.
Zuerst hätte ich Dich nach Dir gefragt – nach Deiner Karriere, Deiner Familie und Deinen Freunden. Es wäre seltsam gewesen, der eigenen Tochter solche elementaren Fragen stellen zu müssen, aber ich weiß so wenig über Dein Leben. Dann hätte ich Dir ein wenig über mich erzählt – insbesondere dass ich vor sechs Monaten Witwer geworden bin und mich noch nicht an die Traurigkeit gewöhnt habe. Ich hätte Dir erzählt, dass ich in der Nähe einer kleinen Küstenstadt namens Busselton lebe, nicht weit von Perth, auf einem Weingut, das von den Eltern meiner Frau gegründet wurde und wohin sie von Anfang an hatte zurückkehren wollen. Ich habe ihre Begeisterung für diesen Plan nie geteilt, doch am Ende war die Auswanderung hierher eine Möglichkeit, einer unhaltbaren Situation zu entkommen. Denn wie Du nur allzu gut weißt, habe ich in England ein ziemliches Durcheinander angerichtet.

«Klar», murmelte ich. «Ich kenne die ganze Geschichte.»

Als ich Kontakt zu Dir aufnahm, Ella, schrieb ich, ich wollte versuchen, es Dir zu erklären. Ich hoffte, ich könnte mich mit Dir hinsetzen und Dir erzählen, warum ich mich damals so verhalten habe. Ich wollte auch, dass

Du weißt, dass ich versucht habe, in Kontakt zu bleiben. Doch all meine Luftpostbriefe kamen ungeöffnet mit dem Vermerk «Zurück an Absender» zurück, geschrieben in der ordentlichen Handschrift Deiner Mutter.

Ich krümmte mich innerlich.

Ich habe Dir viele, viele Male geschrieben. In diesen Briefen habe ich Dir erzählt, dass ich in Australien lebte, doch nicht, warum, denn Du warst zu jung, um zu verstehen, welche Umstände mich hierhergeführt hatten. Ich wusste, dass Deine Mutter Dir gesagt hatte, ich hätte Euch beide einfach verlassen, und das ist – wie ich zu meiner ewigen Schande gestehen muss – wahr. Doch Du solltest wissen, dass ich Dich immer noch liebte und vermisste und mir von ganzem Herzen wünschte, es wäre mir möglich, mit Dir zusammen zu sein.

Natürlich wäre das möglich gewesen, wenn er nicht mit einer anderen weggelaufen wäre!

Ich muss sagen, meine Frau war damit gar nicht einverstanden. Sie war außer sich über das, was passiert war.

Ich hätte am liebsten gelacht. *Sie* war außer sich?

Frances meinte, wenn ich mein Gewissen erleichtern wolle, dann solle ich einfach ein Bankkonto für Dich eröffnen, auf das Deine Mutter keinen Zugriff hat. Das habe ich gemacht, aber Deine Mutter hat meine wiederholte Bitte, die Formulare, die ich ihr geschickt hatte, zu unter-

schreiben und zurückzuschicken, einfach ignoriert. Dann habe ich ihr Schecks geschickt, doch auch die kamen alle zurück.

Ihr Stolz hatte es ihr nicht erlaubt, sein Geld zu nehmen. Vielleicht hatte ihr Stolz auch dazu geführt, dass sie nach der Scheidung keinen Unterhalt von ihm annahm. Ich las weiter.

Dann hörte ich, dass Deine Mutter aus ihrer Wohnung ausziehen würde.

Was meinte er mit «ihre» Wohnung? Es war doch wohl ihre gemeinsame Wohnung gewesen.

Ich erfuhr es von meinem alten Kollegen Al, mit dem ich in Kontakt blieb. Al lief deiner Mutter ein paar Jahre, nachdem ich fortgegangen war, mitten in Manchester über den Weg. Sie erzählte ihm, sie habe kürzlich geheiratet und werde nach London ziehen. Sie erwähnte auch, dass sie nicht mehr tanzte – Al nahm an, das läge daran, dass sie schwanger war.

Dann wusste mein Vater nichts von ihrem Unfall.

Ich war froh, dass Deine Mutter ihr Glück mit einem anderen Mann gefunden hatte, und ich betete, dass er Dir ein guter Stiefvater sein würde, Ella. Aber ich wollte trotzdem in Kontakt mit Deiner Mutter bleiben, nicht nur, weil ich für Dich aufkommen wollte, sondern weil es mein Herzenswunsch war, Dich eines Tages wieder-

zusehen. Ich hoffte, Du könntest nach Australien kommen und mich besuchen, wenn Du alt genug wärst, obwohl ich das sehr behutsam hätte einfädeln müssen, denn Frances fand die ganze Situation sehr schmerzlich.

Sie fand es schmerzlich? Nachdem sie meinen Vater verführt, seiner Familie entrissen und nach Australien verschleppt hatte?

Als Al mir also erzählte, Deine Mutter würde nach London ziehen, habe ich an das Northern Ballet Theatre geschrieben und sie gebeten, einen Brief an sie weiterzuleiten, den ich beigelegt hatte – doch ich habe nie etwas von ihr gehört. Dann habe ich eine Chiffre-Anzeige in The Stage *gesetzt, doch sie reagierte nicht. Deine Mutter würde mir eindeutig niemals verzeihen, wie unsere Beziehung geendet hatte.*

Ihre «Beziehung»? Was für eine seltsame Formulierung.

Ich bin mir sicher, sie hat Dir erzählt, wie sie und ich uns kennengelernt haben. Es war nach einer Vorstellung von Cinderella, *wo sie die Rolle der Winterfee tanzte – in einem wunderschönen Tutu, an dem «Eiszapfen» funkelten. Frances liebte das Ballett und hatte besondere Karten gekauft, die eine Einladung zu der Nachfeier hinter der Bühne beinhalteten. Also gingen wir hin.*

Mein Vater hatte sich *Cinderella* mit Frances zusammen angesehen? Mum hatte nur gesagt, er sei mit ein paar anderen Leuten dort gewesen. Das würde auch erklären, warum

Frances Mum hasste – sie hatte John auch geliebt, doch er hatte sich in meine Mutter verliebt.

Ich war Frances etwas zu trinken holen gegangen, und als ich zu ihr zurückkam, plauderte sie mit Deiner Mutter, und so hat Frances uns einander vorgestellt.

Das entsprach alles dem, was meine Mutter mir erzählt hatte.

Damals waren Frances und ich fünf Jahre verheiratet.

Ich starrte auf den Satz.

Ich liebte sie, ich war ihr nie untreu gewesen.

Nicht Frances, meine *Mutter* war die «andere Frau» gewesen …

Ella, das ist wahrscheinlich hart für Dich, aber es ist mir wichtig, Dir die Wahrheit zu erzählen. Ich hatte nie die Absicht, mich so sehr auf die Affäre mit Deiner Mutter einzulassen. Doch Deine Mutter war bezaubernd, und ich war schwach.

Jetzt dachte ich an die Hotelrechnung, die sie angeblich in der Tasche meines Vaters gefunden hatte, und den Liebesbrief – es war der Liebesbrief einer Frau an ihren Mann gewesen.

Ich habe oft versucht, die Geschichte zu beenden, doch Deine Mutter war so bekümmert, dass ich es nicht über mich brachte, ihr wehzutun. Sechs Monate nachdem wir uns kennengelernt hatten, sagte ich ihr, es müsse ein Ende haben. Da sagte sie mir, dass sie schwanger sei.

Ich schloss die Augen und schlug sie wieder auf.

Ich war verzweifelt, denn ich wollte Frances nicht verletzen und sie auch nicht verlieren. Ich war auch schockiert – was Du sicher naiv findest, aber ich hätte nie gedacht, dass Sue ihre Karriere aufs Spiel setzen würde, indem sie ein Kind bekam. Sie war jung und sehr ehrgeizig. Erst da ging mir auf, wie stark ihre Gefühle für mich waren. Ich sagte ihr, dass ich meine Frau niemals verlassen würde. Doch Sue wusste, dass Frances keine Kinder bekommen konnte; sie muss geglaubt haben, wenn das Kind erst einmal auf der Welt wäre, würde meine Liebe zu Francis wanken.

Mum hatte mich bekommen, um John dazu zu bringen, seine Frau zu verlassen. Deswegen war sie, wie sie gesagt hatte, «so glücklich» gewesen über die Schwangerschaft. Jetzt fiel mir auch ein, wie zornig sie geworden war, als Chloë überlegt hatte, ob sie Max mit einem Kind zu einer Entscheidung zwingen sollte. Mum wusste aus eigener Erfahrung nur zu gut, dass – wie hatte sie es noch formuliert? – «das Risiko zu groß wäre». Ich las weiter.

Obwohl ich große Angst hatte, war ich überglücklich, als Du geboren wurdest, Ella, und habe Dich vom ersten Tag an innig geliebt. Doch Deine Geburt markierte den Beginn eines Doppellebens, das so stressig war, dass ich mich manchmal fragte, wie ich es überleben sollte. Ich sage das nicht, um Mitleid zu heischen, ich versuche nur zu erklären, wie es kam, dass ich am Ende so vielen Menschen wehgetan habe.

So vielen Menschen, dachte ich.

Deine Mutter drängte mich, Frances die Wahrheit zu sagen, doch ich weigerte mich, denn ich hatte Angst, Frances würde mich verlassen. Ich liebte sie. Ich liebte Euch alle drei, meine Frau, Deine Mum und natürlich Dich, mein kostbares Baby. Ich wusste einfach nicht, was ich machen sollte. Also tat ich, was viele Männer in so einer Situation tun – nichts. Ich besuchte Sue und Dich während der Woche nach der Arbeit und am Wochenende, sooft ich konnte. Ich fuhr die West Street runter und sah Deine Mutter am Fenster ihrer Wohnung stehen und nach mir Ausschau halten.

Ich erinnerte mich, wie sie mir immer zurief: «Daddy ist da!» Jetzt begriff ich auch, warum sie immer davon sprach, dass mein Vater «da» war: Er lebte nicht mit uns zusammen. Viele ihrer kryptischen Bemerkungen ergaben plötzlich einen Sinn.

Du hattest keine Ahnung, dass Deine Mutter und ich nicht waren wie alle anderen Eltern. Ich habe Dich auf der Schaukel angeschoben und bin mit Dir schwimmen gegangen. Da hätte ich leicht von jemandem gesehen werden können, der Frances und mich kannte, aber ich liebte Dich so sehr, dass ich das Risiko in Kauf nahm. Manchmal bin ich mit Dir ins Theater gegangen, um Deine Mutter tanzen zu sehen. Ich habe Dir vorgelesen und mit Dir gezeichnet und gemalt. Ich liebte Dich so sehr, dass ich Frances oft verlassen wollte. Doch dann quälte ich mich wieder von neuem, denn ich wollte sie nicht verlieren.

Stattdessen hatte er mich verloren.

Dann fühlte Frances sich nicht gut. Als sie erfuhr, dass sie schwanger war, war das wie ein Wunder – nicht nur, weil man ihr gesagt hatte, sie könne keine Kinder bekommen, sondern auch, weil sie schon zweiundvierzig war. Wir waren überglücklich, doch ich hatte Angst, es Sue zu sagen. Also verschwieg ich es ihr. Ich hatte nicht einmal meinen Eltern von Dir erzählt, weil ich Angst hatte, sie würden es Frances sagen.

Deswegen hatte ich meine Großeltern väterlicherseits nie kennengelernt. Und deswegen war meine Großmutter so oft bei uns gewesen – weil mein Vater sich nicht um mich kümmern konnte, denn er musste jeden Abend zurück zu seiner Frau.

1978 machte Frances Pläne für unsere Rückkehr nach Australien. Ab da war mein Leben die Hölle. Wie konnte ich nach Australien auswandern, wo ich doch Dich hatte? Doch wie konnte ich nicht, wo ich doch Lydia hatte, die inzwischen achtzehn Monate alt war. Der Gedanke, zwi-

schen meinen beiden Familien wählen zu müssen, setzte mir so zu, dass ich oft daran dachte, mich umzubringen oder einfach davonzulaufen – irgendwas, nur, um mich dieser schrecklichen Situation nicht stellen zu müssen.

Inzwischen empfand ich nur noch Mitleid für meinen Vater.

Deine Mutter bedrängte mich immer mehr, warum ich immer noch mit Frances zusammen war. Es sollte noch ein weiteres Jahr vergehen, bis die Dinge sich endgültig zuspitzten. Ich hatte Sue gesagt, dass ich mit Euch ein Picknick machen würde – es war ein wunderschöner Samstag Anfang September. Doch ich kam nicht weg und ging stattdessen mit Frances und Lydia spazieren. Vielleicht weißt Du, was dann geschah, Ella. Vielleicht erinnerst Du Dich sogar daran.

«Ja», flüsterte ich.

Plötzlich kamst Du auf mich zugelaufen, erfreut und überrascht. Ich weiß noch, dass Du mit mir plappertest und dann mit unschuldiger Neugier Lydia ansahst. Dann kam Deine Mutter näher, deutlich aufgewühlt. Frances starrte Dich an, Ella, und als sie begriff, bedachte sie Deine Mutter mit einem abgrundtief hasserfüllten Blick, nahm Lydia auf den Arm und ging ins Haus.

Dann war die Situation also genau umgekehrt gewesen, und Frances hatte jeden Grund gehabt, meine Mutter zu hassen.

In diesem Augenblick fand die ganze komplizierte Situation ein Ende. Auch wenn es schrecklich war, war ich unendlich erleichtert, dass es von nun an keine Geheimnisse mehr geben würde – nur den Schrecken der Entscheidung, die ich jetzt treffen musste. Obwohl inzwischen schon viele unserer Besitztümer nach Australien verschifft worden waren, war ich immer noch hin- und hergerissen, ob ich den Schritt wirklich tun sollte. An manchen Tagen malte ich mir aus, bei Sue und Dir in Manchester zu bleiben. An anderen sah ich mich mit Frances und Lydia an Bord eines Flugzeugs gehen. Doch nach den Ereignissen dieses Tages musste ich mich endlich entscheiden. Also entschied ich mich …

«Mum und mich zu verlassen.»

… bei meiner Frau zu bleiben. Diese Entscheidung – und die schreckliche Art und Weise, wie ich damit umgegangen bin – quält mich seither. Denn ich besaß nicht den Mut, Deiner Mutter zu sagen, was es bedeuten würde, wenn ich bei Frances bliebe. Ich wusste nicht, wie ich es ihr sagen sollte. Also sagte ich – wie ich zu meiner Schande gestehen muss – nichts. Ich holte nur meine Sachen aus ihrer Wohnung und ging, denn ich wusste nicht, wie ich es anders hätte machen sollen.

«Du bist einfach weggelaufen», murmelte ich.

Die Verbitterung Deiner Mutter gegen mich ist also nicht schwer zu verstehen, genauso wenig wie ihre Entschlossenheit, mich aus ihrem Leben zu verbannen. Darüber war Frances natürlich froh. Sie verbot mir, Lydia von Dir zu erzählen, denn sie wollte nicht, dass Lydia irgendwann Kontakt zu Dir aufnehmen würde – das würde nur Sue wieder in unser Leben bringen. Also ist Lydia aufgewachsen, ohne etwas von Dir zu wissen, Ella. Ich frage mich, wann Du von ihr erfahren hast. Vielleicht weißt Du es schon lange.

«Sehr lange, ganze drei Wochen!»

Lydia hat vor einem Jahr von Dir erfahren. Erst als Frances sehr krank war, hat sie ihr die Geschichte endlich erzählt. Damals hat Lydia mir nichts gesagt, doch etwa einen Monat nach dem Tod ihrer Mutter erzählte sie mir, sie wolle Dich suchen. Ich war begeistert, doch ich hatte auch Angst, weil ich glaubte, Du wolltest nichts mit mir zu tun haben. Wer könnte es Dir verübeln?

«Wer könnte es mir verübeln?», wiederholte ich bedrückt.

Also nahm ich die Suche wieder auf. Doch keine der Gabriella Sharps, die ich im Internet fand, warst Du, und so nahm ich an, Du hießest jetzt anders. Doch ohne zu wissen, wie, ohne zu wissen, welchem Beruf Du nachgehst, war es unmöglich. Dann versuchte ich, Dich über Deine Mutter zu finden, doch ich konnte keine Sue Young finden und nahm an, dass sie den Namen ihres Mannes angenommen hatte – einen Namen, den ich nicht kannte. Und dann habe ich zufällig auf einen Artikel in der Times *geklickt. Im ersten Augenblick war ich ganz durcheinander, denn ich dachte, ich hätte ein Foto von*

Lydia vor mir. Dann begriff ich, dass Du es warst – und war überglücklich. Lydia war so aufgeregt, dass sie Dir gleich an Ort und Stelle eine E-Mail schicken wollte, doch sie begriff schnell, dass das nicht ging, solange wir beide – Du und ich – nicht wieder Kontakt miteinander hatten. Ich habe sie gewarnt, es könne gut sein, dass das misslinge, doch ich sagte ihr, ich würde Dir über Deine Webseite schreiben. Aber als ich mich hinsetzte, um Dir zu schreiben, war es mir unmöglich. Ich fand einfach nicht die richtigen Worte.

Heftiges Mitgefühl überkam mich.

Da meinte Lydia, ich solle nach London fliegen. Sie war überzeugt, dass Du Dich mit mir treffen würdest, wenn Du wüsstest, dass ich ganz in der Nähe wäre. Also buchte ich den Flug und schickte Dir meine erste E-Mail. Ich bekam keine Antwort, also schrieb ich Dir wieder. Als ich auf keine meiner E-Mails hin etwas hörte, sagte ich Lydia, es würde nicht funktionieren. Sie sagte, ich solle einen bestimmten Treffpunkt vorschlagen, in der Nähe Deines Ateliers, und suchte im Internet das Café de la Paix heraus. Dort habe ich gewartet – bis zur letzten Minute, doch Du hast Dich entschieden, mich nicht zu sehen. Lydia ist sehr traurig darüber, genau wie ich.

«Und ich», sagte ich.

Jetzt fühle ich mich besser und schlechter – besser, weil ich wenigstens etwas unternommen habe, um Dich zu sehen, und schlechter, weil Du mich abgewiesen hast. Ella, als

ich mich zum ersten Mal bei Dir gemeldet habe, schrieb ich, ich wolle es «wiedergutmachen». Das ist natürlich unmöglich. Alles, was ich tun kann, ist, Dir zu sagen, wie leid es mir tut, dass ich Dir so viel Schmerz zugefügt habe. Ich wünschte nur, ich könnte es Dir von Angesicht zu Angesicht sagen.
Mit den herzlichsten Grüßen,
Dein Vater John

10

Unzählige Male las ich die E-Mail meines Vaters. Als ich sie irgendwann endlich schloss, stieg eine gewaltige Wut auf meine Mutter in mir auf, die jedoch rasch verebbte und nur brennendes Mitleid zurückließ. Sie hatte offenbar das Gefühl gehabt, sie müsse ihre wahre Rolle im Leben meines Vaters verheimlichen. Unglücklich mit der Rolle, die ihr zugewiesen worden war, hatte sie sich als die betrogene Ehefrau umbesetzt und diese Rolle mit solch einer leidenschaftlichen Aufrichtigkeit gespielt, dass ich sie nie in Frage gestellt hatte. Fast bewunderte ich sie dafür, dass sie die Illusion so lange aufrechterhalten hatte. Dies war ihr, sinnierte ich, nicht so sehr durch Lügen gelungen – obwohl ich jetzt wusste, dass sie auch gelogen hatte –, sondern vor allem durch Ausflüchte und Ablenkungsmanöver. Sie hatte sich entweder geweigert, über ihre Beziehung zu meinem Vater zu sprechen, weil es angeblich zu schmerzlich war, oder sie hatte schlaue Ausflüchte gemacht und einen falschen Eindruck entstehen lassen.

Mir ging auf, dass meine Mutter nie die Worte «Gemahl» oder «Ehemann» benutzt und Frances immer nur als «die andere Frau» bezeichnet hatte – was Frances natürlich auch gewesen war. Sie hatte es auch vermieden, direkte Antworten zu geben, und stattdessen mit Erklärungen geantwortet, die nicht unbedingt Lügen waren, aber auch nicht exakt die

Wahrheit. Sie hatte angedeutet, das, was ich arglos als ihre «erste Ehe» bezeichnete, sei nicht in der Kirche geschlossen worden, weil mein Vater nicht «gläubig» war, statt zuzugeben, dass sie gar nicht verheiratet gewesen waren. Sie hatte nie mit mir über ihre «Scheidung» gesprochen, sondern es mir überlassen, es so zu bezeichnen, ohne mich je über meinen Irrtum aufzuklären.

Jetzt begriff ich auch, wieso mein Vater die Auswanderungspapiere vor ihr hatte verstecken können: Sie waren an seine richtige Adresse geschickt worden. Ich begriff, warum es kein Unterhaltsurteil gab und keine Hochzeitsfotos – nicht, wie meine Mutter behauptet hatte, weil die Fotos verlorengegangen waren, sondern weil es keine Hochzeit gegeben hatte, auf der man Fotos hätte machen können. Ich begriff auch den wahren Grund, warum wir keinen richtigen Urlaub mit meinem Vater machen konnten: weil er nicht länger als drei Tage von seiner Frau und seiner Tochter fortkonnte.

Mit ungeheurem Geschick – und gelegentlich auch mit Dreistigkeit – hatte meine Mutter das Dreiecksverhältnis völlig auf den Kopf gestellt.

Oh, wie reizend, nicht wahr – die Töchter der Ehefrau und der Geliebten werden Spielkameradinnen? Hättest du das gewollt, Ella?

Ich bewunderte ihre geistige Wendigkeit. Vielleicht hatte sie sich aber auch eingeredet, sie sei mit meinem Vater verheiratet gewesen, und hatte die Scharade deswegen mit so viel leidenschaftlichem Engagement durchhalten können.

Ich war die, die verletzt wurde! Ich!

Müde tappte ich die Treppe hinunter, um ins Bett zu gehen, und dachte daran, wie vertraut meine Mutter mit dem Frust und den Enttäuschungen einer Geliebten war. Doch an der Stelle, ging mir jetzt auf, hatte sie beinahe einen Schnitzer gemacht und sich verraten. Wie oft hatte sie Chloë gewarnt, verheiratete Männer würden «niemals» ihre Frauen verlassen. Merkwürdig, dass sie das sagte, wo sie doch angeblich verlassen worden war. Vor allem begriff ich jetzt, warum Mum so schlecht auf Max zu sprechen gewesen war – nicht weil er seine Frau betrogen hatte, sondern weil er bei seiner Frau geblieben war. Genau wie John damals.

Er sprach von dem schönen Haus, das wir kaufen würden, dem schönen Leben, das wir haben würden, von Urlauben … wo er die ganze Zeit …

Das war der wahre Grund, warum meine Mutter bei Ehebruch so unerbittlich urteilte – weil es bei ihr nicht funktioniert hatte. Oder war ihre Empörung nur Teil der Aufführung, weil es den Eindruck stärkte, dass sie eine betrogene Ehefrau war?

Als ich ins Bett stieg, überlegte ich, wie ich zu meinem Vater stand. Die Tatsache, dass er nicht mit meiner Mutter verheiratet gewesen war, machte das, was er getan hatte, nicht weniger unverzeihlich. Er hatte zwei Familien gehabt und eine davon verlassen – daran würde sich nie etwas ändern. Doch jetzt ging mir auf, dass Polly recht gehabt hatte: Die Geschichte hatte tatsächlich noch eine andere Seite. Mein Vater hatte uns nicht kalt und berechnend verlassen, sondern in blinder Panik. Er war ein schwacher Mann, der sich in einen schrecklichen Schlamassel hineinmanövriert hatte. Und er hatte versucht, in Kontakt zu bleiben – dass er das angeblich nicht getan hatte, war eine der wenigen offenkundigen Lügen meiner Mutter. Doch diese Lüge war unentbehrlich gewesen für die Konstruktion ihrer ganzen Geschichte.

Ich schaltete das Licht aus und dachte daran, dass die Briefe meines Vaters wie ein Bumerang zu ihm zurückgekehrt waren. Dann schlief ich ein und träumte von meiner Mutter in dem langen weißen Tutu und dem Brautschleier.

Als ich am nächsten Morgen von der Stimme meiner Mutter geweckt wurde, meinte ich zuerst, noch zu träumen.

«Ella?», hörte ich sie sagen. «*El*-la …?» Ich hatte unruhig geschlafen und war so neben der Spur, dass ich halb erwartete, sie würde neben meinem Bett stehen. «*Bitte*, nimm ab, Ella, ich muss mit dir reden.»

Ich warf die Decke von mir und taumelte nach unten, hielt mich dabei gut am Handlauf fest. Als ich das Telefon nahm, ging der Anrufbeantworter klickend aus, und das rote Lämpchen blitzte zornig auf.

«Gott sei Dank», sagte Mum. «Ich habe mir schon Sorgen gemacht, du wärst nicht da. Ella? Antworte, bist du da?»

«Ja.» Zorn stieg in mir auf, als ich an ihre ganzen Lügen und Täuschungsmanöver dachte. Am liebsten hätte ich sie an Ort und Stelle damit konfrontiert, doch mein Instinkt riet mir, damit zu warten. Ich biss mir auf die Lippe. «Was gibt's denn, Mum?»

«Chloë treibt mich in den Wahnsinn.»

«Wieso?»

«Sie mischt sich in alles ein.»

«Wieso auch nicht, es ist schließlich ihre Hochzeit.»

«Ja, aber es geht nicht, dass sie so spät noch tausend Änderungen will. Sie ist unglücklich über die Torte – sie will, dass Vergissmeinnicht drauf sind, passend zu ihrem Kleid, statt pinkfarbener Rosen.»

«Ist der Zuckerguss schon drauf?»

«Nein, aber jetzt muss ich wieder den Konditor anrufen, um die Bestellung zu ändern, dabei habe ich wirklich alle Hände voll zu tun. Dann mäkelt sie am Menü herum. Jetzt sagt sie plötzlich, sie will keine *Pot au Chocolat*, sondern einen Turm aus *Profiteroles*.»

«Warum denn nicht? Oder braucht man dafür eine Baugenehmigung?»

«Mach darüber keine Witze, Ella. Am schlimmsten ist, dass sie sich nicht entscheiden kann wegen der Kirchenlieder, und das bedeutet, dass die Gottesdienstprogramme nicht in Druck gehen können. Oh, ein Gutes: Sie hat endlich bestimmt, was du vorlesen sollst: *Der Gute Morgen* von John Donne.»

«Wunderbar ...» Ich nahm einen Stift und kritzelte es auf ein Blatt Papier.

«Dann will sie ein anderes Tafelservice – ich habe beim Mietservice das dünne, schlichte Weiße mit dem gewellten Rand bestellt, und sie will jetzt das hellblaue mit dem Goldrand. Mit einem Mal ist sie schrecklich anspruchsvoll.»

«Das muss hart für dich sein.»

«Es macht mich rasend. Obwohl es auch ein gutes Zeichen ist, dass sie sich so engagiert. Unter uns gesagt, vor einem Weilchen hat sie ein wenig geschwankt, aber Bräute werden kurz vor dem großen Tag oft ein wenig nervös.»

«Du musst es ja wissen.»

Eisiges Schweigen. «Was soll das heißen?»

«Nur dass du zweimal die Braut warst», sagte ich in aller Unschuld. «Also musst du es doch wissen.»

«Ich finde es unerträglich, mir so mit ihr in den Haaren zu liegen», fuhr Mum aalglatt fort. «Chloë und ich ecken oft miteinander an, vermutlich weil wir uns in gewisser Hinsicht sehr ähnlich sind.»

«Oh, das seid ihr.» Plötzlich ging mir auf, wie sehr Chloës Leben das unserer Mutter widergespiegelt hatte.

«Ich hoffe jedenfalls, dass sie sich wieder beruhigt und den Rest mir überlässt, sonst wird die Hochzeit eine Katastrophe.»

«Sie wird bestimmt keine Katastrophe.» Ich schaute auf die Küchenuhr. «Aber ich muss jetzt.»

Ich beendete rasch das Gespräch, denn sonst musste ich Nate die Tür im Nachthemd öffnen. Ein Teil von mir wollte ihm die Tür im Nachthemd öffnen. Ein Teil von mir wollte ihm die Tür splitterfasernackt öffnen, ihn ins Haus ziehen und in die Arme nehmen.

Ich ging nach oben und nahm eine erfrischende Dusche, ohne mir danach die Haare zu föhnen; ich ließ sie feucht und ungekämmt und legte auch kein Make-up auf. Ich zog ein formloses Hängekleid in einem unappetitlichen gräulichen Vanillegelb an und abscheuliche Sandalen, in denen ich dicke Waden hatte. Denn ich wollte reizlos und unelegant aussehen – und sein –, um sämtliche Funken, die zwischen Nate und mir aufgeflackert waren, zu ersticken. Doch als ich sein Porträt auf die Staffelei stellte, spürte ich ein warmes Glühen.

Es war, als *wäre* das Porträt Nate – als hätte eine Verschmelzung von Mensch und Bild stattgefunden. Ich drückte einen Kuss auf die Fingerspitze und legte diese behutsam auf seine gemalten Lippen, streichelte seine Wange und berührte sein Haar. Plötzlich schien es mir unmöglich, das Porträt Chloë zu geben – ich würde es behalten, wie Goya das Porträt der Herzogin von Alba behalten hatte, weil er sich in sie verliebt hatte und sich nicht davon trennen konnte.

Drrrrrrnnnnngggggg!

Ich atmete tief durch, ging langsam nach unten und öffnete die Haustür. Nate stand vor mir, in Jeans und einem blauen Polohemd, den grünen Pullover um die Schultern. Ich schenkte ihm das neutrale Lächeln, mit dem ich auch den Klempner oder den Briefträger bedachte. «Hi.»

Er lächelte warm, und ich merkte, wie mein Magen Purzelbäume schlug. «Du siehst toll aus», sagte er, als er reinkam.

«Sehe ich nicht.»

Er wirkte verdutzt. «Doch, das ist ein hübsches Kleid.»

«Ist es nicht», protestierte ich. «Die Farbe ist abscheulich, und es ist vollkommen formlos.»

Nate zuckte verwirrt die Achseln. «Und warum hast du es dann angezogen?»

«Weil ...» Ich konnte ihm ja wohl kaum die Wahrheit sagen. «Weil ich darin arbeiten werde, also spielt es keine Rolle.»

«Klingt irgendwie logisch.» Wir gingen nach oben in das geräumige, helle Atelier. Ich zog die Rollos runter, rückte den Paravent zurecht und band mir die Schürze um. Nate streifte den Pullover über und trat dann an die Staffelei, um sich das Bild anzusehen. «Du hast noch viel daran gearbeitet, seit ich das letzte Mal hier war.»

«Ja, aber nur, weil die Zeit allmählich knapp wird. Heute ist unsere vorletzte Sitzung», fügte ich fröhlich hinzu, als wäre es mir egal.

«Und ist die letzte dann am nächsten Samstag?»

Ich band mir die Haare mit einem Haargummi zusammen. «Am Samstag in zwei Wochen, falls das okay ist. Ich muss nach Chichester.» Ich erzählte Nate von dem Auftrag für das Porträt zur Silberhochzeit. «Sie brauchen es sehr bald. Quasi ein Notfall», fügte ich ernst hinzu.

Nate lächelte. «Verlangst du für Notfall-Porträts ein höheres Honorar?»

«Ja. Ich habe einen Vierundzwanzig-Stunden-Notruf mit einer 0800er-Nummer.»

«Und ein Blaulicht auf der Staffelei?»

«Selbstverständlich.» Ich musste lächeln. «Jedenfalls ...» Ich löste den Deckel von der Terpentindose. «Heute arbeite ich an deinen Augen, also werde ich dir dauernd in die Augen stieren, falls das okay ist.»

«Tu dir keinen Zwang an.»

Ich ging zu Nate, der sich inzwischen gesetzt hatte, stützte die Hände auf die Knie und blickte ihm tief in die Augen. Ich war ihm so nah, dass ich mein Spiegelbild in seinen Pupillen sehen konnte und hinter mir das Fenster, die Ränder gebogen über der Krümmung seiner Hornhaut.

Nate sah mich misstrauisch an. «Was murmelst du da?»

«Ich zähle deine Wimpern. Jetzt hast du mich rausgebracht, und ich muss wieder ganz von vorn anfangen. Also.» Ich kniff die Augen zusammen. «Eins, zwei, drei, vier ...» Ich konnte Nates Aftershave riechen und den leichten Duft seines Körpers.

Er lächelte, und seine Lachfältchen vertieften sich. «Ich kann mich sehen», sagte er. «In *deinen* Augen.»

«Na ja, das ist auf die Entfernung so.»

«Kannst du dich in meinen sehen?»

Ich schaute in seine Pupillen. «Ja, meine Haare sind furchtbar.» Ich zupfte an meinem Pony. «Hey, nicht blinzeln. Gut, genug geglotzt.» Ich ging zurück zur Staffelei und machte mich daran, Nates Iris mit unzähligen Pünktchen Lampenschwarz und Chromgrün zu füllen.

«Wie oft du einen Menschen wohl ansiehst, während du ihn malst?», hörte ich Nate sagen.

«Oh, unendlich oft.» Ich wischte einen Tropfen Farbe von meinem Handrücken. «Ein Porträt ist die Summe vieler tausend kurzer Blicke. Aber du bist ein tolles Modell, Nate. Ich werde dich für den Goldenes-Sitzfleisch-Award nominieren.» Ich wurde rot. «Ich meine natürlich, für einen Goldenen Stuhl.»

Er grinste. «Und bist du schon dahintergekommen, wer ich bin?»

«Hm, allmählich.»

«Sag mir Bescheid, ja? Es macht mich wahnsinnig.»

«Ich hoffe, du siehst es selbst, in dem Porträt. Und ich hoffe, du bist zufrieden damit.»

«Bist *du* zufrieden damit?»

«Ich *liebe* es», sagte ich, ohne zu überlegen.

Nate blinzelte. «Du liebst mein Porträt?»

«Ja, ich meine … ich empfinde eine kreative Befriedigung. Ich finde, die Komposition funktioniert sehr gut – dass du direkt aus der Leinwand schaust, Auge in Auge mit dem Betrachter. Es ist dramatisch und einnehmend und …»

«Direkt?», schlug Nate vor.

Ich lächelte. «Direkt ist es auf jeden Fall. Sehr sogar. Ich hoffe, es gefällt Chloë», fügte ich mit einem Stich hinzu.

«Bestimmt.» In dem Augenblick klingelte Nates Handy.

Er holte es aus der Tasche und schaute aufs Display. «Das ist sie. Macht es dir was aus, Ella …?»

Der Dolch drehte sich noch einmal in meinem Herzen. «Nein, kein Problem. Wir machen einfach eine frühe Pause.»

«Hi, Chloë?», sagte Nate, während ich Wasser in den Teekessel füllte. «Nein, du störst nicht.» Ich hörte die Begeisterung und die Freude in Chloës Stimme. «Ähm, ja, ich mag Profiteroles», hörte ich Nate sagen, als ich Kaffee in die Kanne löffelte. «Nein, mir ist es egal, welche Farbe das Geschirr hat … Klar unterhalten wir uns über die Kirchenlieder … Bis später.» Er steckte das Handy wieder in die Tasche. «Tut mir leid. Chloë ist ziemlich aufgewühlt wegen der Hochzeit.»

«Aber sie wirkt sehr glücklich.»

Er zuckte die Achseln. «Ich glaube schon.»

«Und du musst auch sehr glücklich sein.»

Er lachte bestürzt auf. «Vermutlich. Es rückt in Riesenschritten näher.»

«Ja. Jetzt gibt's kein Zurück mehr», erklärte ich fröhlich und reichte ihm seinen Kaffee. «Nicht dass du das wolltest», fügte ich hastig hinzu. Dann fragte ich Nate, wann seine Mutter und seine Schwestern kommen und wie lange sie bleiben würden und ob sein Freund James sich schon auf seinen Auftritt als Trauzeuge freute.

«Er kann's kaum erwarten. Er hat sogar schon die Rede geschrieben.» Nate ging zurück zum Sessel und setzte sich.

Ich nahm meinen feinsten Rotmarderpinsel und machte mich daran, Nates Wimpern zu malen. Als ich damit fertig war, arbeitete ich noch etwas an der Kuhle am Halsansatz, an der Wölbung seines Adamsapfels und an dem bläulichen

Schatten unter dem Kinn. Bis auf das Dröhnen des Verkehrs und das irgendwie unpassende Geträller einer Amsel war es still im Raum.

Ich legte den Pinsel weg. «So, das war's, glaube ich, für heute.»

Nate stand auf, reckte sich und zog dann den Pullover aus. Dabei rutschte sein Hemd hoch und entblößte den Bauch mit einem Flaum dunkler, feiner Haare. Eine Welle des Begehrens haute mich fast um.

Ich legte die Palette auf den Tisch, zog meine Schürze aus und ging die Treppe hinunter, um ihn hinauszulassen. «Dann ... haben wir's ja fast geschafft.»

«Fast», wiederholte Nate leise. «*Ciao*, Ella.» Er gab mir einen Kuss auf die Wange, und dabei strich seine Wange über meine, und ich musste mich beherrschen, mich ihm nicht an den Hals zu werfen.

Stattdessen schenkte ich ihm ein strahlendes, unpersönliches Lächeln. «Tschüs, Nate.» Ich öffnete die Tür.

«Ciao», murmelte er. Er stand immer noch da.

«Das hast du schon gesagt.»

«Ja? Oh ...» Er gab mir noch einen Kuss. «Und hatte ich das auch schon gemacht?»

Hitze schoss mir ins Gesicht. «Ja.»

«Aha. Tut mir leid.» Er schenkte mir ein wehmütiges kleines Lächeln. «Ich bin ganz durcheinander.»

«Also, bitte ... nicht.»

«Nein», erwiderte er energisch. «Ausgeschlossen.» Dann küsste er mich zu meiner Verzweiflung ein drittes Mal und ging.

«Sie haben wieder diesen gewissen Ausdruck im Gesicht», sagte Celine in der Woche darauf. Es war ihre letzte Sitzung.

Ich nahm mein Malmesser zur Hand. «Und was ist das für ein Ausdruck?»

«Wehmütig, als würden sie an jemanden denken, an einen Mann.» Ich antwortete nicht. «Ich wünschte, Sie würden mir von ihm erzählen», fügte sie hinzu. «Sie wissen immerhin sehr viel über mich.»

«Es gibt nichts zu erzählen.» Ich setzte ein paar rotgoldene Strähnchen in Celines Haar.

«Aber es gibt jemanden ...»

«Nein. Zumindest niemanden, mit dem es je etwas werden könnte.»

«Warum nicht? Ist er anderweitig ... gebunden?»

«Ja. Er ist verlobt.»

«Aha.» Sie seufzte. «Das ist hart.»

«Ja.» Ich legte das Malmesser fort. «Aber so ist es. Egal. Ich bin fast fertig mit Ihrem Porträt.»

«Tatsächlich?»

«Eines fehlt noch ...» Ich nahm einen feinen Pinsel.

«Ich werde die Sitzungen vermissen», sagte Celine. «Inzwischen mag ich sie richtig. Es tut mir nur leid, dass ich Ihnen am Anfang das Leben so schwer gemacht habe.»

«Kein Problem.» Ich tauchte den Pinsel in das Titanweiß. «Ich bin überzeugt, sie hat dem Malprozess geholfen, diese anfängliche ... Spannung», sagte ich vorsichtig. Celine lächelte. Jetzt richtete ich den Blick auf sie, platzierte einen weißen Punkt in jedem Auge und trat einen Schritt von der Leinwand zurück. «Das war's.»

«Lassen Sie mal sehen.» Celine kam herüber und betrachtete das Bild. «Es ist wunderschön», sagte sie nach einigen Augenblicken. «Vielen Dank, Ella.»

Ich hatte mir Sorgen gemacht, Celine würde auf dem Porträt ängstlich und unglücklich aussehen, doch sie war ruhig und entspannt, auch wenn sie durchaus eine gewisse Entschlossenheit ausstrahlte.

Sie neigte den Kopf. «Ich sehe aus, als würde ich gleich aufstehen und weggehen. Ich glaube, das werden die Leute sagen.»

«Einige vielleicht, aber jeder sieht etwas anderes, das ist sehr subjektiv. Manchmal sehen Menschen Dinge in meinen Porträts, die ich selbst nicht gesehen habe.» Ich zupfte ein Haar von der Leinwand. «Es dauert ein paar Wochen, bevor es gerahmt werden kann, aber Sie können es in der Zwischenzeit immerhin aufhängen.»

Sie saugte an der Unterlippe. «Ich bin mir nicht sicher, wo. Hier drin auf keinen Fall», fügte sie ironisch hinzu. Ich dachte daran, wie wütend sie geworden war, als ihr Mann vorgeschlagen hatte, es über den Kaminsims zu hängen. «Vielleicht im Arbeitszimmer», sinnierte sie. «Würde es Ihnen etwas ausmachen, es jetzt für mich hinüberzubringen?»

«Nein, dort kann es auch in Ruhe trocknen.» Ich hob das Porträt von der Staffelei, folgte Celine damit durch die Halle ins Arbeitszimmer und stellte es auf einen Ecktisch.

«Ich hoffe, Victor mag es», sagte ich, als wir in den Salon zurückkehrten.

«Davon bin ich überzeugt.»

«Ein Porträt zu haben ist etwas sehr Schönes. Und man hat lange Zeit Freude daran.» Ich machte mich daran, meine Sachen einzupacken. «Falls es keinen Brand, keine Flut und keinen Atomkrieg gibt, wird man Ihr Porträt noch in zwei- oder dreihundert Jahren betrachten.»

Sie lächelte. «Das rückt vierzig Jahre doch in die richtige Perspektive.»

«Ja. Dann ...» Ich tat die Pinsel in den Kasten. «Freuen Sie sich inzwischen ein bisschen mehr auf Ihren Geburtstag?»

«Ja, in der Tat», antwortet sie vorsichtig. «Nicht zuletzt, weil ich mit Victor einen Kompromiss ausgehandelt habe. Wir werden ein großes Fest feiern, weil unsere Freunde sehr enttäuscht wären, wenn wir die Party absagten.»

Ich klappte die Staffelei zusammen. «Natürlich.»

«Aber ich habe ihm untersagt, mir einen Diamantring zu kaufen.»

«Verstehe.»

«Ein viel zu übertriebenes Geschenk, wo die Dinge zwischen uns so ... aus dem Takt sind. Ich habe ihn gebeten, stattdessen einer Wohltätigkeitsorganisation zu spenden.»

«Das ist sehr nett», sagte ich, faltete die Abdecktücher zusammen und richtete mich auf. «Eine bestimmte?»

«Ja, vor einer Woche war ich bei einem Lunch», sagte Celine. «Neben mir saß ein Mann, der eine internationale gemeinnützige Organisation leitet, die sich für sauberes Trinkwasser in der Dritten Welt engagiert, Well-Spring.»

«Max Viner?»

«Sie kennen ihn?»

«Ja, flüchtig.» Ich würde ihr nicht sagen, woher. «Er ist mit der Krimiautorin Sylvia Shaw verheiratet.»

«Er *war* mit ihr verheiratet», verbesserte Celine mich. «Er hat mir erzählt, dass sie sich vor drei Monaten getrennt haben und sich scheiden lassen.»

«Ehrlich?» Wusste Chloë das?

«Er hat es kurz erwähnt. Er wirkte traurig, aber er sagte, sie hätten sich im gegenseitigen Einvernehmen getrennt. Sie hat jetzt wohl was mit ihrem Verleger.»

«Verstehe.» Das Foto, auf dem er bei ihrer Buchvorstellung stolz neben Sylvia gestanden hatte, bekam nun einen anderen Anstrich.

«Wie auch immer, ich war sehr beeindruckt von dem, was er mir über seine Arbeit erzählt hat, und nachdem Victor sich inzwischen auch persönlich mit Max unterhalten hat, hat er zugesagt, eine Spende zu machen, von der in Mosambik vierzig Trinkwasserbrunnen finanziert werden können.»

«Wie wunderbar! Was für ein phantastisches Geburtstagsgeschenk!»

«Ja, nicht wahr? Er möchte mir trotzdem noch etwas Persönliches schenken, etwas Unvergessliches, hat er gesagt, was typisch nett von ihm ist, aber mir fällt einfach nichts ein.»

«Ich möchte zu meinem Geburtstag Mitte September auch etwas Besonderes machen, Celine, nämlich eine Ausstellung meiner aktuellen Arbeiten. Ich will für ein paar Tage eine Galerie mieten und würde mir gern Ihr Porträt dafür borgen, falls Sie es mir zu diesem Zweck zur Verfügung stellen. Und ich fände es auch schön, wenn Sie kommen würden, am besten in den Sachen, in denen ich Sie gemalt habe. Würden Sie mir den Gefallen tun?»

Celine lächelte. «Mit Vergnügen.»

Ich hatte die näherrückende Reise nach Chichester eigentlich als eine Art Arbeitsurlaub geplant, doch bei weiteren

Telefonaten mit den Bergers wurde klar, dass es sehr viel mehr Arbeit werden würde als Urlaub, denn jetzt wollten sie auch noch ihre erwachsenen Kinder – ein Sohn und eine Tochter – sowie ihre drei Hunde und zwei Siamkatzen auf dem Porträt haben. Ich beschwerte mich nicht – ein so großes Gruppenporträt würde meinem Bankkonto guttun, doch es würde eine Herausforderung werden, das alles in einer Woche zu schaffen. Und ich würde eine große Leinwand brauchen. Ich überlegte gerade, wie ich die transportieren sollte, da rief Roy an und fragte, ob er meine Nummer einem Kollegen geben könne, der ein Porträt von seiner Tochter haben wolle.

«Natürlich», antwortete ich und freute mich über die Aussicht auf weitere Aufträge. «Ich erkläre ihm gern, was für verschiedene Möglichkeiten es gibt, also sag ihm ruhig, er kann mich anrufen. Danke, Roy.» Dann erzählte ich ihm von meiner Reise nach Chichester.

«Ein großer Auftrag.»

«Ja, mit einer entsprechend großen Leinwand. Ich weiß noch nicht, wie ich die transportieren soll.»

«Du kannst doch sicher auch in Chichester eine Leinwand kaufen?»

«Ja, könnte ich, aber ich muss sie vorher grundieren, und das muss zwei Tage trocknen. Deswegen würde ich gern eine von hier mitnehmen, die schon vorbereitet ist. Ich muss mir wohl ein Auto mieten.»

«Du kannst meins haben.»

«Brauchst du es nicht?»

«Ich bin nächste Woche nur einen Tag im Krankenhaus, und deine Mutter leiht mir bestimmt ihrs oder fährt mich hin, das ist kein Problem.»

«Das wäre toll.»

Also fuhr ich am Freitagmorgen zu ihm, um das Auto abzuholen. «Das ist wirklich nett», sagte ich zu Roy, als er die Garage aufschloss.

Er öffnete das grün gestrichene Tor. «Freut mich doch, meiner großen Tochter helfen zu können.» Er ging hinein und setzte seinen silbernen Audi rückwärts in die Einfahrt, stieg aus und reichte mir die Schlüssel. «Kommst du auf eine Tasse Tee oder Kaffee rein, bevor du fährst?»

«Ähm.» Ich befürchtete, wenn meine Mutter da wäre, würde ich ihr eine Szene machen. «Ist Mum zu Hause?», fragte ich vorsichtig.

«Nein.» Ich war erleichtert. «Sie holt ihr Kleid für die Hochzeit ab. Es musste geändert werden.»

«Okay, also, dann trinke ich schnell einen Kaffee mit dir.»

Wir gingen ins Haus. Es war das erste Mal, dass ich hier war, seit Mum mir von Lydia erzählt hatte. Ich saß an demselben Platz am Küchentisch und erinnerte mich an die Tränen, die in ihren Augen geglänzt hatten. Ihr Gesicht voller Leid.

Ich wollte dir nie die Wahrheit sagen, Ella.

Sie hatte mir auch da nicht die Wahrheit gesagt – nur ihre eigene verdrehte Version davon.

Woran du dich erinnerst, ist der Tag, an dem ich deinen Vater mit seiner … mit … Frances sah.

Mit seiner Frau, dachte ich gehässig.

«Geht es dir gut, Ella?», fragte Roy. «Du wirkst ein wenig … bekümmert.»

«Oh … ja, ja.» Ich war versucht, ihm von der E-Mail meines Vaters zu erzählen, doch es erschien mir nicht richtig, bevor ich meine Mutter damit konfrontiert hatte, und da sie so viel um die Ohren hatte, wusste ich nicht, wann das sein würde.

Roy füllte den Teekessel. «Ich muss mir einen Frack leihen», sagte er und holte zwei Becher heraus. Plötzlich überlegte ich, was ich eigentlich anziehen würde – ich sah mich schon in Beerdigungsschwarz.

Die Terrassentür stand offen, und ich stellte mich hinein und betrachtete den riesigen, üppig grünen, von Staudenbeeten gesäumten Rasen. Ganz hinten unter der Rosskastanie stand Chloës Spielhaus, das längst zum Geräteschuppen umfunktioniert worden war. Ich stellte mir das riesige weiße Zelt mit den Markisen und gerafften Drapierungen vor, die Gäste, die in ihren eleganten Anzügen und Seidenkleidern und großen Hüten herumflanierten, und die Kohorten von Kellnern, Musikern und Entertainern, alle unter der Aufsicht meiner Mutter mit ihrem eisigen Charisma und ihrer unendlich erhabenen Haltung.

Roy machte Kaffee. «Und, wie findest du den Garten?»

«Wunderschön.»

«Ich arbeite mich Stück für Stück durch, endloses Mähen, Düngen und Wässern. Ich bete nur, dass nicht wegen Wasserknappheit das Rasensprengen verboten wird.»

«Ich drücke die Daumen.»

«Und keine Windböen. Wir wollen doch nicht, dass das Zelt sich am Ende um den Baum wickelt.»

«Das wäre äußerst unpraktisch. Es wird ein Riesenfest.»

«Ja», sagte Roy müde und stellte unsere Kaffeebecher auf den Tisch. «Es kommen einhundertachtzig Gäste – dabei sind noch nicht alle Antwortkarten da.»

«Gütiger Himmel.»

Er setzte sich und seufzte. «Es ist zu viel. Ich wollte deine Mutter überreden, es auf die Hälfte zu beschränken, doch sie hat gesagt, sie wolle eine Hochzeit, die allen in Erinnerung bleiben wird, und die wird sie kriegen.»

Wir haben eine riesige Besetzungsliste.

«Man könnte meinen, es ginge um ihre eigene», fügte er ironisch hinzu.

Ich habe auch schon über Gestecknisse nachgedacht …

«Roy», sagte ich plötzlich.

«Ja?»

Mit pochendem Herzen setzte ich mich ihm gegenüber an den Tisch. «Roy, ich würde dir gern etwas erzählen, auch wenn ich mir nicht sicher bin, ob es richtig ist.»

Er blinzelte. «Was denn?» Er sah mich mit gerunzelter Stirn an. «Geht es dir wirklich gut, Ella?»

«Ja, mehr oder weniger, aber …»

«Aber, was?»

«Also …» Nein, ich konnte Roy unmöglich erzählen, was ich jetzt über Mum wusste, sie war schließlich seine Frau. Womöglich wollte er es gar nicht hören. Und hatte ich das Recht, es ihm zu erzählen? «Max lässt sich scheiden», platzte ich heraus.

«Ich hab's gesehen.» Roy trank einen Schluck Kaffee. «In einer Zeitung, in welcher, habe ich vergessen, aber es war in der Klatschspalte. Sein Name ist mir ins Auge gefallen.»

«Weiß Chloë es?»

«Ja. Ich hatte natürlich nicht vor, es ihr gegenüber zu erwähnen, aber sie hat es mir erzählt.» Er zuckte die Achseln. «Sie sagte, es sei okay für sie.»

«Das ist … gut.»

«Sie sagte, sie freue sich darauf, Nate zu heiraten. Es ist alles, wie es sein sollte», schloss er.

Wir tranken unseren Kaffee in geselligem Schweigen, dann stand ich auf. «Ich mache mich besser auf den Weg. Ich habe gesagt, ich wäre gegen drei in Chichester, und ich muss vorher noch meine Sachen holen. Danke noch mal für den Wagen.»

Wir gingen nach draußen, ich setzte mich in Roys Auto, winkte ihm und fuhr davon.

Zu Hause holte ich meine Malsachen, meinen Laptop und meinen Koffer, verstaute alles hinten im Auto, schloss das Haus ab und machte mich auf den Weg zur A3.

Zwanzig Minuten später fuhr ich auf die Autobahn, erleichtert, eine Woche von London wegzukommen – eine willkommene Atempause von den Hochzeitsvorbereitungen. Als in der Ferne die South Downs auftauchten, entspannte ich mich allmählich. Die meisten Aufträge in letzter Zeit waren auf die eine oder andere Art stressig gewesen, und so war ich froh, es hier mit einem leidlich unkomplizierten Porträt zu tun zu haben, Hunde und Katzen inklusive.

Frank und Marion Berger lebten in Itchenor, ganz in der Nähe des Chichester Harbour. Ich folgte der von Bäumen gesäumten Landstraße und schnappte beim Anblick des mit Segeln getupften Wassers, das in der Ferne funkelte, nach Luft. Dann sah ich das Schild «Woodlands» und bog in die Einfahrt. Das niedrige, ausladende edwardianische Haus war gerahmt von einer überreich in Blüte stehenden Fuchsienhecke. Es stand inmitten eines großen Gartens, an dessen hinterem Ende ein türkisfarben schimmernder Swimmingpool lag.

Als meine Reifen über den Kies knirschten, ging die Haustür auf, und die Bergers kamen heraus, gefolgt von drei schwarzen Labradorhunden, die meine Ankunft mit gutmütigem Gebell kundtaten.

Ich parkte da, wo Mr. Berger mich hinwinkte, stieg aus, schüttelte ihm die Hand und begrüßte dann seine Frau. Sie waren ziemlich so, wie ich sie mir vorgestellt hatte – ein freundliches Paar Mitte fünfzig. Ich wusste bereits, dass Frank Arzt für Allgemeinmedizin war und Marion im Büro des Dechants in der Kathedrale arbeitete.

«Wir haben Sie im Gästecottage untergebracht», erklärte sie, während ihr Mann mir half, meine Sachen aus dem Wagen zu laden. «So haben Sie ein wenig Privatsphäre. Aber wir würden uns freuen, wenn Sie die Mahlzeiten mit uns einnehmen.»

«Vielen Dank, sehr gern.»

Das Cottage bestand aus einem offenen Erdgeschoss, in dem ich, falls nötig, die Staffelei aufstellen konnte, und einem hübschen Schlafzimmer mit Bad eine schmale Treppe höher. Vom Schlafzimmerfenster hatte ich einen guten Blick auf den Hafen mit den vielen Segeln und auf die schimmernde Fläche des Solent in der Ferne.

Frank stellte meinen Koffer ab. «Also, wir haben hier kabelloses Internet, falls Sie E-Mails schicken wollen, ein Radio, einen kleinen Fernseher und viele Bücher.» Er wies mit einem Nicken auf die Regale. «Aber lassen Sie uns doch zuerst eine Tasse Tee trinken.» Ich folgte ihm die Treppe runter und zum Haus.

«Haben Sie schon überlegt, wo Sie gemalt werden möchten?», fragte ich sie, als wir in der sonnigen Küche saßen.

«Vielleicht hier drin?», schlug Marion vor.

«Ja, warum nicht.» Ich konnte sie malen, wie sie hier am Tisch saßen, die Kinder vielleicht am Küchenherd. «Könnte ich mir den Rest des Hauses ansehen?»

«Sicher», antwortete Frank. Er und seine Frau führten mich herum und zeigten mir als Erstes die leere Wand im Speisezimmer, wo das Porträt später hängen sollte, bevor wir in den Salon gingen.

«Sie könnten Frank und mich auch malen, wie wir links und rechts am Kamin stehen», schlug Marion vor, «und die Kinder auf dem Sofa.»

Ich betrachtete den Kaminsims mit dem großen Spiegel darüber. «Vielleicht. Aber die ganze Zeit zu stehen ist sehr anstrengend. Und es würde am Ende einen sehr formellen Eindruck machen. Wollen Sie das?»

«Nein», sagte Frank. Eine Katze kam durch die offene Terrassentür und strich ihm um die Beine. «Wir möchten es lieber entspannt und zwanglos, nicht wahr, Katisha?», sagte er gurrend zu der Katze und hob sie hoch.

«Könnten wir nach draußen gehen?», fragte ich. Ich folgte den Bergers auf die Terrasse, wo die andere Katze auf einer Mauer lag und in die Sonne blinzelte. «Wie wäre es im Swimmingpool?», schlug ich vor, als wir darauf zugingen. Die Hunde begleiteten uns.

«Im Ernst?», fragte Frank.

«Ja. Ich habe einmal eine Familie im Pool gemalt, und sie lieben das Bild. Es ist auf meiner Webseite, Sie können es sich ansehen.»

Marion verzog das Gesicht. «Ich glaube nicht, dass ich im Badeanzug gemalt werden möchte. Aber wie wäre es denn auf dem Boot? Es liegt im Hafen. Sie könnten die Staffelei auf den Ponton stellen.»

«Könnte knifflig werden wegen der Bewegung des Wassers. Und würden die Hunde und Katzen da mitmachen?»

«Oh. Nein. Das vergessen wir schnell wieder», sagte sie lachend.

Am Ende beschlossen wir, dass Marion und Frank auf einer weiß gestrichenen schmiedeeisernen Gartenbank auf dem Rasen sitzen würden, die Katzen auf dem Schoß, die Kinder mit den Hunden vor ihnen auf dem Rasen, im Hintergrund der Hafen.

«Das wird wunderschön», meinte Marion. «Und wie lange dauern die Sitzungen jeweils?»

«Also, wenn das Porträt in einer Woche fertig werden soll, dann brauche ich Sie für drei Stunden am Tag.»

«Das kriegen wir hin», sagte Frank. «Wir unterhalten uns oder sehen den Segelbooten zu.»

Ich fing gleich am Nachmittag an. Wegen der leichten Brise band ich die Leinwand an die Staffelei und umriss zunächst einmal die Hauptformen mit Kohle. Es war schön, draußen in der Sonne zu sein, der Wind blies durch die Bäume, und Wiesen und Felder zogen sich sanft zum Meer hinunter.

Die Kinder der Bergers kamen am Abend aus London. Es waren Zwillinge, dreiundzwanzig Jahre alt. Hannah, eine hübsche junge Frau mit rotem Haar, war Graphikdesignerin, und Henry, ein hochgeschossener junger Mann mit braunen Locken, arbeitete in der IT-Branche. Sie hatten nur drei Tage frei, und so verständigten wir uns darauf, dass ich sie zuerst malte.

Die Woche verging wie im Fluge, weil ich intensiv arbeitete. Manchmal trieb Distelflaum auf die Leinwand, den ich mit der Pinzette entfernen musste. Mehrfach galt es auch,

Marienkäfer und Eintagsfliegen aus der feuchten Farbe zu befreien, und ich musste auf die wedelnden Schwänze der Hunde achtgeben. Abgesehen von diesen Hindernissen lief alles glatt. Ich empfand es als Erleichterung, eine Pause von der emotional intensiven Arbeit mit einer einzigen Person zu haben.

Nachmittags arbeitete ich an der Landschaft im Hintergrund. Abends war ich so erschöpft, dass ich früh mit einem Buch zu Bett ging. Unter den alten Büchern im Regal hatte ich eine Gedichtsammlung gefunden, in der ich *Der Gute Morgen* von John Donne entdeckte. Ich hatte ganz vergessen, wie schön es war – eine zärtliche Aubade, in der die Liebe «zum All den allerkleinsten Raum» macht.

An einem Nachmittag gab ich mir ein paar Stunden frei und fuhr nach Chichester, um mir die Kathedrale anzusehen. Einen anderen Nachmittag spazierte ich runter zum Strand, um mich unter dem blauen Himmelsgewölbe in die Dünen zu legen und den Dingis und Windsurfern zuzusehen.

An meinem letzten Abend aßen die Bergers im Speisezimmer mit mir zu Abend, und wir stießen zur Feier des Tages, dass das Porträt fertig geworden war, mit Champagner an. Sie wollten es eine Woche vor der Party zu ihrer Silberhochzeit vor Ort rahmen lassen.

Marion konnte den Blick nicht von dem Bild wenden, das an der Wand lehnte. «Es ist voller Wärme und Glück.»

«Das liegt daran, dass in Ihrer Familie eine warme, glückliche Atmosphäre herrscht», erklärte ich ihr. «Ich male nur, was ich sehe.»

Danach ging ich zurück ins Cottage und setzte mich ans Schlafzimmerfenster, um zuzusehen, wie sich der Mittsommerhimmel von Orange zu Karmesinrot färbte, dann zu einem tiefen Indigoblau, in dem die ersten Sterne aufschienen. Ich dachte an Celine, deren Geburtstagsparty im Dorchester gerade in vollem Gange war. Ob sie Victor wirklich verlassen würde? Wohin würde das Leben sie führen, wenn sie es wirklich tat? Ich überlegte, wie Mike zurechtkam und wie es Iris ging. Dann klappte ich meinen Laptop auf, um nach meinen E-Mails zu schauen. Chloë hatte geschrieben, um mir zu sagen, dass Nates letzte Sitzung verschoben werden musste, weil er wieder beruflich nach Stockholm gereist war. *Ich kann es kaum erwarten, das Porträt zu sehen*, hatte sie als PS hinzugefügt. Ich schickte ihr eine kurze Antwort und wollte den Posteingang schon schließen, doch dann klickte ich auf «Neue E-Mail» und tippte *John Sharp* in die Adresszeile.

11

«Dann hattest du eine schöne Woche?», fragte Roy, als ich ihm am nächsten Nachmittag das Auto zurückbrachte, und schloss das Garagentor.

«Ja. Es war eine wunderbare Abwechslung, und die Leute waren sehr nett.» Ich reichte ihm die Schlüssel. «Ich habe vollgetankt.»

«Danke.»

«Und wie war es hier?»

«Okay.» Er verzog das Gesicht. «Nein, das ist nicht wahr. Es hat Streit gegeben.»

«Worüber?»

«Oh, über die Sitzordnung, zwangsläufig, und die Auswahl der Kirchenlieder und darüber, ob wir ein Feuerwerk brauchen oder nicht ... Deine Mutter will eins, weil am nächsten Tag der vierte Juli ist, aber ich bin absolut dagegen, denn es ist nirgends genug Platz, um es gefahrlos abzubrennen. Es gab eine Kabbelei darüber, ob die Stühle weiße Hussen haben sollten: Chloë gefällt die Idee, aber deiner Mutter nicht.»

«Verstehe.»

«Ich bin jedenfalls froh, dass du die Woche auf dem Land genossen hast. Was hast du denn abends gemacht?»

«Radio gehört oder gelesen. Ich hatte meinen Laptop mit. Ähm ... ich würde dir gern etwas erzählen.»

Roy sah mich besorgt an. «Ja?»

«Also», mein Herz klopfte, «ich bin zu dem Schluss gekommen, dass ich mich doch mit John in Verbindung setzen möchte.» Roy war rot geworden. «Ich habe viel darüber nachgedacht, und gestern Abend habe ich ihm dann eine kurze Nachricht geschickt. Ich wollte es dir nur sagen. Ich hoffe, du hast nichts dagegen.»

«Nein.» Er zuckte die Achseln. «Natürlich habe ich nichts dagegen.»

«Weil …»

«Es ist vollkommen in Ordnung. Du musst dich nicht erklären.»

«Das Gefühl habe ich aber. Schließlich habe ich dir gesagt, ich würde es nicht tun, und jetzt habe ich es doch getan.»

Roy hob die Hände. «Du hast es dir halt anders überlegt, Ella. Das ist doch vollkommen in Ordnung.»

«Aber es gibt einen Grund, warum ich es mir anders überlegt habe, und der ist …»

«Ella», sagte Roy. «Du bist fünfunddreißig. Du musst dich nicht dafür rechtfertigen, dass du … dass du dich mit deinem …» Die Stimme versagte ihm.

Mir schnürte es die Kehle zu. «Es gab Dinge, die ich nicht wusste», sagte ich leise. «Und jetzt, da ich sie weiß, hat das meine Sicht auf das, was passiert ist, verändert, zumindest in mancher Hinsicht», fuhr ich eilig fort. «Denn …»

«Ich möchte nicht darüber reden», sagte Roy. «Tu, was du für richtig hältst, Ella, aber lass mich bitte aus dem Spiel.» Zu meinem Entsetzen schimmerte es feucht in seinen Augen.

Auch in meinen Augen brannten Tränen. «Du hast gesagt, du würdest mich *unterstützen.*»

Plötzlich wirkte Roy bedrückt. «Ja, das habe ich gesagt»,

räumte er leise ein. «Aber es ist nicht leicht. Wenn ich ehrlich bin, habe ich mich stets hiervor gefürchtet. Ich habe gelesen, wie schwer es für Adoptiveltern ist, wenn ihre Kinder sich mit ihren leiblichen Eltern in Verbindung setzen – selbst wenn sie sie dazu ermutigen. Jetzt finde ich gerade heraus, *wie* schwer.»

«Verstehst du, Mum hat mir nie die ganze Geschichte erzählt», fuhr ich fort. «Und jetzt kenne ich sie. Und es geht darum, dass sie …» Ich erstarrte.

Roy sah mich an. «Dass sie was?»

Über Roys Schulter sah ich Mum mit ausgestreckten Armen auf uns zukommen. «*El*-la», gurrte sie.

«Sag nichts», flüsterte ich. «Bitte.»

Roy bedachte mich mit einem neugierigen Blick, doch er nickte.

«Wie schön, dich zu sehen, Schatz.» Mum legte mir die Hand an die Wange. Sie war kalt, und mich schauderte. «Worüber habt ihr gesprochen?», fügte sie neckisch hinzu. «Ihr habt ziemlich ernst gewirkt.»

«Ich … ich habe Roy nur von Chichester erzählt.»

«Ist es gut gelaufen?» Mum musterte mich mit ihren eisblauen Augen. «Du hast Sonne abbekommen, Schatz.»

«Ja. Ein bisschen. Ich habe draußen gemalt.»

«*En plein air?* Wie schön. Komm doch rein und erzähl mir auch davon. Ich habe gerade Kaffee gekocht.»

Wir waren schon halb auf dem Weg zur Haustür. Ich zog meine Hand weg. «Nein … danke, Mum. Ich muss nach Hause. Es ist einiges liegengeblieben.»

«Schade», erwiderte sie leise. «Ich wollte dir sowieso eine E-Mail schicken, um dich zu fragen, ob du am Sonntag vorbeikommen kannst, um Roy im Garten zur Hand zu gehen. Ich habe eine Probe für die Sommeraufführung meiner Schüler und muss den ganzen Tag da sein, aber einiges müsste noch kurzfristig gepflanzt werden. Wärst du so nett und würdest Roy dabei helfen?»

«Ja, selbstverständlich.» So würde ich noch eine Gelegenheit bekommen, mit ihm unter vier Augen zu reden.

Die Woche verging im Nu. Ich brachte Mikes Porträt zum Einrahmen. In der Boutique gegenüber fand ich etwas, was ich zur Hochzeit anziehen konnte. Bei Peter Jones kaufte ich mir einen passenden Hut und eine Handtasche, dann fuhr ich in die Abteilung, wo die Hochzeitstische waren, um die Suppenterrine des Speiseservices zu bestellen, das Chloë und Nate sich ausgesucht hatten. Danach ging ich zu Waterstones und holte die Whistler-Biographie ab und erstand einen Gedichtband von John Donne, um in der Kirche daraus vorzulesen.

Auf dem Heimweg kam ich am Café de la Paix vorbei. Ich ging hinein, bestellte mir einen Latte und setzte mich, in einem kleinen Akt der Buße, an den Tisch, an dem mein Vater gesessen hatte, und schaute hinaus. Dann holte ich mein Handy raus und las noch einmal seine erfreute Antwort auf meine E-Mail.

Die nächsten zwei Tage arbeitete ich an dem Porträt von Grace, das jetzt dank Mikes Filmaufnahmen ein Leuchten und eine Lebendigkeit bekam, die ihm vorher gefehlt hatten. Als ich am Freitag noch einmal zu Iris fuhr, um sie zu malen, hatte sie eine Idee, was ich in den Hintergrund ihres Porträts setzen konnte. Am Samstagmorgen kam Nate zu seiner letzten Sitzung.

Er war sehr still, was mir nur recht war, denn ich fürchtete, wenn wir uns unterhielten, würden wir unweigerlich flirten und scherzen, und das war zu schmerzlich. Doch an diesem Tag schienen wir uns unausgesprochen darüber einig zu sein, dass die intime Blase, in der wir uns befanden, bald platzen würde.

Ich tauchte meinen feinsten Pinsel in das Titanweiß und setzte einen winzigen Punkt in Nates Pupillen. Es war, als hätte ich einen Schalter umgelegt – sein Gesicht war plötzlich kraftvoll, *lebendig*.

Ich trat von der Leinwand zurück. «Ich glaube, es ist fertig.»

Nate stand auf, kam herüber, warf jedoch kaum einen Blick darauf, bevor er nur sagte, das Bild sei «sehr gut».

Ich wischte meine farbverschmierten Hände an einem Lappen ab. «So.» Ich lächelte. «Das war's.»

«Ja.» Nate nickte. *«Finita la commedia»*, fügte er leise hinzu.

Ich zog die Malschürze aus, und dann gingen wir nach unten. Ich hoffte, Nate würde den Abschied nicht wieder so hinauszögern wie beim letzten Mal. Ich war mit einer Melancholie zurückgeblieben, die noch Tage danach geschmerzt hatte.

«Also.» Ich öffnete die Haustür. «Vielen Dank, dass du so ein tolles Modell warst.»

Er schenkte mir ein wehmütiges Lächeln. «Witzig, dass du mich am Anfang auf den Tod nicht ausstehen konntest.»

«So schlimm nicht.»

«Na gut, aber du konntest mich nicht riechen.»

«Ähm, sagen wir doch, ich ‹konnte dich nicht besonders gut leiden›.»

«Okay, damit kann ich leben», sagte er mit Bedacht.

«Aber es war nur ein Missverständnis.»

«Ja.»

«Aber jetzt sind wir doch Freunde, oder?»

«Ja, ich denke schon, oder», fügte er hinzu, «nachdem wir zwölf Stunden zusammen verbracht haben. Nein, fünfzehn, wenn man das Mittagessen dazuzählt», fügte er strahlend hinzu.

«Fünfzehn Stunden», wiederholte ich. «Das ist mehr als ein halber Tag.» So formuliert klang es recht wenig. «Jedenfalls freue ich mich darauf, dich bei der Hochzeit zu sehen.» Er nickte. «Dann ...» Ich lächelte zum Abschied. «Bis dann, Nate.»

«Ja, bis dann, Ella.» Die Sitzungen mit ihrer bittersüßen Intimität waren zu Ende. «Tschüs», flüsterte Nate. Er gab mir einen Kuss, lehnte seine Wange einen Augenblick zu lang an meine und ging dann rasch davon.

Am späten Sonntagvormittag zog ich ein paar alte Klamotten an und fuhr mit dem Fahrrad nach Richmond. Als ich den Fulham Broadway hinunterradelte, sah ich, dass sicher zwanzig neue Blumensträuße am Geländer hingen. Es war heute sechs Monate her, seit Grace gestorben war. Vermutlich hatten Familienangehörige und Freude sie dort angebracht, um dieses Datum zu markieren. Das gelbe Schild, das um Informationen bat, war fort.

Ich radelte über die Wandsworth Bridge, durch Roehampton und dann durch denn Richmond Park zum Haus meiner Eltern. Im Fahrradkorb hatte ich die Karte, die ich für Roy gekauft hatte, und eine Schachtel seiner belgischen Lieblingsschokolade.

Ich schloss mein Fahrrad an der Garage ab und hängte den Helm an die Lenkstange. Erleichtert stellte ich fest, dass Mums Auto nicht in der Einfahrt stand. Ich ging seitlich ums Haus herum und entdeckte Roy am Ende des Gartens, inmitten von zahlreichen Pflanzen. Als ich näher kam, schaute er auf und winkte.

«Alles Gute zum Vatertag.» Ich gab ihm die Schokolade und die Karte.

«Danke, Ella. Du denkst immer dran. Früher hast du mir oft Karten gemalt.»

«Ich weiß.»

Er setzte sich auf die Bank, die um den Stamm der Rosskastanie herumlief, und löste das Zellophan von der Schokolade. «Die habe ich alle aufgehoben.»

«Ehrlich?»

«Selbstverständlich.» Er grinste. «Ich war mir sicher, dass sie eines Tages sehr viel wert sein würden.» Er bot mir Schokolade an. «Hau rein … bevor wir reinhauen», fügte er mit einem unheilvollen Blick auf die vielen Pflanzen hinzu. Ich nahm ein Stück und aß es, dann stellte Roy die Schachtel ab und schlug die Karte auf. *Ich habe den besten Dad der Welt.* «Das ist … schön», sagte er mit brechender Stimme.

«Na ja, stimmt ja auch: Du bist der beste Dad der Welt. Hat Chloë dir was geschenkt?»

«Nein. Nicht dass es eine Rolle spielt. Sie hat im Augenblick genug um die Ohren.»

«Und kommt sie auch, um zu helfen?»

«Heute nicht, sie hat gestern ein bisschen was gemacht, als du Nate gemalt hast. Du ziehst jetzt besser ein paar Gummistiefel an. Die findest du im Spielhaus … und Gartenhandschuhe ebenfalls.»

«Oh, meine Hände sind ewig voll Farbe, ein bisschen Erde macht mir nichts.»

In dem Spielhaus hatten Chloë und ich als Kinder Stunden verbracht. Sie hatte ihren Spielherd da drin, und ich musste an einem winzigen Tisch in ihrem «Café» hocken und mit verzückter Miene Plastikschokoladenkuchenstücke essen.

Ich angelte mir ein Paar Gummistiefel, schaute nach, ob auch keine Spinnen drin waren, und zog sie an. «Okay, ich bin gestiefelt. Was soll ich machen?»

«Wir müssen zwanzig weiße Lavendel pflanzen.» Roy zeigte darauf. «Dazu zwanzig Phlox, dreißig Schafgarbe, vierzig Akelei und fünfundzwanzig Fetthennen. Nach dieser Seite hier ist das Zelt offen – es sei denn, es regnet –, also soll das Beet einen möglichst prächtigen Anblick bieten.»

Ich ließ den Blick über Rittersporn, Pfingstrosen und Akanthus schweifen. «Es sieht doch jetzt schon wunderschön aus.»

«Das ist auch die letzte Ladung, die rein muss. Okay.» Er reichte mir einen kleinen Spaten. «Lass uns anfangen. Halt dich einfach an die Markierungen, die ich in die Erde gesteckt habe. Und pass auf, dass du nicht an den Rosen hängen bleibst.»

Es hatte über Nacht geregnet, also war die Erde leicht umzugraben. Ich fing an einem Ende des Beets an, Roy am anderen, und wir arbeiteten uns aufeinander zu.

«Läuft ganz gut», meinte er nach etwa einer Stunde, richtete sich auf und fuhr sich mit der Hand über die Stirn. «Lass uns eine Pause machen und etwas essen.»

«Ich bin froh, dass du das sagst.»

Wir zogen die Stiefel draußen aus und gingen in die Küche. Roy wusch sich die Hände, öffnete den Kühlschrank und holte Schinken und eine Schüssel Salat heraus, während ich den Tisch deckte.

Eine Weile aßen wir, ohne zu reden, dann brach Roy das Schweigen. «Ella, es tut mir leid, dass ich letzte Woche ein bisschen … empfindlich war. Als du mit mir über John sprechen wolltest.»

«Kein Problem.» Ich atmete hörbar aus. «Ich wollte dich nicht aufregen. Aber ich wollte es dir erzählen, denn … also, es war nicht so, wie es uns immer dargestellt wurde.»

Roy runzelte die Stirn. «Was meinst du damit?»

Endlich konnte ich mit Roy über die lange E-Mail meines Vaters reden. Ich erzählte ihm von den vielen Briefen, die John mir als Kind geschrieben hatte, von der Anzeige in *The Stage* und von seinen Schecks.

Roy saß ganz still da, bis ich alles erzählt hatte. Er schob seinen Teller fort. «Dann liegt die Sache ja ganz anders, als deine Mutter immer behauptet hat.»

Ich nickte. «Sie hat immer gesagt, er habe sich verhalten, als gäbe es uns gar nicht. Aber da ist noch was, Roy, etwas, was ich nicht gewusst und auch nie vermutet hätte.» Ich erzählte es ihm.

Einige Augenblicke sagte er nichts. Er blinzelte nur, als hätte er Mühe, es zu begreifen. «Also», meinte er schließlich, «so manches, was mir seit Jahren ein Rätsel ist, ergibt jetzt einen Sinn.»

«So ging es mir auch, als ich es erfuhr. Ich hatte das Gefühl, als müsste ich alles … gedanklich neu sortieren.»

Er verschränkte die Arme. «Ich erinnere mich, dass deine Mutter während der Phase der Adoption sehr darauf bedacht war, dass ich unsere Heiratsurkunde nicht zu sehen bekam.»

«Weil dort hinter ihrem Namen ‹unverheiratet› stand und nicht ‹geschieden›?»

Er sah mich an. «Ja. Sie bestand darauf, sie eigenhändig zum Gericht zu bringen, obwohl das eigentlich meine Aufgabe gewesen wäre. Ich weiß auch noch, dass sie immer nur in sehr allgemeinen Begriffen vom Ende ihrer Ehe sprach. Sie sagte immer nur mit großer Bitterkeit, dein Vater habe euch beide wegen dieser ‹anderen Frau› verlassen.»

«Aber du hast nie vermutet, was dahinterstecken könnte?»

«Nein.» Roy kniff die Augen zusammen. «Deine Mutter war so *überzeugend*. Wenn ich ehrlich bin, muss ich gestehen, dass ich auch nicht allzu viel über ihre Beziehung zu John reden wollte. Ich wusste ja, wie sehr sie ihn geliebt hatte. Aber … sich vorzustellen, dass man fast dreißig Jahre mit jemandem zusammenlebt und ihn doch gar nicht richtig kennt.» Er lachte bestürzt auf. «Und ihre besessene Abscheu vor dem Ehebruch …» Er zuckte die Achseln. «Alles vermutlich Teil der Scharade. Ich weiß ehrlich nicht, was ich jetzt empfinde. Ich glaube, vor allem tut sie mir leid.»

«So war es bei mir zuerst auch, aber inzwischen bin ich … ganz schön sauer.»

Roy stieß die Luft aus. «Na ja, sie hat dir so vieles verheimlicht. Und sie hat dich angelogen. Als hätte sie ein Netz um ihre Beziehung zu John gewoben. Ein verworrenes Netz», fügte er niedergeschlagen hinzu.

«Der einzige Grund, warum ich es dir erzähle, ist der, dass ich hoffe, dass du jetzt besser verstehst, warum ich es mir anders überlegt und John geantwortet habe.»

«Ja, das verstehe ich», sagte Roy. «Das … ändert die Sachlage völlig.»

«Denn, weißt du, er war *hier.*»

Roy starrte mich an. «Hier?»

«Ja. Er war in London, um mich zu sehen.»

«Du hast ihn *getroffen*?»

«Nein.» Ich erklärte ihm, warum nicht.

Roy starrte mich mit offenem Mund an. «Willst du etwa behaupten, du bist in einem Taxi an dem Café vorbeigefahren und hast ihn dort sitzen sehen, bist aber nicht reingegangen?»

«Ja», sagte ich leise. Es schnürte mir die Kehle zu.

Roy schloss die Augen. «Der arme Mann ...»

Ich nickte düster. «Dabei wollte er doch nur ein paar Minuten mit mir da sitzen und mir sagen, dass es ihm leidtut. Aber da ich ihm nicht die Gelegenheit dazu gegeben habe, hat er mir geschrieben, ohne zu wissen, dass ich die Wahrheit über ihn und Mum gar nicht kannte.»

«Und ... macht es das, was er getan hat ... irgendwie besser?»

«Kaum. Aber leichter zu verstehen. Ich sehe ihn nicht mehr so, wie Mum ihn immer dargestellt hat – als herzlos und berechnend. Jetzt sehe ich ihn eher als schwach und durcheinander.»

Durcheinander? Wenn man Männern erlaubt, ‹durcheinander› zu sein, gibt man ihnen nur einen Vorwand ... andere Frauen an der Nase herumzuführen und ihnen nichts zu geben.

«Und welche Rolle spielt seine Frau in der ganzen Geschichte?»

«Jetzt keine mehr. Sie ist im Dezember letzten Jahres gestorben.» Roy sah mich überrascht an. «Sie hat die Geschichte auch als Geheimnis behandelt und Lydia erst vor einem Jahr von meiner Existenz erzählt. Dann fing John an, nach mir zu suchen, und ist zufällig auf den Artikel in der *Times* gestoßen.» Ich zuckte die Achseln. «Den Rest kennst du.»

«Und jetzt bist du per E-Mail mit ihm in Kontakt?»

«Ja. Ich habe ihm erklärt, dass ich das meiste von dem, was er mir erzählt hat, nicht wusste. Ich habe ihm geschrieben, dass ich erst mit elf Jahren erfahren habe, wo er überhaupt war.»

«Hast du ihm von deiner Mutter erzählt?»

Ich schüttelte den Kopf. «Ich habe ihm geschrieben, dass ich eine Schwester habe, die bald heiratet. Und dass ich einen wunderbaren Vater habe, der Roy heißt.» Roy wurde rot, seine Augen schimmerten. «Du musst dir keine Sorgen machen», fuhr ich fort. «John wird niemals mein Dad sein – selbst wenn ich dich nicht hätte. Dazu ist es viel zu spät. Außerdem lebt er neuntausend Meilen weit weg. Aber … Ich würde ihm einfach ab und zu gern eine E-Mail schicken, falls das für dich okay ist.»

Roy zögerte. «Nein, das finde ich nicht okay.» Mir rutschte das Herz in die Hose. «Ich finde, das ist nicht genug.»

Ich sah ihn an. «Was meinst du damit? Soll ich ihn anrufen? Ich habe seine Nummer … Vielleicht könnte ich ihn ja …»

«Nein. Ich meine, du solltest hinfliegen und ihn besuchen … sie besuchen, beide.» Mein Herz schlug einen Salto. «Wenn du es dir nicht leisten kannst, gebe ich dir gern …»

«Nein, leisten könnte ich es mir. Danke. Aber … ein Schritt nach dem anderen», fügte ich matt hinzu. «Das ist alles noch so neu.»

«Natürlich. Du musst dich daran gewöhnen und ihm öfter schreiben. Aber … wirst du mit deiner Mutter darüber reden?»

«Ja. Aber nicht mehr vor der Hochzeit, denn es wird sicher ein sehr aufwühlendes Gespräch. Also sag ihr bitte nicht, dass ich mit dir darüber gesprochen habe.»

«Von mir erfährt sie kein Sterbenswörtchen», versicherte Roy mir.

Die nächsten Tage vergingen im Fluge. Ich besuchte einige Kunstgalerien, um zu sehen, welche ich womöglich für eine Woche im September mieten könnte, und entschied mich für die Eastcote Gallery auf halber Höhe der King's Road. Vielleicht kann ich die Presse für die Ausstellung gewinnen, dachte ich. Vielleicht führt das auch zu dem einen oder anderen neuen Auftrag. Vor allem aber war es eine Gelegenheit, meine Kunden zusammenzubringen und eine tolle Party zu feiern.

Die Galerie bot Platz für ungefähr zwanzig Porträts, also setzte ich mich mit allen in Verbindung, die ich in den letzten drei Jahren porträtiert hatte, und erklärte ihnen, dass ich die Bilder persönlich abholen, versichern lassen und unversehrt zurückbringen würde.

Celine erzählte ich davon, als ich zu ihr fuhr, um ihr Porträt abzuholen und zum Einrahmen zu bringen.

«*Alors.*» Sie schlug ihren Kalender auf. «Der fünfzehnte September.» Sie blätterte um. «Das ist ein Mittwoch.» Sie notierte es. «Bis dahin bin ich wieder zurück.» Von wo?, überlegte ich. «Um wie viel Uhr?»

«Von sechs bis halb neun. Victor lade ich auch ein.»

«Selbstverständlich.»

«Und wie war Ihre Geburtstagsfeier?»

Sie lächelte. «Wunderschön. Victor hat eine wunderbare Rede gehalten, und Philippe hat auch ein paar Worte gesagt. Freunde und Familie, alle waren versammelt, und es war ein sehr fröhlicher Abend.»

«Das freut mich.»

«Victor macht mir ein ganz *wunderbares* Geschenk.»

«Ehrlich?»

«Mir wollte partout nichts einfallen, was ich mir wünschen könnte, aber gestern hatte Victor eine phantastische Idee. Er will mir eine Reise von exakt vierzig Tagen schenken, und ich kann reisen, wohin ich will. Ich bin gerade dabei, die Route zu planen.»

«Wie aufregend.»

«Es wird eine Befreiung sein. Ich habe Freunde in den Staaten, in Argentinien, in Kambodscha, Ghana und Griechenland. Die werde ich mit meinem Round-the-World-Ticket alle besuchen. Die letzte Etappe wird mich nach Venedig führen, wo Victor und Philippe sich mit mir treffen und wir gemeinsam noch drei Tage verbringen und rechtzeitig nach Hause fliegen, damit Philippe nach den Ferien wieder pünktlich in die Schule kommt.»

«Das klingt phantastisch.» Es läutete an der Tür. «Das wird mein Taxi sein. Ich gehe wohl besser mal das Bild holen.» Das Porträt war noch im Arbeitszimmer, wo es auf dem Tisch stand. Ich klickte es in die Transportbox, die ich mitgebracht hatte, und ging damit nach draußen.

Es war der gewohnte Fahrer, denn ich hatte extra nach ihm gefragt. Vorsichtig stellte ich das Bild auf die Rückbank, stieg ein und winkte Celine, die in der Tür stand.

«Ist das Bild fertig?» Der Fahrer drehte sich danach um.

«Wunderschön.» Er schaute zu Celine. «Sieht genau aus wie sie.» Er warf den Motor an. «Vergessen Sie nicht …»

«Ich weiß. Aber wenn ich Sie malen würde … wie heißen Sie eigentlich?»

«Rafael.»

«Also, dann müssten Sie in mein Atelier kommen und alles in allem mindestens zwölf Stunden stillsitzen.»

«Oh.» Er bog aus der Einfahrt. «Das kann ich mir, ehrlich gesagt, nicht gut vorstellen. Ich sitze doch schon mehr als genug in meinem Taxi. Könnten Sie es nicht vom Foto malen, wie die arme …»

«Nein», unterbrach ich ihn. «Wirklich nicht. Ich male nur nach dem Leben.»

«Sie haben übrigens das Auto gefunden.»

«Ehrlich?»

«Es war gar kein schwarzer BMW, es war ein dunkelblauer Range Rover, aber das Nummernschild war so verdreckt, dass man es nicht lesen konnte. Hat sich rausgestellt, dass der arme Kerl, der das Auto gefahren hatte, von nichts 'ne Ahnung hatte. Er hatte sie nicht mal gestreift, war aber wohl ziemlich dicht an ihr vorbeigefahren, und sie ist ausgebrochen und in ein Schlagloch gerutscht und gestürzt.»

«Die arme junge Frau.»

«Ich bin mir gar nicht sicher, ob ich gemalt werden will», sagte Rafael, als wir über die Hammersmith Bridge fuhren. «Vielleicht könnten Sie mich auch einfach zeichnen.»

«Ja, sicher. In Kohle oder Rötel. Oder ich mache eine Federzeichnung.»

«Und was kostet so etwas?»

«Vielleicht könnten wir ja einen Tauschhandel machen? Das habe ich am Anfang oft gemacht. Einmal habe ich meinen Klempner gemalt, und der hat meinen Boiler repariert. Also ...»

«Einverstanden. Sie bekommen von mir ein paar kostenlose Taxifahrten, innerhalb des Stadtzentrums.»

«Meinetwegen. Und wie viele bieten Sie mir?»

«Ähm, würden zehn reichen?»

«Zehn wären toll.» Er konnte mir helfen, ein paar der Porträts für meine Ausstellung abzuholen. «Abgemacht.»

Am Samstag brachte Roys Kollege seine Tochter zu ihrer ersten Porträtsitzung, ein intelligentes Mädchen von zehn Jahren mit langen, glänzenden Haaren. Sie sagte, sie wolle Violinistin werden. Ihr Vater blieb, während ich mit Rötel auf braunem Papier eine erste Vorskizze anfertigte. Am Dienstag fuhr ich wieder zu Iris. Ihr Porträt war so gut wie fertig. Sie sah distinguiert und gelassen aus, und der Hintergrund, den sie vorgeschlagen hatte, verlieh der Komposition Tiefe und Bedeutung.

Jetzt waren es nur noch zwei Tage bis zur Hochzeit.

Am Donnerstagnachmittag fuhr ich mit dem Fahrrad zu meinen Eltern, um die Platzkarten zu schreiben. In der Einfahrt stand ein großer weißer Lieferwagen mit der Aufschrift *Zelte vom Feinsten*. Im Garten war ein ganzer Trupp damit beschäftigt, Zeltstangen zusammenzustecken und weiße Bahnen zu entrollen.

Roy trat zu mir, und wir sahen eine Weile beim Zeltaufbau zu. «Hier ist ganz schön was los», sagte er. «Und Nates Familie ist gekommen.»

Ich sah ihn an. «Wann trefft ihr sie?»

«Nicht vor Samstag. Heute essen sie mit Nate zu Abend, und morgen haben deine Mutter und ich den ganzen Tag alle Hände voll zu tun, und anschließend wollen wir einen ruhigen Abend mit Chloë verbringen. Sie will ein letztes Mal in ihrem alten Zimmer schlafen.»

«Natürlich. Und wie geht es ihr?»

Roy zuckte die Achseln. «Sehr gut.»

Als ich mich umwandte, sah ich meine Mutter auf uns zukommen. Sie beschirmte die Augen mit der Hand gegen das helle Sonnenlicht. Mit einem Nicken wies sie auf die Männer. «Ich hoffe, sie sind vorsichtig mit den Pflanzen.»

«Ich überwache sie mit Argusaugen», versicherte Roy ihr. «Ich werde nicht erlauben, dass einer meine Akelei zertrampelt.»

«Ich mache mir große Sorgen um die Raucher», sagte Mum. «Gareth Jones wird die Finger nicht davon lassen können, er ist, Eleanor zufolge, immer noch bei vierzig am Tag.»

«Dann wird er wohl auch hier rauchen», sagte ich.

«Lasst uns nur hoffen, dass er nicht auf die Idee kommt, sich in der Kirche eine anzuzünden», witzelte Roy.

Meine Mutter ging nicht auf das Späßchen ein, sie grübelte über das Problem. «Ich glaube, ich sage allen, dass Rauchen erlaubt ist, aber nach dem Essen nur Zigarren. Ich besorge eine Kiste Romeo y Julieta.»

Roy stöhnte. «Noch mal fünfhundert Kröten, die ich in den Wind schreiben kann.»

Mums Blick war vorwurfsvoll. «Man soll nicht am falschen Ende sparen.»

«Mit der Betonung auf ‹Ende›», murmelte er.

«Ella», wandte Mum sich an mich, «kannst du jetzt reinkommen und die Platzkarten schreiben? Ich habe alles auf dem Küchentisch zurechtgelegt.»

«Klar.» Ich folgte ihr ins Haus. In der Küche öffnete sie die Schachtel mit den weißen Kärtchen mit Goldrand und reichte mir die Gästeliste. Ich holte meinen Kalligraphiestift heraus und machte mich an die Arbeit. «Ich fühle mich wie der Hofkalligraph.»

«Also, es ist mir eine große Hilfe, dass du das machst», sagte sie. «Aber es läuft alles recht reibungslos. Wir haben morgen früh eine Probe.»

«Braucht ihr mich dafür?»

«Nein. Es geht nur darum, dass die Sopranistin üben kann und Chloë und Nate einmal durchgehen, was sie wann machen müssen. Am Nachmittag werden die Leute vom Cateringservice und ich die Tische decken.» Sie nagte an der Unterlippe. «Könntest du mir vielleicht dabei zur Hand gehen, Ella, Schatz?»

«Tut mir leid, aber das geht nicht. Chloë kommt, um sich das Porträt anzusehen.»

«Oh. Na dann.» Mum runzelte die Stirn. «Hat sie es noch nicht gesehen?»

«Nein. Sie wollte es erst sehen, wenn es fertig ist. Sie kommt um drei ins Atelier.»

Mum lächelte. «Der Augenblick der Wahrheit.»

Um fünf nach drei am nächsten Nachmittag läutete es an der Tür, und ich ging rasch nach unten.

«Ella!» Chloë strahlte mich an und drehte sich dann zu der elegant gekleideten weißhaarigen Frau um, die neben ihr stand. «Dies ist Nates Mutter, Mrs. Rossi. Sie möchte das Porträt auch gern sehen. Ich hoffe, das ist okay.»

«Selbstverständlich.» Ich schüttelte Nates Mutter die Hand. «Hallo, Mrs. Rossi.»

«Bitte, nennen Sie mich Vitoria.» Mrs. Rossi hatte einen starken italienischen Akzent, aber sie war längst nicht so zart, wie ich sie mir vorgestellt hatte. Sie hatte hübsche, lebhafte Züge und große graugrüne Augen, die mich an Nates erinnerten.

«Nate sieht Ihnen sehr ähnlich», sagte ich, als sie hereinkam.

«Sie nickte. «*Si.* Mehr als seinem Papa.»

«Mein Atelier ist ganz oben. Ich kann das Porträt aber auch herunterbringen, falls Sie …»

«Nein, nein», sagte sie. «Ich kann hochgehen.» Sie folgte Chloë und mir die Treppe hinauf.

«Nate war ein gutes Modell», sagte ich auf dem Treppenabsatz im ersten Stock zu Vitoria. «Er hat ganz still gesessen.»

«Aha. Er ist ein guter Junge.»

Wir gingen ins Atelier. Mit einem anerkennenden Lächeln betrachtete Vitoria die Bilder an der Wand.

«Wie war die Probe?», fragte ich Chloë.

«Gut. Ich glaube, es läuft alles glatt morgen. Kommst du mit deinem Gedicht zurecht?»

«Ja. Ich habe schon geübt.»

«Gut. Also …» Sie klatschte strahlend in die Hände. «Dann zeig uns mal das Porträt!» Sie drehte sich zu Vitoria um. «Das ist sehr aufregend.»

«O ja», pflichtete Vitoria ihr bei.

Ich ging zum Gestell, holte Nates Porträt heraus und stellte es auf die Staffelei.

Chloë und ihre zukünftige Schwiegermutter stellten sich nebeneinander davor.

In der Stille, die jetzt folgte, hörte ich das leise Rauschen des Verkehrs und das ferne Jaulen einer Sirene. Nachdem ein paar Sekunden verstrichen waren, dachte ich, es wäre doch nett, wenn sie etwas sagten. Sicher, Vitoria stammte aus Florenz und hatte bestimmt hohe Maßstäbe. Aber wenn ich auch nicht behauptete, es mit Raffael oder Leonardo aufnehmen zu können, so war ich doch überzeugt, dass ich gute Arbeit geleistet hatte. Aber Vitorias und Chloës anhaltendes Schweigen sprach Bände: Sie waren enttäuscht. Mein Mut sank.

Vitoria neigte den Kopf zur Seite, um das Bild zu studieren. *«Piacevole»*, sagte sie schließlich. «Ansprechend», übersetzte ich im Stillen. Sie fand das Porträt also «ansprechend». *«Molto piacevole»*, fügte Vitoria hinzu, während sie es weiter betrachtete. «Sehr ansprechend.» Na toll, dachte ich. «*E un buon ritratto* – ein gutes Porträt. Brava, Ella», schloss sie und sah mich lächelnd an.

Ich musterte Chloës Profil, während sie das Bild begutachtete. «Ich bin ganz Vitorias Meinung», sagte sie nach einem Augenblick. «Ein … ein gutes Porträt. Sehr gut», fügte sie entschlossen hinzu. «Also, danke, Ella. Aber … wir müssen jetzt gehen.»

«Wollt ihr nicht noch eine Tasse Tee trinken?»

«Oh. Nein», antwortete Chloë. «Ich fürchte, dazu haben wir keine Zeit. Ich muss Vitoria zurück ins Hotel bringen, dann muss ich noch Sachen aus meiner Wohnung holen und rüber nach Richmond bringen. Und heute Abend will ich natürlich früh schlafen gehen. Aber … danke», sagte sie noch einmal mit einer etwas steifen, leicht würdevollen Art, die Chloë überhaupt nicht ähnlich sah. Das sind die Nerven so kurz vor der Hochzeit, sagte ich mir. Sie wandte sich ab, um zu gehen.

«Nimmst du das Porträt nicht mit?», fragte ich. «Ich dachte, du wolltest es Nate morgen geben.»

Chloë warf noch einmal einen Blick auf das Bild und wurde rot. «O ... nein. Ich glaube, damit warte ich noch.»

«Bis es gerahmt ist?», fragte ich.

«Ja. Ja ... genau.»

«Okay.» Wir gingen die Treppe hinunter. Ich öffnete den beiden die Haustür und verabschiedete sie lächelnd. «Dann sehen wir uns morgen.»

«A domani», antwortete Vitoria und drückte meine Hand – wie um mich zu trösten, kam es mir vor. Dann setzte sie ein strahlendes Lächeln auf. «*Brava*, Ella. Hat mich gefreut, Sie kennenzulernen. *Arrivederci.*»

«Arrivederci», sagte ich. Dann gingen sie.

Am nächsten Morgen war ich früh wach und lag im Bett und war bei dem Gedanken, dass dies Nates Hochzeitstag war, nicht nur wehmütig, sondern regelrecht niedergedrückt. Als hätte jemand einen Stapel Bücher auf meiner Brust abgesetzt. Ich versuchte, mich mit Arbeit abzulenken – ich arbeitete an der Zeichnung der Arzttochter weiter, dann schickte ich Chloë eine SMS, um ihr zum Geburtstag zu gratulieren, schließlich betrachtete ich noch einmal Nates Porträt, das nach wie vor auf der Staffelei stand. *Piacevole*, dachte ich elend. Vitorias Urteil deprimierte mich, und Chloës Reaktion konnte man auch nicht gerade begeistert nennen.

Ich duschte, machte mir die Haare, schminkte mich, feilte mir, nachdem ich mir die letzten Farbreste von den Händen geschrubbt hatte, die Fingernägel und zog mich an.

Um Viertel vor eins hörte ich Polly vor dem Haus hupen – sie hatte angeboten, mich abzuholen. Ich lief die Treppe runter, öffnete die Haustür und winkte, als sie ihren silbernen Golf einparkte.

Sie stieg aus und öffnete die Heckklappe, damit ich meinen Hut auf die Ablage legen konnte. «Tolles Kleid», sagte sie mit einem Blick auf mein tailliertes Hängekleid aus Seide. «Ich liebe Lindgrün.»

«Also, es ist angemessen bunt und fröhlich.» Nicht dass es meiner Stimmung entsprach. «Du siehst toll aus, Pol.» Sie trug ein pinkfarbenes Leinenkostüm und flache silberne Sandalen, in denen ihre Zehen, die pink lackiert waren, perfekt zur Geltung kamen. Ich lächelte Lola an, die in einem himmelblauen Leinenkleid hinten saß, ihr langes, blondes Haar zu einem Knoten geschlungen. «Und du siehst sehr erwachsen aus, Lola.»

«Elf ist auch schon ziemlich erwachsen», meinte sie ernst.

Ich ging noch einmal ins Haus, um meine Handtasche und den Gedichtband zu holen. Dann schloss ich ab und ließ mich angesichts meiner engen Kleidernähte behutsam auf dem Beifahrersitz nieder.

Sie streifte ihre Autohandschuhe über. «Toller Tag für eine Hochzeit», bemerkte sie und fuhr los.

Als wir durch Putney fuhren, erzählte ich Polly von Chloës und Vitorias Besuch.

«Ich wette, sie sind ganz begeistert von dem Porträt», sagte sie.

«Ähm, ich glaube eher nicht.»

Polly warf mir einen Blick zu. «Was meinst du damit?»

«Also, Chloë meinte, es sei sehr gut.»

«Das ist doch gut. Ich bin mir sicher, es ist wunderbar», fügte sie loyal hinzu.

«Aber Nates Mutter meinte nur, es sei *piacevole* – das heißt ansprechend, als wäre sie der Meinung, ich wäre ihm nicht gerecht geworden.»

Polly machte den Blinker an. «Na ja, sie ist seine Mutter. Wahrscheinlich würde sie das noch sagen, wenn Michelangelo persönlich ihn gemalt hätte.»

«Kann gut sein. Vielleicht bin ich auch ein bisschen zu empfindlich.»

«Das ist okay, du bist schließlich Künstlerin.»

Es herrschte überraschend wenig Verkehr, und wir kamen zeitig nach Richmond. Polly parkte vor dem Haus, tauschte ihre Autohandschuhe gegen ein Paar weißer Spitzenhandschuhe, und wir drei stiegen aus. Sie öffnete die Heckklappe und reichte mir meinen Hut.

«Lass uns rasch einen Blick in den Garten werfen», schlug ich vor.

Das Zelt war phantastisch, die Zeltbahnen tadellos weiß, die Decke mit blassen Kattunbahnen bespannt, an denen winzige Spiegel glitzerten. Die Zeltstangen waren mit cremefarbenem Voile umwickelt und üppig mit echtem Jasmin geschmückt. Feines Porzellan und Bleikristall funkelten auf den edlen Leinentischdecken, und auf jedem Tisch stand ein großes Arrangement aus weißen Belladonnalilien.

Polly stieß einen leisen Pfiff aus. «Sehr spektakulär, was, Lola?»

Lola nickte. «So viele Blumen.»

Vor jedem Gedeck lagen eine Speisekarte mit goldenen Quasten und ein Säckchen aus Seide mit rosa und weiß glasierten Mandeln. Ob Chloë und Nate tatsächlich ein Glas zerschmeißen würden?

Durch die offene Seite des Zeltes sah ich vier livrierte Kellner unter der ängstlichen Regie meiner Mutter mit einer riesigen Eisskulptur – einem Schwan – den Rasen überqueren. Sie betraten das Zelt und ließen ihn auf dem großen Seitentisch nieder, von dem die Getränke serviert wurden.

«Polly!», rief Mum leise, als sie uns sah. «Und Lola. Du bist aber gewachsen, seit ich dich das letzte Mal gesehen habe. Und was für ein tolles Kleid, Ella. Ihr seht alle drei wunderschön aus.»

«Sie auch, Sue», sagte Polly. «Aber es ist alles … wunderschön.»

Mum schenkte Polly ein dankbares Lächeln. «Danke. Ich muss sagen, dass die intensive Planung sich gelohnt hat.»

«Ich dachte, du würdest Chloë beim Anziehen helfen», bemerkte ich.

Mum stieß ein seltsames kleines Lachen aus. «Sie will nicht, dass ich ihr helfe. Und da sie ihre Friseurin und eine Visagistin bei sich hat, hielt ich es für besser, es ihnen zu überlassen und hier weiterzumachen. Aber ich gehe zu Fuß mit Chloë und Roy zur Kirche.»

Ich sah auf meine Uhr. «Ich glaube, wir machen uns besser auf den Weg.»

«Wir sehen uns dort», sagte Polly zu meiner Mutter.

Ich setzte meinen Hut auf, und wir gingen um die Ecke zu St. Matthew's. Nate stand draußen und sah in Frack und dunkelgrauer Weste so unglaublich gut aus, dass mein Herz sich zusammenzog. Als er mich sah, lächelte er, und so ging ich zu ihm, um ihm zu gratulieren und Polly und Lola vorzustellen.

«Freut mich, Sie kennenzulernen», sagte er zu ihnen.

«Dies ist mein Trauzeuge, James», fügte er hinzu, als James auftauchte.

Ich lächelte ihn an. «Ich habe gehört, Sie haben eine tolle Rede verfasst.»

«Oh, sie ist absolute Spitze.» Er klatschte in die Hände. «Ich freue mich drauf – schließlich hast du mich lange genug auf diesen Tag warten lassen, Kumpel», zog er Nate auf, der ihn mit einem gutmütigen Lächeln bedachte.

«Sie werden auf jeden Fall eine große Zuschauerschar haben», sagte ich zu James.

Er nickte. «Ja, sieht ganz so aus.»

Inzwischen formierte sich die Schar, denn immer mehr Gäste kamen in kleinen Gruppen um die Ecke und versammelten sich in der Vorhalle. Eine Frau mit einem Camcorder und einer großen schwarzen Tasche über der Schulter filmte uns, während ein Mann in einem cremefarbenen Anzug mit einer Spiegelreflexkamera fotografierte.

«Sollen wir jetzt reingehen?», meinte ich zu Polly.

«Ja, komm.»

Als wir die Kirche betraten, spielte der Organist gerade *Herz und Mund und Tat und Leben*. Ich entdeckte Honeysuckle, die sich in einem schwarzweißen Hahnentritt-Kostüm und einem schwarzen Hut mit breiter Krempe mit Kay unterhielt, die ein Kleid mit blauweißem Blumenmuster trug. Ich lächelte sie an und hoffte, dass sie mein seltsames Verhalten auf der Verlobungsparty vergessen hatten. Honeys Mann Doug, der sich als Platzanweiser betätigte, reichte Polly, Lola und mir ein Gottesdienstprogramm, dann gingen wir nach vorn.

An die Enden der Bänke waren Sträußchen aus Duftwicken gebunden, doch beim Anblick der Blumen auf dem

Altar schnappte ich regelrecht nach Luft – eine überquellende Fülle an Pfingstrosen, Agapanthus, Schneeball und Tuberosen, deren überwältigender Duft mich an das Parfüm meiner Mutter erinnerte, Fracas.

«Wo sollen Lola und ich uns hinsetzen, Ella?», flüsterte Polly.

«Zu mir», antwortete ich. «Nach neunundzwanzig Jahren zählst du zur Familie.»

Wir drei setzten uns in die zweite Bank auf der linken Seite, die erste ließen wir für meine Mutter und Roy frei. Die Sopranistin, Katarina, saß schon dort und blätterte in ihren Noten. Die Sonne fiel durch die Buntglasfenster und warf farbige Flecken auf Wände und Boden.

Nate kam nach vorn und nahm seinen Platz ein.

«Also», meinte Polly und betrachtete ihn. «Du hast ja gesagt, er wäre attraktiv.» Sie sah mich an. «Hat sicher Spaß gemacht, ihn zu malen, oder?»

«Ja», antwortete ich neutral.

«Er ist ganz schön nervös», bemerkte Lola.

«Allerdings», murmelte Polly.

Auf mich machte Nate nicht so sehr einen nervösen als einen aufgewühlten Eindruck.

Auf der anderen Seite des Mittelgangs nahmen einige Frauen – vermutlich Nates Schwestern – mit ihren Männern und Kindern Platz. Sie unterhielten sich leise in einer Mischung aus Italienisch und Englisch.

– *Che bella chiesa.*

– Ich habe den absoluten Jetlag.

– *E che bella fiori.*

– *Si, sono magnifici.* Ich hätte was zu Mittag essen sollen.

– *Mamma dice che il rittrato di un* disastro.

«Sind das alles Verwandte von ihm?», fragte Polly mich verwundert.

«Ich glaube schon.» Ich überlegte, warum Nates Mutter der Meinung war, das Porträt sei ein *«disastro»*. Es war kein Desaster, es war ein gutes, lebendiges Porträt, auch wenn ihr und Chloë die Komposition nicht gefallen hatte. Gerade kam seine Mutter in einem smaragdgrünen Zweiteiler, mit marineblauem Hut und passenden Schuhen. Als sie in ihre Bank trat, lächelte ich sie an, und sie lächelte zurück und richtete den Blick dann auf den Altar. Ich drehte mich kurz um. Der mittlere Bereich der Kirche hatte sich inzwischen gefüllt.

Eine Freundin von Chloë in einem beigefarbenen Seidenkleid wankte auf achtzehn Zentimeter hohen schwarzen Stilettos näher. Einen Augenblick lang sah es aus, als würde sie hinfallen.

«Sie braucht Stützräder», murmelte ich zu Polly. «Oder einen Rollator.»

Polly nickte. «Im siebzehnten Jahrhundert haben Aristokraten so hohe Absätze getragen, dass sie beim Gehen auf beiden Seiten einen Diener brauchten.»

«Wie vernünftig ...» Ich schlug den Gedichtband auf.

Polly warf einen Blick darauf. «Nervös?»

«Sehr. Das letzte Mal, als ich öffentlich etwas vorgelesen habe, war ich noch in der Schule. Apropos Schule, wie läuft es denn mit dem netten Vater?»

«Gut.» Polly lächelte. «Er kommt morgen zum Mittagessen.»

«Super. Hast du ihm schon gesagt, womit du dir deinen Lebensunterhalt verdienst?»

«Ja. Und es ist kein Problem. Ja ...»

Plötzlich hörte die Orgel auf zu spielen, und das Stimmengewirr verstummte. Der Vikar, Reverend Hughes, war vor den Altar getreten. Er hob die Hände, und wir standen auf.

Er lächelte. «Möge die Gnade unseres Herrn Jesus Christus, die Liebe Gottes und die Verbundenheit des Heiligen Geistes mit euch sein.»

«Und mit deinem Geiste», intonierten wir.

Ich drehte mich um und entdeckte über dem Meer von Hüten Chloës Silhouette vor dem Westportal der Kirche, Roy neben ihr, Mum dahinter. Sie zupfte hier und da noch an Chloës Kleid herum. Dann ertönte die *Ankunft der Königin von Saba,* und Chloë trat vor.

Während Chloë an Roys Arm langsam den Mittelgang heraufkam, ging meine Mutter rasch auf die linke Seite der Kirche und schob sich in die Bank vor uns. Jetzt kam Chloë an uns vorbei, wunderschön in ihrem mit Vergissmeinnicht besetzten Tüll, eine Organza-Stola um ihre schlanken Schultern, die Haare im Nacken zu einem Knoten gebunden und mit einer einzelnen Gardenie geschmückt. In den Händen trug sie einen schlichten Strauß weißer Rosen. Nates Nichte Claudia folgte ein paar Schritte hinter ihr in einem hellblauen Kleid und passenden Ballerinas.

Ich schaute zu Nate, während Chloë sich dem Altar näherte. Ich hatte mich oft damit gequält, mir sein Entzücken und seinen Stolz in diesem Augenblick auszumalen, doch jetzt sah ich in seinem Gesicht nur Anspannung und Beklemmung. Als Chloë zu ihm trat, lächelte er sie an, doch das Lächeln erreichte seine Augen nicht. Falls Chloë Notiz davon nahm, ließ sie sich nichts anmerken. Als sie sich umdrehte, um Claudia ihren Strauß zu reichen, tat sie das mit einer Miene unbeschreiblicher Ruhe. Claudia nahm den Strauß und ging dann in die dritte Bank zu ihren Eltern, während Roy sich neben meine Mutter stellte.

Der Händel kam brausend zu Ende. Der Vikar ließ die letzten Töne verklingen, dann hieß er uns alle in St. Matthew's willkommen, um der Eheschließung von Chloë und Nathan beizuwohnen, Gottes Segen für sie zu erbitten und an ihrer Freude teilzuhaben. Dann kündigte er das erste Lied an – *Praise My Soul the King of Heaven*. Wir sangen es, und Katarinas glockenhelle Stimme erhob sich über die unseren.

Während der letzten Strophe sah ich, dass Nate den Blick zum Altar hob. Chloë wirkte sehr ernst. Dann endete das Lied, und wir setzten uns.

«Und jetzt der erste Text», sagte Reverend Hughes, «vorgetragen von Chloës Schwester Gabriella.»

Mit wild pochendem Herzen stieg ich aus der Bank, trat an den Ambo, der in Form eines Adlers gestaltet war, und legte das Buch darauf.

«*Der Gute Morgen*», sagte ich. «Von John Donne.» Ich hob den Kopf. Das Meer der Gesichter war verschwommen. «Ich frag mich nur, was taten du und ich, Bis wir uns liebten? Warn wir nicht entwöhnt …» Als ich weiterlas, spürte ich Nates Blick auf mir, wogegen Chloë stur nach vorn blickte. «Guten Morgen den Seelen, die erwacht, Und die einander, frei von Furcht, beschaun; Denn Liebe hat auf was sie liebt nur acht, Und macht zum All den allerkleinsten Raum …» Ich legte eine Pause ein. «Mein Bild ist dein, deins ist mein Augenstern …» In diesem Augenblick wandte Chloë den Kopf und sah mich an. «Und treu das Herz, das in den Augen wohnt. Wo finden wir zwei bessre Hemisphärn, Von bitterem Nord und trübem West verschont? …»

Ich las das Gedicht zu Ende und kehrte mit zitternden Knien in die Bank zurück.

Polly legte ihre behandschuhte Hand auf meine. «Gut gemacht», flüsterte sie.

Jetzt erklärte der Vikar, dass Geschenk der Ehe sei Gottes Art, das Leben zu heiligen, und ein Zeichen der Einheit und Treue, die alle ehren und aufrechterhalten sollten. «Niemand», fuhr er fort, «sollte die Ehe leichtfertig oder selbstsüchtig eingehen, sondern ehrfürchtig und verantwortlich im Angesicht des allmächtigen Gottes.» Er hob die Hände. «Zuerst muss ich fragen, ob einer der Anwesenden einen Grund nennen kann, warum diese beiden nicht den heiligen Bund der Ehe eingehen sollten. Dann soll er diesen jetzt vorbringen.» Ich schaute zu meiner Mutter hinüber. Sie lächelte ernst, doch ihr Kinn war angespannt, aber als niemand sich zu Wort meldete, entspannte sie sich.

Der Vikar sah Chloë und Nate an. «Das Gelübde, das Sie ablegen werden», sagte er bedeutsam, «soll in der Gegenwart Gottes abgelegt werden, der unser aller Richter ist und die Geheimnisse unseres Herzens kennt. Wenn also einer von Ihnen einen Grund weiß, warum Sie nicht heiraten sollten, dann soll er ihn jetzt vorbringen.»

Schweigen. Der Vikar verschränkte Nates und Chloës Hände. «Nathan», sagte er, «willst du Chloë zur Frau nehmen? Willst du sie lieben und trösten, ehren und beschützen und allen anderen entsagen, ihr treu sein, solange ihr lebt?»

Nate antwortete nicht. Plötzlich schoss Hoffnung in mir auf, unmittelbar gefolgt von einem beschämten Stich. «Ich …», begann er. «Ich …» Wieder versagte ihm die Stimme. Jetzt atmete er leise aus, als hauchte er auf eine Glasscheibe. Dann hörte ich ihn flüstern: «Ja.»

Der Vikar wandte sich Chloë zu. «Chloë, willst du Nathan zum Mann nehmen? Willst du ihn lieben, trösten, ihn ehren und beschützen und allen anderen entsagen, ihm treu sein, solange ihr lebt?»

Jetzt zögerte auch Chloë. Das lag sicher daran, dass Nate gezögert hatte und sie nicht zu eifrig erscheinen wollte. Vielleicht wollte sie auch zeigen, dass sie der Frage aufmerksam zugehört hatte und sorgfältig darüber nachdachte. Doch inzwischen waren bestimmt zehn Sekunden verstrichen, fünfzehn, zwanzig ... Die Stille in der Kirche hatte sich verdichtet, bis der ganze Raum zu summen und zu pochen schien. Inzwischen war sicher eine Minute verstrichen, und die Bänke knarrten, als sich hier und da jemand in der Bank rührte.

«Willst du?», wiederholte Reverend Hughes mit puterrotem Gesicht, doch Chloë antwortete immer noch nicht. Sie stand nur da, reglos, mit gesenktem Kopf. Menschen reckten die Hälse, um zu sehen, was los war. Plötzlich fingen Chloës Schultern an zu beben. Sie kicherte – und ich vermutete, die emotionsgeladene Situation habe zu einem hysterischen Anfall geführt. Dann ging mir auf, dass sie keineswegs kicherte. Sie weinte.

Der Vikar, der es sicher gewohnt war, Bräute an ihrem Hochzeitstag weinen zu sehen, achtete nicht auf ihre Tränen. «Chloë, willst du Nathan zum Mann nehmen?», wiederholte er. «Willst du ihn lieben, trösten, ihn ehren und beschützen und allen anderen entsagen, ihm treu sein, solange ihr lebt?»

Chloë holte stoßweise Luft. Dann gab es eine weitere Pause, die eine Ewigkeit zu dauern schien. «Nein», flüsterte sie.

Ein kollektives Keuchen stieg auf. Meine Mutter schlug die Hand vor den Mund.

«Aber … Chloë?» Das Gesicht des Vikars war mit Schweißperlen übersät.

Sie sah ihn flehentlich an, dann verzog sie das Gesicht. «Ich … kann nicht», schluchzte sie. Ihr Blick wanderte zu Nate, der mit offenem Mund dastand. Sie ließ seine Hand los. «Es … es tut mir leid, Nate.»

Reverend Hughes flüsterte den beiden etwas zu, und sie nickte. Ich hörte Chloë schniefen. Nate griff in die Brusttasche und reichte ihr sein hellgraues Seidentaschentuch. Sie drückte es sich ans Gesicht. Mr. Hughes räusperte sich laut und wandte sich an die Gemeinde. «Es wird eine kleine Änderung im Ablauf geben», erklärte er. «Miss Katarina Sopuchova wird *Ave-Maria* singen, während ich mich für ein kurzes Gespräch mit Chloë und Nate in die Sakristei begebe. Danke für Ihre Geduld.»

Der Organist begann zu spielen, und Katarina trat auf die Altarstufen.

A-ve Ma-ri-a …, sang sie, während Chloë und Nate dem Vikar folgten. *Gratia plena* … Plötzlich blieb Chloë stehen und drehte sich zu meiner Überraschung zu mir um und winkte mir, ich solle mitkommen.

Dominus te-cum.

Ich stand auf, und Mum erhob sich ebenfalls, doch Roy flüsterte ihr zu, sie solle sich wieder setzen, was sie mit sichtlichem Zögern tat.

Benedicta tu in mulierbus.

Ich folgte Chloë und Nate in die Sakristei, die links vom Altar am Ende eines kurzen Flurs lag.

Et benedictus fructis …

Auf dem Tisch lag aufgeschlagen das dicke, in Leder gebundene Kirchenbuch, das auf Chloës und Nates Unterschrift wartete. Chloë setzte sich, auf ihren Wangen glänzten Tränen, und Nate setzte sich neben sie und sah sie verwirrt an.

... ventris tui, Iesus ...

Ich schloss die schwere Eichentür, und Katarinas Gesang wurde leiser.

«Chloë», sagte der Vikar, «würden Sie mir bitte sagen, was hier los ist?» Sie antwortete nicht. Er wandte sich an Nate. «Wissen Sie es?»

Nates Gesicht war aschfahl. Er schüttelte langsam den Kopf. «Ich habe keine Ahnung.»

«Sind das nur die Nerven?», fragte Reverend Hughes sie. Chloë schüttelte freudlos den Kopf. «Aber gestern nach der Probe haben Sie mir doch gesagt, Sie freuten sich darauf, Nate zu heiraten, und ...» Er drehte die Handflächen nach oben. «Ich verstehe das nicht.»

Chloë fuhr sich mit dem Taschentuch unter den Augen entlang. «Es tut mir leid», krächzte sie. «Schrecklich leid. Ich hätte gestern Abend absagen sollen oder heute Morgen, aber ich hatte nicht den Mut. Ich habe mir eingeredet, es wäre zu spät, und ich müsste es durchziehen und danach entscheiden, was ich tun sollte. Aber jetzt, wo ich hier bin und vor unseren Freunden und Familien, ganz zu schweigen vor Gott, diese Worte sagen soll ... ich *kann* es einfach nicht.»

Der Vikar blinzelte. «Warum nicht?»

«Weil ...» Chloë schniefte. «Weil ... weil ich gestern etwas entdeckt habe.» Sie schluckte schmerzlich. «Ich habe etwas über meine Mutter erfahren, das ...»

Plötzlich hörten wir Schritte, dann schwang knarrend die Tür auf, und Mum erschien, dicht gefolgt von Roy.

Sancta Maria …, hörten wir.

«Chloë!» Mums Augen glühten.

Sanc-ta Mar-i-a …

Roy schloss die Tür.

«Was soll das, Chloë?», wollte Mum heiser wissen.

Chloë sah sie wütend an. «Geh weg! Du hast genug Schaden angerichtet!»

Mum fuhr zurück, als hätte sie eine Ohrfeige bekommen, dann fasste sie sich wieder. «Nein», sagte sie ruhig. «Ich werde nicht weggehen. Diese Hochzeit hat vierzigtausend Pfund gekostet …»

«Nicht doch, Sue», unterbrach Roy sie, doch meine Mutter achtete gar nicht auf ihn. «… und wir haben bis zum Umfallen geschuftet, damit es ein unvergesslicher Tag wird.»

«Also, das ist jetzt schon garantiert», sagte Roy düster.

«Was *denkst* du dir nur dabei, Chloë?», fuhr Mum auf.

Chloë zerknüllte das Taschentuch mit beiden Händen. «Ich sag dir, was ich denke.» Sie blinzelte eine Träne fort. «Ich denke, so, wie du dich eingemischt hast, Mum, taktiert und … *manipuliert* …»

Mum schürzte die Lippen. «Das Wort, das du hier benutzen solltest, ist ja wohl eher ‹geholfen›. Du hast offensichtlich keine Ahnung, was …»

«Bitte, Mrs. Graham», unterbrach der Vikar sie und wandte sich wieder an Chloë. «Chloë, können Sie bitte erklären, was seit gestern passiert ist, dass Sie Ihre Meinung geändert haben?»

«Gut.» Chloë nickte freudlos und drückte sich das Taschentuch an die Augen. «Gestern Abend habe ich etwas über meine Mutter erfahren, etwas, was … nun, was alles verändert.» Roy stieß ein leises Stöhnen aus.

«Was meinen Sie damit, Chloë?», fragte der Vikar.

«Ich war einmal sehr glücklich mit jemandem», antwortete Chloë ernst. «Er hieß Max, und ich liebte ihn, und er liebte mich.»

«Nicht genug!», fuhr Mum auf.

Chloë achtete nicht auf sie. «Das Problem war, dass er verheiratet war.»

«Erzähl das doch nicht jedem!», flüsterte Mum.

Chloë beachtete sie immer noch nicht. «Und meine Mutter war absolut dagegen … wie Sie gerade gemerkt haben. Sie lag mir unablässig in den Ohren, ich dürfe mich nicht länger mit Max treffen, denn er würde seine Frau nicht verlassen, und was ich täte, sei falsch, und ich würde sowieso meine Zeit vergeuden, denn es würde nie im Leben funktionieren.»

«Hat es ja auch nicht!», warf Mum triumphierend ein.

«Nein», pflichtete ihr Chloë traurig bei. «Aber es hätte funktioniert, wenn du mich in Ruhe gelassen hättest, denn jetzt haben Max und Sylvia sich getrennt und lassen sich scheiden.»

Aber das wusste Chloë doch schon seit Wochen. Roy hatte mir erzählt, sie habe gesagt, es sei okay, warum regte sie sich jetzt plötzlich so darüber auf?

Chloë sah den Vikar an. «Ich erwarte nicht, dass Sie das alles gutheißen», sagte sie leise. «Ich versuche nur, es zu erklären …»

Reverend Hughes runzelte die Stirn. «Sie haben also das Gefühl, dass Sie sich wegen Ihrer Mutter von Max getrennt haben.»

«Ja.» Frische Tränen waren Chloë in die Augen gestiegen. «Und es hat mir das Herz gebrochen.»

«Wie alt waren Sie da, Chloë?», fragte er.

«Siebenundzwanzig … also, ja, umso dümmer von mir, in dem Alter noch auf sie zu hören. Aber ich habe ihr vertraut, und ich bin davon ausgegangen, dass sie es aus Sorge um mich tut.»

«Das habe ich doch auch!», protestierte Mum. «Selbstverständlich.»

Chloë schüttelte den Kopf. «Doch gestern Abend habe ich etwas über meine Mutter erfahren, das mir klargemacht hat, dass sie keineswegs allein mein Glück im Sinn hatte.»

Mum zuckte zusammen. «Was redest du da?»

Chloë bedachte sie mit einem kalten Blick und sah dann wieder den Vikar an. «Beim Abendessen haben Mum und ich uns gestritten. Sie sagte zum x-ten Mal, wie froh sie über die Hochzeit sei und wie glücklich sie sei, dass ich bezüglich meiner ‹schrecklichen Beziehung› zu Max ‹zur Vernunft gekommen› sei … Sie sprach in sehr unschönen Worten über ihn. Ich habe mich sehr aufgeregt. Nachdem sie zu Bett gegangen war, hat Dad versucht, mich zu beruhigen. Er hat mir erzählt, woher diese Besessenheit meiner Mutter kommt. Er hat gesagt, das liege daran, dass sie eine langjährige Affäre mit einem verheirateten Mann hatte, Ellas Vater John.» Mum sah Roy entsetzt an. «Dabei hat Mum immer so getan, als wäre *sie* die arme verlassene Ehefrau.»

Mum sank auf einen Stuhl. «Was hast du nur getan, Roy?», flüsterte sie.

«Was hast *du* getan, Sue», entgegnete er leise, «dass du uns all die Jahre angelogen hast? Ella hat es erst vor kurzem erfahren, von John, in einer E-Mail. Er hatte keine Ahnung, dass sie es nicht wusste. Vor ein paar Tagen hat sie es mir erzählt. Und ich habe es gestern Abend Chloë erzählt.» Er schloss die Augen. «Jetzt wünschte ich, ich hätte es nicht getan.»

«Ich bin froh darüber», sagte Chloë.

Reverend Hughes stieß einen aufgebrachten Seufzer aus. «Ich verstehe immer noch nicht, was das mit heute zu tun hat, Chloë.»

Sie sah ihn voller Verzweiflung an. «Gestern Abend ergab das alles plötzlich einen Sinn. Endlich begriff ich, warum meine Mutter immer so unbarmherzig negativ über Max geredet hat: weil meine Beziehung zu ihm sie nämlich an ihre eigene gescheiterte Beziehung zu Ellas Vater erinnert hat. Sie hat ihre ganze Bitterkeit wegen John auf ihn übertragen.»

«Nein!», entgegnete Mum. «Ich habe versucht, dich zu beschützen.»

«Ich war erwachsen!», fuhr Chloë auf. «Du musstest mich nicht beschützen. Mir ist jetzt auch klar geworden, wie viel Schaden du mit deinem ‹Beschützen› angerichtet hast. Du hast nämlich nicht nur dafür gesorgt, dass ich mich von jemandem trennte, den ich liebte, sondern du hast auch mit aller Macht diese Hochzeit vorangetrieben.» Ich sah, dass Nate den Kopf neigte.

Mum schniefte. «Du hättest ja nicht einverstanden sein müssen, oder?»

Chloë starrte sie an. «Das stimmt, aber du bist ja *so* überzeugend, und Nate ist ein sehr netter Mann, und ich wollte Max unbedingt vergessen, und so habe ich mich von dir mitreißen lassen. Und ich wünschte bei Gott, ich hätte es nicht getan», jammerte Chloë. «Denn dann wäre genug Zeit gewesen, diesen ... diesen Schlamassel zu vermeiden, in dem ich jetzt stecke!» Sie vergrub das Gesicht in den Händen.

«Du hast wieder von Max gehört», sagte Mum leise. «Darum geht es hier.» Chloë nickte. Mum kniff die Lippen zusammen. «Wann?»

Chloë blickte auf, die Wangen nass vor Tränen. «An dem Abend der Verlobungsparty», antwortete sie mit belegter Stimme. «Da hat er mich angerufen, um mir zu sagen, dass er und Sylvia sich endgültig getrennt haben.» Deswegen war Chloë so durcheinander gewesen, als sie mich an dem Abend zur Tür gebracht hatte. «Max wusste, dass ich verlobt war, aber er wollte mich unbedingt sehen, bevor es zu spät war. Also habe ich mich mit ihm getroffen ...» Chloë sah Nate an. «Als du in Finnland warst. Wir haben uns nur unterhalten», fügte sie hinzu. «Sonst nichts. *Aber* ...» Sie drehte das Taschentuch zwischen den Fingern. «Als ich ihn wiedersah, wünschte ich mir, ich könnte wieder mit ihm zusammen sein.» Da hat Chloë «geschwankt», dachte ich. «Ich war schrecklich hin- und hergerissen», fuhr sie fort. «Also habe ich mich mit Max getroffen. An dem Samstag, als du sagtest, du wärst Ella über den Weg gelaufen, Nate. Ich hatte dir gesagt, ich würde zu meinen Eltern fahren, aber in Wirklichkeit war ich mit Max verabredet. Ich fand es schrecklich, dich anzulügen, aber ich wusste, dass ich ihn noch einmal sehen musste. Und ich habe ihm gesagt, es sei zu spät, weil ich dir versprochen hatte, dich zu heiraten.»

«Allerdings», sagte Mum.

Chloë achtete nicht auf sie. «Ich dachte an Nates gute Eigenschaften», fuhr sie fort. «Ich führte sie mir immer wieder vor Augen. Ich sagte mir, wie glücklich ich mich schätzen könne, mit ihm zusammen zu sein.»

Der Vikar runzelte die Stirn. «Das haben Sie mir erst gestern gesagt, Chloë. Nach der Probe.»

«Ja.» Chloë sah ihn verzweifelt an. «Aber es gibt da ein großes Problem, von dem ich nichts wusste. Denn die Sache ist die, dass …» Plötzlich ging die Tür auf, und Nates Mutter kam herein, gefolgt von James und Honey. «Verstehen Sie, die Sache ist», sie drehte die Handflächen nach oben, «Nate liebt mich nicht.»

Mum stieß ein verächtliches Schnauben aus. «Natürlich liebt er dich. Er hat dich gebeten, deine Frau zu werden.»

«Nein.» Chloë schüttelte den Kopf. «Ich habe *ihn* gefragt. Wir waren im Quaglino's und haben meine Beförderung gefeiert. Wir hatten eine Flasche Champagner getrunken, und plötzlich habe ich gesagt: ‹Warum heiraten wir nicht?› Es sollte ein Witz sein – wir kannten uns doch erst vier Monate –, doch zu meiner Überraschung sagte Nate: ‹Okay, warum nicht?› Und an dem Abend auf der Auktion haben wir dir davon erzählt, Mum, und bevor ich wusste, wie mir geschah, hattest du nicht nur das Datum festgelegt, sondern auch schon die meisten Vorbereitungen getroffen. Du hast diese Hochzeit kontrolliert, Mum … Du hast die ganze Show inszeniert!»

«Warum solltet ihr auch nicht heiraten?», versetzte Mum. «Du bist neunundzwanzig, Nate ist fast siebenunddreißig! Und Liebe ist nicht alles zu Beginn einer Ehe. Liebe *wächst*.»

«Das habe ich mir auch gesagt», schniefte Chloë. «Aber ich wusste, dass ich für Nate nicht den Bruchteil dessen empfinde, was ich je für Max empfunden habe.»

«Wie kannst du nur so etwas Verletzendes in Nates Gegenwart sagen?», wollte Mum wissen.

«Weil ich ihm damit nicht wehtue», antwortete Chloë ruhig. «Und das liegt nicht nur daran, dass Nate mich, wie ich schon sagte, nicht liebt.» Sie schluckte. «Sondern daran, dass er eine andere Frau liebt. Bis gestern Nachmittag hatte ich keine Ahnung. Erst da ist mir aufgegangen, dass Nate …» Sie stieß ein bestürztes kleines Lachen aus. «Nate liebt …»

«Ella», sagte Vitoria. «Nate liebt Ella.» Sie sah ihn an. «Nicht wahr, Nate? *Lei ama* Ella?» Nate antwortete nicht. Meine Wangen wurden heiß, denn alle Blicke richteten sich auf mich. «Ich habe es gesehen», fuhr Vitoria fort. «Ich habe es in dem *ritratto* gesehen – dem Porträt. Es ist da, Nate, in deinen Augen, in der Art, wie du Ella ansiehst, wenn sie dich malt. Ich habe es sofort gesehen. Und ich habe gesehen, dass Chloë es auch gesehen hat – denn es ist *unverkennbar*. Niemand kann es übersehen.» Ich hatte es nicht erkannt, ging mir auf. Nate sagte immer noch nichts. «Und ich war sehr traurig für Chloë», fuhr Vitoria fort. «Ich war auch traurig für dich, Nate, denn ich wusste, dass es für dich ein *disastro* wäre, Chloë zu heiraten, wo du doch offensichtlich ihre Schwester liebst. Aber ich konnte nichts sagen, weil es zu spät war.» Sie zuckte die Achseln. «Aber du liebst Ella.»

Mum wandte sich zu mir um. «Was hast du nur getan, Ella?», fuhr sie mich kalt an. «Warst du so eifersüchtig auf Chloë, dass du die Sitzungen benutzen musstest, um …»

«Ella hat gar nichts getan», sagte Nate scharf. Es war das erste Mal, dass er das Wort ergriff, und wir drehten uns alle zu ihm um. «Sie hat mich nur gemalt und sich mit mir unterhalten», sagte er. «Aber, ja … wir haben uns … gut verstanden.»

«Verstehe.» Mum bedachte Nate mit einem stechenden

Blick. «Und warum bist du hergekommen, um Chloë zu heiraten, wenn du in Wirklichkeit Ella liebst?»

«Weil … weil ich kein Luftikus bin», antwortete Nate. «Ich wollte nicht auf der Grundlage dessen, dass ich ganze fünfzehn Stunden mit Ella verbracht habe, meine Hochzeit absagen, besonders da ich keine Ahnung hatte, wie sie zu mir steht!»

Schweigen breitete sich aus, das Honey mit einem kleinen Husten unterbrach. «Sie ist verrückt nach dir, Schatz.» Sämtliche Blicke richteten sich auf Honey. «Ich habe nichts gesagt», fuhr sie fort. «Ich hatte das Gefühl, das konnte ich nicht, denn du wolltest doch Chloë heiraten. Aber ich habe es gesehen, schon auf der Verlobungsparty. Sie hatte sich alles, was du ihr erzählt hattest, gemerkt. Und sie hat immer wieder kurz zu dir rübergeschaut.» Mein Puls raste. «Sie hat mir leidgetan.» Honey wandte sich mir zu. «Aber jetzt tust du mir nicht mehr leid, Ella, denn ich glaube, jetzt wird alles gut.»

«Nun», sagte Reverend Hughes. «Ich nehme an, als Fazit des Gesprächs können wir festhalten, dass Chloë und Nate nicht heiraten werden.»

«Das ist richtig», sagte Chloë leise. «Nicht wahr, Nate?» Sie sah ihn an, und er nickte.

Mum verzog das Gesicht. «Da draußen sind einhundert*neun*undachtzig Menschen.» Die «neun» schienen sie besonders aufzuregen.

Roy richtete sich auf. «Denen sollten wir erklären, was los ist.»

Er sprach mit Reverend Hughes, und dann gingen wir alle zurück in den Kirchenraum, wo die Sopranistin inzwischen *Panis Angelicus* zu Ende gesungen hatte und mitten bei Rossinis *Stabat Mater* war. Der Organist brachte das Stück zu Ende, dann kehrte Katarina in die vorderste Bank zurück, das Gesicht gerötet von dem unerwartet langen Rezital.

Der Vikar räusperte sich. «Es tut uns leid, dass wir Sie warten ließen», sagte er. «Aber wir haben ein wichtiges Gespräch geführt mit dem Ergebnis, dass Chloë und Nate nicht heiraten werden.» Mit Geflüster und Ausrufen reagierten die Anwesenden auf die Neuigkeit. «Sie haben erkannt, dass die Ehe eine zu tiefe Verpflichtung ist, um sie einzugehen, wenn es Zweifel gibt», fuhr Reverend Hughes fort. «Doch Roy hat mich gebeten, Sie daran zu erinnern, dass heute Chloës Geburtstag ist, und er hofft, dass Sie alle wie geplant mit ihnen nach Hause kommen und ihn feiern.»

Alle rutschten auf ihren Bänken herum, einige lachten schockiert auf. «Was ist passiert?», flüsterte Polly mir zu, als alle aufstanden, um zu gehen. «Hat Chloë kalte Füße bekommen?»

«Nein, es ist ... da steckt viel mehr dahinter. Ich erzähl's dir später, Pol.»

Als ich aus der Kirche in den hellen Sonnenschein trat, kam Vitoria zu mir und legte mir die Hand auf den Arm. «*Jetzt* kann ich Ihnen sagen, was ich *wirklich* von Nates Porträt halte», sagte sie leise. «Ich finde es ... *fantastico*!»

Ich hätte sie am liebsten geküsst, doch ich schenkte ihr nur ein dankbares Lächeln. Ich schaute zu Honey hinüber, die ich am liebsten auch geküsst hätte. Dann blickte ich zu Nate und merkte, wie mein Herz sich weitete. Doch ich ließ ihn mit Honey und James zum Haus gehen. James schien enttäuscht zu sein, dass er seine Rede jetzt nicht halten konnte. Meine Mutter ging neben Roy und tat ihr

Bestes, eine würdevolle Aura zu bewahren, auch wenn auf ihrem Gesicht eine einziger Ausdruck des Schocks und der Bestürzung lag.

Als wir nach Hause kamen, begab Mum sich nicht mit allen anderen in den Garten, sondern öffnete die Haustür, ging hinein und schloss die Tür hinter sich. Durchs Flurfenster sah ich, wie sie langsam nach oben ging und sich dabei schwer auf den Handlauf stützte.

Ich trat in das Zelt, wo Roy Champagner ausschenkte. Neben ihm tropfte der Eisschwan in sein Tablett. Dann ging ich in die Küche, um den verwirrten Kellnern ein bisschen zur Hand zu gehen. Chloë stand an der Terrassentür neben dem Servierwagen mit dem fünfstöckigen Hochzeitskuchen und ließ den Blick über die Gäste schweifen, die zwischen Zelt und Garten flanierten, dann trat sie an die Anrichte, nahm das Telefon und wählte. Ich wusste, wen sie anrief. Und ich wusste auch, warum sie das mit Vergissmeinnicht geschmückte Kleid gewählt hatte: weil sie sich angezogen gefühlt hatte von der Geschichte einer Liebe, die zerrissen und dann wieder geflickt worden war.

Epilog

15. September 2010

Ich bin in der Eastcote Gallery in der King's Road und lege letzte Hand an meine Ausstellung, die in fünf Minuten eröffnet wird. Die fünfundzwanzig Porträts hängen an weiß gestrichenen Wänden. Rafael hat mir geholfen, sie abzuholen. Sein mit Rötel gezeichnetes Porträt hängt neben dem von David Walliams, daneben finden sich die Porträts von P. D. James, Cecilia Bartoli und, als Leihgabe der National Portrait Gallery, der Duchess of Cornwall. Das größte Bild ist das von Familie Berger, das fast die ganze hintere Wand einnimmt. Dazu Bilder von Polly und Lola, Roy und Mum, Celine, Mike, Chloë und ein Dutzend weitere. Inmitten ihrer Gesichter habe ich das Gefühl, die Party hat schon angefangen.

Die Mitarbeiterin der Galerie, eine hübsche dunkelhaarige Frau namens Lucy, schenkt Wein aus – gerade rechtzeitig, denn eben kommt mein erster Gast. Iris steht im Türrahmen, leicht auf ihren Stock gestützt. Sie trägt ihr blaues Kostüm und ihre Lapislazuliperlen. Ich gehe über den hellen Holzfußboden auf sie zu und begrüße sie mit einem Kuss auf die Wange.

«Herzlichen Glückwunsch, Ella», sagt sie. «Und alles, alles Gute!»

«Danke, Iris. Ich freue mich, dass Sie die Erste sind, immerhin war das hier Ihre Idee.»

«Ja.» Sie sieht sich um. «Was für wunderschöne Porträts – ich freue mich darauf, sie zu betrachten und die Menschen dahinter kennenzulernen.»

«Sie hängen da drüben, auf der anderen Seite der Trennwand.» Ich führe Iris zu ihrem Porträt, das ich erst am Vortag vom Einrahmer geholt habe.

Wir betrachten es, und Iris neigt den Kopf. «Es gefällt mir. Ich habe das Gefühl, das bin tatsächlich ich. Ich fand es toll, gemalt zu werden», fährt sie fort. «Es hat mich ins Nachdenken gebracht, wer ich wirklich bin und wie ich mein Leben gelebt habe. Und ich habe nicht geweint, oder?»

«Nein. *Ich* schon.»

«Ja», sagt Iris nachdenklich. «Ich bin froh, dass Sie mir bei unserer letzten Sitzung gesagt haben, warum.»

Lucy bringt uns ein Glas Wein. Sie betrachtet Iris und richtet den Blick dann auf die Leinwand. «Es ist Ihnen sehr ähnlich … und Sie sehen sehr vornehm aus.»

«Danke», sagt Iris.

«Aber was ist das?» Sie zeigt auf die Ecke eines Gemäldes, das im Hintergrund des Bildes zu sehen ist.

«Das», sagt Iris, «ist eine Ecke eines Bildes von meiner Schwester und mir, als wir Kinder waren.»

Lucy betrachtet es genauer. «Das kleine Mädchen, das hinter dem Hund herläuft … sind Sie das?»

«Ja.»

«Und wer hat dieses Bild gemalt?»

«Mein Vater. Er hieß Guy Lennox.»

«Oh, von dem habe ich schon gehört», sagt Lucy. «Eine schöne Möglichkeit, ihn in Ihrem Porträt bei sich zu haben.»

Iris lächelt. «Genau.»

Lucy schaut zur Tür. «Da kommen die nächsten Gäste. Entschuldigen Sie mich bitte, die Pflicht ruft.»

Polly kommt mit Lola herein, die einen silbernen Ballon dabeihat.

«Herzlichen Glückwunsch, Ella.» Polly umarmt mich, dann stelle ich sie und Lola Iris vor. Polly zieht ihre Jacke aus, unter der sie das grüne T-Shirt trägt, das sie auch auf dem Porträt anhat. «Ich fürchte, Lola ist aus dem gelben Kleid rausgewachsen, das sie auf dem Bild trägt, aber sie hat was ganz Ähnliches angezogen.»

Lola knotet die Schnur ihres Ballons an eine Stuhllehne und geht hinüber, um sich die Rötelzeichnung anzusehen, die ich neben die der Arzttochter gehängt habe.

Lucy bietet Polly ein Glas Wein an. Polly nimmt es und trinkt einen Schluck. «Lecker», sagt sie. «Was ist das? Prosecco?»

«Ein Chardonnay-Sekt», antwortet Lucy.

«Vom Blackwood-Hills-Weingut in Westaustralien», füge ich hinzu.

«Von John?», fragt Polly.

Ich nicke. «Ich habe ihm von der Ausstellung und der Party erzählt, und er und Lydia waren so freundlich, mir sechs Kisten zu schicken.»

«Wie nett», sagt Iris. «Bei unserer letzten Sitzung haben Sie gesagt, dass Sie ihn vielleicht mal besuchen.»

«Ja, nächsten Monat. Ich will eine Woche dort bleiben.»

«Fliegen Sie allein?», fragt sie.

«Nein. Nate wird mich begleiten.»

Polly sieht sich um. «Und wo ist er?»

«Auf dem Weg vom Flughafen hierher. Er müsste bald hier sein. Oh, da ist Chloë. Hi!»

Chloë umarmt mich und reicht mir eine silberne Geschenktüte. «Alles Gute zum Geburtstag, Schwesterchen.»

«Danke. Lass mich dir was zu trinken besorgen.»

«Nur ein halbes Glas», sagt sie, während Polly und Lola sich mit Iris unterhalten. «Ich kann nicht lange bleiben. Max hält eine Rede über die Well-Spring beim Wellcome Trust. Er lässt sich entschuldigen», fügt sie hinzu, als wir zu dem Tisch mit den Getränken gehen. «Er wäre sehr gern gekommen.»

«Schade. Aber, macht nichts.» Ich reiche ihr ein Glas Wein.

Sie nippt daran und sieht sich um. «Also, wo hänge ich? Ich hoffe, du hast mich neben jemanden gehängt, den ich mag.»

«Ich habe dich neben Cecilia Bartoli platziert.»

«Sehr schön. Vielleicht singt ihr Porträt meinem was vor, solange es nicht *Ave-Maria* ist.» Chloë zieht eine Grimasse. «Ich glaube nicht, dass ich das je im Leben noch mal hören will.» Wir lachen ein wenig sarkastisch darüber und gehen dann zu Chloës Porträt hinüber. Chloë neigt den Kopf zur Seite. «Witzig, es in einem anderen Kontext zu sehen. Ich sehe ganz schön schlimm aus, was?»

«Na ja, da ging es dir auch nicht gut.»

Chloë nickt. «Ich wollte so sehr mit Max zusammen sein, dass ich dachte, ich werde verrückt. Ich sehe verrückt aus», fügt sie fröhlich hinzu.

«Ich wollte dich in dem Zustand gar nicht malen, weißt du noch?»

«Ich weiß, aber ich habe darauf bestanden. Allerdings habe ich überlegt … Ich möchte, dass du mich noch einmal malst, Ella.»

«Oh, sehr gern. Ich könnte dich und Max zusammen malen. Schließlich bin ich dir noch ein Bild schuldig, oder?» Mit einem Nicken zeige ich auf Nates Porträt, das Chloë unter den gegebenen Umständen nicht haben wollte.

Sie strahlt. «Okay, einverstanden. Ich nehme dich beim Wort. Wir könnten Modell sitzen, wenn du aus Australien zurück bist. Oh, da ist Dad.»

Roy kommt herein, er trägt die Tweedjacke, das karierte Hemd und die blau gesprenkelte Fliege, in der ich ihn vor zwei Jahren gemalt habe. Er strahlt uns an. «Meine zwei Mädchen!»

«Hi, Dad», sagt Chloë.

Er gibt Chloë einen Kuss und dann mir. «Herzlichen Glückwunsch zum Geburtstag, Ella.» Er sieht sich in der Galerie um. «Sehr schön hier. Und wo hänge ich?»

Ich lache. «Das wollen alle als Erstes wissen. Du bist hier drüben.» Ich führe Roy zu seinem Porträt.

Er bleibt davor stehen. «Nennt zehn Unterschiede!», fordert er uns heraus.

«Also», Chloë kneift die Augen zusammen, «deine Haare sind inzwischen um einiges grauer, Dad. Und du bist um die Mitte herum ein bisschen runder.»

«Okay», sagt er gutmütig. «Ich habe schließlich gefragt. Aber das hier ist sehr schön, Ella. Ich stelle mir vor, dass die Porträts sich unterhalten, sobald wir weg sind. Und da ist deine Mutter.» Wir gehen zu ihrem Bild hinüber. «Sie ist schön.»

«Danke. Kommt sie? Als ich sie gestern gefragt habe, wollte sie sich nicht festlegen.»

«Ich glaube nicht», antwortet er.

«Und … wie ist die Lage?», frage ich leise.

«Es wird. Wir sind dabei ... also, ich glaube, man könnte es ‹Brückenbauen› nennen.»

«Ja, das ist der richtige Ausdruck», pflichtet Chloë ihm bei. «Aber mit mir redet sie immer noch kein Wort.»

«Sie ... sie kommt schon drüber weg», meint Roy.

Ich denke an die ins Wasser gefallene Hochzeit und wie fertig Mum nach Chloës Vorwürfen war – sie hat über eine Woche das Haus nicht verlassen. Als vom Zelt nur noch ein großes gelbes Rechteck auf dem Rasen übrig war, habe ich ihr schließlich alles gesagt, was mir noch auf dem Herzen lag.

«Du hast mir die Briefe meines Vaters vorenthalten», sagte ich, als wir am Küchentisch saßen. «Dutzende. Und du hast mich angelogen, in Bezug auf ihn und auf Lydia. Über Jahre hast du mir Lügen erzählt.»

Sie schürzte die Lippen. «Manchmal ist es besser zu lügen. Ich habe dich beschützt, Ella.»

«Nein, Mum, die Einzige, die du beschützt hast, bist du. Aus deiner Beziehung zu John ist nichts geworden, und deshalb wolltest du nichts mehr mit ihm zu tun haben – und das verstehe ich sogar. Aber damit hast du mich der Chance beraubt, mit meinem Vater in Kontakt zu bleiben und zu erfahren, dass ihm etwas an mir lag, auch wenn er nicht zusammen mit mir leben konnte.»

«*Er* war derjenige, der weggegangen ist», erwiderte Mum, «indem er sie uns vorgezogen hat.» Ich erzählte Mum, dass ich vorhatte, John im Oktober zu besuchen. Sie wandte den Blick einen Augenblick ab und murmelte dann: «Der arme Roy.»

«Roy freut sich, wenn ich hinfliege. Seine Haltung ist hochherzig, ganz im Gegensatz zu deiner.»

«Also, dann geh halt. Aber du brauchst mir nichts davon zu erzählen.»

«In Ordnung.» Ich stieß einen enttäuschten Seufzer aus. «Weißt du, Mum, ich würde ja gern denken, dass du es bereust, wie du mit der Sache umgegangen bist, aber dem scheint mir nicht so zu sein.»

«Es tut mir leid, falls ich dich je unglücklich gemacht habe», sagte Mum – das war alles an Entschuldigung, was ich je zu hören bekommen würde. Damit war sie aufgestanden und in ihr Studio gegangen, um ihren Körper dem täglichen Ritual des Dehnens und Verbiegens zu unterziehen.

In der Galerie reicht Lucy Roy ein Glas Wein, und er lächelt zum Dank. «Das beruhigt sich schon mit der Zeit», sagt Roy zu Chloë und mir. «Ich hoffe, lange genug vor ihrem Sechzigsten – wir möchten doch eine hübsche Party für sie geben. Und wie geht es Max, Chloë?»

Sie lächelt. «Gut. Ich treffe mich nachher mit ihm.»

«Du weißt schon, dass in der Hochzeitskasse kein Cent mehr ist, oder?», sagt Roy mit gespieltem Ernst.

Chloë grinst. «Also, falls wir je den Schritt tun, dann im Standesamt mit zwei Zeugen.» Sie sieht mich an. «Vielleicht du und Nate», schlägt sie mit einem Lachen vor.

«Es wäre uns ein Vergnügen», sage ich.

«Ich mag Nate», fährt Chloë fort. «Aber ich liebe Max – im Grunde habe ich nie aufgehört, ihn zu lieben.» Mit einem Nicken zeigt sie auf Nates Porträt, das nur wenige Schritte weiter hängt. «Und es springt einem regelrecht in die Augen, wen Nate liebt.»

Ich umarme Chloë und denke an das Gespräch, das wir zwei Tage nach der Hochzeit – oder Nicht-Hochzeit – geführt haben.

«Hast du es wirklich nicht gemerkt?», hatte sie mich verwundert gefragt, als wir in ihrem Wohnzimmer in Putney saßen.

«Nein», hatte ich geantwortet. «Ehrlich nicht. Vielleicht, weil ich so nah dran war. Aber jetzt weiß ich, warum du an dem Tag so auf das Porträt reagiert hast.»

Chloë nickte. «Es war ... ein Schock. Ich war gedemütigt und ganz durcheinander, besonders da Nates Mutter dabei war. Ich wusste, dass Vitoria es bemerkt hatte, und habe mit aller Macht versucht, ihr nicht zu zeigen, dass ich es auch bemerkt hatte. Ich habe Todesqualen ausgestanden. Und ich stand nur da und dachte: Niemand darf dieses Porträt je zu Gesicht bekommen. Ich dachte, ich müsste es verbrennen, so wie Churchills Frau das Porträt von ihm verbrannt hat, das sie nicht mochte.»

«Aber ... wenn du wusstest, dass Nate in mich verliebt war, warum hast du dann die Hochzeit nicht abgeblasen?»

Sie warf die Hände in die Luft. «Weil es keine vierundzwanzig Stunden mehr waren! Als ich das Atelier verließ, versuchte ich mir einzureden, du hättest Nate vielleicht schlecht gemalt und ihn zufällig so aussehen lassen, als wäre er in dich verliebt, und in Wirklichkeit wäre er es gar nicht. Auch wenn ich wusste, dass das eigentlich nicht sein konnte, denn du bist so eine gute Malerin. Dann redete ich mir ein, du würdest der Phantasie nachhängen, er wäre in dich verliebt, und hättest das in das Porträt projiziert. Ich konnte mir die Wahrheit nicht eingestehen, denn das hätte bedeutet, die Hochzeit abzusagen, und das habe ich einfach nicht über mich gebracht.»

«Und an dem Abend hat Dad dir dann von Mum erzählt.»

Chloë schloss die Augen. «Das … hat mich völlig umgehauen. Ich war die ganze Nacht wach und habe nachgedacht. Und da ist mir klar geworden, was Mum in Wirklichkeit versucht hat. Sie hat nicht versucht, mich zu beschützen …»

«In gewisser Weise hat sie das sicher auch», entgegnete ich. «Sie ist deine Mutter, sie liebt dich.»

«Okay», gab Chloë nach. «Aber ich glaube, sie hat ihre eigene Vergangenheit noch einmal durchlebt. Ich habe mich sogar gefragt, ob sie vielleicht neidisch war auf mich und ob das sie angetrieben hat: Sie konnte die Liebe ihres Lebens nicht haben, vielleicht wollte sie auch nicht, dass ich meine kriege. Meine Gedanken waren … ein einziges Durcheinander. Als die Sonne aufging, war mein einziger Gedanke, dass ich die Hochzeit durchstehen müsse … es war zu spät. Ich wollte auf keinen Fall das Gesicht verlieren. Doch als ich da vor dem Altar stand, wollten mir die Worte einfach nicht … über die Lippen.»

Die Galerie füllt sich, immer mehr Gäste kommen. Chloë schaut auf ihre Uhr und trinkt ihr Glas aus. «Ich muss los … Sonst komme ich noch zu spät zu Max.» Sie umarmt mich. «Tschüs, Ella. Tschüs, Dad.» Sie wirft ihm eine Kusshand zu.

Er lächelt. «Auf Wiedersehen, mein Mädchen.» Dann geht Roy zu Polly und Lola, um mit ihnen zu plaudern und sich ihre Porträts anzusehen. Ich gehe durch die Menge und höre, wie meine Modelle ihre Erfahrungen vergleichen.

– Sie hat Ihr Lächeln wirklich gut eingefangen.

– Mit den Haaren bin ich mir nicht so sicher.

– Harte Arbeit, das Modellsitzen, nicht wahr?

– Ein bisschen wie Therapie.

– Das Gefühl, viel mehr über mich zu wissen.

Jemand tippt mir leicht auf die Schulter, und ich drehe mich um. «Mike!» Ich lächele. «Wie schön, Sie zu sehen.»

«Es ist schön, hier zu sein. Ich habe sogar daran gedacht, den blauen Pullover anzuziehen.»

Ich zeige auf sein Porträt. «Da sind Sie.»

Doch Mike beachtet es gar nicht – er hat es nicht einmal bemerkt –, denn er hat den Blick auf Grace gerichtet. Wir gehen zu ihrem Porträt hinüber. Ich hätte Grace' Eltern niemals gefragt, ob ich es ausborgen könnte, doch ihr Onkel war in *Time Out* auf die Ankündigung der Ausstellung gestoßen und hatte mich angerufen, um zu fragen, ob Grace' Porträt auch gezeigt werden könne. Ich hatte ihm gesagt, ich wäre entzückt.

Grace hat eine Hand unter dem Kinn und lächelt. «Sie haben ihr Strahlen eingefangen», sagt Mike. «Ihr inneres Licht.»

«Wenn, dann habe ich das Ihnen zu verdanken.» Ich werfe ihm rasch einen Blick zu. «Und, waren Sie bei dem Gedenkgottesdienst?»

Er nickt. «Er war in ihrer Schule. Sie hatten Ihr Porträt vorn auf die Bühne gestellt. Ich habe zufällig mit angehört, wie Grace' Eltern zu jemandem sagten, sie fänden es sehr tröstlich.»

«Also ... das ... freut mich. Und ich hoffe, es geht Ihnen gut, Mike.»

«Ja ... ja.» Er stößt einen Seufzer aus. «Sarah und ich haben uns getrennt ... also ...» Er zuckt die Achseln. «Ich sorge dafür, dass ich beschäftigt bin. Mehr kann ich nicht tun.»

«Lassen Sie mich Ihnen ein Glas Wein holen.» Wir gehen zu dem Tisch mit den Getränken. «Lucy, das ist ...»

«Mike Johns», unterbricht sie mich mit einem Lachen.

«Das ist das Tolle an dieser Ausstellung: Es ist gar nicht nötig, die Leute einander vorzustellen, man muss nur auf den Bildern nachsehen. Hallo, Mike.» Sie schenkt ihm ein warmes Lächeln. «Ich bin Lucy. Ich arbeite in der Galerie hier.»

Ich überlasse Mike und Lucy ihrem Gespräch, denn gerade kommt Celine in ihrem blauen Leinenkleid herein, mit Victor. Sie hat Farbe bekommen und sich die Haare kurz schneiden lassen. «Herzlichen Glückwunsch zum Geburtstag, Ella!»

«Danke. Freut mich sehr, Sie zu sehen. Es hat mir leidgetan, dass Sie nicht zu Hause waren, als ich Ihr Porträt abgeholt habe. Aber jetzt erzählen Sie mal. Wie war die Reise?»

«Phantastisch. Besonders Venedig», fügt sie mit einem Lächeln für Victor hinzu. «Aber jetzt bin ich wieder im richtigen Leben angekommen. Ich werde umschulen, zur Französischlehrerin. Die Roehampton University bietet einen Aufbaustudiengang an, für den will ich mich bewerben.»

«Das klingt toll.»

«Und wo bin ich?» Sie sieht sich um. «Ah, *dort.*»

Wir gehen auf Celines Porträt zu, doch Celine wird von einem anderen, viel kleineren Bild abgelenkt. «Und da sind Sie, Ella», sagt sie. «Ein wunderschönes Selbstporträt.»

«Danke. Ich habe es erst letzten Monat gemalt. Ich habe über fünfundzwanzig Jahre kein Selbstporträt angefertigt, also dachte ich, ich probiere es mal wieder.»

«Und dieser gutaussehende Mann?» Celine betrachtet Nates Porträt, das ich neben meins gehängt habe. «Also, der ist aber verliebt, was? Bis über beide Ohren, würde ich sagen.» Sie lacht plötzlich. «Natürlich, wie kann ich nur so auf dem Schlauch stehen. Er ist in *Sie* verliebt. Ich hoffe, Sie erwidern seine Liebe mit der gleichen Inbrunst, Ella.»

«Ja.»

«Dann ist das der Mann, von dem Sie mir erzählt haben?», fügt sie leise hinzu. «Der, der … verlobt war?»

«Ja. Aber es ist alles anders gekommen.»

Celine lächelt. *«Très bien!»*

Polly plaudert mit Iris. «Meine Füße haben für sämtliche großen Schuhdesigner Modell gestanden», erklärt sie gerade. «Ich mache auch Hände – ich war schon Helena Bonham Carters Hände, die von Twiggy und die von Joan Collins, was ein bisschen lächerlich war, denn sie ist hundert Jahre älter als ich.» Dann höre ich, wie sie Iris von ihrem neuen Freund Ian erzählt. «Wir haben uns in Lolas Schule kennengelernt. Er ist Verleger. Ich mache sogar ein Buch für ihn.»

«Einen Roman?», fragt Iris.

«Nein, eine Kulturgeschichte der Fußbekleidung von der Bronzezeit bis heute. Es wird voller wunderschöner Illustrationen und faszinierender Fakten über Schuhe sein – das ist genau mein Ding. Wir wollen es sowohl in Schuhgeschäften als auch in Buchhandlungen verkaufen. Oh, da ist David Walliams. Ella hat gesagt, er habe versprochen reinzuschauen.»

Jetzt betreten Honeysuckle, Doug, James und Kay die Galerie. Sie lassen den Blick über die Bilder schweifen und sehen sich dann nach mir um.

«Endlich bekommen wir Nates Porträt zu sehen», sagt Doug und betrachtet es mit zur Seite geneigtem Kopf. «Es ist sehr eindrucksvoll, Ella. Aber ist es ein ‹großartiges› Porträt?»

«Ich weiß nicht … Ich kann nur sagen, dass *ich* glücklich bin damit. *Sehr* glücklich», füge ich hinzu, als mein Blick auf Nate fällt, der in der Tür steht. Er schiebt sich durch die Menschenmenge auf mich zu, und plötzlich möchte ich weinen vor Freude.

«Sie haben gesagt, ein ‹großartiges› Porträt enthülle etwas über den Porträtierten, was dieser nicht einmal selbst weiß», sagt Doug. «Und was hat Nate nicht gewusst?» Er lächelt. «Dass er die Frau liebt, die ihn gemalt hat?»

Nate tritt neben mich. «Das habe ich gewusst», sagt er und legt mir den Arm um die Taille. «Vom ersten Augenblick an.»

Als Nate mich an sich zieht, denke ich an den Abend des Hochzeitstags. Wir hatten den ganzen Tag Abstand gehalten, doch als alle gegangen waren, war er zu mir gekommen. Ich saß auf der Bank unter der Rosskastanie.

Er setzte sich neben mich, nahm meine Hand und hielt sie in seinen beiden Händen. «Schön, das tun zu können», sagte er leise. «Ich wünsche es mir schon so lange.»

«Aber warum …» Ich seufzte. «Warum hast du …?»

«Die Hochzeitsvorbereitung einfach laufen lassen?» Ich nickte. «Weil … also.» Er stieß einen schmerzlichen Seufzer aus. «Weil ich nicht wusste, was du für mich empfindest. Und weil ich dachte, Chloë wollte mich heiraten, und ich dachte, wenn ich es mir anders überlegte, wäre sie völlig am Boden. Und dann liefen die Rädchen der Hochzeitsmaschinerie so schnell – das Ganze war wie eine Urgewalt, einmal ins Rollen gekommen …»

«Dank Mum», sagte ich bedrückt.

«Ja.»

«Also, sie wollte ein Feuerwerk», sagte ich. «Und das hat

sie bekommen. Aber hattest du wirklich das Gefühl, Chloë *liebt* dich?»

Nate atmete tief ein. «Sie schien ... froh mit mir zu sein. Es gab zwei oder drei Wochen, da ging sie ein wenig auf Abstand, aber dann war sie plötzlich wieder ganz bei der Sache und kümmerte sich um die Einzelheiten der Hochzeit und schwärmte unablässig, wie toll alles würde und wie glücklich sie sein würde. Jetzt weiß ich, dass sie nur versucht hat, sich frohzureden.»

«Warst du in sie verliebt?»

«Ich mag sie wirklich», sagte er vorsichtig. «Ich war ... von ihr verzaubert. Wir haben uns so schnell verlobt, fast durch Zufall. Zuerst bekam ich Panik, aber dann sagte ich mir, ich bin sechsunddreißig Jahre alt, warum sollte ich nicht heiraten? Ich redete mir ein, ich könnte mit Chloë glücklich werden. Aber dann habe ich dich kennengelernt. Und mich in dich verliebt, Ella. Ich habe Höllenqualen ausgestanden, weil ich nicht wusste, was ich machen sollte, und dir nicht sagen konnte, was ich empfinde, denn damit hätte ich mich in ein schreckliches Licht gerückt. Aber du musst doch gemerkt haben, wie es mir ging.»

«Ja.»

«Aber du hast dir nichts anmerken lassen.»

«Wie konnte ich? Du wolltest meine Schwester heiraten! Ich hätte den Teufel getan und ihr Glück zerstört – oder sie öffentlich gedemütigt, indem ich ihr den Verlobten wegschnappe. Ich wollte auch nicht das Risiko eingehen, dass sie noch einmal einen Nervenzusammenbruch bekommt wie damals bei Max. Kommt hinzu, dass wir beide doch so wenig Zeit miteinander verbracht haben. Nicht mal einen ganzen Tag.»

«Also ...» Nate wandte sich mir zu. «Jetzt haben wir dafür alle Zeit der Welt.» So saßen wir nebeneinander unter dem Baum und sahen einander an. Nate lächelte. «Was machst du? Zählst du meine Wimpern?»

«Nein. Ich weiß schon, wie viele du hast. Einhundertzweiundsechzig am oberen Lid ...»

«Ehrlich?»

«Und vierundsiebzig unten ... aber mach dir keine Sorgen, das ist vollkommen normal.»

«Gut. Ich fing schon an, mir Sorgen zu machen.»

Wir sahen einander immer noch an. «Ich kann mich sehen», sagte ich.

«Mein Bild ist dein», murmelte er.

«... deins ist mein Augenstern.»

Nate küsste mich. Ich schmolz innerlich dahin. «Du küsst mit offenen Augen», sagte er.

«Ich will nicht aufhören, dich anzusehen. Ich liebe es, dich anzusehen, Nate.» Seine Lippen berührten wieder die meinen, und mit den Händen umfing er mein Gesicht.

«Honey!», ruft Nate jetzt voller Wärme. «Kay. James. Schön, euch zu sehen.» Ich lege ihm den Arm um die Taille. «Du bist da», murmele ich glücklich.

«Selbstverständlich bin ich da.» Nate küsst mich. «Herzlichen Glückwunsch zum Geburtstag, Ella.»

«Wir haben gerade über dein Bild gesprochen», sagt Kay. Sie richtet den Blick auf Nate, dann auf sein Porträt. «Es ist dir wie aus dem Gesicht geschnitten.»

Honey neigt den Kopf und betrachtet es. «Du hast ihn wirklich ... eingefangen, Ella.»

Nate küsst mich wieder. «Ja, das hat sie.»

Dank

Den Porträtmalerinnen und -malern Jonathan Yeo, June Mendoza, Nick Offer, Fanny Rush, Paul Benney und David Noakes bin ich zu großem Dank verpflichtet, weil sie so freundlich waren, mich an ihren Einsichten in die Kunst des Porträtierens teilhaben zu lassen. Ich möchte auch Rodney Baldwin vom Laden für Künstlerbedarf Green and Stone danken sowie Amanda Wright dafür, dass sie mich über die Höhen und Tiefen eines Daseins als Hand- und Fußmodel aufgeklärt hat. Sehr dankbar bin ich meiner Lektorin Sarah Ritherdon sowie Lynne Drew, Hana Osman, Victoria Hughes-Williams, Liz Lambert, Laura Fletcher, Charlotte Abrams-Simpson und Lisa Doyle. Für ihr Adlerauge bei der Textredaktion danke ich Anne O'Brien. Danken möchte ich auch Rachel Hore, Louise Chlairmonte und Ellie Howarth, die das Manuskript gelesen und mir zwischendurch die gute Laune erhalten haben. Unendlichen Dank schulde ich wie immer meinen Agenten Clare Conville und Jake Smith-Bosanquet und allen Mitarbeitern von Conville & Walsh. Jodie Terry hat freundlicherweise mein Australisch korrigiert, Shani Blich mein Italienisch. Schließlich möchte ich meiner Familie danken, die mich beim Schreiben unendlich unterstützt hat und sehr tolerant war. Großer Dank gilt wie immer Greg, unseren Kindern Alice und Edmund und meinen Stiefsöhnen Freddie und George.

Bibliographie

Die folgenden Werke haben mir bei der Recherche für diesen Roman gute Dienste geleistet:

Northern Ballet Theatre: 40 Years in the Making. Broschüre zur Feier des 40-jährigen Bestehens.

Portraiture: Facing the Subject. Hrsg. von Joanna Woodall. Manchester, Manchester University Press 1997.

Portraiture von Richard Brilliant. London, Reaktion 1991.

Painting People von Charlotte Mullins. London, Thames and Hudson 2006 (dt. *People. Menschen in der Kunst von heute.* Köln, DuMont 2010).

Changing Face: Contemporary Portraiture. Begleitbroschüre zur Ausstellung von Peter Monkman in der Watts Gallery in Compton, Surrey, 2008.

Anna McPartlin

«Anna McPartlin packt ganz viel Gefühl höchst unterhaltsam zwischen zwei Buchdeckel.» (Brigitte)

Weil du bei mir bist
rororo 24561

So was wie Liebe
rororo 24686

Wo dein Herz zu Hause ist
rororo 25225

Was aus Liebe geschieht
rororo 25481

Niemand kennt mich so wie du
rororo 25874

rororo 25874

Alle Titel auch als E-Book erhältlich

MIX
Papier aus verantwortungsvollen Quellen
FSC® C083411
FSC
www.fsc.org

Das für dieses Buch verwendete FSC®-zertifizierte Papier
Holmen Book Cream liefert Holmen, Schweden.